臥龍下山

下

ALIVE

荒謬的時代，
每個人
不過是變革下的犧牲品

劉峻

目次

第十章　一九八〇年（至庚申年底）　4
第十一章　一九八八年（戊辰）　88
第十二章　一九九〇年（庚午）　167
第十三章　一九九七年（至農曆年底）　193
第十四章　一九九八年（至戊寅年底）　280
第十五章　一九九九年（己卯）　335
第十六章　二〇〇〇年（庚辰）　373
後記　441

第十章　一九八〇年（至庚申年底）

一

困龍也有上天時，石頭也有發熱日。苦難的石頭，機遇是錘頭，錘頭砸碎了石頭，被人砌到高樓大廈的牆上，便苦難熬過了頭。

改革開放，農民這顆苦菜總算開出香花來，好日子算是芝麻開花——節節高了。

可臥龍山人民怎麼才能富呢？人口多、田地少，地裏翻不出金子。靠山吃山，為修大寨田，把兩千五百畝山場的樹木砍光了，結果大寨田垮掉了。和尚沒做得，老婆沒娶得。竹籃打水——一場空，打狗沒打著，打掉了套狗繩子。怎麼辦？已經到了有辦法的年代了，難道還能講沒辦法？活人能讓尿脹死？大家思來想去，只有走出去。怎麼走？十五里山路不能靠步走，要想富，先修路。每家窮得叮噹響，靠雞屁股裏摳幾個雞蛋能把路摳出來？

最終還是黨支部書記邵光龍有辦法，蛇有蛇路，鱉有鱉路，在家靠鄉親父老，在外靠幹部領導，這芝麻大的官要想辦好事，就要求綠豆大的領導。求哪一個呢？可不能摸不到廟門亂磕頭，找啊！把縣裏幹部花名冊子翻地樣的翻了幾遍。嗨，有了，蒼天有眼，原公社書記孫大忠爬到縣公路局局長的位子上去了。這真是天上掉下麻餅子，找他去，哪怕是塊石頭也得啃一口。於是把臉皮子揣在荷包裏，登門拜訪，求爺爺拜奶奶，幫他回憶當年「學大寨」——「你是親口答應給我們拉電線、送抽水機的。」可這話憋在心裏，只能意會，不能講出口，只講：「當年『學大寨』吃了啞巴虧，你要高抬貴手，網開一面。」就這麼上磨嘴巴皮，下磨腳板皮，一趟不行兩趟，五趟敲不開就十趟，總算把孫猴子屁股磨煩了，煩了心就軟了，心軟就開了口了：「哎喲，算你能吧。這麼大個縣在哪條路上擠一點不就解決了？撥給你一點吧。」好了，上面出票子，老百姓流汗水，把大寨田倒塌的石塊墊到路面上去，苦幹兩個冬天，修通了臥龍山通往外面的土公路，山裏的老爺子、老媽子，凡是沒死的算是沒白活，看到了外面的汽車和拖拉機。

路通了，臥龍山人走出去了，看到了外面的世界。不看不知道，一看嚇一跳。「哦，人家已經用電燈了，一根納鞋底的繩子一拉，滿世界的刺眼亮，我們還在小煤油燈下摸日月，什麼時候我們能看到電燈，那就是死了都閉眼呢。」好了，百姓有新要求，幹部就發愁，發愁就得想辦法。那麼用同樣的方法，摸到了有油水的門路。

現已調縣公安局工作的馬德山的兒子馬有能，這小子眼光遠，狗掉茅缸裏——交了吃屎的運氣，攀上了高門樓。他的老丈人是縣供電局的副局長，分管小街區這一片的供電工作。好了，邵光龍順藤摸瓜，見縫就得鑽，拉著馬德山一道，帶著山裏土特產，什麼筍子乾、黃花菜、香菇的。上門看親家，臉上開了花樣的笑，嘴上抹蜜樣的叫，親家長，親家短——「你這個親家不是一般的親家，是我們敬仰的親家。你不是單單馬德山的親家，是全村大夥的親家。全村人有你這樣的親家，站在哪裏比人家高，講話的聲音比人家亮，出門臉上放光彩。」

就這樣，軟話講了一籮筐，好話講了一汽車，點頭就像拜菩薩。把人家門檻子踏矮了一大節，鞋子跑掉了三四雙，終於蒼天開了眼，金佛開了口，拉通了十五里路的高壓電線，每家每戶自行解決電線、電燈泡子，砸碎了煤油燈，結束了早上出門黑鼻子的歷史。

好了，臥龍山村十分地圓滿了。更圓滿的是上面有精神，解放思想，撥亂反正，堅決地平反假案，糾正錯案，昭雪冤案。七年農場改造的肖光虎，釋放回到家，冤案平反，肖家門窗貼上了大紅喜子，同白玉蘭拜了天地，這對有情人終成患難夫妻。

邵光龍在大小會上得知，現在不但糾正文化大革命中的冤假錯案，對原劃右派分子也要糾正，連國民黨投誠人員都落實政策。他想到了彭家昌。村裏老人們誰不誇彭大人是好人，可解放初期當土匪槍打了，這該不該平反呢？他到縣裏找了分管的副書記，副書記批條子到檔案館查檔案，可沒有查到這個人的名單，也沒有見到被槍斃的紀錄，那就是說這個人還活著。

邵光龍想：「是啊，當年要不是自己舉報，說不上他真的還活著，連楊順生都能在野外活幾年嘛。可怎麼可能，是我親眼看到槍殺的。」

查不到他就查邵菊花吧，結果真的在那裏查到了彭家昌，什麼「邵菊花帶領彭家昌的一支抗日隊伍十分勇敢，炸碉堡，燒炮樓，救百姓……」哇，彭家昌明明就是個抗日英雄，怎麼成了土匪被槍打了呢？誰也講不清楚。唉，自新中國成立以來，講不清楚的事太多了，你去問誰呢？邵光龍拿到給彭家昌平反昭雪、恢復名譽的文件回來也沒張揚，因為村裏不需要宣傳報導他的事蹟。

話說這年正月十五一過，邵光龍在縣三級幹部會上聽到有人議論：「現在天變了，地改樣了，走資本主義了，外面好多地方把田地分到私人頭上去了。」他有些不相信，共產黨幹到今天又幹回去了？可在會議結束時，縣委書記總結說：「各地回去後，根據本地的實際情況，可以開展聯產家庭承包，先搞試點，以點帶面。」這下好了，上面歪歪嘴，下面跑斷腿，不跑不照，不跑就要丟到老鼻子後面去。過去任大隊書記，工作樣樣走在前面，臥龍山所有田地承包給了私人。

好了，臥龍山人民的日子這麼順順當當地過著，全大隊的工作這麼紅紅火火地開展著。邵光龍也就成了人人敬愛的好書記。可就在這個節骨眼上，他突然把書記的帽子摘下來，擱挑子不幹了。住進了過去的知青屋，到臥龍山上栽樹去了。馬德山也因兒子養了兒子，把房子　把鎖交給大姐的兒子張學明開診所，同老婆子到城裏揑孫子雞巴蛋去了。全村裏共產黨員中矮了中間選將軍，李常有撿了個大隊書記。

要講這事的來龍去脈還得從這年初講起。

這天，邵光龍跟以往一樣，吃過早飯到大隊部裏去上班，走在當年被炸雷劈倒的老槐樹樁子邊，只見一位二十多歲的小夥子在喊：「叔叔，你停一下。」

他看這位小青年有點面熟，可想不起來是哪家的孩子，便問道：「你是哪一個？」

那青年人說：「叔叔，你不認得我了？」指指自己的嘴唇說：「囉……」

他看到那青年嘴唇上的紅印子，這才想起他是賴大姑的養子豁子，驚詫地說：「豁子，怎麼你……」

豁子忙拉他說：「大姑不行了，她叫你快去一趟。」

光龍二話沒說跟著他就往山裏跑。邊跑邊問：「大姑得了什麼病？」

容易了。」

豁子說：「你看了就曉得了。」

光龍又問他：「你豁子什麼時候補好的？」

豁子說：「幾個月了，我去了北京，住進了大醫院，那醫生用刀劃了一下，幾天就好了，太容易了。」

光龍正要問他怎麼去北京的，可豁子拉他直接往澗窪裏走。他十分奇怪，本來十里長沖邊上有小路，可現在改成鏟直走河道裏了。他這才看到澗窪已經乾枯，白色的石頭露在河床上。他想到這條澗窪過去是一條小河，春夏秋冬，四季長流，山谷水清澈見底，口渴了雙手捧著喝個飽，從來沒聽講哪個拉肚子，澗窪裏蝦子、蟹子、刀條魚伸手能抓到，泥鰍、黃鱔、烏龜和老鱉隨地可見。就是前幾年，還帶兒子找著小蝦和蟹子。可這兩年怎麼了，乾成這個樣子，一點水都不見了，小河裏成了大路。他抬頭望望兩邊被砍伐光的山坡，光禿禿的像個和尚頭。經過雨水的沖刷，綠色的草皮沖掉了，變成了黃色的荒山。想到這都是當年「學大寨」幹的好事。

到了龍尾山，賴大姑的房子過去是在綠樹叢中，現在是孤單單的小屋，像是一座枯墳。房前屋後的山地禾苗低矮枯瘦。他想自己忙著修路和拉電，有兩年多沒到山裏來了，沒想到變成了這個樣子，便問豁子：「豁子，你們日子怎麼樣？」

豁子一臉愁苦說：「苦死了！」指著山地說：「這兩年山裏只能靠天收。黃豆、紅豆、芝麻、花生都是癟巴子，一塊地收不到幾小把。就連山芋也只有拳頭大。」

光龍驚詫地：「那你們還在山上守著幹什麼？」

豁子說：「我好幾回拉她下山，可她就是搖頭，好像屋裏藏了寶貝樣的。」

光龍進了屋，見大姑真的老得不成樣子了。額上紮著毛巾，頭髮全白了。深陷的眼睛已失去了光亮，臉色也沒有了紅潤，白得像紙，滿臉的大麻子變成了一個個黑點，乾枯的嘴唇上像下著一層白霜。身上穿著灰色的褂子，他記得這是當年楊順生母親送給老人的禮物。

光龍走向床邊，輕輕喊了聲「大姑」，可老人一點反應也沒有，手稍微動了動，看出她的身子一點也不能動的，像死了一樣。豁子抱住老人上身，把一床疊好的被子放在她背後，她靠在那裏喘著氣，輕輕咳嗽了一聲，一口痰在嗓子裏「咕嘟咕嘟」地響。光龍從床邊端起小木盆子伸到她嘴邊，她吐了一口痰，可沒有吐出去，掛在嘴邊，豁子伸手接到手上，又拿毛巾擦了老人的嘴。

光龍看了豁子一眼，想到豁子服侍老人是細心的，可還是埋怨地說：「大姑病成這樣，你怎麼不早對我講一聲。」

豁子紅著眼眶說：「本來病得不重，可早上又跌倒了。」

大姑搖搖手說：「不怪他，是我壽辰已到了。」又向豁子說：「豁子你去燒點水，我跟你叔講幾句話。」

豁子乖乖地進了廚房。

賴大姑精神像好了很多，眼睛睜得很大，手輕輕拍拍床沿。光龍明白老人的意思，坐在床沿上眼望著她。

大姑說：「光龍啊，我這個人長這麼大，沒生過病，一生起病就得撒手了，幾時走我是曉得的。今天請你來呢，是有件事就要託給你了。」

光龍說：「大姑，有什麼事儘管說吧，我一定辦好。」

大姑向床頭邊的布簾子指指，光龍起身拉開布簾子，石壁裏有個四方小洞，裏面有一尊紅臉長髯菩薩像。他認得這是關公菩薩，臥龍山過去有座關帝廟，聽講當年彭家昌從關帝廟裏把這尊菩薩請上了山，解放後不知去向，沒想到在這裏供了幾十年。大姑說：「這麼多年，我是晨昏三叩首，早晚一炷香。沒香呢，我就燒松木條子代替。嘴上不沾葷腥，心裏呢，常做善事。我曉得你不信菩薩，當年我也是受人的託付才供在這裏的。現在我再託付給你，請你把它送到龍頭山的山洞裏去。」

光龍心裏明白，當年受人之託的這個人是誰，他還曉得菩薩過去是放在什麼地方。又想起那年同楊順生到老人家中，看到燒著的木條子，原來真是在燒了這麼多年的香，可見老人是多麼虔誠。光龍恭敬地把關公菩薩像從石洞裏搬出來，抱在懷裏說：「大姑放心，龍頭山龍王洞裏有個石洞，這菩薩正好能放下，等以後哪位和尚來重蓋關帝廟，菩薩再放廟裏去。」說完重新放在桌上。

大姑微笑著點點頭，看樣子十分滿意。她又說：「還有件東西，我要交給你。」說著便從床裏邊拿出一包報紙包著的東西遞給光龍。

光龍接過後說：「是給我的？」

老人點點頭。

他問：「這是什麼？」

老人說：「打開看看吧。」

他把報紙打開，裏面一塊紅綢布包著，解開了紅布，哇，是比磚頭還要厚的一紮人民幣，全部是嶄新的十元一張。他呆了：「這麼多錢？」

老人說：「不多，只有五千塊。」

他驚訝地叫道：「五千？哪來這麼多，給我的？」

老人喘了一口氣說：「別急，讓我慢慢講。首先我講一個人，我就叫他王老先生。」

光龍緊接著：「王老先生？是馬屯公社土崗大隊、當年給我兒子看病的王老先生？」

老人笑笑說：「是他。前幾年在山上採草藥，中午我留他吃頓飯。就在幾個月前，他來告訴我，他要回北京去，是一位老將軍請他。這位將軍他很熟悉，是曾經服侍過的老將軍的好戰友，大難不死，官復原職了。王老先生要感謝我過去請他吃飯的情，要帶豁子到北京把豁嘴補起來。我講要給他錢，他笑笑講：『我不要你錢，看樣子你也掏不出多少錢來。』我也笑著講：『那你小看人了，我有錢，只是現在時代不同，不能用，成了死錢了。我想託你一件事，把那些不能用的死錢變成能用的活錢。』他問我：『什麼錢？』我就帶他到屋後一棵小松樹下挖了一個坑，下面有個小罐子，罐裏是彭家昌當年藏的全部家當。」

他急著問：「那是什麼寶貝？」

老人說：「是兩百多塊大洋。」

他說：「大洋能換錢？」

老人說：「他講那位將軍復了職，是中央大幹部，這事找他一定能辦好。他就帶著豁子和大洋去了北京。上個月，那老將軍還派了一名戰士把豁子送回來，豁子治好了，還帶了這一紮錢。光龍啊，這筆錢是彭家昌的，今天應該歸你。這是為什麼呢？你不曉得……」

老人正要往下說，他接過話頭說：「大姑啊，我全曉得了。三年前楊順生回來過一次，他已經把我的身世全講了。」

老人呆望他：「怎麼？順生這小子回來怎麼不跟我講一聲，他現在在哪？」

他說：「他去了廣東惠州，說不定到香港了。」

老人靠在被子上，眼角掛著淚說：「好，你的身世你已經曉得了，順生也有著落了，那我就不多講了。我死後見到彭家昌，也好有個交代。」

光龍撲在老人胸前：「大姑，我的好大姑啊。」

他們還談了很多話，豁子在廚房裏已燒好開水，舀了一碗端進來遞給老人說：「大姑，喝水。」

老人說：「我不渴，給光龍喝吧。」

光龍看碗裏水非常混濁，自己走了這麼多路，正有些口渴，端碗喝了幾口，見碗底下有一層泥垢，就倒到地上說：「豁子，這麼混的水怎麼能給病人喝呀？去舀碗清水來。」

豁子歎氣說：「哪有水啊！這泥水還是在山溝裏挖了坑，只有每天清早才能勺到一小桶，一天用水全靠它了。」

光龍有些不相信地說：「怎麼可能呢？難道吃水還這麼困難？」

豁子說：「講了你還不相信呢，我們都快揭不開鍋了。」

光龍這下坐不住了，起身到廚房掀開鍋蓋，鍋裏是山芋片子。他問豁子：「你們就吃這個？」

豁子鼓著嘴說：「怎麼講呢？山地收不上糧食，家裏又沒錢買米。」

光龍說：「那你們還守在山上幹什麼？」

豁子說：「是大姑不願意，我有什麼辦法？」

光龍當機立斷說：「快，紮擔架，抬大姑下山！」

豁子十分高興，找個小舊木梯，上面放上木板，來搬大姑的身子。可大姑一個勁地搖手說：「光龍啊，別麻煩了，我已經死了半截了。」說著用手指指腿。

光龍掀開被摸大姑的腿，見她新鞋都穿好了，腿上冰涼冰涼的，一動腿見她沒一點知覺，真的是死了。光龍身子一軟，撲在大姑身邊哭了：「大姑啊，是我害了你啊。」

豁子也一個勁地把頭往牆上砸：「怪我，我不該那麼聽話，早點叫人就好了。」

這時的大姑突然像精神好多了，說：「孩子們，你們不要難過，我這個人，悄悄地來世上，不聲不響地活著，人不知鬼不覺地死去，不顯山、不露水。我死後呢，不聲張、不燒靈，我就在這屋裏，壽材早就準備了，連坑都挖好了。」

光龍同豁子都很奇怪，對屋裏張望著。這壽材在什麼地方？那坑又挖在什麼地方？老人一手垂在床沿指著床下。光龍望床底下，見有塊木板。便爬到床底掀開木板，果然是一個很深的大坑，坑裏放好一口大棺材，而這塊木板翻過來就是棺材的蓋。

豁子把光龍拉到一邊說：「叔叔，大姑這張床也有講究。四根床柱子有四塊銷栓，只要把銷栓一拔開，床板就分裂了，床上人連被子掉下去。」

光龍問：「你怎麼曉得？」

豁子說：「那是幾年前，大姑出去給人接生了，我無意中碰了床上的銷栓。可我沒想到下面是棺材，看來大姑一個人也能安葬自己。」

光龍知道了這一切以後，也就沒什麼話可講了，現在硬抬老人下山也是一句空話，於是就吩咐豁子：「你守著大姑，我到山下買點東西給老人吃，等她走了，也得燒點紙錢吧。」自己便一路小跑，翻過西楓嶺，來到馬屯公社供銷社，買了麻餅子、烘糕、大米、麵條和香油。他曉得大姑不吃葷。還買了幾刀紙，用大麻袋揹上山。還沒到龍尾山草房門前，就聽到豁子在屋裏大聲哭著。他曉得情況不好，丟下麻袋衝進屋裏，見大姑已經平靜地躺在床上，是那麼安詳，像睡熟了一樣。

他一下子撲到大姑身上痛哭起來。過了好長時間，光龍問豁子大姑臨走前可有過什麼話。

豁子說：「大姑歎氣呢！她唸叨著：『別人沒日子過，我能把日子過下了；現在別人能過日子了，沒想到我日子過不下去了。』她是多麼想能看到山上有樹啊！」

光龍聽到這裏，心裏像刀子扎了難受，再次跪在大姑身邊號啕大哭起來：「大姑啊，是我害了你呀。大姑，你老人家為我留下了這麼多錢，可自己苦水裏度日子啊。大姑……」他哭得淚如溪流，哭得震天動地。

邵光龍同豁子在屋裏守了一天一夜，燒了很多的紙錢。一切安排妥了，他倆含著淚水拔去床上四塊木銷，只聽「撲通」一聲，老人連同被子掉進床下的棺材裏。他們蓋好蓋子，上了木栓。只聽房屋四周牆上有土塊往下掉，接著牆壁出現裂口。光龍知道不好，抱著關公菩薩，拉著豁子跑出門外。十分奇怪的是石牆的裂子越開越大，「嘩啦啦」一聲巨響，四周牆向裏面倒下去，除右邊的小廚房外，三間房屋，牆倒屋塌，自然形成了一座高大的墳墓。二人沒有動一鍬一鋤，全自動地安葬了賴大姑。他們簡直不能相信這房子當初是怎麼設計蓋好的。

臥龍山人尊敬的賴大姑啊，人們總談論她人生的傳奇，誰能想到她仙逝時這般的神奇呢！

第二天，邵光龍把關公菩薩送到龍頭山上的石洞裏去了。

豁子在那個小廚房裏為老人守孝「燒七」。每隔七天，光龍都要前來燒紙磕頭，痛哭一場。七七四十九天以後，光龍又為老人刻了墓碑，喪事才算結束。

豁子下山後，找到邵光龍說：「我要走了。」

光龍說：「你怎麼能走呢？大姑死了，你就是我的兄弟。你的一切由我來照顧。」

豁子說：「北京的王老先生也老了，他身邊需要一個人服侍，我從北京回來時，他想我去，我不能不去。我這輩子上無父母，沒名沒姓。大姑收養了我，我給大姑養老送終。王老先生治好了我的豁嘴，我應該去服侍他老人家到百年之後。」

光龍望著他，一股敬意自然從心頭升起來。是啊，俗話講：「得人一羊，還人一馬；養兒防老，積穀防饑；欠債還情，天經地義啊！」莊稼人的脾氣，就是有仇報仇，有恩報恩。有恩不報非君子嘛。他感到豁子是個平凡的人，也是個君子呢。他沒有再勸留，給足了路費，並把他送到公社上了車，還叫他轉告王老先生，光龍永遠忘不了他老人家。

安葬了賴大姑，送走了豁子，邵光龍心裏很不平靜。想到自己六〇年就當大隊頭子，到今天已快二十年了，想想自己這麼多年都為臥龍山老百姓做了些什麼？吃食堂餓死了人，修水庫害了人，「學大寨」苦得村裏過不上好日子，害得賴大姑水都沒得喝。他望著龍頭山倒塌的梯田，十里長沖的山坡水洗樣的乾淨，村前的澗窪斷了流，農田經常乾旱，山地沒有了收成。這都些什麼事啊！記得去年在修通向外面的公路時，問過縣林業局、農業局的頭頭們，他們講「學大寨」是全縣的行動，各地的山場大同小異，他們也無能為力，無法補救。今天賴大姑死了，給自己留下了五千塊錢。他心動了，像熱鍋上的螞蟻，全身像火上燒地難受，站不住，坐不安，睡不著。想前想後，想到過去有大事都要找老爺談談心。對，「家有一老，黃金活寶」，找老爺去。

這天，邵光龍吃過早飯來到老爺家門口，多遠就聽老爺在家罵道：「睡，睡得死去呢，你媽的家裏倒了油瓶把腳踢！」

光龍曉得這是罵光虎，這小子現在還在睡懶覺。他正要進門，見白玉蘭拎著一籃子衣服到門口，埋怨地說：「唉，現在澗窪裏斷了流，洗塊抹布都要走里把里路到大塘裏去呢。」

老爺氣鼓鼓地扛著鋤頭出門，那是氣光虎，出門見到玉蘭，立即改了臉色，接過她的話說：

「怎講呢？山光光，年年荒；光光山，年年旱囉。」說著就「咚咚咚」地鋤地去了。

光龍像跟屁蟲樣地跟著老爺走出村，走到山邊的澗窪邊，再也忍不住了，說：「老爺，我想開個支部會。」

老爺邊走邊答：「有屁就放，有事就做，開會能解決什麼事？」

光龍開門見山地說：「老爺，現在山路通了，電燈亮了，可荒山禿嶺的，澗窪裏斷了水，這是臥龍山人民心裏的一塊病呢。」

老爺說：「還是那句老話，治水先治山，治山先栽樹，山上綠油油，澗窪裏才不斷流呢。」

光龍說：「那老爺的意思，只要栽了樹，什麼問題都解決了？」

老爺還是沒有停下腳步說：「是啊，山怕無林、地怕荒嘛。這一年大計，不如種地；百年大計，不如栽樹喲。」

光龍想了一會說：「栽樹？可眼下怎麼發動人去栽呢？村裏張三、李四、王二麻子，每人手頭上有巴掌大塊田地，過去改山造田有工分，現在老鬼不買你的賬了。」

老爺把肩上鋤頭往地上一戳，站住了說：「仰頭求天，不如低頭求地；低頭求人，不如抬頭求自己。」瞪大眼睛望著他又說：「要想做大事，別老放在心裏、掛在嘴上，要擱在手上、放在腿上。上臥龍山栽樹，你可有決心？」

光龍說：「當然有決心，不然怎麼會跟你老爺商量呢？」

老爺說：「你是真有決心？假有決心？」

光龍咬咬牙說：「老爺指我一條路，現在我就起步。」

老爺大聲地：「好，那就從自己做起。先到公社去，把自己的帽子摘下來甩掉。」

光龍呆了，說：「您是讓我把大隊書記的職務辭掉？」

老爺：「孩子，過去砍樹那是吃老祖宗的飯，現在栽樹是造子孫的福呢。捨不得身上掉幾斤肉是不行的。怎麼樣？」見他半天沒吭聲，又說：「只要你能一心撲在山上，老爺我能把這把老骨頭扔到山裏去。」

光龍呆望他：「怎麼？老爺剛趕上同兒子媳婦在一起，人家講您現在是神仙過的日子。」

老爺笑笑搖搖頭：「唉，人呢，未結婚是神仙；結了婚呢，就是落地的神仙；生了兒子，是落難的神仙；兒子結了婚，就是歸天的神仙囉！兒孫自有兒孫福，這鳳有鳳巢，雞有雞窩，老爺我正不想跟下人們在一起住呢！」重新扛起鋤頭，邁開腳步，又回頭望著光龍說：「怎麼樣？『正月栽竹，二月栽木』，季節不等人呢。我巴不得明天就把行李捲到知青屋裏去。」說完咚咚地大步向山地裏走去。

邵光龍望著老爺的背影，想到老爺脾氣是講到哪裏就能做到哪裏，指到哪就能打到哪。「嗨！老爺真是好老爺，您老吃的鹽比我吃的飯都多，過的橋比我走的路都多。每次重要關口都少不了您的指點，有老爺您當我的靠山還有什麼可講的呢？行動！您幾句話推開了我心裏的窗戶，亮堂了；像一把刀子把我的心病割下來扔掉了。對，山上樹是我叫人砍的，改山造田是我叫人開的，這胡蘿蔔不能記到紅蠟燭賬上，解鈴還得繫鈴人。上次開會聽人家講，過去的冤假錯案都要平反，連肖光虎兄弟做牢的事也要平反，這叫讓被顛倒的歷史重新顛倒過來。實踐是檢驗真理的唯一標準，報紙上不是整天在講嘛，我怎麼就不能把臥龍山的事件平反呢？讓被砍倒的樹林重新栽起來呢？沒說的，上山去，栽樹去，綠化荒山，植樹造林。當年造田發揚愚公移山精神，改田砍樹是錯的，可愚公移山精神沒有錯。就這麼定了，這個大隊書記不當了，換個位子當林場場長去，辦公室從大隊部搬到知青屋裏去。自己當了快二十年的大隊書記，連馬德山都退居二線了，我也該船到碼頭、車到站了，還佔著茅缸拉不完屎？就要讓位子了，不拉屎就蹲個臭位子上還搞了一身臭氣。對，到辦公室打報告，把手頭幾件事處理一下，明天一早到公社把帽子摘下來。」

邵光龍家跟過去沒有什麼變化，只是門前加了個小院子。後院過去醃小菜的罎罎罐罐已經沒有幾個了，因為現在生活好了，很少有人靠醃小菜過日子了。去年醃了好幾罐子，放了一年沒人吃，結果爛成臭狗屎倒掉了。光妹就不醃了，在後院養了兩頭豬。前院和後院放了一大堆農具傢伙，有鐵鍬、畚箕、鋤頭、釘耙和鋼釺。那年「學大寨」一場大水以後，丟到山上到處都是。有些新的，社員們就扛回家去自己用，壞的都送到大隊部裏去。村裏左鄰右舍的要送大隊部還要跑路，就放在大隊書記家門口，堆得像小山。邵光龍捨不得丟，他好像預感到過幾年還要用，還把山上丟的一件件撿回來推在院子裏。這麼多年的日曬雨淋，有的生鏽了，畚箕已經不能用了。

當天，邵光龍在大隊部找了幾個幹部碰了頭，把自己的心裏話說了，好聚好散，工作在一起是緣分，大家吃了一頓飯。他喝了不少酒，醉醺醺地回到家，看到院子裏亮著燈，多少鐵器農具順著牆腳擺成一大排，像部隊戰士床前放的槍支。他看呆了，見光妹在臉盆裏打肥皂洗手，就問她怎麼回事。

她說：「中午老爺來了，他講在家揀行李，你們要上山栽樹去。我想這些農具傢伙就不閒著了。」

他感動得一股熱流湧上心頭。真是家常飯、粗布衣、知冷知熱自己的妻呢。一時不知如何是好，藉著一股酒力，一下子撲過去抱著她，把她洗手的臉盆都打飛了，肥皂水潑了一地。

在床上，他們像新婚夫妻樣緊緊抱在一起。光龍望著熟睡的兒子說：「我這一上山，你又帶孩子又種田地，家裏還有雞呀豬的，天，你又受苦了。」

她笑著說：「我這人是苦命的八字，近兩年沒受過大苦，身子反而不舒服。」

他伸手拉滅了電燈。她咯咯地笑著：「看，你壓死我了，我又要受苦了。哦，大哥，這不是越受苦越快活嗎？大哥，用力吧！」

他捂她嘴，悄聲地：「噓——別把兒子吵醒了。」

第二天一早，兒子真的流清鼻涕，差點感冒了。

有老爺的支持、老婆的理解、賴大姑的金錢做後盾，邵光龍還有什麼可顧慮的呢？這天天剛麻絲亮，光龍就去公社送辭職報告去了。

向陽公社新任書記是過去武裝部長提上來的，叫錢家安。

邵光龍去得早，公社幹部都在食堂吃早飯。他見食堂裏面只有幾個青年人在啃饅頭、喝稀飯，喝得嘩嘩地響。他問：「錢書記呢？」還是廣播站的王站長告訴他說：「現在改革開放了，領導怎能跟老百姓打成一片呢？在街上一品香。」

他不曉得什麼叫「一品香」，也不好多問，上街問了幾個熟人，才曉得「一品香」是早點店，那個牌子很顯眼。

「一品香」早點店在街中心，市口很好，門口擺著一口大油鍋，煤氣爐子燒得很旺，油沸騰著，做好的米餃子放下去，「嘩」地一聲山響，像鮮活的魚蝦在鍋裏跳。門口有幾張小條桌，桌上油光光的，幾個鄉裏大爺正坐在那蹺著二郎腿喝茶吃早點。

光龍問炸油鍋的老闆：「錢書記在不在？」

那老闆看了他一眼，大約望他還有點樣子，就向裏屋努努嘴。他走到後面，見有個小包間，門掩著。他伸頭一望，見錢家安正同一位青年女子有說有笑的吃喝著。他剛要退出來，坐上沿的錢書記一眼看到了他，立刻招手說：「喲，老邵，進來進來！」又向那青年女子說：「拿套餐具，加幾個大餃子。」那女子向他點頭笑笑就出去了，見這女子還有點姿色。

光龍坐在錢書記的桌對面，見他現在過得富泰多了，重重的眉，圓圓的臉，雙層厚厚的下巴，豬拱嘴邊上刮得光光的，一點鬍碴都沒有。記得初次見他當部長那會，人是文靜得很，但骨子裏有點硬，現在當書記了，總感覺他有點變了，變得表面上有點硬，骨子裏卻有點軟了。也許當書記就該這樣吧。

光龍剛一坐穩，錢書記就伸出油光光的手拍著他的肩說：「老邵啊，這兩年幹得厲害呀，通了路又拉泡（通電），縣裏大會小會給你抬高轎子呢。今天這麼早來找我，一定又要邁大步了，快說出來！」

光龍笑笑說：「我的那點功勞，還不是你領導有方啊。可現在……」他感到不好講，就從荷包裏掏出紙條子遞過去。

錢書記拍拍手，接過紙條：「哦，我看看，我看看。」看著看著，眼就直了，豬拱嘴翹得多高說：「怎麼？到我幹書記了，你就撂挑子了？」把紙條往桌上一拍：「你拿我不吃勁嘛。」

光龍還是笑著說：「哪裏呀，錢書記。人呢，隨著年紀的增長，越來越想顧家了。」

錢書記臉黑了：「顧家？你講這話我該處分你。顧大家還是顧小家，你家還有什麼寶貝？」

任憑錢書記怎麼發火，他還是笑著說：「真的呢，我家有三件寶貝需要我保護。」

錢書記一下子軟了，站起身，伸過頭問：「真的？你家有什麼好寶貝？」

他也跟著神祕地說：「三件寶，醜妻、破屋、爛棉襖喲。」

錢書記望望他，真是哭笑不得，也不知說什麼才好，一屁股坐下歎了一口氣。

他這才認真地說：「講正經的，錢書記，你在大小會上講過，現在講究年輕化、知識化、文憑化。我呢，大老粗，一化都不化，趕不上新形勢了。再講呢，我不當大隊書記，可我不閒著，幹的也是大事啊。」

錢書記瞪著他：「什麼大事？」

他大聲說：「我自薦當林場場長，用個三五十年，把臥龍山十里長沖兩千多畝荒山全部綠化。」

錢書記聽他這麼一說，呆望了半天，突然站起身來叫道：「哎喲喲，哎喲喲！」

這時正好那女子端著餐具和一大盆米餃子進來。錢書記忙指他：「來，坐下，吃餃子，這家大米餃子可好吃了。看，色澤金黃，皮脆肉軟，吃起來又鮮又香。」他自己夾一個啃一口：「我操，好燙！」又喝了一口茶說：「你說，你繼續說，我已經聽出味來了，把好的想法說出來。」

他見錢書記態度來了個一百八十度大轉彎，就放下心來邊吃餃子邊說：「錢書記，我這個人，沒本事。釘鞋沒掌，唱戲沒嗓，做生意手頭沒三個錢擦癢。大事幹不來，小事不願幹。眼下呢，看著山上光禿禿的，心裏就難受，想上山去栽樹。我要講的就這麼簡單。」

錢書記打了個嗝飽，便放下筷子，突然用力在他肩上拍一下：「老邵啊，你真了不起啊。」

他半個大餃子在嘴裏，差點噎著說：「錢書記，怎麼啦？」

錢書記拿毛巾抹抹嘴說：「縣裏三幹會一開，你就不聲不響地分田到戶了！現在呢，我剛剛參加縣裏的林業工作會議，昨天才散會。這麼多年的『學大寨』，全縣大小山頭是千瘡百孔啊，山要恢復它本來面貌，那就是綠化造林，可怎麼綠化呢？我們還沒有開會研究呢。」

光龍正要說話，錢書記打斷他，又說：「別說了，你一張口我就見到你的喉嚨。你不是打報告不當書記當場長嘛。」把桌上紙條放進荷包裏：「我馬上批准。你每次都走在我們工作的前頭啊，你可是好典型啊，你是落實縣委林業工作會議精神最快的一個。說打就打，說幹就幹，我們上午開黨委會就研究，你列席參加。怎麼樣？明天到你那裏開個現場會，各大隊書記、林場場長全部參加……」

光龍一聽又是現場會，我的媽呀，雙腿就開始發抖，嘴上講話不利索了，說：「不不不，錢書記，你要是開現場會，那我不想栽樹了，還當大隊書記吧。」

錢書記望望他說：「怎麼，你是想默默地幹？好啊，我支持你，你回去幹吧。膽放大點，步子快點。有我給你撐腰還怕什麼呢？現在允許一部分人先富起來，到時可別吃了果子忘了樹喲。」

他笑笑說：「哎喲，我小泥鰍怎麼能跟你黃鱔比長短呢。」

他們說著抬屁股往外走，桌上剩下一大碟油炸餃子也不問怎麼處理，其實他還沒吃飽呢，也不好再吃。到了店門口，也不見錢書記有掏錢的舉動，就忙從荷包裏掏。

錢書記按他手說：「我請客，哪要你掏。」

光龍出門又回頭要付賬，只聽那女子說：「記賬上了，由辦公室主任一把算。」他這才曉得書記也是白吃。

出了「一品香」，二人並排往公社門口走。錢書記望著他說：「怎麼樣，前期工作有困難嗎？綠化荒山縣裏有新政策規定，可以貸款。」

他驚喜地說：「貸款？那太好了。」

錢書記說：「明天我叫信用社劉主任到你那裏調查考察一下，回頭請他吃頓飯，我親自陪，你貸個千把兩千的沒問題。」說著把大肚子拍拍。

他一聽心都涼了，說：「那就算了，我自己籌備一點，那我回去了。」

錢書記一把拉著他的手：「你這樣的大事，怎能走呢？上午我同高主任商量慶賀一下，中午辦公室安排在鴨鮮樓，不是這一家，前面一家，剛學來的北京烤鴨，你還沒嚐過吧？那色澤金黃油亮，肉質鮮嫩，爛而不碎，味道美極了。」

他還是求情樣地說：「對不起，錢書記，我家三件寶還在等我呢。」說著就向一個開三輪車的招手喊道：「三輪車！」

那輛三輪車「突突突」地停在他們身邊。錢書記也就不好再拉，說：「那好吧，改日再慶賀。哦，對了，叫李常有上午到公社來一趟，這小子又走官運了。」

光龍脫開錢書記的手，轉身鑽進三輪車裏，在錢書記還沒有反應過來，呼地一下開走了。

邵光龍心想，這鐵打的衙門、流水的官，土改是鄉政府，後來改成人民公社，聽講馬上又要改成鄉。改來改去，換湯不換藥，當官的來了一班又一班，可有幾個真心實意為老百姓辦實事呢？只不過是上轉下達，下轉上達，把老百姓辦好的事情向上級彙報，往自己臉上貼金罷了。

第二天，公社組委到臥龍山宣佈了，李常有撿個大隊書記兼大隊長的職務。山窪隊大栓子任支部委員、副大隊長，還有一名幹部暫時缺著，等上級黨委摸底考察後再任命。

這樣，邵光龍同肖老爺在知青屋安了家，一心歸門裏。有賴大姑那五千塊錢墊底，就打著鑼鼓開了臺。開始，他請林業站的技術員上門指導，利用用材林、防護林、經濟林之間的關係，根據肖老爺「山嶺青松山坡杉，下山桃李栗子雜」的經驗，採用「遠處著眼，近處入手」的辦法，主攻龍頭山五百畝，逐步擴展龍身、龍爪的十里長沖兩千餘畝，計劃苦幹十年，讓臥龍山全部披上綠裝。

他倆在山上有明確分工，老爺負責在房前屋後種瓜點豆，一日三餐燒鍋做飯。光龍負責植樹的技術和育樹苗，根據樹的品種，確定行株、株株的距離，拉線、打石灰印，挖坑的寬和深度。他每天天不亮出門，雖說剛上四十歲，那寬厚的胸脯、鐵棒般的胳臂，甩起鐵鋤緩緩搧動，一起一落，柔裏帶剛。但是不出幾天，那肌膚被太陽曬得黑油油的，大隊書記的樣子沒有了，像個黑炭頭子。更重要的是腰又痠，背也痛，有時累得起不來床。沒辦法，栽樹也是個季節活。俗話講：「陽春三月，插棍都活。」栽樹不過清明節，季節不等人。他同老爺商量，不得不採取新的舉措。

他們在村口貼出告示：

臥龍山林場招收十名四十歲以下男性職工，農忙回家種田，農閒上山栽樹，人員來自臥龍山附近的農民，早去晚歸，中午留一餐伙食，月工資二十五元。聯繫人：肖貴根。

告示一出，臥龍山鳳凰嶺上下村莊有閒勞力就紛紛應招。

這天，龍頭隊的隊長石頭向李常有書記交了辭職報告，說生產隊長不幹了。李書記想想好笑：「你不當隊長還能幹什麼？」沒想到他上了龍頭山找肖老爺造蛋去了。他要上山栽樹。肖老爺曉得他心理，上山栽樹是假，見每月二十五塊錢的工資眼紅才是真的。沒等他走到山半腰，就被肖老爺擋住了。

肖老爺說：「石頭小兄弟，你長耳朵聽事的，長眼看事的，不曉得上山條件是四十歲以下？」

石頭笑笑說：「你那告示不公平，應該是生產隊長年齡要放寬。」

老爺也笑笑說：「放寬，寬多少？你多大？還要我扳腳丫子算啊。四十八了吧？明年四十九，男人做壽做九不做十，明年可是你五十大壽呢。」

石頭硬著頭說：「老爺，我可是老黃忠不減當年勇啊。光龍不理事，你老一碗水要平端吧。過去『學大寨』，每個工分毛把錢，我都賣狗樣的跟著上了山，呆哩呱嘰地往死裏幹。現在每天有塊把錢就把我甩掉了，這是什麼世道？我當這麼多年生產隊長，沒功勞也有苦勞，不能把我當擦屁股的瓦片子，用的時候撿起來，不用就丟了吧。今天你不收我，我就不下山。」說著就躺在山坡上。

老爺看他的樣子又笑了笑，抽下褲腰帶上的煙袋鍋子，裝了一袋煙，背著風劃著火柴點著紙撚子。因風大，紙撚子吹了幾次未吹燃，只好把紙撚湊到煙袋鍋上吸了兩口。嘴裏噴著青煙，咳嗽兩聲，這才把煙袋遞給他。

石頭欲伸手又搖頭：「我不接，你不答應，我就不吃煙。」

老爺蹲在他身邊吸著煙說：「你真要上山，我不攔你，可凡是上山的職工都要考試的，我能考考你？」

石頭閉著眼說：「你曉得我不認得一個大字腳，穿開襠褲翻跟頭，要我好看啊？」

老爺說：「莊稼人不看文化高低，只見鋤頭深淺，我考你幹活。」

石頭爬起來望著他說：「不能幹活我能上山？八月的南瓜——皮老心不老。別看我年歲大點，可身子骨像槐樹疙瘩樣的，越老越硬。一擔糞桶挑得聒聒叫呢。考吧！」

老爺笑笑說：「你呀，別把過五關斬六將的事掛在嘴上，把走麥城放到荷包裏，是驢子是馬，現在露一手。」指著他腳前的山坡說：「淺土松，深土杉，這塊山坡是杉樹林，你在腳前挖個一米五深、一尺五對方寬的凼，能在一個鐘頭挖出來？」

石頭跳起來，甩著胳膊說：「賣脖子力氣的事情，那有什麼難的，你太小瞧我了。」

老爺從山邊的職工手中拿來鋤頭和鐵鍬，交給他說：「好，我坐在邊上監考。」坐在一邊瞇著眼看他，一袋一袋地吸著煙。

石頭鼓足了力，雙手揑成半拳，吐了吐口水，在手心裏搓搓，用力挖下去，山土被掀得多遠。可挖了幾下見下面有塊石頭，就罵道：「他媽的，我是石頭，不走運，挖凼又見石頭。」抬頭望老爺：「能換個場子嗎？」

老爺嘴上冒煙，煙頭上也冒煙，白色的煙被風颳得飛跑掉了。

石頭又選擇了一塊土質鬆軟的地方，挖了幾下，身上開始冒汗，把外衣脫下來，扔到一邊。還沒挖個尺把深，就氣喘了，頭上汗珠子往下滴著。他用衣袖抹了抹，站了一會，又向老爺提要求：「老爺放我一馬，讓我能吃一袋煙，不算時間！」

老爺裝好了煙袋遞給他。石頭吸煙的本領比老爺高明得多，拿著紙撚子迎著風，「噌」的一聲吹著火，火苗窩在手掌心裏，點上煙袋鍋，腮幫子一凹，吸了一口，然後一鼓，「嗖」的一聲，把煙噴得多遠。老爺看他吸煙的饞相，差點笑出聲來，就到山邊上去了。過了大約個把多鐘頭，老爺才回來，見石頭坐在地上低著頭，一聲不吭，煙袋鍋子放在邊上，身邊連挖了幾個小氹，一個也沒有按規定要求的。

老爺坐在他身邊，撿起地上煙袋裝著煙：「怎麼樣？人不服老不照呢。」

石頭眼眶子紅了，好像剛才滴過眼淚，說：「老爺，看來我真的老了，吃食堂那年月，作夢都想看共產主義呢。現在好日子開了頭，我倒成了一條無藤瓜、一碗豆腐渣了。看來這共產主義我是望不到了。」轉身望著老爺又說：「老爺你明斷，當年『學大寨』……」

老爺打斷他的話說：「別，老時不談少年英雄了。」沉默了一會又說：「你呢，吃大食堂那年月，你掌飯勺子，沒吃過大苦，養了一身好骨架。可躲過了三月三，趕上了九月九，『學大寨』你力氣出過了頭，身子骨架的零件累鬆了，不頂用了啊。你還以為自己十七八呢。」

石頭自語：「唉，寧吃少年苦，不受這老來貧呢。」又抬頭把眼睛死盯著他說：「老爺，我有句話，不曉得能不能問？」

老爺望著他：「你呀，大一周，我牽你過陰溝，我比你大十歲，你還有什麼話不好問的。」

石頭說：「那你這麼大年紀，怎麼還能上山呢？」

一句話說得老爺低下了頭，沉默了一會說：「你怎麼能跟我比呢？你三個兒子，我就那麼一根獨苗，還不爭氣，圓房快兩年了，媳婦未放一個響屁。六十無孫，老樹沒根啊。我說不定是個老絕戶頭呢。」

石頭後悔不該問這句話，拉老爺的手說：「老爺，你打我一巴掌吧。」

老爺抽回手，抹抹淚水說：「麥熟一天，人老一時，六十瓦上霜，七十風前燭呢。我是混一天是一天，晚上脫了鞋，不知早上穿不穿得上呢。正因為我無牽無掛，光龍不給我一分錢，只求一口飯，你能照嗎？你有三個板頭兒子，老大訂婚過幾年要添孫子了，一家老小要你照應啊。」

石頭又要流淚了，說：「您老雖一個人，那是甘蔗從頂上吃，越吃越甜，我當隊長過去跑過了紅，甘蔗從根子往梢上吃，越吃越沒味了。你們眼巴巴地看我喝糊子啊？」

老爺真誠地說：「肥田不如瘦店，心無二用，你一心一意把你的大商場開好了也是一樣的。」

石頭苦笑著說：「唉，還是我親家給了點本錢開個小店，本來就是針頭上刮鐵的小本生意，李常有上任才個把月，就一手遮天，請來他舅老爺承包大隊的食堂加小店，肥水不流外人田，到時蝕得沒褲子穿呢。」

老爺沉默了一會，說：「人呢，小來吃父母，中年吃自己，老來吃兒女的。再過幾年，你還怕大兒子不補你幾個？」

石頭說：「我結婚遲，兒子沒人家孫子大，我望通通地，他日後是泥菩薩過河——自身難保了。我只好是冬天的大蔥——葉黃根枯心不死，想上山混口飯吃。」

老爺爽快地答：「只為混口飯，那好啊，跟我一樣不給工錢了。」

石頭忽地站起來：「那我頭腦壞了。」

老爺也跟著站起來，指著山邊幹活的青年說：「這些上山的都是年輕人，一樣的工錢，幹一樣的事情，好孬有個比較，家門口塘曉得深淺，你這個人好面子，上了山一定往死裏累，那我不害了你嘛。」

石頭聽到這裏，低著頭不吭聲了。老爺又湊到他身邊說：「你呢，晚上睡床上前半夜為自己想想，後半夜為別人想想。別看人家開了荒山，發了財，就害紅眼病了。其實，光龍是在贖罪呢！」

石頭抬起頭：「他當書記，村裏口碑好，這兩年都吹上天，他有什麼罪可贖？」

老爺望望山頭說：「你忘了，『學大寨』是他掀起的，滿山的樹是他叫人砍的。」

石頭梗脖子說：「那是上面放的狗臭屁，他怎能瞎子烤火往身上扒呢？」

老爺說：「那他也發不了財吧。」望望山坡又說：「兩千五百多畝光禿禿的山，要想林滿山、樹滿溝，牛年馬月才出頭喲。栽樹又不像栽小白菜，早上栽下去，晚上就返青，十天半月吃上嘴。栽樹就不那麼簡單。做田看田勢，造林看山勢，前幾天，林業技術員來講，臥龍山的土質最適合栽松和杉了，就講這手指頭粗的松苗子，栽下去三年不見松，五年才見人（同人一樣高）。俗話不是講『百年杉木千年松』嗎？加上三分栽樹還得七分管，要想樹成材要澆多少年的汗水，賣多少力把子啊。怎講呢，這栽樹，我是享不到福了，光龍也吃不到回頭水，還不是前人栽樹，後人乘涼啊。」

肖貴根老爺的一席話，可說得實實在在，像曬乾了的絲瓜瓤子——擰不得一滴水來。石頭是聽得順耳，心服口服，一句話沒得講，起身就走了。

老爺忙說：「別走，我們中午……」說著把手握成半個拳頭擱嘴上，脖子一仰，嘴裏「吱」

的一聲響，說：「……喝一盅？」

石頭沒有回答他的話，還是低頭往山下走。

老爺看樣子留他不住，又補了一句：「別喪氣，小兄弟。三十年的杉，自家理自家（三十年杉能打棺材）。再過三十年，我叫光龍送你副棺材板。」

石頭聽到這句話，轉身回來了，仰頭望著老爺說：「老爺，你這句話，捅了我心頭喜鵲窩呢。上有天，下有地，你老德高望重，吐沫星子出來滿地釘！三十年後，一副棺材板？」

老爺仰頭笑笑說：「是囉是囉，不過嘛，我可是活不到三十年囉，這話也算是放了一個臭屁，吹了。」

石頭拍馬屁地：「嗨，人比人得死，你老可比我大一輪（十二歲）吧，哪個看了能分個老瓜嫩葫蘆來？你老是老壽星，還能活一百歲呢。」

老爺說：「小兄弟，就憑你這句話，老爺就跟你醉一場。」

二人哈哈哈地笑得山響。

二

戲從兩邊演，話從兩頭說。說過了邵光龍，再來說說肖光虎。

要講肖光虎，就得從聯產承包土地講起。

分田到戶，那是放龍歸海，放虎歸山。農民得了土地，像六十歲老漢得了老巴兒子那麼快活，含嘴裏怕化了，放手上怕凍著，整天揣在懷裏焐著。心裏日夜想著田要怎麼耕好，地裏種什麼傢伙。出門在外，一泡屎也要憋著回來拉到田裏去，一泡尿也要撒到禾苗上。有事沒事要在田埂上轉幾圈，地頭上坐半天。作夢都想著田地裏如何翻出金子來。

人上一百，五顏六色。可有些人對田地的想法不一樣，這叫殺豬殺出屎——各有各殺法。田地是自己的了，好了，快活了，一下子解放了，自由了，不需要掙工分看隊長的臉色了。黃牛角，水牛角，各人顧著自己的角。就像自己的兒子，想痛就痛，想打就打，想打幾巴掌就打幾巴掌，想什麼時候打就什麼時候打。田裏栽什麼，地裏種什麼，那有什麼急頭？月子裏的女人急紅了眼，小孩子就沒奶呢。種地還沒到季節。俗話說：「正月好過年，二月好賭錢，三月才種田，早著呢。」這麼多年憋死了，趕在這工夫裏喘口氣，放鬆一下身子骨，找幾個對光的難兄難弟吸口煙，吹牛皮，喝一盅。不准賭吧，那就下個五子棋，大山頭裏挖老丸子。要不就打撲克，「爭上游」、「八十分地鬥地主……」嗨，痛快死了。

在臥龍山村裏，還有一個人更特別，整天是乾鞋淨襪子，頭髮梳得油光光，穿著一身中山裝，上衣荷包裏插著兩枝水筆——其實一枝是圓珠筆；手腕上戴著金黃色的手錶——其實殼上鍍了一層黃銅水，就這樣的錶還是向馬德山的兒子馬有能借的，講是結婚戴幾天，可是肉包子打狗——有去無回，戴了年把年，還長在他手腕上，你有什麼法子？只要有那麼一點太陽，便戴上避光黑色眼鏡；別人戴草帽，他戴的是白色布帽子，多遠像死了人頭上搭一塊孝布。凡人們看到他，從沒見他嘴上脫過紙煙，嘴巴一張一合，吐出的煙霧總是一圈一圈的。他吸煙從來不散給別人，別人散給他他也不接。他吸的煙不曉得好煙還是孬煙，因每次嘴上完了，就伸兩個手指頭在褲子荷包裏掘出一支煙，你看不出是什麼牌子。他整天遊手好閒，上下十里村，他遊魂樣地這個村逛到那個店，這家門裏進那家門裏出，見人打哈哈，盡扯些卵子不在袋裏的話，嘴上哼著哪個也聽不懂的歌曲，有一副撲克在手上，能玩個半天不帶重樣子的。你講這個人奇怪吧？他不是別人，是肖光虎。

肖光虎一九七七年初勞改釋放回家，肖光妹鞍前馬後地唱紅娘，兩個月後同白玉蘭到公社登了記。要講村裏辦喜事最簡單、最寒酸的就是他們了。那時城裏人還講究個「三轉一響」（自行車、縫紉機、手錶和收音機），在鄉下，女方家打死人也得要個八套衣裳。可白玉蘭只要了兩套衣裳，其中一套還是新郎的中山裝。邵光龍有心去幫忙，可在大隊的賬戶上還欠了幾塊錢，只好寫信給在省城工廠工會上班的肖光雄，寄來了一百塊錢；馬有能借給一支手錶，也沒講要他還。

結婚那天肖光妹張羅著在家裏開了兩桌酒席，其中一桌還是在農場釋放回來的朋友哥們，那喜酒也就喝得不香不臭的沒味道。要講成了家窮點不要緊，只要夫妻好好過日子，涼水也能喝出甜味來，現在手頭上有了田和地，那就更不愁沒日子過了。

可光虎呢，從來不下地幹活。前兩年大呼隆，他早上怕露水，中午怕日頭，晚上怕鬼，一年掙不到半年的工分。今年分了田和地，你瞌睡躲不了懶吧，可他也不幹。他講他不會幹，幹不慣。過去在農場也幹活，是馬有能託了朋友給他幫了忙，讓他看守農場的養魚塘，任務就是給魚下飼料，有人撈魚就過秤記賬。他幹這事特別認真，每天賬務清清爽爽，領導信任他，他就這麼乾淨鞋襪地幹了好幾年，一點不吃虧。沒想到現在回家了還要苗秧佈種、犁田打耙，還不如在農場裏快活。

過去有老爸在家，別看老人年紀一大把，可人老身子骨硬，田裏、地裏是一把好手，好多事情不需要他幫忙。老爸心窩子深，就是有氣也是悶在心裏，平時不吭聲。老爸不講兒子，媳婦當然就不好管丈夫，日子過得還算順利。自從老爺上了臥龍山，眼不見，肚不悶，一年到頭不回家，這下好了，光虎自然成了一家之主，什麼事都指揮老婆做，自己是油瓶倒了把腳踢。他不幹活，無事就生非，還經常結一些狐朋狗友。這幫臭味相投的二混子在一起，有了共同語言，就三天兩頭的在家裏吃著、喝著、打麻將。沒錢就到石頭家開的小店裏賒，賒多了沒錢把，石頭也就躲著他了。你講這日子還能過下去嗎？

新娶老婆三日香，過了三天用棍棒。窮人肝氣旺，一窮就得吵，三天一小吵，五天一大吵，家裏吵得天翻地覆，可村裏沒有老鬼登門勸解。因為山裏人都認為：「好漢無好妻，賴漢娶花枝；好妻沒好漢，天下一大半。」這是正常現象。自古以來，女人都是男人的胯下馬，任人騎來任人打。村幹部從來沒有誰家丈夫打老婆，站出來罵丈夫的。清官難斷家務事，管他媽的呢，打死了活該。女人，認命吧。

光虎家吵架，別人可以袖手旁觀看熱鬧，光妹不能乾瞪眼。這樁婚姻是她絞盡腦汁捏合的，如今出現裂口子，自己有著不可推卸的責任。所以，每次吵架，光妹總是先講玉蘭，說：「人家在農場出來，出門矮人一大截。俗話講：『夫妻不和，妯娌們欺；家庭不和，外面人欺。』家庭過日子，怎麼那麼好，哪個勺子不碰鍋沿的？牙齒同舌頭好，有時也還咬一口，凡事都得忍著點。再講呢，夫妻是樹，兒女是花，等生個一男半女的，男人的心就會收。」

玉蘭聽了光妹的話，忍著吧，希望能忍出個孩子來。可講來也怪，她結婚也兩多年了，到今天肚子還是癟巴子。她經常找光妹談心，討論著是不是當年石頭當隊長，學大寨時為了撒尿的事，她下身流多了血，現在不生了。光妹也解不開這個謎，因為兩人都有講不出的苦心懷。

要講人的婚姻本是緣，不是良緣就是惡緣。

話說這一天中午，白玉蘭翻地累得一身汗，回家推開門，一股濃煙嗆得她咳嗽老半天。原來光虎又帶著三個遊手好閒的人躲在家裏打麻將，地上到處是煙蒂和痰水。因為門窗關得緊緊地，滿屋子都是煙霧，大白天開著電燈。

白玉蘭進門就要拉窗簾。肖光虎大聲地說：「哎，哎，幹什麼你？你是想讓派出所的人來抓我，希望我二進宮啊？」順手打了一張牌：「八條！」

白玉蘭看有這麼多客人在場，心想：「給他一點臉面吧，吵架傳出去讓人笑話。」就忍下一口氣拉嚴了窗簾，關了大門，一屁股坐在門邊生悶氣。

光虎抬起手腕看那二百五的手錶，已經十一點多了，望了她一眼說：「看到我們這麼忙，你怎能忍心坐在那像個土墩子呢？木頭呀，快去燒飯，哥們幾個早餓了。」

白玉蘭氣鼓鼓地說：「家裏沒買菜，我拿什麼燒？」

光虎埋頭打牌，說：「我講你呀，短工服侍長工，老婆服侍老公，這都不懂。早上應該買點雞呀肉的，放在鍋前再下地嘛。唉，現在不講了。」伸頭向那幾個又說：「對不起，早上忘了買菜，那就吃麵條怎麼樣？」

那幾個人點了點頭。

玉蘭想想好笑，說：「你吃根燈草放輕巧屁，講出來不怕人笑話，家裏過年過到二十邊，油鹽罐子都朝天，見不到一根麵條，我拿手下？」

光虎打了一張牌：「白板！」扭頭對她叫著：「哎喲，別為青棗瞎操心，到時自然紅。去，到石頭小店裏拿幾筒麵來。」

玉蘭那年學大寨留下月子病，同石頭見面不講話，現在一聽講石頭心頭就來氣，站起來大聲地說：「你可曉得，上次賒了一條煙、兩袋鹽還沒把錢呢。」

光虎怕在朋友面前丟面子，說：「好了，沒工夫跟你耍嘴皮子。」順手在桌上拿了一張兩塊的票子扔過去，說：「快去，給那個小氣鬼帶個信，土糞堆都有發熱的時候，閻王老爺還能欠小鬼的錢？」

白玉蘭看那幾個人都把眼睛望著自己，就撿起地上的錢出了門。

講那三個小子也真不是正經胎子：一個頭髮長，一個穿著女人的花褂子，一個臉上一塊疤，看樣子是打架的好手。這幾個見玉蘭出門就議論著。

頭髮長的說：「哎，老虎，你老婆可怕你？」順手打了一張牌：「二餅。」

光虎立即推倒兩張二餅：「對一個！」又打出一張：「八條。」給每人散了一支煙說：「老婆是什麼，還不是爺們褲腰帶上的煙袋鍋子，想磕就磕，想吸就吸。磕累了就吸那麼一口，還怪有味的呢。」

幾個人都轟的一聲笑了。

穿花褂的抓張牌又打了一張：「虎哥，你老婆那麼看重你，不見得吧？」

光虎聳聳肩：「那還用問，我叫她到東她不到西，我叫她打狗她不攆雞！」

穿花褂的說：「別吹了，我看她是看重錢，沒有你給她兩塊錢，她能出去買麵條？」

一塊疤抓了一張牌又打一張說：「他媽的，看來我們真的要抓一點錢，不然在老婆面前直不起腰呢。」

長頭髮說：「聽講在廣州那邊生意好做得很，那裏的錢只要你彎腰就能撿到。」

一塊疤伸頭說：「對，還有個深圳與香港交界，中央要在那搞開發區，那裏錢就像臥龍山秋天的樹葉子，一摟一大抱呢。嗨，就是差本錢。」

光虎說：「沒本錢向人借嘛。」

一塊疤說：「借？向誰借？我家親戚都是媽的窮光蛋。」

光虎想了想：「對，我有個兄弟肖光雄，大學畢業在省城工廠工會工作，前年我結婚他一出手就是一百。」

一塊疤說：「那就不好辦了，你結婚他已經放了血，再向他借錢，好曲不能唱兩遍吧。」

這時白玉蘭拿麵條進屋，向鍋前走去。

穿花褂的說：「哎，別光顧扯淡了，打牌打牌，剛才誰抓的？」

長頭髮說：「哦，我的。」伸手抓了一張，又打出去：「一筒。」

光虎一樂說：「好來，再對！」推倒兩張牌又打一張：「東風。」看著自家一手的好牌，心裏洋洋自得，不時把眼睛看著鍋前說：「哎，就清寡水麵啊？」

白玉蘭沒好氣地說：「不會，還有老母雞湯呢。」

光虎說：「老母雞湯就不想了。去，到大哥家借幾個雞蛋來，每人兩個蛋。下麵沒有蛋，不如吃湯飯。」

白玉蘭正好把水燒開，一筒麵放進鍋裏說：「要去你去，我是不去。」

光虎瞪眼：「你為什麼不去？」

玉蘭說：「我哪有臉呢。結婚還欠人家二百多，上個月又欠一百斤米。」

光虎輕描淡寫地說：「哎喲，我跟大哥是什麼關係，兄弟呀，打開門是一家子嘛，一家人不講兩家話。我小船靠他大船邊，鞋子唷襪子的事情。」自信地打出一張牌：「二條。哈！我要開牌了。你們準備掏吧。」

正巧一隻老母雞在桌底下轉來轉去，大約見光虎的白鞋帶子，就啄了一口，把他吸痛了，氣得一腳踢了牠。那母雞翅膀一撲，逃出桌子邊，還「咯咯嗒，咯咯嗒」地叫著。

一塊疤見母雞就說：「你家有母雞難道沒蛋嗎？」

光虎望了老婆一眼說：「我家的母雞是實屁眼，長得紅冠赤耳的就是媽地不會生蛋。」

其實他家母雞是生蛋的，只是吃光了。玉蘭曉得他是指桑罵槐，指和尚罵禿子，也就不朝那邊買賬，把一口氣噤了下去。

他們的牌又打了一轉，臨到光虎抓牌了，他把手拍拍，看樣子這次有希望了，就又對老婆叫：「哎，叫你借雞蛋怎麼還不去呢？」

白玉蘭本來就氣得不打一邊來，這時大聲道：「我死也不去，要吃就吃，不吃拉倒！」把勺子往鍋沿上一摔，嘩啦一聲說：「人家女人跟男人一天有三頓飽飯，我跟你有什麼？三頓飽氣！」

這句話講重了一點，把光虎講呆了，想到自己在這麼多朋友面前丟了面子，眼睛瞪得牛眼樣的大，臉色氣得像豬肝，順手從腳上脫下鞋子砸過去。

白玉蘭沒注意，鞋子正好打在頭上，她便轉身跺腳罵道：「你這個短命鬼，刀砍的，槍打的，我前世造了什麼孽，嫁給你這個黑心的、爛肺的啊！」罵著淚水嘩嘩地下來了。

那幾個朋友見光虎動了真，就站起來推了麻將說：「好了，好了，有麵就算了。」

光虎這時正好抓了一張好牌往桌上一摜，站起身來推倒自己的牌子，大叫：「三筒，哈哈，開啦，三六九筒都開，自摸外加清一色。」

長頭髮說：「是嗎？我牌也不錯喲。」

穿花衣的也抓了一張牌：「看，我不也開了。」

光虎望著他們說：「不能耍賴吧，我這把算算，你們都要荷包底朝天的。」

他知道兩個朋友是有意和的牌，又不好發他們火，就把氣撒到老婆身上，撲到鍋前揪著白玉蘭就打：「就怪你這個臭婆娘，不去借雞蛋。我這一牌，可是一籃子雞蛋呢。你個臭娘們，鐵母雞，實屁眼。你這塊鹼地，開犁下種不出苗。我怎麼倒楣找你這麼個老婆呢？」

這叫：「打人不打臉，罵人不揭短。」白玉蘭已經為自己不生孩子發愁了，今天當著這麼多人的面罵起來，加上她本來就有氣，好了，這下受不了了，大哭著說：「天啊，這日子沒法過了，我也不想活了！」說著，一頭碰在鍋臺上，頓時額上的血就流了出來。

肖光妹在家已經燒好了飯菜，到門口張望著兒子可放學了，聽到這邊有吵架聲就衝過來；進門看白玉蘭額頭上流著血，伸手在鍋洞裏抓了一把草灰。草灰裏還有火星，燙得她手一抖。她把熱草灰壓在玉蘭的額頭上，一腳踢了光虎說：「快，拿毛巾來。」

光虎傻了，好像在麻將的夢中被大嫂踢醒，也不知道自己剛才罵了什麼話，又是怎麼動的手，順手把洗臉架上的毛巾遞過去。

光妹接過毛巾又刷到他的臉上，罵道：「乾毛巾呀，豬哎！」

光虎忙著翻箱倒櫃地也找不到第二條毛巾來，只找出一件破舊的白褂子，撕了一條袖子遞給光妹。

光妹包紮了傷口，扶她到裏屋床上，說：「玉蘭啊，你有氣就撒出來，不能憋著，這樣會出命呢。他打跟他打，他罵跟他罵。怕他屁啊！」勸過了玉蘭，回頭指著光虎的鼻子罵道：「牙剔稀，耳掏聾，家裏吵嘴是越吵越窮，這話我勸你幾十遍了，你這個豬頭包子當耳邊風。今天看來不教訓你，你還沒長耳性。」順手從房門邊拿了一根扁擔，朝光虎身上砍去，邊砍邊罵道：「我叫你打老婆，叫你打老婆！」

光虎曉得自己錯了，也就不躲避，背著身子讓嫂子打幾下，嘴上大叫著：「大嫂，我再不幹了。饒命啊，哎喲，打死人了呀！」他叫的聲音特別大，有意讓玉蘭聽的，好讓她消消氣。

大嫂停了手，又張嘴罵：「你這個頭頂生瘡、腳底流膿的活豬，就憑你，人沒人樣，家沒家當，還不是玉蘭念你可憐，才進了你這間破屋子，不然滿天的大雨，也淋（臨）不到你的頭上。大嫂我忍了這麼多天了，把面子給你你不要臉。你屬猴的，越變越邪門了。敢打老婆？告訴你，今後要打玉蘭，我就打爛你的臉！」

罵得光虎連連點頭道：「是，是，我記心裏了。」

光妹打罵完了光虎，從房裏出門，伸手抓住桌上麻將扔到門口的陰溝裏。光虎的那幾個朋友都嚇得站在門外。光妹在門口一手叉腰，一手指著他們的鼻子跺著腳罵道：「我弄你媽！你們一個個小鬼兒子，有娘養、沒娘教的東西，你媽什麼時候吃多了鹽，鬆了褲腰帶，漏下你們這幫鹹（閒）蘿蔔頭子！這不怕家裏窮，就怕出懶蟲。你們家裏有田有地不去伸把手，整天在外挺屍遊魂地。告訴你，婊子兒，老娘今天見一面，就認得你們三個長得人模狗樣，下次見到了，老娘就掃斷你們的腿！」

肖光虎的那三個朋友被她罵得鼻子不是鼻子、臉不是臉的，可他們誰也不敢放個屁。早就聽人講臥龍山的肖光妹，人高馬大，上下十里村一摸不擋手，今天從她的行動和罵人的言語，已經領教了是名不虛傳。看來今天這口麵也吃不成了，哪怕他們都是老虎，但她是坐山虎，他們是行山虎，好男也不能跟女鬥。只好像痲雀一樣一哄而散，各自回到自己家裏去了。

肖光虎出來沒地方去，父親肖貴根就是恨這個不爭氣的兒子才到林場吃住的，他去一口水都喝不到。無路可走，只好在路邊逛來逛去。閒得無聊就想哼哼。想起前幾天哥們幾個跑到十里路外看了一場電影，名叫《柳堡的故事》，就哼了起來：「九九那個豔陽天來喲，十八歲的哥哥呀坐在河邊……」可惜後面記不得了，也不知唱得對不對，加上中午這餐不知在什麼地方著落，肚子還嘰嘰咕咕地叫著呢。

小學校的鈴聲響了，學生一窩蜂樣地放了學。他站在路中間伸頭張望，那一群學生中，有個學生他認識，他叫邵小陽，是大哥的兒子。看到這天真活潑的小陽就想起八年前的邵小寶。比他還小一大節，為炸母親的墳，跑上山把自己炸飛了。他老呆子不明不白地坐了六年牢，時間真快呀，轉眼大哥這個兒子也長大了。

「叮鈴鈴！」一輛自行車把他撞倒在地，那騎車的人也落個人仰馬翻。光虎想：「他媽的，人倒楣喝涼水都磕牙，大白天站路邊被車子撞著！」倒在地上半天爬不起來，心裏火直往上冒。一見是公社郵遞員小洪。老洪的兒子，給大隊送報紙，車子倒路上，報紙和信件灑了　地。光虎頓時消了氣，爬起來也就主動笑笑：「對不起，我接侄子放學，沒注意。」

小洪本來黑著臉，聽他這麼一說，也就消了氣說：「也怪我太急了，家裏來了我的女朋友，可我爸非要我送了這趟再回去吃飯。」

光虎說：「你爸我認識，工作就是認真。」

小洪望他一眼，撿著地上報紙說：「你接侄子，我怎麼不認識你？」

光虎笑笑：「是啊，我……我在外地工作，不常回來。」

這時小陽已跑到面前，對光虎喊：「叔叔！」

光虎：「小陽，我來接你。」

小陽說：「我自已能回家。」又轉向小洪說：「郵遞員叔叔，我爸有信嗎？」

小洪說：「沒有。小陽真乖。」撿完了報刊裝信袋裏，突然想起了什麼：「哦，小陽！」見小陽一陣風樣跑出老遠：「這孩子。」

光虎望著他問：「怎麼，有我大哥的信？」

小洪從郵包裏抽出大夾子，翻開說：「不，這裏有張肖光妹的匯款單。」

光虎緊接著說：「我嫂子的？」伸手拿過看了看，匯額是兩千塊錢，匯款地址是廣東惠州××公社××村，匯款人是彭亞東。右邊留言上有「已去香港」字樣。

光虎心裏一驚，這是怎麼回事？哪個冒失鬼匯錯了？想到這可是兩千塊錢的天文數字，立即笑著說：「哦，是我大哥的朋友寄來的。對，前幾天就來信，款子今天才到，單子交給我好了。」

小洪呆望他：「你……」

光虎接著說：「我是邵光龍的兄弟，不知道嗎？」

小洪笑著說：「哦，你是在省城工廠工會工作吧？」

光虎也附和著：「對，大名肖光雄。」

小洪說：「那就請你簽個字。」

光虎在他遞過大夾子指定的地方簽了肖光雄的名字，可手有些發抖。

小洪說：「到大隊蓋個公章到縣郵電局拿錢。」

光虎被他說明白，其實他是剛剛才曉得，可點頭說：「曉得曉得。」

小洪又把幾份報紙遞給他：「這幾份報紙你也順便帶到大隊部。我也是事情太急了！」轉身上了車箭樣的飛走了。

要是老洪沒退休，這事也許不存在。小洪年輕，做事當然毛躁。反正這件事使肖光虎的人生來了一百八十度的大轉彎。

肖光虎把手上的匯款單反反覆覆看了又看。「天，兩千塊，聽講縣裏幹部每月工資只有四五十塊錢，這兩千塊，可是縣大老爺三四年的收入啊。這匯款人彭亞東，這彭亞東又是誰？我可從來沒聽講過。」他想了好半天。「唉，算了，管他呢，白紙留黑字，寄給光妹就是我嫂子的，錢還能咬手？嘿嘿，發了，嫂子發了，大哥發了，我是他們的堂兄弟，看在我老頭子的面子上，有油水也該讓我沾點光。嫂子爽快人，說不定一高興賞我個百把兩百的，起碼也該請我吃頓飯吧。」想到這些，心頭一喜，把報紙往胳肢窩裏一夾，匯款單小心摺著放進插自來水筆的上衣荷包裏，邁著方步，一路哼著小曲，向村裏走去。

當走到石頭家小店門口，聽到裏面亂哄哄的。「怎麼回事？老倆口不是打架吧？」他伸頭往院裏一看，有殺豬桶，一地的豬毛，還流淌著髒水。「現在一不過年，二不過節的，怎麼殺豬了？」聽裏面有人講笑聲，從中聽出是石頭的兒子石蛋訂婚，聽講還是馬屯公社幹部的女兒呢。村裏幾個幹部都在場。「我說呢？像石頭這樣的小氣鬼，捨得請人吃殺豬飯？」再一想：「他家過去窮得叮噹響，現在手頭活乏了，石蛋算來才十來歲，都訂婚了；我肖光虎當年在村裏是紅碼頭，沒想到今天，連當年的狗熊都大學畢業在省城工作了，只有我水落十二秋，出門見人矮三分。」他想著走著就來到大嫂家門口。

這兩年，光妹對玉蘭比自已親妹妹還親，吃個螞蚱都少不了給她一個大腿，兒子小陽更是乾媽前、乾媽後地叫她。今天見他們夫妻打架，也就盛了一碗菜送到白玉蘭家中，又在她家鍋裏盛了一碗麵，端在躺在床上的白玉蘭面前。

只聽玉蘭嘴裏一個勁地罵：「這個槍打的、刀砍的，我前世造了什麼孽，當初怎麼屎糊了眼、鬼迷了心，嫁給這個豬頭三！」

光妹坐在床沿上，低頭半天沒吭聲。每次聽到她這麼罵，心裏就像刀割地難過。講實話，當初不是她，玉蘭是不可能嫁給光虎的，哪怕嫁給當年石頭隊長那個訂娃娃親的哥哥，玉蘭也不會落下這身病。可怎麼講呢？光虎當年也是替光雄坐的牢，他們家心裏欠著光虎一筆無法還清的債，哪想到光虎幾年牢改坐下來變了人。她感到很對不住玉蘭，後悔當初捏合了這對夫妻，坑苦了這麼漂亮姑娘一輩子。光妹等她罵累了，大氣出了，才催她吃飯。

也就是在這個當口，光虎來到光妹家，見小陽一個人坐在桌上吃飯，就問：「你媽呢？」小陽說：「給乾媽送吃的了。」

光虎看那桌上一大碗的紅燒肉冒出的一股香味，直往自己鼻子裏躥，頓時肚子咕嚕嚕叫個不停。「唉，就算嫂子提前請我吃了一頓算了。」把報紙放在桌邊，毫不客氣地盛了一大碗米飯，坐到上沿大大咧咧地吃著。特別是紅燒肉，那可是多少年沒見過！也顧不上小陽吃沒吃，一筷接一筷地吃得津津有味。

光妹從玉蘭家回來，站在門口呆住了。沒想到這個無賴像一家主人樣的架著二郎腿，吃得那麼有滋有味。要不是捨不得手中的一隻空碗，真想一下子砸得他頭破血流。更可氣的是，他見到她站在門口，像丈夫見到妻子一樣，把筷子在碗沿上敲得叮噹響，講起了大話：「怎麼？去哪兒了？哎喲，別老掛著蜘蛛網的臉，成了老菜根子了。中午就這麼幾個菜、光幾塊肉，連個魚和雞都不買！」

小陽也叫著：「媽，叔叔把幾塊大肉都吃掉了！」

光虎還歪著頭說：「對了，叔叔吃了要工作去，馬上叫你媽給你燒雞吃。」

光妹同兒子倆過日子，也有個把月沒見肉皮了。今天見石頭家殺了豬，才砍了一斤給小陽解解饞。萬萬沒想到光虎現在變成這個樣子！這幾句話給她火上燒了油，她再也控制不住了，上前飛起一腳把他坐的板凳踢翻：「吃，吃你媽的鬼呀！」

光虎一碗米飯吃了一大半，屁股一歪坐到地上，那半碗米飯連湯的倒在自己的臉上。

小陽拍著手哈哈樂：「哈哈，叔叔吃……吃個狗吃屎！」

光虎仰地上翹著屁股，半天爬不起來；抹著臉上的湯水，滿嘴的米飯吐不出來又嚥不下去。

光妹看他那熊樣真是又好氣又好笑，從桌邊拿了大掃帚就要打他。他這才捲起報紙連滾帶爬跑到門外，嘴裏含著米飯，講話還難聽清：「我……我沒白吃，我這裏有錢。」說著就在報紙裏翻。

光妹沒看到他翻出什麼所以然來，就又追打著：「錢？你飯碗裏吃出錢來，騙你老子不吃焦豆腐。」

光虎這才想起，在褂子荷包裏掏出匯款單：「在這裏，看，兩千塊！」

要是他講個三百五百的，光妹也許還有點相信，可他開口就是兩千，她還從來沒聽過這個天大的數目，就罵道：「還兩千！千，牽你媽的卵子毛！」

光虎湊過去真誠地遞給她：「真不是騙你，大嫂，廣東惠州寄來的，人家已到了香港。」

光妹接過那張紙條，看也沒看就在手上揉成個紙團砸在他臉上：「吃飯了沒事做，盡跟我香講臭講，給你吧，發財去吧，我肚子還餓著呢。」說完就「呼」的一聲關上大門，再也不理他了。

肖光虎撲到地上，小心撿起那張紙團，用手慢慢展開，吹了吹上面的塵土，那「給你吧，發財去吧」的話語在耳邊迴蕩，一個閃光的念頭在頭腦裏展現。

也許是蒼天開恩，掉下個元寶落在他的頭上，也許是命中註定他該得的財富。他想道：「這叫：『命中有的自然有，命中沒有的莫強求。』現在命中給了我，我能不收嗎？機不可失，時不再來，錯過了廟門無處躲雨。剛才幾個哥們還閒扯著外出做生意沒有墊缸本，這不就在我手上嗎？什麼叫『天無絕人之路，地無無根之草』呢！好，就這麼定了。」

他撿起地上散落的報紙，向光妹家那關閉的門口深深地鞠躬，心裏默默地唸道：「大嫂，兄弟今天就算是向你借了兩千塊錢。這筆賬刻在我的心頭，人不死，債不爛。從今以後我將殺入商場，闖蕩江湖，若有一天混出個人上的人，兄弟將加倍償還你的款子，並永遠不忘你的大恩大德。」接著便轉身昂頭挺胸、邁開大步向大隊部走去。他眼前要攻下第一道難關，就是在匯款單上蓋大隊的公章和寫上一張出遠門的介紹信。

臥龍山大隊地盤不小，可人口少，八個小隊也只有六百來號人，大隊領導班子一般是三人。年初邵光龍上了山，馬德山進了城，河裏無魚蝦也貴，矮子當中選將軍，李常有當了大隊書記兼大隊長；他推薦山窪隊大栓子任副大隊長，還有一名缺額只能等等再講。而大栓子家離大隊部又遠，平時忙著自己的一畝三分地，所以李常有是一手遮天。臥龍山自去年通了公路，人隊部這幢路邊的三間房子，就成了全村的門面。一朝君子一朝臣，李常有一上任，就在原三間的後面又蓋了三間，大隊部移到後面辦公，前面的門面開起了小食堂，由李常有的小舅子、楓嶺大隊的張大嘴承包，每年上繳幾個打眼錢。

李書記這個小算盤，全大隊人早已打得聒聒響，張大嘴只不過是李家的手爪子，全部的油水都上了李常有家的母老虎張臘香的腰包。食堂嘴巴上講是為上級來人招待所，外面有過路的人也能吃頓飯，其實也就是不須繳稅的飯店。

肖光虎進了食堂，聽到裏面亂哄哄的，伸頭看到裏面的一桌客人在「五魁手」、「八馬」地吵得天翻地覆。

張大嘴肩上搭著毛巾，端著一碟熱氣騰騰的燒菜從他身邊一閃而過，吆喝著：「糖醋排骨，來了！」轉身見到光虎咧嘴一笑，嘴角連著耳根子。我的天，嘴真大，像豬八戒再世。見光虎胳肢窩裏夾著報紙就說：「原來報紙在你這裏，怪不得沒見小洪了。」說著一手拿毛巾擦額頭上的汗水，一手要接他的報紙。

光虎欲遞過去，可又縮回來說：「不，我要交給李書記，上面有重要新聞。」

張大嘴又咧嘴了，說：「嗨，現在新聞誰不曉得？」伸手抓了一把，「大家都來抓票子。」又去了廚房鍋前。

真是講到鬼鬼就到，李常有夾著小皮包走進來。他現在發福了，中午大約喝了不少，臉紅到老頸脖子上去。嘴邊油光光的也不抹一把，嘴巴插了根牙籤，有時還嗝一口酒氣。

張大嘴哈巴狗樣的迎上去接過皮包說：「人家等你，中午在哪？」

李常有說：「石頭家，衣拐都拉碎了。」

張大嘴說：「自從我們在城裏進貨，他的小店就難以維持。這下好，明天不銷他幾條煙不放你。」說著進鍋前燒菜。

肖光虎滿面堆笑迎上去：「李書記，你好，吃過啦！看你滿面紅光的，好像比過去年輕了十多歲呢。」

儘管像糖貼在舌頭上，每講一句滿口冒甜水，李書記聽得很舒服，但還是斜著眼看他，剔了剔牙說：「光虎啊。」接著吐了一口唾沫，不是嘴裏有唾沫，而像是有意吐的。又問：「有事啊？」

光虎雙手遞過報紙，說：「我送報紙，還有點事請教。」

李書記也沒看他：「你到後面坐一會，我給電工陪一杯，一天到晚瞎雞巴忙。」就一頭鑽進裏屋酒席上去。那屋裏「轟」地一陣尖叫，像沸騰的油鍋灑了一滴水。

光虎心想：「唉，時代不同了，一部分人先富起來，哪個老社員還不是眼巴巴地看著幹部先富起來？大隊幹部開飯館，生產隊長開小店，互相競爭，互為利用，共同發財，哪有心思管老百姓的日子呢？」他咬咬牙，暗下決心：「哼，你李常有是六月天的西瓜紅到邊，我肖光虎總有一天是天上的紅霞紅滿天。你這幾間飯店什麼狗屁房子，等我有了錢，殺個回馬槍，蓋他媽的三層樓，非把你們這些小蘿蔔頭子壓趴下去！到時請全村男女老少好好吃喝一頓，讓農民也出出這口惡氣。」他想是這麼想，可眼下還得求人辦事呢。人不求人一樣高，人欲求人那可是到了彎腰樹——不得不低頭啊！

他來到後面辦公室，這裏也變了樣子，中間是長條桌，十幾把椅子；裏面隔起一個大房間，一張大辦公桌，桌上一部手搖電話機，邊上放了一張床——聽說村裏所有婦女計劃生育檢查都在這張床上翹過胯子，也是李書記午休場所。這張床不知躺過多少女人，也躺過李常有多少發財夢。他眼盯著那張辦公桌，公章就放在裏面的抽屜裏，鑰匙掛在李書記的褲腰帶上，不知今天的事是否順利，他望蒼天開眼讓他過了這道門檻，實現自己的遠大理想。他坐下來看著報紙，心裏撲通撲通地跳個不停。

過了好一會，只聽李常有在外面大聲：「對不住了，縣裏來人我已喝了不少，不再陪了，這裏電費請多關照。」

光虎想想好笑：「明明在石頭家吃殺豬訂婚飯，還講縣裏來人。當官的話，十句沒有一句真。」他站起來迎上去。

李書記看他，顯得很驚訝地說：「哎，你怎麼還沒走？你夫妻吵嘴的事，明天講，我要睡覺。唉，累死了。」說著就往辦公室裏走。

光虎心想，明明叫我在辦公室坐著等，怎麼講這些不在調子的話？沒辦法，還是跟屁蟲樣地跟過去說：「李書記，我給你買了兩瓶酒，『老古井』，看這裏人多，不好拎過來。」

李書記興趣來了，說：「怎麼？看來你不是跟老婆吵嘴，是打麻將讓派出所盯上了吧？」

光虎笑笑說：「哪兒呀，我早就洗手不幹了。」

李書記緊接著說：「那一定是把玉蘭打傷了。」

光虎笑得更響了，說：「我跟玉蘭是小打小鬧，打是親、罵是愛呀。李書記，我是想請你開張介紹信，到光雄那裏看有沒有事做，免得在家窮磨牙。」

李書記擺擺手：「那就明天開。」

光虎求饒地說：「哎喲，李書記，下午約好幾個朋友一道出門。」

李書記坐在床沿上說：「你他媽的真會瞎雞巴摻和。」脫了從來沒上過油的豬皮鞋，尼綸襪子濕了一大節，散發出的臭氣薰得光虎差點閉過氣去。

李書記打了個哈欠，說：「桌上有信箋，你寫，寫好了我看看再蓋戳。」

光虎又點頭：「好，好的。」便坐在辦公桌邊拿筆寫著，其實沒有寫，他在想點子。

李書記酒多當然話就不少：「我說光虎，你大哥把這麼個雞巴爛攤子交給我，怎樣？欠了老鼻子債呢。」

光虎回頭答：「是呢，聽講我大哥覺得自己欠大隊的，可離任時查賬，公家還欠他幾十塊呢。」

李書記說：「尺有所短，寸有所長。你大哥好啊，忠誠報國，體恤百姓，一腔熱血，兩袖清風。可是水清不養魚啊！我主持工作，怎麼樣？兩個月時間吧，先改造大隊部，食堂給人承包，每年還有幾個進賬吧。來人招待就扣嘛，扣完了就欠著，有三間房子頂著。我小舅了敢不聽我的？這樣呢，全大隊一潭死水就變活了。」

光虎說：「是呢，還不是你工作有方，這頂帽子早讓你戴幾年，村裏家家蓋起了小洋樓，人人過上共產主義了。」

李書記聽到這些像吐出插在喉中一根魚刺樣地那麼痛快，笑笑說：「那也不能這麼講，還是趕上政策好，八仙過海，各顯其能。」又打了個哈欠說：「寫好了嗎？」

光虎點頭說：「快了，快了。」

其實他什麼也沒寫，趴在桌上畫李書記的醜態像。時而低頭從胳肢窩下看李書記瞌睡真的來了，眼皮耷拉著，只是每講一句才睜一下，大約實在熬不住了，說：「唉，虎憑威風官憑印，那是過去；我撿個卵子是癟的，大隊鋼戳子有雞巴毛用？」從褲腰帶上摘下一串鑰匙往桌上一扔，說：「公章在左邊抽屜裏，你寫好自己戳去，想往哪戳就往哪戳，只要別去偷雞摸狗……不過，講好了，晚上我在家等……等你，『古井』是好酒，我最……最喜歡……」不到三分鐘，就開始打呼嚕了。

光虎望他笑了笑，可拿鑰匙的手還是有點抖。開了抽屜，把公章在印泥上按了一下。首先戳在匯款單上，再在介紹信上蓋了章，輕輕放進荷包裏，這才長長地呼了一口氣。本想把鑰匙還給他，可喊了一聲沒叫醒，就又毫不客氣地在好幾張空白信箋上蓋了章，打算今後做生意備用。好了，一切都辦妥了。光虎像帶著怒氣也像帶著喜悅，「梆」的一聲關了門，驚得李書記身子一顫。

人呢，運氣不來，看到財源在身邊走過，麻繩都捆不住；運氣到了，財源要來，門板擋不了。這真是天上掉下個元寶，土糞堆子真的發熱了。

肖光虎出了大隊部一跳三尺高，瘋狂地呼喊：「哈哈，老子贏啦，老子贏啦，哈哈哈！」又不知不覺地哼起來：「九九那個豔陽天來喲，十八歲的哥哥呀走在村前……」

村裏人見了，都以為他哪根神經出了問題，像聞到他身上臭氣樣的躲著他。

肖光虎馬不停蹄，一頭鑽進鳳凰嶺大隊的一塊疤家中。一塊疤老婆叫一枝花，全村有名的體面女人。一塊疤父母死得早，自小跟祖母過日子；祖母死後他就成了獨身漢。巧的是村裏有家父母把女兒一枝花許配人家，收了男方彩禮，可一枝花死活不願；男方派人來搶親，一塊疤路見不平，拔刀相助，打斷新郎一條腿——坐了兩年牢，同光虎在農場成了難兄難弟，可臉上留下了一塊疤。一塊疤出獄後，賣了祖上留下的三間房，幫一枝花還了男方的彩禮。這真是：「龍交龍，鳳交鳳，老鼠的朋友會打洞。」小夫妻住進生產隊過去養牛的兩間破草棚，屋內一無所有。他們的生活是有來吃一餐，無來餓一頓。今天光虎進了門，一塊疤傻掉了，不知拿什麼招待這位朋友。

一枝花毫不含糊地說：「我去想辦法。」

光虎問她：「你有什麼辦法？」

一枝花脫下手上結婚時母親給她的玉手鐲子，說：「虎哥沒來過，我就是割身上肉也要讓他美餐一頓。」

光虎感動了，一把拉著她說：「酒肉朋友易遇，患難之交難找。有你這份心，夠了。走！從今往後我帶你們夫妻打天下，有我肉吃，絕不會叫你們啃骨頭。」說著就掏出了匯款單。

一枝花總有些不相信，就這麼一張紙真能換來兩千塊錢？可一塊疤相信，伸手把光虎擁在懷裏緊緊抱了一下，說：「走！」

三人一道出了村，到公社門前乘車到了縣城，在街邊刻了一款「肖光妹」的私章，就精神抖擻地上了郵電局，進了大廳的櫃檯。光虎把匯款單遞過去，那女營業員接手上翻來覆去地看了一遍，又抬頭望著他們三個人，問一枝花：「你是肖光妹？」

一枝花沒任何思想準備，搖頭說：「不是。」

光虎立即接過話頭：「光妹是我老婆，在家奶孩子沒來。」

一塊疤在背後捅了一枝花，一枝花笑著接過話：「光妹是我姐。」

話雖出了口，可身子嚇得抖起來。女營業員也就沒再問，翻開辦公桌上鐵盒裏的一張單子，同這張單子對了對，又問：「有私章嗎？」

光虎忙遞過去：「有！」

女營業員拿私章看看，在那單子上戳了一下還給光虎，然後打開抽屜，開始數票子了。兩大紮的票子，數過來又數過去，數過去又數過來，數了好大一會，把他們三個人數得一身的汗。

女營業員終於站起來，光虎急得雙手來接，奇怪的是女營業員沒有把錢交給他，而是把原來的單子遞過來，光虎嚇得臉都白了，不知發生了什麼事。只聽女營業員不緊不慢地指著匯款單說：「在上面簽個字，就簽你的名。」

光虎簽上了邵光龍的名字，因為他清楚要跟介紹信上一致。女營業員這才把兩大紮新票子放在櫃檯上。一塊疤嘴張得多大，一枝花眼都看直了。

女營業員說：「每紮一千，你數一數。」

光虎若無其事的樣子說：「你數的時候我看得很清楚，不要再數了。」把錢放進中山裝荷包裏，荷包鼓得多高。

女營業員說：「那你們走好！」

一枝花向她揮手：「大嫂，再見。」這話又喊錯了，人家還是個小姑娘，頓時臉紅了，又白了。出了郵電局，三個人抱成了團。「啊！有錢了，富人了！」錢是英雄酒是膽，有錢能使鬼推磨。錢是命運，命運就是錢，錢財命運兩相連。有錢就是老大，有錢就能改變人的命運。

光虎帶他倆先去了百貨大樓，買了一個帶拉鏈的小皮包揹在身上，把錢放進皮包裏，又買了兩盒大紅葉的香煙，給一塊疤一包；兩個打火機，給一塊疤一個。

站在一邊的一枝花鼓起嘴說：「虎哥，我就沒有了？」

光虎叼著煙，一塊疤立即給他點上火。光虎吐著煙霧說：「那你就選一件吧。」

一枝花選了一小盒擦臉的香脂，只有五毛錢。

光虎笑了，說：「嗨，太小氣，再選件大東西吧。」

一枝花高興死了，大膽地選了一件胸口開衩的花褂子，十五塊八。光虎付了款。

三人昂首挺胸走在大街上。一塊疤說：「虎哥，下一步怎麼走？」

光虎胸有成竹地說：「別急，心急吃不得熱豆腐。天要晚了，我們先住下來，晚上再合計合計。三個臭皮匠，頂個諸葛亮呢。」

那夫妻倆連連點頭，一切聽虎哥的。

他們來到最高級的江城飯店，到服務臺上登記，女服務員說：「有介紹信嗎？」

光虎說：「有，在包裏，不好翻。」便轉身躲在牆邊，拿出一張已蓋好大隊公章的便箋寫上幾個字，重新來到服務臺遞過去，說：「他倆是夫妻，就住一個房間。」

服務員說：「那不行，有介紹信還要結婚證的，不然晚上公安局查房怎麼辦？」

可一塊疤沒帶結婚證。光虎說：「這樣吧，開兩個房間，一個房間住兩男的，一個房間住女的。」

女服務員說：「那行。每個房間兩個床位，每個床位五塊錢。」

光虎伸手拿出兩張十塊的往桌上一拍，心想：「費了半天的口舌，也只是二十塊錢的事情。」衣是人的臉，錢是人的膽；錢財在手上，酒肉在嘴邊。晚上，三人在後面食堂要了一個火鍋，炒了三個菜，三人坐下來喝著酒，一枝花酒量還不小。她在房間裏換上新買的花褂子，真的好體面喲。大廳裏十幾張桌子坐滿了人，都是些雲南的老虎、內蒙的駱駝——誰也不認識誰，可那麼多人都把眼盯著一枝花。漂亮的女人又給男人撐了面子，兩個男人是昂著頭大口吃菜，大杯喝酒。

光虎表面喝酒，心裏裝著事。他發現隔壁桌上兩男兩女可能是兩對夫妻，其中那個大胖子男的說著廣州怎麼怎麼的掙錢。他聽出了門道，就過去撒了一支煙，那胖子立即拿出打火機給他點火。

光虎看到那打火機打得叮噹響，想到剛才在百貨大樓見過，要一百多塊，就說：「這位老闆真是生意上人，你的打火機就是不一般。」

胖子笑笑說：「是生意人都知道，這打火機在廣州只有十幾塊。」

光虎一驚，可還是平靜地接上話：「是啊，我知道，我的手錶在廣東也是不值錢的。」

胖子把他當著也是生意場上人，雙方談了很多生意上的話。一枝花也很機靈，過來每人敬了一杯酒，還說了「今後生意場上要互相關照」的話，兩桌人像是多年沒見的老朋友一樣。

回到房間，光虎說：「我們的款子就是從惠州寄來的，我曉得地址。」三人反覆商量，決定明天一早下惠州搭一腳，摸摸行情再下廣州。

肖光虎一覺睡醒，拉亮電燈嚇了一大跳，房裏怎麼來了一個女人，仔細一看，原來是一枝花昨晚上沒回房間裏住，同一塊疤睡在一張床上，好在兩人都沒有脫衣服。扭得像麻花樣的緊緊抱在一起。想到昨晚公安局沒來查房，不然的話，不僅查出了男女關係，更重要的是小包裹有整紮的票子，加上他們都是在公安局掛上號的人，心裏打了個冷顫。他不曉得現在什麼時候了，抬腕看了看手錶。「才十二點？」這才想起昨晚光顧著講話，忘了上勁，錶停了。他把錶從手腕上退下來，看看窗外的天色已發白，大約是早上五點鐘了，就把錶指標撥到五點上緊了發條，重新戴在手上。他點著了一支煙，喝了一杯又一杯的水。想叫醒他們夫妻倆到車站買票，只能先到九江再轉車。可看他們睡得那麼香，就沒叫。

他靠在床上，大口大口地吸煙。望著這對甜蜜的小夫妻，想到自己的老婆白玉蘭——現在要出遠門，下廣州，做大生意、掙大錢了，可白玉蘭怎麼辦？能讓她還在家裏捏泥團子嗎？那麼體面的姑娘，好衣裳穿起來，一枝花也比不了她。可惜在泥巴裏摳了兩年真有點不成樣子了。想到自己在農場待了幾年，她就在家守了幾年；他回來低人一等，她沒考慮；一無所有地結婚，她也不講究；這兩年他也不下地幹活，她心裏有氣可嘴上很少講。有哪個老婆能做到這樣呢？就講每次吵嘴，還不是家裏窮嘛，荷包裏不聽分角子響，家裏沒見米下鍋，而每次吵嘴都是他不對呀。這麼好的老婆，按講應該掙錢養活她，可卻是她掙錢養著他。想到這些心裏很難過。「唉，這鞋子夾腳不夾腳，只有腳知道；老婆受用不受用，只有自己曉得啊。」

他吸完一支煙又點上一支，想完過去的生活又想眼下的腳步。「馬上要出門做生意了，生意場上是戰場，身邊沒有一個貼心的人怎麼行？眼前的這一對夫妻只能是朋友，朋友同老婆又是兩碼事。昨晚酒桌上遇到的那兩男兩女，女的是姑娘和嫂子，男的是姑爺和大舅子，那可是鐵桿子一家人。做生意要心往一處想，扭成一股勁才能掙大錢。『打架要靠親兄弟，打仗要靠父子兵』嘛。要是把玉蘭圈進來，那我們也是兩對夫妻；雖然沒有他們兩對夫妻那麼鐵，可我們的心是連在一起的。」到時呢，他出點子，玉蘭管錢。「她是過日子人，不會亂花錢。他們夫妻跑腿運貨，打開銷路。這麼奮鬥個三五年，回臥龍山就是老大！首先蓋個三層樓，把李常有壓趴到地上去。」

他前思後想，左思右想，這次出門少不了白玉蘭！他穿好衣服，揹著小包，臨走丟下十塊錢給他們夫妻吃早餐。自己也不刷牙、不洗臉，就上了街。大商場還沒上班，只有幾家小店剛剛才開門。他就叫著買東西。他曉得玉蘭的個頭穿多大的衣服，買了一套，鞋子買了一雙，還買個大布包裝著，乘上回家的班車。

進了村，首先來到石頭家門前的代銷店，望店裏沒人，他把只有一節櫃檯子拍得「啪啪」響，大聲叫著：「傻蛋，傻蛋！」

這是石頭大兒子石蛋的小名，村裏人大都這麼叫。石頭大約剛才起床，因為自從大隊部裏張大嘴開了小店，他就沒有生意了，想著心裏悶，早上就懶得起。一聽有人喊叫，以為有人做生意。早上有生意，一天的生意就興旺；是大吉利，不能怠慢了。忙披著上衣、提著褲子多遠就答：「來了來了，生意來了！」出門一見是光虎就愣住了。

光虎見他眼角彎裏還有兩砣白眼屎，一陣噁心。拿出一盒煙，自己叼一支，打火機點著了，抽出一支放櫃檯上。

石頭以為他又要賒賬，又不好得罪他，只好假裝在繫著褲腰帶。繫了半天沒繫好，皮笑肉不笑地說：「嘻嘻，小兄弟，我開小店，是佛面上刮金、針頭上蓄鐵，小本生意，這過門關節的還不少。」

光虎說：「什麼囉哩八嗦的，我和老婆一共賒你多少賬？一條煙、兩斤鹽，對吧？」從包裏拿出一張五塊的票子往桌上一拍說：「不用找了。」轉身就往回走。

石頭拿著櫃檯上嶄新的五塊大票子，對著亮光照照，又撿起那支過濾嘴的香煙，鼻子下聞聞，伸頭望望光虎那神氣的背影，自語道：「喲，這小子『昨天撒尿，今天拉屎』——越來越硬了。」便把錢收好，摘下香煙的過濾嘴，點著吸起來。

要講白玉蘭昨天打架也沒有什麼重傷，只是額頭上破了一點皮，今天一早就起床，解開頭上的白布條子，吃過早飯準備下地。正要出門，見光虎回來了——身上揹個小包，手上拎個大包——她就又回身到房裏，脫下外衣躺在床上，重新把白布紮頭上，假裝閉著眼。

光虎一進門就「玉蘭、玉蘭」地喊。

白玉蘭也是眼不見心不煩，當聽到他的聲音，眼水又下來了，罵道：「你這個刀砍的、槍打的，我以為你死在外了呢，還家來幹什麼？」

這次光虎可溫順多了，笑笑地坐在床沿上，要拉她的手，被她推開了；而再抹眼水，好像也沒什麼眼水，手上乾巴巴的。他看她頭上還紮著白布條子，上面印著血跡，心裏很難過；想到昨天也都是麻將惹的禍，低頭說：「玉蘭，昨天真對不起。」

這下她真的流淚了，說：「你還會講『對不起』。講一句『對不起』有什麼用？你走吧，眼不見，肚不悶，死到外面去吧。」

他認真地說：「玉蘭，聽我一句話。我這個人生來是白腳貓，心裏野了，在家是待不住的，我是要走的。」

她搶著講：「你走，我不拉你。」

他說：「本來是準備一早走的，可我一想，要回家告訴你一件事。」

她望著他：「什麼事？是打離婚吧？我願了，我反正是鐵母雞，實屁眼。」

他按住她的嘴說：「玉蘭，你想哪去了？我是永遠不願同你離婚的。你說不定是會生孩子的。我們還要一道奔好日子呢，讓臥龍山人看看我肖光虎也是個人物頭子。我回家是要請你跟我一道走。」

她這下心裏的氣消了一半，望了他一眼說：「跟你到哪去？偷雞摸狗去？」

他笑笑說：「怎麼會呢？我現在有錢了。不，不是有錢，是有門路了，保證出去能掙大錢。」

白玉蘭望著他：「你呢，一會是鬼，一會是人，我怎麼能信你？」

這句話把他問愣住了。他想了想，不得不打開掛在胸前的小包，拿出成紮的票子給她看。

她看呆了，問：「乖，這麼多錢，哪來的？」

他又把錢裝好，說：「車有車路，馬有馬路，這你就別問了，反正一不偷二不搶。」

她說：「我不能不明不白地跟你走。」

他想想也是，就扯了個謊說：「我早就叫你別為青棗去操心，到時自然紅嘛。我有個朋友，他的父親是省城裏大官，暫借給我們本錢，還指了我們門路，去廣州發大財。」

她聽著他在講，半信半疑地沒吭聲。

他拉著她的手，開導她說：「你想想，你在家起早摸黑地累，在泥巴裏能翻出多少好日子來？在臥龍山，凡守著一畝三分地的都是窮光蛋。遠的不說，就講光雄吧，在家人家叫他狗熊，可出去了，怎麼樣？當工廠裏工會幹部了，這叫：『在家窩著是條蟲，出外才是一條龍。』你是我老婆，一口鍋裏吃飯的人，我能害你嗎？再講呢，做生意，每天要跟錢打交道，不是一家人怎能掙到一家的錢呢？」

他的這一番話，真的把她的心講動了。她抬頭呆呆地望著他，他講的這些真是人話，怪不得人家講，夫妻是梁山兄弟，不打不親呢。今天的人同昨天比起來，一是天上、一是地上，這真是辣椒桿上長出了茄子、葫蘆架上長出了西瓜來。這樣，她也就把昨天的一切丟到耳後面去了。好歹也是夫妻一場，就跟他走吧。可真要動身走，那又不是三個錢油、兩個錢醋的事情，不能還沒餵好籠裏雞，就想著山上鳥，得好好想一想。家裏雖窮，可也有三兩銅，又怎麼捨得呢？就說：「走？你講得輕巧，怎麼抬腳就走？家裏豬啊雞，外面有田和地呢。」

他倒大方地說：「東家不倒，西家不富，家裏一切統統送給光妹嫂子去。」

她立即瞪眼說：「胡扯什麼東西？大把食、小把食養大的畜生，就白白送人了？」

他可心急了，說：「嗨，在外一筆生意做好了，還在乎……」

她又生氣了，說：「作夢吧。在外只能走一步看一步，總要留點退路吧。」

他曉得她同自己想不到一塊去。怎麼辦呢？女人嘛，這個思想彎子還得慢慢轉，就只好說：「那就記個賬吧，同大嫂辦個手續。」

講了這麼老半天，她總算掀開了被子，下了床，摘下頭上白布條子說：「我跟大嫂講講瞧，還要聽聽她的意見呢。」

他見她要穿衣服，就忙把大包的拉鏈拉開，說：「看，我給你買了一套衣服，一雙白色球鞋子，出門就要像出門的樣子，你穿上看合適不合適。」

她接過褂子抖開來，是白底上起的小花，十分漂亮，手一捏柔滑滑的，也不曉得是什麼料子的。他介紹說：「這是新產品，純滌綸的，名叫『的確良』。」

她心頭一喜，只聽人家講過「的確良」，自己可從來沒見過，作夢沒想到今天就能穿上身了。這下算是徹底地動心了，把這件花褂子穿上身。

也就是在這個時候，衝進來一個女人，還帶進來了一股香氣。這女人是一枝花。

原來一枝花同一塊疤起床沒見到光虎，跑到汽車站也沒找到人，以為他們的虎哥變卦了。夫妻倆上車追回來，一直追到村頭，從石頭小店裏打聽光虎確實在家裏。一塊疤又怕見到肖光妹，就叫一枝花去找光虎，再三叮囑，一定要把虎哥拉上路。一枝花哪敢怠慢，衝進門就把手挎在光虎的胳膊彎裏，身子緊緊貼在他的身上，嬌滴滴地說：「虎哥啊，昨晚不是講好的嘛，你可不能丟下我不管啊。」

光虎一驚，忙說：「別別，你聽我說。」

一枝花怎麼也不放他說：「別說了，講出的話，潑出的水，就收不回來了。走，我們走！」

白玉蘭看他們倆拉拉扯扯那個親熱的勁，臉都白了。再看那女的衣服，胸口露了一大節，半個奶子看得清清楚楚，那身上還有一股香氣往心裏鑽。她那剛剛熱起的心又涼了，冰涼的了；想到這是跟殺豬的學木匠——不對路。突然大叫著：「光虎，你要我走，就是跟你們這號人一起走啊？」

光虎忙說：「對，她叫一枝花，我們一起走。」又向一枝花說：「這是我老婆。」

一枝花聽講虎哥帶老婆走，就上去拉白玉蘭說：「哎喲咪，大姐呀，從今往後我們可在一起過日子了。虎哥是好人咪，你看我穿的，是虎哥昨天買的；臉上擦的，也是虎哥送的。不過，大姐，我也不會讓你吃虧的。」

白玉蘭氣得全身發抖，再也聽不下去了，脫下身上花褂子往地上一扔，衝過去一巴掌打在光虎臉上：「你就會扯，死的扯成活的，活的扯成死的。我問你，你講的什麼狗屁朋友，難道就是她？她有什麼父親在省城裏當大官？你們給我講清楚。」

光虎不知如何是好。一枝花大叫著：「哎約，我家親戚都是屬老鼠的，土牆壁子、土門樓，哪有當官的？家裏窮得雞冠都沒一個呢。」

白玉蘭一頭鑽進被褥裏大哭起來：「滾，你滾開。從今往後你挖你的金子去，我翻我的土塊子，我們井水不犯河水。你快滾吧，狗男女。我永遠不想再見到你！」

光虎知道事情壞了，老婆的彎子不但轉不來，自己同一枝花的關係是跳到黃河也洗不清了。怎麼講呢？泥巴掉在褲襠裏——不是屎也是屎啊。好了，不講了。他轉過來一想：「等我發了財，再同她過好日子吧。」於是就順手從包裏抓了一把票子，大約有七八十塊錢放到桌上說：「玉蘭，女人一枝花，圍著灶前做粑粑；我男人生得醜，五湖四海走。總有一天你會曉得我的。我先行一步，以後再接你。」就跟一枝花出了大門。

白玉蘭在家哭得驚天動地。

肖光妹早上鋤地才回來吃早飯，見村頭一個男人同一個穿得怪怪的女人走在一起，那男的很像肖光虎，就跑到光虎的家，見白玉蘭正躺床上大哭著，忙問她又發生了什麼事。白玉蘭就含著眼水把光虎回來的事從頭到尾講了一遍，還把包裏的花衣服和一雙白色新球鞋給她看。

肖光妹話沒聽完，拉著白玉蘭就要往外跑說：「快，快跟光虎一道走！」

白玉蘭不明白她的意思，說：「我不會跟這些人走的。」

光妹拉著她的手未放，又一巴掌拍在她的手上說：「哎喲，這個道理怎麼解不開呢？光虎接你走，還買了衣服和鞋子，說明他心裏想著你呀。他要在外頭闖蕩了，你曉得外頭什麼紅眉毛、藍眼睛女人沒有？有你這個老婆在他身邊，別的女人就不會沾邊了。你要不跟著她，好了，染缸裏能扯出白布來？」

光妹的一句話，白玉蘭心裏頓時亮堂了，手背抹去眼角的淚水，收起桌上錢，也來不及換衣服，就揹著大包跑出村子。光妹陪她追了幾里路，可就是不見人影。光虎也沒有告訴她去的具體地點，最終只好失望地回來了。

原來一塊疤蹲在山邊等著光虎，三人進了臥龍山，走過十里沖，翻過西楓嶺，過長江水路乘大輪到九江的，意為財源滾滾，出門圖個吉利。就這樣，同光妹、白玉蘭背靠背的走反了路。是呢，白玉蘭真是走錯了這一步。

人生往往就那麼一步，決定了自己的命運。在臥龍山，像肖光妹這樣能看出人生每一步的女人真不多。

三

轉眼間到了年底，學校都開始放寒假了。

邵小陽今年七歲，讀了一年書，可已經是三年級了。

臥龍山小學還是過去的學校，關帝廟後面老牆頭上蓋的房子。還是開設一到三年級，可學生比原來多了，編成兩個班。一、二年級一個班，二年級一個班，老師也增加了一個，就是當年讀三年級的黃毛丫。

那是去年七月份放暑假，李春林校長找到邵光龍書記彙報工作，說學校由過去的二十幾個學生，發展到今天九十六名同學，預計下半年新生更多，一個人實在受不了。報告打了好幾年要求增加一個民辦教師，可就是批不下來，看來書記要親自出馬了。邵書記心裏有數，可為了修公路、拉電線這樣的大事，把這事放在了一邊。沒想到就在新學期要開學的時候，李校長家住小街區的父母趕來了，說已經找好了關係，把兒子調鎮上教書，因為他窩在這個大山溝裏八年了，二十八歲還是單身漢，再窩下去這輩子就完了。

李校長要走了，本來今天要開學的學校停課了。近百個孩子急得哭了，臥龍山一下子炸了鍋，所有的孩子家長跑到邵書記家，求他出馬，千萬不能讓李校長走。

邵書記想到上個月村裏黃樹根帶著女兒黃毛丫找過他，說這丫頭考大學差三分沒考上，吵著要補一年，可家裏拿不出錢來，望書記能不能給她找點事情做，這是個機會。於是，邵書記就把黃毛丫找到辦公室，說：「毛丫啊，你上次找我要做的工作找到了。」

黃毛丫笑著問：「邵書記，什麼事？」

他說：「你去當代課教師，大隊裏付工資。」

她高興得跳起來：「那太好了。」

他說：「但有個條件。」

她說：「還有什麼條件呢？」

他說：「你一定要想辦法把李校長留下來，李校長要是走了，我到上面找教師，那你這個代課教師我也找別人。」

黃毛丫感到這個條件還不簡單呢。

當天晚上，黃毛丫找到了李校長，把邵書記向她提的條件向李校長說了，希望李校長看在學生的面上，能否做點犧牲，別離開臥龍山。

李校長說：「我不走可以，那你做學生的也該為老師辦一件事。」

她問他：「什麼事？」

他說：「這件事在學生面前不好講。」

她說：「我是你學生，跟是你女兒一樣，有什麼不好講的。」

他歎口氣說：「父母找關係調我走，主要原因是我都二十八了，還是單身漢。你能在村裏給老師找個老婆，有老婆拖了我的腿，那我就不會走的。」

這事可把黃毛丫講呆了，村裏比她大的姑娘全部有人家了。她只好說：「你這個事，可惜學生辦不了。除非把我自己嫁給你。」

他也說：「是啊，可惜我比你大一大節。你剛才講，我該把你當女兒。」

黃毛丫沉默了好一會，說：「不過，外面師生戀的多得很呢。」

兩人就這麼談著，整整談了一個晚上。第二天一大早，他們反過來找到邵書記，把整個擔子壓在他頭上——那就是只要給黃毛丫找一個民辦教師的名額，那黃毛丫就嫁給李校長，李校長也就不走了。

邵光龍望著他們倆，心裏想：「學校的問題本想踢皮球樣的踢給黃毛丫，黃毛丫踢給李校長，現在你們合夥再踢給我，我再踢給誰呢？好吧，誰叫我是大隊書記呢。」就這樣，邵光龍跑上跑下，跑了兩個月，才把民辦教師的名額跑下來，李校長同黃毛丫喜結良緣，臥龍山小學的問題才算徹底解決。

邵小陽六歲上學，開始在一、二年級班上，黃毛丫教他的課。每節課是前半節課講一年級課本，二年級學生自習，後半節課講二年級課本，一年級學生做作業。邵小陽三下兩下就把作業做完了，沒事就聽二年級的課。這樣二年級的作業他也會做了，就連二年級的學生有些作業不會做，他也能幫別人做好。這樣一學年下來，他二年級的數學題目是一摸不擋手，語文更是連一本書從頭到尾能背下來。於是，黃毛丫老師就向李春林校長彙報了邵小陽同學的情況。李校長找邵書記商量說：「你兒子二年級就不要上了，直接到三年級報到。」就這樣，邵小陽跳了一級，七歲上了三年級。

自從上次父母的行動使小陽得了感冒以後，小陽就睡在一個單人小床上，母親每天早上熬稀飯、煮一個雞蛋。可小陽講上午肚子餓。那母親就更省事了，晚上多煮一點，早上蛋炒飯。母親每天把飯菜準備在鍋裏，蓋上鍋蓋就下地幹事。小陽不需要人喊，自己起床，穿衣服、上廁所，刷牙、洗臉、吃早飯，閂後門、鎖大門，再把鑰匙放在門邊的石縫裏就上學去了。

這一天天沒亮，小陽就醒了，爬起來，也沒穿衣服在大床上摸了一把。把媽媽摸醒了，拉亮了電燈說：「幹什麼？要撒尿自己不曉得？」

小陽向床上望望說：「爸爸沒回來？」

母親一把把他拉進被窩說：「兒子，別涼著。怎麼啦？」

小陽說：「我剛才作夢，爸爸回來了，還喝了酒，在我臉上親一下，我就醒了。」

母親刮著他的小鼻子說：「兒子，想爸爸了？」

小陽說：「想，太想了。爸爸怎麼還不回來？媽媽，你也想爸爸嗎？」

母親心痛地望他：「媽媽也想啊，可爸爸忙，整天要栽樹，要把山上樹栽滿了。」

小陽說：「那爸爸晚上又不栽樹！」

是啊，兒子講得很有理。母親只好說：「那我明天叫人帶個信，叫你爸爸回來，兒子想他呢。」

小陽說：「不了，學校馬上要放假了，我到山上去，我對爸爸說，媽媽也想他，叫他下山看媽媽，陪媽媽睡。」

兒子的話差點把母親眼水講下來，緊緊把他摟在懷裏，親吻著他的臉頰。

每當小陽說想念爸爸的話語，看到他們父子在一起那個親熱勁，光妹心裏像刀絞的難受。多少年來，因自己不能為大哥生一個屬於大哥的孩子而愧疚。其實在生小陽的時候，醫生已經明確地告訴她：「你已經再也不能生育了。」可是她還是不死心，作夢都在想自己能生一個孩子。聽人講，鳳凰嶺大隊有個瞎子算命很靈，她偷偷跑了二十里山路，請他算了命。那瞎子說她三五年後命運會有轉機，可現在七年多了，不曉得轉機在什麼地方。回來聽人講：「生孩子是兩個人的事，不知你丈夫的命運怎麼樣？」她又跑了一趟，把大哥的出生年月時辰報給了瞎子。

瞎子說：「你丈夫命中有自己的骨肉。」

她又滿懷希望了好多天。又有人講，瞎子是迷信，現在要相信科學。她就在好多的過路郎中那裏，吃了一副又一副的苦藥。有時她也想到這些江湖騙子的藥單只不過是騙錢的把戲，她也顧不得有用、無用一個勁地喝。直到今年春天，又聽講九華山的觀音十分靈驗，她就趕在觀音會這天上了九華山，對菩薩磕了三個響頭，抓了一把香灰回來喝下去。可是一切能用的方法都做盡了，別人所講的都使用過了，肚子還像癟皂角樣地鼓不起來。

自從大哥上了龍頭山，她甚至想到到法院離婚，讓大哥另娶一個好生孩子。可又怎麼能捨得大哥離開身邊呢？她太愛大哥了，大哥也待她太好了。這麼多年來，大哥從來沒有提過孩子的事；他越不講，她心裏越是刀絞、火烤的難受。是啊，自己的命都是大哥給的，為了自己，大哥把上大學的前途丟了，可自己沒有回報大哥一次。作為女人，不能為最心愛的人留下一點骨血，活著還有什麼意思呢？她每次想著就要哭一場，今天的淚水又打濕了枕頭。

今天，小陽要期末考試，上學比較早。光妹正準備出門，突然聽到光虎家門口傳來玉蘭的叫罵聲：「你這個刀砍的、槍打的！」

光妹有些驚愕。光虎年把年沒見影子，玉蘭多次跟她談心，講：「下次光虎回來，我一定要跟他一起出去，是死是活要捆一起。」「今天又是怎麼了呢？」光妹來到光虎門口，看到一隻紅色高跟鞋從門裏飛出來，一個捲頭髮的女人打著一隻赤腳跑出門外，撿起鞋子穿上就跑。

白玉蘭披頭散髮，手裏舉著一把白刀追著罵：「你這個婊子、騷貨，我把你婊子挖下來餵狗！你們狗起草樣的在外騷不夠，還騷到我家裏來了！」

光虎也追著玉蘭罵道：「你這個鐵母雞、實屁眼、無籽的西瓜還有臉罵人！」

就這麼像小孩子做遊戲——好大月亮好買狗樣地一個追著一個，把村裏好多人都引出來看熱鬧。

光妹看到這個猴子玩把戲的場面，實在是看不過眼，就朝光虎追過去，從背後抓住他的衣領子。也不曉得哪來那麼大的力氣，只見光虎身子往後一仰，一個踉蹌，像醉漢樣的仰在地上。光妹蹲在他身邊聞到他一股酒氣，想到肯定是酒多了耍酒瘋才打老婆，也就沒發火，平靜地說：「光虎，這麼清早八早地就打架，還滿村裏追，你把肖家的臉面丟盡了。」

光虎坐在地上哭喪著臉說：「大嫂，你長眼看事的，是她把我肖家的臉面丟盡了。我們結婚快三年了，我都三十歲了呀，她都沒有給我肖家留下一滴血脈，頭腦子還死疙瘩一個，你講要這號女人有什麼用。」

大嫂正欲反駁他，想到自己不能生育，蛇蟲（蚯蚓）拉屎——腰不硬，也就沒吭聲，轉身往他家去。

光虎爬起來一瘸一拐地跟著大嫂，說：「大嫂，不瞞你說，我在這一年下來，掙了錢呢。我還要掙大錢呢。可我連個孩子都沒有，這錢今後丟給哪個？古人都講：『不孝有三，無後為大。』我不為自己想，可也得為我老爸想想吧。每次看到他老人家一頭的白髮，我心都痛呢。肖家一門不能斷了香火、絕了後吧。」

光妹聽到這些，像是在罵自己，只得低著頭，沒吭聲。

光妹走進光虎的家裏，見桌上擺著兩大碗雞肉、鴨骨頭，地上到處是碎碗片子和倒下的酒瓶，正欲問光虎這到底是怎麼一回事時，披頭散髮的白玉蘭回來了。

白玉蘭把那個女人追到村外，手裏的白刀也不知扔哪去了，空手回到家，進屋就撲在光虎身上拳打。

光虎正好氣頭上沒消，一腳把她扳到在地，玉蘭在地上滾來滾去，大哭大鬧：「槍打的，刀砍的，不得好死的。」

光妹站在一邊沒有拉光虎，也沒去勸玉蘭，站著像個木頭人一樣，心裏一陣陣像刀割地疼痛。

光虎穿好衣服，揹著一個小包，又向滾在地上的玉蘭踢了一腳：「鐵母雞，我走了，我永遠不回來了，我們的事完了，緣分盡了！」叫著跑出門外，東張西望，看樣子是尋找那個女人。

白玉蘭滾在地上，雙手拍著地拚命地嚎哭。她的哭聲也把光妹的傷心處挑起來，身子一軟坐在地上，抱著她大哭起來。過了好一會，白玉蘭歇著了，可光妹還在一個勁地痛哭不止，哭得玉蘭莫名其妙。連光妹自己也感到有些過分，就強忍著抹著眼淚。

白玉蘭問：「大嫂，難道你還有什麼傷心的事？」

光妹哭著說：「不瞞你玉蘭，光虎罵你是無籽西瓜，我聽了好像你大哥在罵我呢。」

白玉蘭驚詫地望她，回想起當年在醫院的事，也怪自己，怎麼就說出自己是大嫂的妹妹，在醫生交給的單子上簽了字？要是不簽字，大嫂手術就做不成了，小陽也就順利地生下來。說什麼自己也有過錯。白玉蘭想了一會，突然眼一亮，抓著大嫂的手說：「大嫂，如果你要是想得開，我也許能幫你一個忙。」

光妹不解地望著她。

玉蘭說：「別急，先讓我把光虎叫我辦的事跟你說一下。」

二人收拾桌上碗筷，玉蘭便把昨晚發生的事講了。

原來白玉蘭昨晚在睡了一覺醒來時，聽到有人敲門，就問哪一個。她聽到是男的聲音，心想是不是村裏哪個男人來撿便宜，就沒去開門。可門敲得特別響，喊聲越聽越熟悉，這才曉得是光虎回來了。興奮得也沒穿外衣，開了門就緊緊撲在他的懷裏，像受了多少委屈的孩子見到家長一樣說：「光虎，你可回來了，是來接我的吧？我也想開了，跟你走，家裏這麼多田把我一個人累死了。」

可光虎沒吭聲，推開了她把屋裏的電燈都拉亮了，這裏瞧瞧，那裏望望。她就有些不高興了，邊穿衣服邊說：「望什麼望？以為我在家偷野漢了吧？老娘可不是那號人，一巴掌拍著響到邊，不做那偷雞摸狗的事。」

他說：「玉蘭，你想哪裏去了，我是看你可給我生出一個孩子來。」

她生氣了，說：「你都年把年不在家，我在屁眼裏給你生，要不用泥巴給你捏個孩子來？」

可他理由十足地說：「我記得是二月尾上走的，可同你認真地親熱了好幾次。算來今天正好十個月，難道一炮都沒打響。」

她嘴鼓得像糞瓢子，說：「我也不曉得，也許我真的是鐵母雞。」

她話沒講完，他拍著手大叫著：「好，講得好，算來我們結婚快三年了，在你身上我已經失望了，我也等不及了。」

她望著他：「你等不及怎麼辦？難道找別的女人生？」

他大笑著說：「哎喲，你怎麼講得這麼準呢？」便到門口對外喊：「進來吧。」

隨著光虎的話音，一個女人走了進來。那人玉蘭見過一面，光虎就是跟她一道走的，名字叫一枝花。那一枝花進門見玉蘭就像親姐妹一樣，拉著玉蘭的手笑著說：「我說大姐呀，你好呀。別見怪了，我叫一枝花，我丈夫叫一塊疤。我們同光虎捆在一起做生意，可火爆了。」

玉蘭聽她講有丈夫，他們都是做生意的夥伴，也就岔開話題說：「現在半夜三更的了，是不是餓了？我給你們燒點吃的。」

光虎從他帶來的大包裹拿出塑膠袋子說：「哪要你燒菜啊，我都準備好了。」

玉蘭從廚房裏拿出碗筷，桌上擺出了烤雞、滷鴨、乾魚片和牛肉乾，還帶了一瓶白酒，倒了兩大碗。

光虎又說：「來，大家坐下來吃吃酒，談談心。」

玉蘭不喝酒，就到了一碗開水陪他們，三人坐在桌邊，邊吃酒邊談心。那一枝花端著大碗伸口就喝，像喝水一樣，把玉蘭都望呆了。

一枝花伸手抹抹嘴，說：「你們別急著講話，我先給大姐講個故事。」

白玉蘭把一頭紮好的頭髮打開，編著辮子。只聽一枝花認真地說：「在我們生意場上，有那麼個姐妹倆，夥同兩丈夫生意做得火，每人家裏好幾萬。可姐姐呢，有點毛病，不生孩子，妹妹可是生孩子的好手。這樣，姐姐整天愁眉苦臉，想到有這麼多的家業，總不能送水裏去吧，得有個繼承人，怎麼辦呢？」說著望了玉蘭一眼。

玉蘭想想說：「這不簡單，叫妹妹過繼一個不就行了。」

光虎插嘴說：「是個辦法，可這孩子同姐夫沒血源關係呀。俗話說：『十件襖子頂不上一件襖子，十個侄子頂不上一個兒子。』」又望白玉蘭一眼。

玉蘭說：「那怎麼辦？」

一枝花喝了一口酒說：「辦法很簡單，這姐姐想得開，妹夫也不講究，這麼一來，姐姐就叫妹妹同姐夫睡了一晚，妹妹生下了一個兒子交給姐姐。這樁事只是天知地知，上輩人各自不捅破心裏這層窗戶紙，下輩也就蒙在鼓裏。這樣夫妻和好，孩子也好，你好我好家庭好……」

玉蘭聽出了這裏的門道，就把編好的辮子往後一甩，說：「你講這話是什麼意思？」

光虎喝了大半碗的酒，說：「響鼓不在重錘敲嘛，還用問什麼意思？」

玉蘭站起身來，把桌子一拍說：「你們在外是一幫來、一幫去的，半夜三更一男一女回家來，可是人不人、鬼不鬼的。要生你就生好了，跟我講這些屁話幹什麼？」說著就往裏屋走。

一枝花忙攔住她說：「哎喲，我說大姐，你這就太冤枉我們虎哥了。他在外，別講是我，任何女人都沒碰過呢。不是我證明，我叫一枝花，丈夫叫一塊疤，我們是一條路上走的生意人，如果有不軌的，我丈夫能不吃醋？我們還能做好生意？」

玉蘭聽她這話講得多少有些道理，就回過頭來坐在桌邊低頭不吭聲。

光虎一句話不說，大口地吃菜，大碗地喝酒。那一枝花也不含糊，一碗酒喝了一大半，面不改色、心不跳，說：「大姐呀，眼下我們要做一筆大買賣，要發大財了，虎哥再也不能沒有繼承人了。」便伸出油手搭在玉蘭的肩頭，真誠地說：「大姐，我把你當姐，你就把我當小妹呢。我叫一枝花，丈夫叫一塊疤，我們夫妻是火裏煉出來的感情。是我丈夫人品高，提出叫我給虎哥接個香火，今天特地求得大姐的意見。」

光虎大約喝了不少酒，歪著頭認真地說：「是啊，玉蘭，你不曉得我是多麼地愛你喲，我們倆的婚姻也是在苦水裏熬出來的，不能為沒有孩子散夥吧？你不為我想，也為這個家想，為我那可憐的老頭子想想。老人家嘴上不講，我心裏明白，他可是作夢都想抱孫子。說不定哪天老人走了，連個孫子都沒見著，我可要悔恨一輩子啊。玉蘭，我求你了，就叫一枝花給我生一個，不論是男是女，只生一個，丟下來交給你撫養，你還是孩子的親媽。三年後，我回家蓋三層樓。」

玉蘭氣得喘著粗氣，全身發抖。

一枝花以為有門路了，又說：「大姐呀，這不是新鮮事，外面不會生孩子的女人千千萬，借腹生子的是萬萬千，也不是我一個。有人還把這種做法取了個好聽的名子，叫『借塘養魚』、『借窯燒磚』。」

光虎一口喝完大碗裏最後一點酒，突然跪在玉蘭面前抱著她的雙腿哭著說：「玉蘭啊，我的好老婆，算我這輩子欠你的，求你答應我吧。」

白玉蘭再也控制不住自己，推開他，一跳三尺高，大哭大叫：「你們這兩個狗男女，你們要生不就生嘛，說不定都下種了，好好跟我講這些幹什麼呢？你們是有意把氣給我受啊。要我答應，那是白天講夢話。你們生你們養去，要是丟給我，我就把甩到大河裏去。」

光虎也生氣了，爬起來把桌上大碗摔在地上，「啪」的一聲碎片子四濺，大聲指著玉蘭罵道：「要不你給我生嘛，生啊？你又生不出來。看人家丈夫多大方，無私奉獻老婆幫你生，可是天大的老人情，你不感謝人家還發火。」

玉蘭真的受不了了，衝到鍋前，抓起砧板上的白刀就要拚命。那一枝花見事不妙，開門跑到門外，鞋都跑掉一隻。沒想到，天已經大亮，他們就這麼吵起來了。

光妹聽完這些，也同情光虎起來，說：「千不怪萬不怪，只怪那年臭石頭隊長，給你留下的病根，害了你一輩子呢。」

玉蘭理直氣壯地說：「大嫂，我可不死心呢。開始一直以為我的問題，現在反過來一想，說不定是他的問題呢。」

光妹說：「你怎麼就曉得是他的問題呢？」

玉蘭低下了頭，手拿著辮梢子捏來捏去說：「這話不好講。」

光妹說：「你同我長得都一樣的貨，還有什麼話不好講的？」

玉蘭把辮子往後一甩，起身關上了門，又把她拉到房間裏，坐在床沿上說：「大嫂，你跟大哥結婚那晚，他是不是像小牯牛樣的犁你的田？」

光妹說：「問這些幹什麼？」

玉蘭說：「我們結婚三個多月他都沒破我的身子。」

光妹驚詫地：「你是講光虎那傢伙不行？」

玉蘭一扭身子說：「哎喲，大嫂，這話還要往深裏講嗎？」

光妹說：「講講嘛，有什麼關係？」

玉蘭紅著臉說：「開始他翹不起來，老是要我摸。我摸著摸著，可上我身子就又像軟麵條樣的了。一晚鬧到半夜，我都難受死了。他也哭了多少天。」

光妹說：「那你應該帶他看郎中。」

玉蘭說：「他不願丟那個臉。後來慢慢地才好的。可怪的是，他老是要摸我的屁股，好像我屁股生孩子一樣。大嫂，實話跟你講，我不死心。想到他能在外擺浪子，我就能在家啃漢子。真想在外面偷個男人，生一個孩子給他看看。可就是找不到合適我心意的男人！」望著大嫂又說：「大嫂，我多想為你……這話不好講。」

光妹感覺到她要講什麼，還是問道：「有什麼話就直講嘛，我們像姐妹夥子一樣。」

玉蘭膽放大了說：「對，我們像姐妹夥子一樣，有話就直腸通屁眼，講錯了大嫂別打我耳光子。」

光妹說：「講嘛，我不打你。」

玉蘭還是膽怯地說：「大嫂真心想讓大哥有個後代，你量放大點，就半夜三更，讓我鑽大哥被窩裏，睡一晚。」

光妹臉紅了又白了。說真話，要是平時她真要打玉蘭一個耳光子。

玉蘭見她不著聲就說：「這樣呢，大嫂你有了孩子，我呢，也證明了身子。下次光虎回家，我就大膽叫他跟別的女人生。他曉得自己不行了，就得答應我同別的男人生一個。」

光妹對這些話聽不下去了，低著頭一步一步向外走。玉蘭跟她說：「大嫂，我打聽了不少會生孩子的婦女，她們告訴我一個月中哪一天最容易懷孕，我心裏有數。大嫂，再過五六天，讓我睡一晚上……就一晚上。」光妹已經走出門了。

光妹回到家，一連幾天人是渾渾噩噩的。這種心思尺量不得，斗容不了，秤秤不出，看不見，摸不著。她想，別講白玉蘭出的這個餿主意，是從光虎那裏學來的；要想給大哥留下一條根，白玉蘭那裏是最好不過的辦法。這麼多年跟她像姐妹樣的交往，她是自己心目中最靠得住的人。「要讓她生，怎麼生？先得讓大哥同她睡了，以為是同我睡了，生下來孩子大哥還以為是我生的，這件事怎麼做呢？這可是天大的事情，一旦失敗了，傳出去可就沒臉見人了。」

幾天後的一個下晚，光妹從地裏回來，見大哥在大門口呆站著。光妹笑笑說：「怎麼不進門，迎接我呀？」

大哥也笑了：「是的，你是稀客呢。噓……我跟兒子在躲貓。」又大聲叫：「兒子，躲好了嗎？」

兒子在屋裏答：「爸，我躲好了。」

聽這聲音就曉得他在大桌子底下，爸爸進門就能抓到。可他沒朝桌底下看，有意在房裏找著，邊找邊說：「哇，這傢伙，真過勁，躲哪去了？哈哈，我曉得，在床底下。沒有？在門後邊。也沒有？乖，真的找不到了呢。」

兒子在桌底下聽到了，笑得彎了腰，可又怕聲音出來，雙手捂著嘴，還能聽到「咯咯咯」的像雞下蛋樣的。

光妹開始燒飯了，臉盆端著米去淘，走到桌邊有意彎腰看兒子一眼。兒子忙向她搖搖手，那意思叫她別講。可母親還是笑笑說：「他爸，我找到了。」

兒子控制不住自己，馬上叫起來：「媽媽，你別講，別講！」

這下爸爸從桌底下抓住了兒子。兒子出來十分生氣，在媽媽的屁股上雨點般地捶著：「就怪媽媽，就怪媽媽！」

爸爸從背後把他抱起來，舉得多高，三人笑成一團。

開飯了，父親拿酒瓶子，倒了一大杯酒，難得回家一趟，晚上也該喝一盅。母親端上菜，開始吃飯。小陽趴在桌上，兩隻胳膊肘子撐著桌面，兩手托著腮，一雙大眼睛一會兒凝視父親，一會兒呆望母親。

母親看出兒子像有什麼心思，就問：「怎麼，還生媽媽的氣呀？」

父親喝了一口酒，說：「他有件事叫我跟你說一下。」

母親吃著飯說：「喲，兒子還有什麼事要你來講？」

父親夾了一塊菜放在兒子碗頭上說：「吃吧。」轉臉向母親說：「還不是怕你不答應嘛。」

兒子還是沒吃飯，把眼瞪著母親，父親又說：「學校馬上要放寒假了，他想到山上吃住。」

母親爽快地說：「那好啊，我一個人在家還清閒些。」

兒子高興地撲向母親，緊緊抱住她脖子親了一下，差點把碗碰到地上。

母親說：「好了好了，吃飯吧。」

兒子三口兩口就吃完了飯，下桌子跑到房裏看小畫書去了。這是爸爸今天剛買的《西遊記》，可好看了。父親一杯一杯的喝酒，母親也就慢慢地吃飯陪著他。他趁兒子不在場，在她人腿上捏了一把。她曉得，這是給自己一個暗號，晚上要親熱一次。當她接到這個暗號，想到前幾天玉蘭講的那件事，心裏撲通撲通地跳著。

他的話題總是離不開兒子，說：「下午我在李校長那裏來，聽講這學期兒子在班上考試第一名。兒子真了不起，難道真的像他出生三個月時，那位王老先生講的那樣嗎？」

她說：「是啊，孩子長大真有出息，我可就樂死了。」

他喝了一杯，說：「眼看兒子漸漸大了，明年下半年就要到中心小學讀書，見兒子面就更少了。也許我真的老了，特別想兒子，三天不見面，晚上睡不著。」

她望著他，話從話邊來地說：「是啊，現在要是有個小二子在身邊伴伴，想大的就看看二的。」

他聽了她這句話，突然停止了吃喝，眼睛盯著她。她一急就脫口而出：「大哥，我再給你生一個怎麼樣？」

沒曾想他站起來眼瞪得更大，說：「真的，這麼說你能生？」

她只得點點頭。

他激動得一拍桌子：「那太好了呀。」又喝了一杯酒說：「小妹，不瞞你講，這麼多年了，我真以為你不生了，我也就不好問。你能生怎麼不給我生一個呢，啊？你忘了，我們結婚那個晚上，你親口對我講，要給我生個五男二女七子團圓呢，怎麼講話不算數呢？」

她不好意思低著頭說：「這麼多年，我也沒聽你提過一聲啊。」

他說：「生孩子是女人的權利，我怎麼能講呢？你經常吃苦藥，我以為你響應上面的號召，計劃生育，不想要了。你不要孩子連苦藥都吃，我還有什麼話講？」

她聽他話講到這個份上，也就咬咬牙下定了決心，把碗筷一推，端起桌上一隻空杯子，斟了一點酒說：「為了解除我們這麼多年的誤會，我敬大哥一杯。望大哥多喝點酒，多用勁，我再生一個胖小子。」

他斟了滿滿一杯說：「好，計劃生育不是說，一個不少，兩個正好，三個多了。你再生一個，最好是個女孩，一男一女幸福美滿！」

光妹一連敬了他好幾杯，把他灌得有點迷糊了。

他說：「不能再喝了，再喝一點感覺都沒有了。」

她最後舉杯說：「好，最後一杯。」

睡覺前，他打了一盆水坐在床沿上洗著腳，因忘了拿擦腳布，就叫了一聲：「給我拿……拿擦腳布。」

她在房門口，就進來用自己乾淨的圍裙幫他擦腳，用手指頭在他腳板心裏劃了一下。這下也是掏了他的癢癢筋，向她一笑，順手掏了她的下巴，自己身子一仰，橫躺在床上，叉著雙手墊在頭底下，仰望天棚。她也是多喝了一杯酒，心裏火樣地燒著，就勢撲過去把他壓在身下。正巧這時兒子拿著擦腳布進來，看到了這一切，衝過就推開媽媽說：「媽，你把爸壓死了。」

她嚇了一跳，一個翻身滾在一邊，忙說：「是你爸……你爸腰痛。」

他就勢假裝一手捏著腰大叫：「是的，我腰真痛呢。」

兒子撲上去，用小拳頭在他腰上一陣亂捶，痛得他又是笑又是叫：「哎喲，不得了啦，打死人了！」順手把兒子緊緊摟在懷裏。

她洗好了鍋碗不知如何是好。先準備出門找白玉蘭，出了幾次又回來了。她不想找她，她很想今晚同大哥親熱一次。多少天了，今晚又喝了一點酒，心裏攪動，全身潮熱。她來到床邊，把兒子從他懷裏抱出來，送到小床上去睡，掀開被窩正解衣扣，見他已是光著身子。

光龍迷糊中拉著枕頭抱在懷裏說：「小妹，是你嗎？我多麼想有個孩子啊，那是我的一條根呢，你給我生一個吧，我求你了。」

他的這句話震動她的心靈，眼淚嘩地流下來。便咬咬牙，下定了決心。拍拍他的身子說：「別急，我去洗個澡就來。」一用力拉斷了電燈線。

她跑出門，「咚咚咚」地敲白玉蘭的大門，玉蘭正好躺下還沒睡著，一聽就知道大嫂敲門。因為下晚看到大哥回了家，自己也想到大嫂可能會喊她過去，躺在床上想入非非，聽到敲門聲就一骨碌爬起來。

門一撥開，大嫂就緊緊抱住了她，哭著喊：「玉蘭，我求求你了，你一定要替我生個孩子啊！」

玉蘭說：「那天講的事，你又不朝這邊講，我以為你想不開。」

大嫂緊接著：「不，我想開了，我求你了。不過，就睡一次不曉得可行。」

玉蘭想都沒想出門跟她走，說：「我早算好了，今天就像豆漿裏放石膏，一點上就出豆腐呢。」

進了光妹家門，光妹說：「快去吧，別出聲。你給生個孩子，我這輩子忘不了你。」

玉蘭邊脫外衣邊說：「大嫂，為你也為我自己，我看看我還是不是個女人。」

夜已很深。邵光龍家的四間瓦房裏一片墨黑，靜得怕人，誰也預料不到今晚發生的事將是罪惡的行動，還是善良的舉措。

肖光妹站在中間屋裏抱著玉蘭的外衣，像熱鍋上的螞蟻，來回踱步。那隔壁靜寂的屋裏突然傳來熟悉的女人的呻哼，一股醋意湧上心頭。「這個該死的玉蘭怎能這般地呼叫，大哥要是聽出聲音、知道了，如何是好？」想到這，心頭如火燒、似電擊，全身在顫抖，嘴角在哆嗦，自己也不知不覺地解開了衣服，露出了白玉般的身體。手在亂抓、搓揉，嘴也在呼喊，眼裏冒火。恨不得衝進房裏，把玉蘭從床上抓起來搧幾個耳光，自己去擁抱大哥。哦，她亢奮，像是後悔，她狂喜，又像是憤怒，心裏像打倒了百味瓶。

大約過了一個時辰，玉蘭光著身子抱著內衣跑過來，興奮地說：「大嫂，我樂死了。」

沒曾想光妹一巴掌打在她臉上大罵：「騷貨，婊子！」

玉蘭雙手捂臉，這下打得太重了，整個腦袋一暈。

光妹也呆了，明明是跑到人家求人幫忙，怎麼會打她呢?當回想過來忙把外衣披在她身上，抱著她哭了，說：「玉蘭，這是不是在造孽啊？」

玉蘭冷冷地說：「大嫂，你後悔了嗎？那我去撒尿，把身上的東西撒掉，你幫我到王大嬸那裏討一顆藥吃。」

光妹拉住她，好像在夢中醒來，單腿跪在地上，伸手捂住她的下身，生怕有什麼東西流下來一樣，說：「玉蘭，別。我錯了，對不起。」

兩個月後，肖光妹把丈夫叫回家說，自己已經懷孕了。這麼多年沒懷過孕，為了保證孩子平安，白玉蘭留在身邊照顧，兒子小陽到林場吃住，老爺爺接送上學。

過了幾個月，村裏人看到肖光妹挺著個大肚子在田裏、地裏忙著，而白玉蘭躲在家裏不見人影。

又過了幾個月，邵光龍在林場接到光妹的口信，說玉蘭要出去找光虎，自己陪去在城裏生孩子。

兩個月後，光妹抱著女兒同白玉蘭回來了，她向全村人宣佈，女兒叫邵小玉，白玉蘭是孩子的乾媽。

第十一章 一九八八年（戊辰）

一

改革開放，國家的變化太大了。臥龍山的變化當然也不小。別的不講，就講過去的向陽公社吧，現在改成了原先的黑山鄉，臥龍山也由大隊、生產隊改為村、村民組，就連肖光虎六年勞改也平反了。

早在一九八四年，繼土地聯產承包以後，臥龍山的山場開展了林業承包。按照縣林業技術員的山上用材林、山下果木林的論述，臥龍山十里長沖沿河兩岸百米山坡全部劃給每家各戶承包，山裏人真正是過上了靠山吃山、吃山養山的日子。村前宅後，全面栽樹。栽什麼樣的樹呢？那就看芝麻、糙米，各人所喜了。有人家認為，核桃樹是搖錢樹，一年要比一年富，那麼他就栽核桃；有人家認為種上一片桃，幾年果子吃不了，那麼他就栽桃樹了；有人認為栽下百棵桑，家裏養蠶不愁糧，那他就栽桑樹了；有人認為，棗樹滿山窪，荒年不可怕，那他就栽棗樹了；有人認為，栽下千棵桐，子孫萬代都不窮，那他就栽桐樹了；有人認為，多栽栗子樹，地上不收樹上收，那他就栽板栗樹了……等等。

剩下的兩千五百畝和尚頭、硬骨頭沒人願啃，也沒誰敢伸手承包。邵光龍已經帶人在龍頭山綠化了一部分，也就順理成章簽訂了承包整個荒山的合同，五十年不變，所有林業收入二十年後五五分成。

邵光龍、肖老爺上山已經八年了，真要講栽出的樹木成樣子的也僅有龍頭山那五百來畝。這裏大部分是過去的大寨田，雖然水沖過，田垮了，但基礎好，按規格栽出的杉樹，高矮差不多，橫直距相等，樹苗長得清秀茂盛，枝葉晶瑩嫩綠，一棵棵直溜溜的看了叫人舒服。還有五百畝才栽上自己育的樹苗，栽上不久，蒼白無力。剩下一千五百多畝剛剛才開完荒，挖過了大部分坑氹。他們栽樹的步伐為何這般的慢？主要原因是資金不足，靠的是自打鑼鼓自唱戲，自己育苗自己栽。原聘的十名農民工，靠的是賴大姑那五千塊錢的底水，年把合同期滿也就辭退了。眼下山上只有三個人，光龍、老爺加一個跑腿的小鬼——黃毛丫的兄弟二扁頭，算是老中青三結合。

邵光龍每天爬起來看著荒山，心裏十分地焦急。三個人老的老，小的小，打水不渾，猴年馬月才能全面綠化？

肖老爺一個勁地勸他說：「別急，心急喝不得熱粥。一鋤頭挖不成一口井來，走山路步子慢一點就不會扭了腳，穩穩當當的。栽樹不是栽稻子，春天下種，暑天收割，一年兩季。栽樹哪照呢？今年栽下去，明年春上看能發青不發青，死了苗子還要補棵。要鋤草，要翻土，還要上肥。遇個颳大風、下大雨的，還得用硬木條子撐起來。這樣過了一個冬天兩個夏，樹木長得穩，才能放得了手，就開始栽新苗。反正有的是長長的日子，慢慢的功夫。這樣一批一批栽下去，再過三五十年，前面的修枝打杈護林了，後面就成了小材林。看滿的地方間伐一批，吃點回頭水，再栽下一批。老牛拉車慢慢走，像老愚公挖山一樣，今天挖一鍬，明天挑一擔，山就不會再高了。

剩下一千五百畝，栽活一棵綠一點，栽活一畝綠一片。有了這樣的一點和一片，荒山就少一點一片。再過五六年步子就快了。計劃十來年，臥龍山就會全部綠化。」

不管老爺怎麼講，光龍總是想得高：「這事講不準。老愚公遇到上帝揹走了兩座山，我哪天遇到上帝，一揮手真把臥龍山全綠化了。」

沒想到，今年初，邵光龍真的遇到了一位「上帝」。

這天半上午，邵光龍在林場吃過早飯要出山，出門遇到枝頭喜鵲叫。俗話說：「喜鵲叫，喜事到。」今天真有喜事嗎？喜鵲飛走了。他朝喜鵲飛去的方向看了看，山腳下停了一輛綠色吉普車，車上下來三個人，一個是他知心朋友馬德山，身邊還有一條一蹦一跳的小花狗。那是老爺一直想養一條狗，兩個月前叫人帶信到城裏。馬德山今天送狗來，手上還拎個塑膠袋子。「另兩個人是誰呢？怎麼這麼面熟？」光龍手遮著太陽瞇著眼，仔細一看，心頭一喜——哦，原來是老公社書記，現在是縣林業局長的錢家安和他的祕書。

錢局長遠遠看上去像比過去矮了一大節，走路一歪一歪地，像有些瘸腿。其實錢局長並不比過去矮，只因這些年先是武裝部長，再到公社書記，現在又當局長了，管著全縣那麼多的林場，官雖不大，但吃得甜，睡得香，橫向發展的多了，臃腫了。

你看這不，小皮包夾在腋下，好像拿不動了，交給那個駕駛員兼祕書的小青年，上個龍頭山就站著歇了三四次，陡的地方還叫那祕書攙著胳膊。豬拱嘴張得像煙筒，不停地喘氣，大聲地咳嗽。他咳嗽的聲音與別人不一樣，卡卡地，像嗓子眼長了一根魚刺，一路咳上了山。而比他大一節的馬德山，在山中看看栽的樹苗，伴著小花狗一路小跑欣賞著美景。

肖老爺正同二扁頭在門口下五子棋，聽到山邊有狗叫聲，就把棋子一扔，大步邁到山口。正巧錢局長迎面走來，可老爺眼睛沒望他，盯著馬德山身邊的小花狗大叫一聲：「哈哈，狗來了！」

錢局長聽著不對味，驚愕地望著他。正好小花狗在身邊竄過去，錢局長便有點忌諱地踢了腳，那狗被踢得一跳。

肖老爺伸手接住了，抱小孩子一樣抱在懷裏，又是撫摸又是親的哄著。說來也怪，這小花狗在老人懷裏搖搖小尾巴，嗅他的胸口，舔他的下巴。

馬德山哈哈大笑著說：「哈哈，老爺子，這小花狗跟您算是有緣呢。這『貓來窮，狗來富』，你老身子骨這麼硬朗，老來真有福氣呢。」

老爺說：「不照了，虎掉了牙、禿了爪，只有虎威了！」

馬德山把塑膠袋拎進屋說：「老爺，給您老帶了兩瓶酒。」

老爺拍著狗說：「你給我送來這麼大禮物了，還帶酒啊。」指著門口的石凳子，「坐，坐吧。」

那錢局長好像身子撐不住的樣子，一屁股賴到石凳子上，口和鼻大吞大吐的呼吸著，聲音很大，像跑了一萬米比賽剛結束一樣；解開褂子，露出了胸口和大肚皮，那肉鼓得要炸開一樣，；頭上豆大的汗珠子直往下滾，青年祕書遞給他毛巾抹著汁。

邵光龍從裏屋泡了一杯茶送過來：「錢局長你真是稀客呀，難得……」

錢局長向他搖搖手，那意思是：「等一會，讓我喘口氣。」等了好半天，喝了一口茶，可茶水沒嚥下去，仰著脖子在嘴裏咕嚕咕嚕了半天，又吐出來。

光龍以為茶葉不好，或者開水裏有髒。其實不是的，他先得漱漱口，洗洗嘴，這才大口大口地喝起茶來，用手抹抹嘴：「乖，心都要跳到嗓子眼了呢！」

馬德山沒凳子坐，就跟抱著小狗的老爺到一邊的樹下。

二扁頭正在地上擺著五子棋，見馬德山就站起來說：「馬叔好！」老爺介紹說：「這是老樹根的二扁頭。」

馬德山見五子棋也來了興趣，小時候經常下過的，就說：「來，小二子，給你一泡馬屎吃。」二人動了石頭子。

這邊的錢局長已完全緩過勁來了，茶也喝好了，不咳也不喘了。祕書又給他打了一盆水，他洗著、抹著對邵光龍說：「唉，真的老朽了呢。十多年前那次抓美國主義的特務，我可是一口氣跑上山的。」邵光龍說：「是啊，那次我都跑不過你。」

這邊的肖老爺摸著懷裏的小花狗，對馬德山說：「這個小畜生胖了一點，你在家光給牠吃大肥肉了吧。」

錢局長又喝了一口茶，沒聽到這邊的話，繼續望著光龍，說：「講來也奇怪呢，那年不講是特務吧，也算是野人，後來不知跑哪去了？」

「哈哈，你死啦！」原來二扁頭在下棋，大聲地叫著棋子。

肖老爺聽到叫聲就歪過頭去，幫助馬德山動了一個子，也樂了：「怎麼樣，二小子？大難不死，必有後福。你輸了。」

他們講著棋子和小花狗的事，沖淡了錢局長的話題。錢局長聽著感到有些晦氣，就走到屋邊的山坡上，看著已經造好的五百畝山林，說：「老邵啊，這山林造好了，環境美了，生態也就平衡了。剛才在山林裏，我看到一隻肥兔子呢。」

肖老爺正好抱著小花狗過來，聽局長講兔子，就插話說：「哦，怪不得局長大人滿頭大汗，你是攆兔子？那兔子可是我養的。」

錢局長奇怪了：「野兔子怎麼會是你養的？」

老爺說：「當然。」便指著山溝、山坡說開了：「看，這面山有兩隻，龍爪山有四隻，一公一母，兩隻小兔崽子。龍山溝呢，有三隻，兩公一母，還經常打架呢。」

錢局長說：「兔子你養的，能想什麼時候抓就能抓到？」

邵光龍說：「那可不是，一個蘿蔔一個坑，一聲槍響一隻兔子。」

老爺哈哈大笑：「就像菜園裏鏟白菜一樣，想鏟哪一棵就鏟哪一棵。」

邵光龍說：「別多說了。老爺，錢局長難得來一趟，能不能試試你的槍法呢？」

錢局長聽到吃的，眼睛笑瞇了一條縫：「哎呀呀，那我今天不知有沒有這個口福，這可是純天然食品啊。」

老爺像想到了什麼，放下懷裏的小花狗：「哦，老馬給我帶來了小花狗，還有老酒，我該露一手。對，那我就把龍山溝那隻公兔子殺了，免得牠們爭風吃醋。」說著就進屋肩扛土槍，腰裏掛著火藥葫蘆還有鐵砂袋子，在屁股上一甩一甩的，還向小花狗招手：「小花子，來，跟來。」

說來真怪，這小花狗跟著老爺子向龍山溝走去。大家看了都感到好笑。

二扁頭死纏著馬德山說：「馬叔，剛才老爺指點的不算，我們再來一盤。」

馬德山說：「這棋我小時候下過，剛才還沒回想起來，真以為下不過你？來就來。」二人坐門口擺棋子。

錢局長同邵光龍進屋，說：「好了，我們倆來談正經事吧。」

二人對坐桌邊，祕書從小皮包裏拿出一疊材料交給錢局長。

錢局長說：「老邵啊，我在向陽——現在是黑山鄉了，任黨委書記多年，算起來只抓了兩件事，結紮分娩、催糧要款啊。沒辦法，計劃生育，刺棵都得鑽；款子交不完，工作就沒成績。現在好了，總算脫了圈了。林業局在江城縣雖是個小局，山區林場不少，可『學大寨』破壞完了；開荒造林，你又走在全縣的前頭，我不能不扶持吧。」一見邵光龍瞪大眼睛就說：「放心，不會來開現場會的，也不帶人來參觀，我可是帶著鈔票來的啊。」

邵光龍高興起來：「太好了，我一直就愁著錢不夠，捆住了手腳呢。」

錢局長把一份文件遞給他：「是啊，你辭了大隊書記到今天都八年了吧。八年抗戰，把小日本都趕出中國了。可你聽講十名工人都養不起，現在就這麼三個人，老的老，小的小，臥龍山什麼時候才能全面披上綠裝呢？」

邵光龍翻看著文件，這是一份縣林業局同縣農業銀行合發的文件，看了一下就說：「這文件上講，那我到農行怎麼貸款？能貸多少呢？」

錢局長說：「為官一任，造福一方。要想馬兒跑，又要馬兒不吃草，怎麼行？要想馬兒跑得快，就得先餵草。」說著把一份合同書遞給他，說：「合同書我都給你帶來了，三十萬怎麼樣？」

邵光龍驚呆了，心想：「三十萬，這可是天文數字啊！想那年辭職上山，你錢書記在信用社貸款兩千塊還要請客吃飯，今天三十萬送上門來，這裏有沒有什麼門道呢？」就說：「三十萬，不怕我還不起啊？」

錢局長說：「只要你承包臥龍山兩千畝，五十年的合同書做抵押，再加有個信得過的、有經濟實力的人擔保，留得青山在，還怕沒柴燒嗎？」

光龍還是膽怯地說：「三十萬太多了。」

錢局長說：「怎麼會多呢？我給你算好了，三十萬，你兩千畝，每畝一百五十塊，松和杉，每畝五十棵，每棵三塊錢的苗，一畝正好……」

光龍打斷他的話：「不，我已栽好近一千畝，只有一千五百畝。」

錢局長說：「哦，一千五百畝，那最少也得二十萬。好了，我做主了，二十萬。我給縣苗圃講一聲，一次給你運來七萬五千棵松杉樹苗。」又從祕書包裏拿出早已準備好的合同說：「這是購苗合同，簽個字。」

邵光龍想到錢局長送上門來的好機會，失去了也可惜，也是多年來為造林想得沒辦法，就馬馬虎虎簽了字。

祕書收好了合同，又拿出一份早已列印好的貸款合同書。錢局長又說：「這二十萬，五年期，五年到期再轉五年，十年以後，你才做還貸計劃，逐步還款怎麼樣？」

邵光龍聽他的介紹心想差不多，也就簽了字。

錢局長說：「得有個人擔保，哪個擔保呢？」錢局長像早有思想準備一樣，望望門外下棋的馬德山，喊道：「老馬，你來簽個字。」

馬德山正在下五子棋，看來這棋還有點麻煩，不能輸給二扁頭這小子，遲遲沒去簽字。那錢局長又催道：「馬德山，一把手，你不相信我錢家安，也該相信邵光龍吧。」

這句話真有效，馬德山抬屁股跑到桌邊，也不問是什麼事，只說：「在哪簽？」在錢局長手指定的地方簽了名，正欲出門，錢局長拉他說：「哎，再簽上你兒子名字。馬有能！你名字不值錢，可你兒字名氣大。簽他的名字他敢不認賬？」

馬德山：「好，你講怎麼簽就怎麼簽。」又在自己名字的下方簽了馬有能的名字。

錢局長收起合同大笑著：「哈哈，這可雙保險了啊！」正要往下坐時，只聽山裏「砰」的一聲槍響。震得山像開了裂子，房屋窗子玻璃嘩嘩作響。錢局長一屁股坐歪了椅子，跌倒在地，臉都嚇白了：「怎麼回事？」祕書忙把他拉起來。

只見馬德山跳起來說：「哈哈，有兔子肉吃啦！」

沒過一會，肖老爺肩扛著土槍，一手拎著一隻肥兔子，小狗也蹦蹦跳跳地跟過來了。老爺多遠就喊：「老馬，這條狗真通人性呢，我槍一響，牠飛樣地撲向兔子，多勇敢。」

馬德山接過他手中兔子說：「老爺子，你曉得這花狗的娘老子是誰？可是警犬啊！不是您老開口，我怎麼捨得。好了，在您的調教下，一定是你的好幫手。」

中午大家開心地吃了一頓兔子肉。

第二天，縣農行的人來考察了臥龍山林場。

又過了十多天，十輛大卡車拖著七萬多棵杉、松樹苗送到臥龍山，邵光龍、李常有發動全村十個村民組和鳳凰嶺、土崗的鄰村男女老少，真像當年「學大寨」一樣，苦幹了十天，把臥龍山所有的山場全部栽上了樹苗。不過這是有償服務的，邵光龍準備給每戶人家打欠條。正巧肖光虎回到家，知道大哥有困難，二話沒說跑上臥龍山，按每人每天兩塊錢的工資付現款。光龍也就沒推辭，因為他記得八年前，郵遞員小洪跟他講過一句話，他才曉得光虎為何能突然離家出外做生意，原來有光妹的款子墊底呀。現在發財了，還那筆賬也就不客氣了。可臥龍山還是有很多人家沒收光虎的錢，因為光龍這位老書記為村裏做了不少好事。

臥龍山算是全部綠化，接下來是管理了。可那二十萬塊錢沒經過邵光龍的手就這麼被錢局長安排掉了，心裏多少有些疑慮……

二

肖光虎這年把時間變了，徹底地變了。

從過去的人們認為他是二混子、瘋子，變成了現在的活菩薩、英雄了，簡直從內裏到外表換了一個人。按白玉蘭的話講：「真是作夢想不到，冷鍋裏跳出了熱豆子，太陽打西邊出來了。」

肖光虎變化的具體表現在於對白玉蘭過去的一罵二打，變成了現在的十分關懷和體貼。他每月都要回家一兩趟，哪怕夜裏開著烏龜殼到門口，天不亮就離開。每次車屁股後面不是吃的，就是穿的，要不就是家裏用的。那名堂可多了，就講吃的吧，燒雞、烤鴨、蛋糕點心，再者就是各種罐頭，有牛肉的、羊肉的、海鮮的、蝦米的，還有五顏六色的飲料，外加各類水果和乾果，有蘋果、梨、荔枝、桂圓、葡萄應有盡有。穿的就更不用講了，小到三角褲頭、胸罩，大到貂皮大衣，就連她用的衛生紙、衛生巾也是由他買回來。家裏電器、日用品該有的都有了，什麼彩電、冰箱、洗衣機、自行車、手錶，三間破房子擺不下了，有的買回來也沒用過，比方講洗衣機就不會用，彩電信號不好，一打開，螢幕上盡是彩色的麻點子。這麼多東西，白玉蘭是吃不掉、用不完，她就送給光妹吃。可光妹一點也不動的，只有女兒邵小玉整天吃零食，對乾媽也就格外的客氣，整天乾媽長、乾媽短地叫得比自己的媽媽還親熱。

臥龍山村裏很多人沒見過外面的世界，當然也就沒有見過外面的新商品，他們就一批又一批地到光虎家參觀。有人看到地上擺的東西長期不用都已經壞掉了，就對光虎建議說，乾脆蓋個樓房算了。沒想到光虎說：「我叫人設計圖紙了，蓋三層樓，這幾天就開工。」

這話把村裏人都嚇呆掉了，對於還窮得叮噹響的村民來說，眼就紅起來了。又不敢搶，恨不得在他身上啃一口，只好背後嘰嘰喳喳議論著：有的說在外是個大騙子，販賣人口；有的說是偷來的、搶來的；有的說在外有幾個小老婆，養了一大堆兒女，怕玉蘭吵嘴，安她的心；有的給玉蘭出主意，叫她跟丈夫出去看看。

可是白玉蘭現在也看開了，想通了。俗話講：「稻草滾成了金，不曉得丈夫什麼心。」過去夫妻吵了那麼多，越吵自己日子越苦，有什麼用呢？丈夫丈夫，一丈以內是自己的夫。她也曉得丈夫在外是不乾淨的，可眼不見為淨，就查出來，他不沾你的邊，不買你的賬，你有他什麼辦法？就是離了婚，對自己有什麼好處？「就算他在外養了孩子，真要是抱回來叫我養，我就養。反正，給我好吃的我就吃，給我好穿的我就穿，給我好用的我就用。也別心痛，不管怎麼講，我現在日子比過去好多了，也在家享享福，田裏、地裏要荒就讓它荒去，要收稅啊費的我把錢就是了。現在聽講丈夫要蓋樓，蓋好了可搬不走。你蓋好了，我就住，再不順心的事情想開了也就順心了。」所以每次丈夫回來，她就親親熱熱地迎接，不談日子怎麼過，不談孩子養不養，更不問他在外面幹什麼事，只談吃的怎麼吃、穿的怎麼穿、用的怎麼用、房子要蓋怎麼蓋、內裏又怎麼裝修，講講笑笑、打打鬧鬧的，柴米油鹽醬醋茶，酒肉朋友，柴米夫妻。

肖光虎可是講話算話，沒過幾天，就選擇了在邵光龍家隔壁的山邊上，蓋三層樓。頭天來了挖土機，把那塊山角挖平了；第二天來了工程隊宣佈開工，炮竹炸得山都開了裂子；緊接著，這磚頭、水泥、鋼筋、沙子的汽車呼呼地進了村。上下村裏都來看熱鬧。凡是來的他就撒煙，不吃煙的就撒糖，不願走的就留飯。好多貪小便宜的就在日頭到中線了來伸把手，落個人情幫了忙，還有一頓飯，煙照吸，酒照喝。這樣幫忙的人多，樓房蓋得也就快了。頭天看牆才一人多高，第二天就上水泥板了。兩個來月，三層樓像撐傘樣地起來了。山裏人從來沒見過樓房什麼樣子，看的人一批接一批。那些老爺子、老太太扶著樓梯的欄杆，樓上樓下的看，嘴裏不停地咕嘟著：「臥龍山出大地主了！」

可以說，龍頭村以上的十里長沖所有人都來過好幾趟了，唯有光虎的老頭子躲在山上林場裏不伸頭，一聲也不問；甚至連邵光龍中午吃飯時話從話邊來的講到這件事，他總是把話題岔開，不買這個賬。可邵光龍怎麼也不能理解，自己唯一的兒子發財了，臥龍山第一個蓋上了樓房，按講給父親撐了面子，父親應該睡著笑醒了才對，老爺玩的什麼花頭經？

這天吃過晚飯，二扁頭睡了，光龍就坐在老爺的床前，給他泡了一杯茶，遞給他一支煙。可老人還是拿出煙袋鍋子，從床頭牆上掛的煙葉子中扯下一片撕了一塊，放手心裏揉碎了，裝在煙鍋裏。現在時代不同了，沒有什麼人還拿煙袋吸煙，煙葉子也買不到。老人在屋後開了一塊地，種了兩雙煙葉子，曬乾了紮起來，掛在床頭的牆壁上，要吸煙就順手扯一片，那煙味比「大前門」的都有味。

老爺吸了口煙，咳嗽一聲，見光龍要說話，就搶先開口說：「別說了，你張口我就看到你喉。要講那小子的事，那就棉匠丟了錘子——別談（彈）。」

光龍認真地說：「老爺，他畢竟是你的兒子啊。」老爺說：「兒子，我兒子死了，沒有這個兒子我心裏舒服多了。」瞪眼對光龍說：「你呢，也是老幹部，村裏人對你口碑不錯，少跟他一起攪和，別沾了他身上的腥氣。」

光龍說：「老爺放心，開春他給付的村裏栽樹的款子，那是他欠我的。」

老爺說：「你都欠一屁股搭兩胯子的債了，他還欠你的？」

光龍笑笑，也就不瞞老爺說：「老爺，當年的楊順生可能去香港了，是他託人給我寄了兩千。是光虎……是我借給他的。」

老爺不樂意地：「山上栽樹，牆壁眼裏錢都掏出來了，你還借給他？」

光龍說：「這不加倍還了嘛。其他的，我聽光妹講，他送給我的禮物，一件也沒收。」

老爺臉上露出笑容：「在臥龍山，最值價的就算光妹了。別看她不識幾個字，心最亮，道理最明。」望了光龍一眼：「我就擔心你，別上了他的老鬼當。」

光龍不同意他的看法，喝了一口茶說：「這你放心，光虎是趕上了好時光，起步早，抓住了機會，發財是正當的。」

老爺眼瞪得很大，煙袋鍋子在床沿上磕得咯咯地響，放大聲音說：「你也不想想呢，像我們莊稼人，面對黃土背對天，汗珠子當澡洗，累折了骨頭，累斷了腰，一年到頭只能掙個糠菜糧。他鬼兒子一沒技術，二沒專長，只會瞎混混的一個二溜子，就這麼幾年能有這般的富有？當年彭家昌還得先要踩點子，夜裏出傢伙，有時還得放點血。他不痛不癢地把錢拎回來，你不想想這錢來得正道？放屁還能瞞褲襠？做賊還能瞞爹娘？養兒曉得小命咪！」

光龍不服氣地說：「現在講究八仙過海，各顯其能。」

老爺哼了一聲：「他是哪路大仙，我看是妖魔鬼怪！」說著又撕了一塊煙葉子，裝煙，手有些顫抖。

光龍說：「老爺，你可不能抱著老皇曆不放，現在講的是，不管白貓黑貓，抓到老鼠就是好貓！」

老爺又吸了一口煙，頭靠在床頭上：「我看呢，這小子不是白貓，也不是黑貓，是什麼？是老鼠藥呢！」

光龍感到老爺頭腦一時轉不過彎子來，也就不好跟他老人家較勁爭下去，便站起身來說：「不管怎麼講，他是我們村裏致富帶頭人。聽講記者都來了好幾班呢。」正要出門，只聽老爺又補了一句：「記者來了，說不定公安局的也要來呢。」說著也站起來，大聲道：「講一千，道一萬，老子同這個鬼兒子是張果老倒騎驢——永遠不見這個畜牲的面。」光龍想想搖搖頭，就脫衣回自己的房裏睡了。

光龍躺睡著了，那小花狗有一聲、無一聲地把他叫醒來，不像是見生人來的那麼叫。他感到奇怪，就披衣起床，輕手輕腳向老爺的房裏望了一眼。見電燈已熄了，床頭上有一亮一亮的像螢火蟲，這才想到老爺還沒有睡，坐在那裏吸著煙。老人在想什麼呢？便拍拍腳邊的小花狗：「心裏話，小花狗啊，別叫了，讓老爺靜靜地想想吧。這位老爺啊，心窩子深似海呀，心裏流淌萬條河，嘴上不漏一滴水呢。」

又過了個把月，肖光虎的樓房連蓋帶裝修已經竣工。那青磚紅瓦的三層樓，在臥龍山那個破舊的山村裏，真是隻鳳凰立在雞群中。那水泥地面的院子，貼著瓷磚的地面；油光粉亮的廚房邊上的壓水井，比自來水差不了多少；大門樓子帶暗鎖的拉手，樓上陽臺白光閃閃的不鏽鋼的欄杆；推拉鋁合金窗戶，大紅綢緞的窗簾；各色吊燈、壁燈，一到晚上霞光閃亮；就連大門外還擺著一對石獅子。山裏人不知外面城裏的樓房怎麼樣，凡來看到的無不伸大拇疙瘩誇光虎說：「光虎，你蓋的真是金鑾殿呢，這比過去的關帝廟好上十多倍了。」

一提關帝廟，光虎毫不含糊地說：「關帝廟過去是我燒的，我下一步棋就是再過幾年，照九華山大雄寶殿的樣子重新蓋起來。」聽到這話的人都呆了。「唉，只知深山有好鳥，深水有大魚，不知這小子到底有多少錢呢？」

肖光虎蓋樓房與別人不同，人家上樑時請客吃上樑酒，而他等竣工喬遷時請客。他早就放出話說，要請龍頭村民組三十七戶人家的老老小小，連吃奶的孩子也算在內，總共一百二十幾口人，加上村幹部、白玉蘭的遠房親戚開個十五桌，不收來客一分錢。

這人呢，一富治百病，一白改百醜。就連過去沒眼看、見面吐唾沫的書記李常有，現在也像是蒼蠅叮狗屎樣的三天兩頭往樓房裏跑，細心地幫助光虎策劃出主意。他真心實意的對光虎說：「大廈喬遷之喜，請客不收禮，道理上不好講。外場人講我們白吃白喝，傳出去也不好聽。送不送是村裏人的心意，收不收是你的人情。要我講，人家送塊金磚你別嫌多，挖一耳勺子也別嫌少，瓜子不飽是人（仁）心，象徵性的收一點，人家吃得心裏舒服。」

光虎也掏心窩子話說：「你看我的樓房，講到底也有七八萬。村裏人送禮，每戶來個二十、三十的，撐死也就千把塊。我在外請人家吃館子，一頓就有這個數，算什麼！眼下是鄉裏鄉親的，不收禮到時留個好名聲。」最後，李書記同他商量好了，這禮收還是收，由書記親自記在賬本上；那只不過是聾子的耳朵——做個樣子，等散了酒席，該誰送多少就退多少。

這消息一天內就傳到村裏每個人的耳刀裏，人們轟動起來了。心想反正是退還的，不如落個人情，都挖空心思想點子，每家每戶都送禮，並且數字還不小。

這裏要講的是過去生產隊長石頭家裏，大兒子石蛋結婚分了家，還有兩個光頭在身邊，前兩年開了個小店，因為缺資金，人家賒了一點賬，三天兩頭地要，人家就不到他那裏買東西；張大嘴那裏是飯店加商店，買多了還批發，他家的小店就倒掉了，日子確實有些緊巴巴地。這個錢還真拿不出手，就連借錢的門路也不好找。再加上當年學大寨，同白玉蘭那點小關節，人家至今連個孩子都生不出來，恨你斗大一個包，見面都像瞎子死了兒子——跟沒看見一樣。所以，他準備在吃喜酒那天，到親家那裏躲一躲。這件事傳到肖光妹的耳朵裏，她就找了白玉蘭說：「處世呢，讓一步是高，待人寬一分是福。你蓋這麼大樓房，能冇一村，不冇一人。」白玉蘭聽了光妹的話，叫石蛋帶信，叫老隊長一定來喝杯喜酒。

石頭一聽，喜出望外。好了，口信來了，就是請帖來了，不能裝孬。解鈴還是繫鈴人嘛，這次真是解疙瘩的好機會。可手頭沒一個子磨癢，找人轉手的錢看來不難，想來想去還是找村書記李常有。「想到當年他當大隊會計，我當生產隊長，對批鬥楊順生的問題上，他寫來信，我按手印，結果販了事就丟卒保車，我老呆子倒楣像秋天的茄子，他屁事沒有。今天他姓李的不會抹我臉面。」這樣就去了村委會，咬牙向李書記開了口，只是轉個手。沒想到李常有打哈哈說：「我哪有錢，錢在老婆手上，你去找她。你的面子，開口一句話。」

石頭屁也不放一個就回頭了，心裏想：「你媽的小子狗眼看人低，過去我當隊長，你見面點頭樂；現在光虎有錢了，你跟他屁股後面吃屁都香。找你這點小事都鐵打的公雞——一毛不拔。嘿，叫我找你那母老虎的老婆。村裏老鬼都曉得，她能罵死公公纏死婆，敢拉丈夫跳大河。你們夫妻一唱一和，你是錢耙子，她是錢夾子，她一個錢都放在屁眼溝裏夾得緊緊的，我能拿得到？你指兔子叫我追，向她開口，那不是土公蛇咬石滾子——搭掉一口毒氣嗎！唉，算了，富不跟官鬥，窮不跟富鬥。呸！」他臨走向村食堂吐了一口唾沫。「媽的，你小子把大隊部屋子都裝進荷包裏去，哪個有辦法？我們那時當官，『學大寨』往死裏累，山上砍了那麼多樹，邵光龍當書記沒撿一片樹葉子回家。現在當官有幾個菩薩心，能讓百姓吃肉他喝湯？一個個的只管自己缸滿，不顧人家屋漏了，還口口聲聲喊為人民服務，媽的，講得好聽，聽了難過，這年月，人死得，窮不得啊。」

石頭像瘟雞樣的耷拉著腦瓜子，晃晃悠悠地低頭瞇著眼瞎走，走到肖光虎的樓房門口，因為樓房就在肖光妹家隔壁，也就遇到了蹲在門口吃早飯的肖光妹。她見到他就開玩笑地說：「喲，老隊長，記錯日子了吧？吃喜酒是明天。」

石頭抬頭對光妹笑笑說：「明天？長江裏撒泡尿，有我不多，沒我不少，明天我看來喜酒吃不成了。」

光妹說：「幹什麼？你又要到公社開會呀？」這是笑話他。

石頭哭喪著臉說：「這年月，紅白喜事像大軍過江一樣，一個接一個。抽分子，是冬瓜、葫蘆一藤牽。牽來牽去，雞窩裏拖死鴨喲。」湊到她身邊低聲說：「我荷包裏翻不出一個分角來，你講我哪有這個口福？」

光妹說：「你不曉得光虎兄弟收禮是柳樹開花，不結果子，到時全部分文不動還的。」石頭說：「我曉得，可我抓不到反手癢嘛！」

光妹爽快地說：「那不要緊，明天你來，回頭我給你墊上，要多少？你好面子，就大一點，二百怎麼樣？」

石頭呆望著她：「你這話是真是假？」

光妹火了：「你要講是假的就滾你媽的蛋！」說著起身要回屋裏。

石頭攔住她，眼眶子紅了，說：「我的姑奶奶，你是好人啊，為了這點錢，我愁啊，愁得夜裏只睡個狗眨眼的小覺，渾身痠軟，心裏憋悶。想過去，人家教育孩子：兒子兒子快快長，長大當隊長，荷包呱呱響，那是什麼？錢哪。現在呢……」說著雙手拍屁股說：「兩手拍屁股，光打光。腰裏無錢，逼倒英雄好漢。看，光虎有錢，三十幾歲是老子，我呢？無錢，五十多歲是孫子。」

光妹眼瞪著他說：「你真是關公老爺賣豆腐——貨軟了人還硬呢。」轉過身去，說：「我有事了，沒工夫聽你屁話一大堆。明天一早我送給你。」說完進了屋裏。

石頭追到門口一鞠躬說：「難為你了，我的姑奶奶！」石頭沒想到埋在心頭幾天的病塊，像六月天的冰，轉眼就化了。他望望屋裏的光妹，無意間抬手摸摸前額，那裏有一塊小疤痕。「當年學大寨，是她不顧自己的奶子都露出來了，給我包紮的啊。回頭想想，剛才找李常有碰了一鼻子灰。人比人，氣死人呢。光妹啊，刀子嘴，豆腐心，臥龍山的活菩薩；而李常有這小子是豆腐嘴，刀子心，口善心惡的小人呢。」

有錢人還得看什麼樣的有錢人，有的萬貫家財，出手卻小氣巴拉地。肖光虎辦人事真是大氣，辦酒席特地請來了廚子——那就是李常有的大舅子張大嘴，有償服務，每桌給一塊錢勞務費，計劃十五桌。就這麼天把時間，一百五十塊錢就輕輕上了腰包。李常有也是瞎了見錢眼睛開，放下書記的架子為人民服務，給他家記賬。在肯樹根家殺了一頭豬，殺倒也有一百九十多斤肉，還扒了十二斤板油，四斤花油。張大嘴問到底有多少人，李常有幫光虎扳手指頭算來算去，也只有十五桌，包括村裏小孩子。張大嘴經常給人辦酒席，經驗豐富，說：「你算的是眼面上的。農村請客，那是觀音菩薩請羅漢菩薩，都是大肚漢。加上村裏婦女，那可是來了婦女客，十個來一百呢。習慣是婦女帶小孩子，自家沒小孩子的，說不定把八大姑、九大姨家的小孩子找得來，小孩子比大人還能吃。」光虎感到有道理，就最後拍板，按十六桌的菜準備，每桌讓大家吃個夠。

這樣，張大嘴安排菜了，他說一句，李常有就記一筆，除肉外加上十六隻母雞、十隻公雞、十六斤（三十二條）鯽魚、二十斤大鯉魚、十隻鴨、十斤蝦、六斤木耳、十斤生腐、五斤黃豆、兩廂豆腐以及蔬菜等等，五十斤水果，每桌上兩斤糖果盤子、花生和瓜子，香煙二十條，瓶裝「古井貢」酒六箱，七十二瓶。李常有派村裏兩輛小四輪進城拉貨，到頭天吃晚飯的時候，貨物全部備齊。

這天上午十點鐘，村裏人就陸陸續續地賀喜來了。來的第一批大都是三十幾歲的青年人，他們是石頭的大兒子石蛋、黃樹根的兒子二扁頭，還有的就是黑狗、黑皮、二瓜條子、大呆子、小辮子、大鎖，還有一位吳大栓，是白玉蘭娘家村民組的，說來也算副村長，他是自己不當官來做，別人也不把他當官待。這些人是大錢掙不來，小錢看不上，想掙錢怕吃苦，看人家掙錢又紅眼的人。他們進門就跟光虎打招呼，有的喊「虎子哥」，有的喊「肖二叔」（從光龍那裏排的），嘴上抹蜜地喊：「恭喜恭喜！發財發財！」光虎不擺有錢人的架子，站在門口迎接，散煙、點頭微笑：「稀客稀客，請上樓。」

吳大栓進門拍著光虎的肩說：「光虎啊，你在外是不聲不響地就掙了大錢，蓋了樓房了。」光虎說：「哪裏，我只賺了幾個露水小錢，蓋樓房也是打腫臉充胖子。你是村幹部，我給村裏帶個頭，拋磚引玉。」

大栓子很老道地說：「這你就別謙虛了。人呢，講自己大款的，說不定只有幾個打眼錢；講自己沒錢的，說不定手頭有成打的票子。」

光虎看出大栓子不愧是村幹部，也就掏了一句心窩子說：「外面的世界很精彩，外面的世界也很無奈呀。怎麼講呢，三年能考個狀元郎，可三年考不出個生意人呢。想掙大錢，得要闖過三關、六碼頭喲。」

大栓子順水推舟說：「是啊，肥肉只有胖子才能吃。打工的有人爬金山，有人撿廢鐵呢。」

幾個青年人聽出了點門道來，二瓜條子湊過來說：「肖二叔，你也打工，我也打工，我怎麼就摸不到趟子、抓不到錢呢？」

光虎問他：「你在什麼地方？」

黑蛋插了一句，說：「他呀，褲襠裏的蝨子，無處不到。」

光虎很老練地回答說：「你那叫浮萍工。幹一行要精一行，可不能東一榔頭、西一棒子，南一撲、北一碰地，這些我們改天再談。」

有個叫黑皮的插嘴說：「嗨，我曉得，現在發財有四大門路：一醃豬，二打鐵，三抓黃鱔，四抓鱉！」

那個叫大鎖的大叫起來：「你那是老黃曆了！現在是想當官的靠後臺，想發財的靠胡來。」

黑蛋打了他一拳說：「住嘴，你這是什麼屁話？難道虎哥是靠胡來才發財的？真是吃屎的嘴巴。」

大鎖紅了臉低下頭。

光虎拍拍大鎖的肩說：「外頭遍地是黃金，一分本事一分錢呢。要想富得走險路，那是門門有路，路路有門，三百六十行，行行出狀元嘛。」

其他幾個連連點頭，誇光虎講得對。

李常有從樓上下來，見一幫人圍著光虎吵吵嚷嚷地，就上前大聲說：「幹什麼，你們幾個？像倒了尿壺，一開口就嘟嘟地沒完。」

大栓子說：「他們是討教光虎在外發財的經驗呢。」

李常有臉黑了，說：「嗨，你們以為每隻猴子都能上花果山稱大王？光虎是孫大聖，上天有路，入地有門。你們能比得了？人家在外七七四十九方城跑遍了，九九八十一道菜都吃膩了。你們今天來吃頓雞巴喜酒就哇哇的叫上天，麻雀也跟大雁飛？」

幾個青年一個個乾瞪眼，想到當書記的反過來拍村民的馬屁，真是沒勁。

光虎打圓場說：「好啦好啦，大書記就少講幾句。發財的門路千萬條，摸對了路好走得很。我們大哥別誇二哥，二哥別笑麻子哥。生意買賣差不多，改日再談。大家上三樓，有撲克、象棋、香煙、瓜籽。」

這班人全往三樓走去。

接著就來了一幫子婦女，她們的名字大都是帶花的，什麼菊花、桃花、桂花、梅花、英花、小梅子等等。三個鏈子一塘，三個女人一房，她們走向哪裏，就把歡笑打鬧聲帶到哪裏。這不，到了大門口就像一堆麻雀嘰嘰喳喳的沒個完，什麼張家長、李家短、三隻老鼠四隻眼，東扯葫蘆、西扯瓢。白玉蘭在院子裏洗菜，聽到她們來了，自然要到門口迎接。

俗話說：「冬瓜長毛，黃瓜長刺；丈夫有錢，妻子有勢。」白玉蘭今天滿臉笑唧唧的，穿得妖豔，白底上現出小花的褂子，領口露出一大節。這衣服在八年前她看一枝花穿過是那麼刺眼、噁心、要吐，今天自己穿得是那麼的自然舒服。一條金鏈子繞著頸子一個小圈，接頭處還掛著一個大墜子，是一隻虎頭。一條辮子盤在頭頂，腰裏繫著藍布圍腰，把胸脯紮得高高的，顯得十分地精神。婦女們見了她，像鴨子見池塘樣地撲上來，「大媽、大姐、二嬸」地叫得親親熱熱。

有個叫菊花的拉著她的手說：「喲，玉蘭，看你穿的，像是十七八呢。」

眾人叫著：「是呢，還能值八套衣呢（山裏姑娘訂婚時，男方給女方做八套衣服）。」

有位丈夫叫「大狗」的名叫「桂花」的說：「玉蘭嫂子，你真是下地一聲『哇』得好，嫁給了鷹子吃肉。我呢，跟著狗子吃屎了。」

那個叫菊花的用胳膊肘搗了她一下，說：「你吃屎的人中午怎麼來吃飯了？」

桂花轉身打她：「死丫頭，這不是比方嘛。」打打鬧鬧地進了院子。

有位叫梅花的摸著地上的瓷磚說：「哇，這地上這麼多玉石呢。」

那位英花咯咯地笑了半天說：「你土老冒，這是瓷磚都沒見過？」

那梅花理直氣狀地說：「我怎麼沒見過，李書記家的大桌子中間鋪的就是這傢伙（其實那是大理石）。」

那菊花又拉著白玉蘭說：「看你家怎麼得了，踩著大隊書記（村書記，還轉不過來口）家的桌面子過日子。」

白玉蘭笑笑說：「哪裏的，她看走眼了。別說了，樓上請吧。」

菊花說：「玉蘭姐，你真客氣，我家裏的來了，我就不來了。」其她婦女一致說：「對，我們不來了，只是來看看。」

白玉蘭心裏明白了，這幫婦女是來打聽消息的。本來村裏的紅白喜事，沒有女人的份；今天在光虎家裏破了例，還有點不習慣。儘管昨天光虎、玉蘭夫妻倆每家每戶都跑到了，反覆講的是大人、小孩一鍋端。婦女們還是不放心，不知是真是假，來看看，講講客氣話。

白玉蘭指著樓上樓下說：「你看我家，三樓四桌，二樓四桌，一樓加院子是八桌，一共十六桌，你們不來，我們只好把菜送到你家去。」她們這才歡歡喜喜的。

那菊花說：「那你真這麼客氣，我們就運氣了，等我們回去把小孩子飯燒好。」

玉蘭說：「幹什麼你？講好的大人、小孩全來嘛，再講我可生氣了。」

她們這才放了心。又說回去餵個雞、餵個豬、鎖了門就來，一窩蜂地跑掉了。不過，你放心，等會還得一窩蜂的來。

李常有從樓上走下來，手裏拿著賬本子，每戶交了多少錢，他都親手記在賬本上。他坐在院子裏的桌邊，翻開賬本子查著，好像沒見到石頭交錢，準備跟光虎講一聲，一抬頭，看到門外石頭在晃來晃去，知道他沒錢就替光虎做主喊道：「哎，老隊長，進來吧。我開個後門，給你記個空賬算了。」

石頭在門外說：「等一會，我找光妹講句話。」

李書記又喊：「大嫂啊，石頭在門外找你。」

光妹在廚房裏忙著洗菜，一聽到這話，恍然大悟：「哎喲，弄你媽，忙昏了頭，把個大事忘掉了。」忙把玉蘭拉到衛生間門口，從她屁股荷包裏掏出兩百塊錢捲在手心裏。

玉蘭問：「幹什麼？」

光妹說：「石頭轉個手。」

玉蘭有點生氣了說：「人壞沒飯吃，狗惡沒屎吃，轉個手的錢都拿不出。」

光妹瞪她說：「你今天新鞋就別踩他爛泥了。」說著出了門，背著人遞給了石頭。

沒等光妹進門，石頭一下子變了一個人，頭昂了起來，挺著胸邁步走到門邊石獅子旁，用力咳嗽一聲，狠狠吐了一口痰，進了院子，大聲喊：「光虎呢，我老隊長來了。」

光虎在樓上沒聽見，白玉蘭只好湊過去，笑了笑，但沒吭聲。

石頭對她笑笑，說：「玉蘭啊，你是『好菜配好飯，好女配好男』呢。光虎是浪了回頭金不換，如今是衣角搧倒一村人啊。這房子蓋得多排場。」

白玉蘭聽他講到這份上，也就只好喊了一聲：「老隊長，你客氣了。」這可是自學大寨那年以來的第一次答腔啊。

石頭轉過身，明明看到李常有手裏捧著賬本子，有意高聲喊：「哪個小子記賬？」把手裏票子舉得高高地說：「我老隊長的，二百！」

白玉蘭曉得是大嫂剛從她荷包裏掏出去的，還是笑笑說：「讓老隊長破費了。石大媽也來呀，哦，你兒媳婦——婦女主任呢？」

李常有接錢、記賬，插嘴說：「她到鄉裏開計劃生育會去了（是他去年提議石蛋老婆當村婦女主任的）。」

石頭接話說：「現在幹部經常開會。記得我當幹部那會，公社每年只開兩次會。」

李常有望了他一眼，心想：「你那小隊長還叫官？還老掛嘴上。」

只聽石頭又說：「玉蘭，你石大媽也不來了，家裏有客人，親家公，高橋鄉的副鄉長，剛退二線。」

光虎正好從樓上下來，便接話說：「老隊長，那你把他也喊來吧。」

石頭摸摸頭說：「光虎啊，你高門樓子前拴著高頭馬，不是親也是親。我門口有根討飯棍，親戚老鬼難上門。人家難得到我家來，又怎好意思到你家呢？」

光虎說：「來吧，加人不加菜，加個碗筷嘛。再講鄉長來了，也給我撐面子呢。」

石頭樂了，說：「照講是呢，親家就像小白菜，不澆水也要敗。光虎啊，這次你幫我澆了油水了。」

光虎笑笑說：「哪裏話，要不要我去接？」

石頭說：「不了不了。」轉身跑了出去。

這一切，李常有看得很清楚，說：「石頭啊，眉毛都是空的，他三天兩頭的到親家那裏吃喝，可從來沒請人家來吃一頓。明曉得今天你家吃喜酒，他昨天把親家請來了。親家早上要走，這傢伙，見大糞都沾一指頭，何況這次好機會，怎能錯過？他死活拉著不讓走。」

肖光虎並沒有去想人多了要多花幾個錢，而是想到村裏人這麼看重這頓飯。「過去把我當瘋子，見到我就像聞到我身上有臭狗屎，多遠就躲得遠遠地。特別是這個石頭，簡單不把我當人看，今天看到的卻是一個個巴結的嘴臉。」想到這些，心裏像抹了蜜的快活。一快活，嘴自然就哼哼唱起來：「沒有花香，沒有樹高，我是一棵無人知道的小草……」

每次肖光虎一唱歌，肖光妹的女兒邵小玉就像跟屁蟲樣的跟在他身邊。這孩子八虛歲，下半年就要上二年級了。她長得有點像白玉蘭的臉型，蘋果形的，一雙星星般明亮的大眼睛，後面打著兩根小翹辮子。當光虎的歌剛剛唱完，或者沒唱落音，小玉就纏著他不放說：「叔叔，還唱還唱嘛。」

光虎就蹲下來，用額頭頂著她的額頭唱起來：「好一朵茉莉花，好一朵茉莉花，滿園花草香也香不過它……」

這歌小玉熟悉，聽他唱過好幾回了。他講這是專門為她唱的。她聽到這首歌就笑彎了腰，跑向在院子壓水井邊洗菜的光妹身邊說：「媽媽，媽媽，叔叔又唱我了。咯咯……好笑死了。」

光妹埋頭在大盆裏洗菜說：「你叔叔有一肚子的歌，你還叫他唱。」小玉又跑過去一把抱住光虎的腿，叫著：「叔叔，還唱還唱。」

光虎彎下腰把她抱起來，在她臉蛋上親了一下說：「兒子（這是他經常叫的），喊我一聲，我給你慢慢唱。」

小玉立即張口：「叔叔，叔叔。」

光虎搖頭：「那不行，不叫叔。」

小玉瞪大了眼睛說：「那我叫你什麼？」光虎說：「喊我一聲『爸』！」

小玉身子一扭，從他身上滑下來，憋著小嘴轉身就走：「屁，我才不喊你『爸』呢。」

從衛生間裏出來的白玉蘭看在眼裏，走過去身子碰了一下發呆的光虎低聲說：「想兒子了吧？」

光虎望著玉蘭說：「好窯燒好瓷，好模子脫好磚。我看小玉長得不一般呢。」說著轉身要上樓。

玉蘭心裏一驚追上幾步，把他堵在樓梯中間：「哎，你不是講房子蓋好了，有話要跟我講嘛。」

光虎望了她一眼，笑笑說：「這頓喜酒還沒吃完呢，等晚上吧。」

玉蘭說：「你告訴我一個祕密，我也告訴你一個祕密。」一隻手遮著嘴，對他耳邊：「不過，你的祕密我也能猜個八九不離十。那一枝花給你生了一個吧。」

光虎沉默了一會，低頭說：「生……生了。」

玉蘭說：「真的？那好啦，是男是女？」

光虎望著遠處的小玉：「是女孩。」

玉蘭說：「時代不同了，男女都一樣。你應該帶回來給我撫養啊。」

光虎笑笑，低了頭。

玉蘭又說：「怎麼？還怕我想不開，我想開了。」

光虎在她臉上掏了一下：「晚上談，我們相互交心地談。」就上樓去了。

肖光妹又在大盆裏淘米，小玉沒事做，就跑過來玩水。光妹拉開她說：「去。怎麼不叫叔叔唱歌了？」

小玉鼓著小嘴說：「他叫我喊他『爸』。」

光妹心裏一震，眉頭打了個結。見玉蘭從樓梯口下來，就微笑著講小玉：「喊一聲就喊一聲嘛，舌頭打個滾不捨本，說不定叔叔給你花衣服穿呢。」

小玉又瞪眼：「我才不幹呢，我又不是沒有爸。」

玉蘭伸手在她臉上揉了一下：「這孩子，嘴緊得很，有時連我這個乾媽都懶得喊。」

「乾媽！」小玉喊著就撲向她懷裏。玉蘭緊緊地抱著她。看來，她們的感情還不錯。

廚房的油鍋裏發出「沙」的一聲，一股油煙衝進了院子。

這時樓上幾個小青年吵了起來，接著有人「噔噔噔」下樓梯聲。那是石頭的兒子石蛋，後面跟著黃毛丫的兄弟二扁頭。二扁頭本來是個老實頭，因為學校放假，李校長帶著黃毛丫回老家做月子，正好今天又是滿月，黃樹根一家都去吃外孫女的滿月酒去了。所以，二扁頭今天是「山上無老虎，兔子成大王」，只聽他嘴裏不乾不淨地罵著：「媽的，不值價，給錢！」

石蛋回頭說：「你想，上次打麻將，你還欠我兩塊呢。」

二扁頭臉紅脖子粗，上前抓住他：「去年的老賬還翻到今天？」

石蛋也糾住他說：「只許你欠我，不能我欠你？」

二人罵著就動了手。

李常有正好站在院子裏，就大聲喊：「幹什麼幹什麼？人家蓋房吃喜酒，什麼瞎雞巴扯。打麻將？哪個打的？派出所昨天跑了空趟子，正有氣沒地方出呢。」

兩個小青年一聽，歇了手。

二扁頭笑笑：「哪裏，我們打著玩的。」

李常有黑著臉：「打著玩怎麼還提賬不賬的？」

石蛋說：「書記，他是講我們打架打著玩的。」說著在二扁頭的頭上拍了一下，二扁頭也給了他一腳。

李常有說：「這就對了，村幹部不能幹牌九、押寶、擲骰子，也不許打麻將。來，我們來『鬥地主』，兩塊錢一鏟，小刺激怎麼樣？」

二扁頭跳起來：「好唻，我們幹。」

石蛋伸伸舌頭：「乖，這就不小了。」

李常有笑笑：「你們敢跟我幹？那可是孔夫子搬家——全是輸（書）。」說著一窩蜂鑽進樓下裏面的房間裏，關上了門。

石頭拉著一位穿著中山裝的、頭梳得光光滑滑、矮矮胖胖的老頭子走進來，多遠就喊：「光虎，光虎啊！人呢？」向廚房裏大聲：「光虎，來客人了！」

光虎從樓上下來：「來啦，來啦，這位就是……」

石頭指著那人：「高橋鄉的高鄉長。」

那人忙搖手：「哎，不不！」

石頭忙答道：「哎喲，鄉長就是鄉長，還謙過什麼虛呢！不就是剛才退了二線嗎。」

光虎上前握手：「高鄉長，今天有您光臨，我蓬蓽生輝呀！來來，樓上請。」

高鄉長握過手，又雙手抱拳拱手說：「不敢不敢，恭喜恭喜！」順手從荷包裏掏出幾張票子：「一點小意思。」

光虎忙推開：「哎喲，您老就別客氣了，說什麼也不能讓您破費。」推開他的手。

石頭從「高鄉長」手中接過錢說：「光虎啊，高鄉長雖然比不上你的樓房，可跟我們蘿蔔頭子比，那可是小草見大樹呢。每月工資好幾百，在高橋鎮上還有門面房呢。這五十塊錢還不是兔子身上拔根毛啊。」提高嗓門：「李書記記賬，高鄉長五十塊。」喊完就把錢往光虎荷包裏一塞。

光虎笑笑：「那就等會同老隊長一起算吧！」拉著「高鄉長」往樓上走去。精明的石頭說不定另外得個五十元。

這石頭大約早上就沒有吃，肚子餓得有些抗不住了，有意轉身進了廚房，嚷著：「大嘴呀，中午這麼多客人，你要把吃奶的勁都使出來啊！好糞要上秧田，好菜要善待鄉親呢。菜燒得怎麼樣了？」見中間大鍋裏有半鍋的湯水，便笑著說：「喲，湯都燒好了？我嚐嚐是鹹是淡。」

正在切菜的張大嘴忙叫著：「哎，別別別……」話沒講出口，石頭已舀了一大勺子喝起來。

感到味道不對，大叫著：「媽呀，這哪是湯，簡單是刷鍋水嘛。」

張大嘴笑著說：「老隊長嘴刁，一口就嚐出來了。」原來張大嘴燒好了一大臉盆排骨，準備燒魚，這鍋裏正是刷鍋水。

石頭連咳嗽幾口又吐不出來，正黑著臉要對大嘴發火，肖光妹端著一盆洗好的菜進來說：「芹菜放哪？」大嘴推開條桌，石頭這才發現裏面有燒好的排骨，上前抓了一塊啃著，說：「哦，味道不錯。大嘴，你手藝有進步了。」忙往樓上走去。

李常有在樓下裏面房間同二扁頭、石蛋他們打「鬥地主」，肖光虎推開門進去拍了他的肩，遞給他錢：「五十元，記賬，高鄉長來了。」李常有驚慌失措，把一手好牌一放，一陣風樣的向樓上噔噔噔地跑去，可轉眼又噔噔噔地跑下來。

白玉蘭見了，問：「聽講高鄉長來了，你不陪陪？」

李常有「嗨」了一聲說：「石頭的親家，誰曉得是乾親家還是濕親家？還高鄉長呢，高橋鄉食堂燒大鍋的。他女兒是我的手下兵，瞞得了別人還能瞞得了我？真是磕瓜子磕出個臭蟲來——什麼人（仁）都有。」又鑽進樓下屋裏繼續打牌。

這時門外傳來「叮鈴鈴」的自行車鈴聲，光虎伸頭見門外是郵遞員小洪，心裏吃了一驚。只見小洪停好車，從郵袋裏拿出報紙和包裹說：「怪不得村部不見人，都在你家吃喜酒啊！」說著伸出郵夾子，叫光虎在單子上簽字。可又突然想起了當年簽字的事，收起郵夾大聲喊：「邵光龍的包裹！」

肖光妹聽到喊聲上前接包裹，說：「兄弟簽個字吧。」小洪這才把郵夾遞給光虎。光虎邊簽字邊說：「小洪，你是一年被蛇咬，十年怕井繩啊。對不起，今天我家人多，就不留你了。」其實光虎怕他提起當年匯款單的事，便將一整包的黃山牌香煙遞過去，說：「請吸煙，是喜煙。」

小洪接過煙，也不講一個「謝」字就騎車走了。

光妹拆開包裹，光虎湊過來說：「大嫂，光雄兄弟一年土，二年洋，三年不認爹和娘，今天寄了什麼好東西？」一看是五雙尼龍襪子。

光妹說：「正好，我們兩家每人一雙。」

小玉爭著搶：「我要，我要！」

正在光妹品賞襪子時，外面半掩的大門「啪」地被人一腳踢開。只見門口站著一位高大魁梧、腳蹬烏亮的皮鞋、外披風衣的黑臉漢子，只是一隻手縮在風衣袖子裏，一隻手向光妹揮揮說：「怎麼開席了？不等我了？」

光妹一回頭，驚喜地拍腿：「哎喲，真稀客呢。」原來是原大隊長馬德山。

馬德山幾個月前跟林業局錢局長車子到過龍頭山，村裏還沒露面。兒子馬有能已當上縣看守所所長，媳婦在供電局上班。老倆口就一直住在城裏帶孫子，家裏的房子交給外甥（姐姐的兒子）張學明開診所。這次是光虎打電話，請他有時間就來看他的新樓房。沒想到他真來了。

光妹實話說：「馬大叔，早曉得你真來，把小陽也帶回來。」

馬德山說：「大嫂啊，你講的我已想到了，昨晚還去了一中找到他。不行啊，每晚自習十點多。剛上高中，像打仗樣地要一個勁地往前衝，一點不能鬆勁。」

光妹說：「看，我們哪曉得，又沒時間過問。」

馬德山拍拍胸口：「放心，有我呢，到時一定是頭名狀元，臥龍山的驕傲就出在你們一個大門裏。看，光虎這樓房蓋得……」邊說邊抬頭看樓房。

白玉蘭聽到馬德山的聲音，從廚房裏出來，一雙潮濕的手在圍裙上擦擦，向樓上喊：「哎喲，光虎啊，看哪個來了？」

馬德山抬頭看到陽臺上伸頭的光虎，大嗓門喊道：「光虎啊，好小子，『電燈、電話，樓上、樓下』，這可是幾十年前掛嘴邊的口號，今天在你頭上實現了。臥龍山的一籠雞窩裏，鑽出一隻鵝來，算你頸子長呢。」

肖光虎從樓上跑下來，同白玉蘭上前，十分感動地說：「馬叔，沒想到您真來了。」

馬德山爽朗地大笑：「你大廈落成的喜酒我不來，你能開得了席？啊？」伸手從荷包裏掏出一小紮票子往白玉蘭手裏一塞。

光虎要拉：「馬叔，別，別……」

馬德山一推他：「怎麼？嫌少了？我可只有這麼多。」

馬德山轉身在樓下看了看。當推開裏面的門時，石蛋等打牌的青年都站起來：「馬叔好，馬叔好！」

馬德山揮揮手：「你們玩，你們玩！」

白玉蘭向坐裏面的李常有揮揮手中的錢：「李書記，記賬，馬叔的。」

馬德山一推她：「記個什麼賬，小氣巴拉的。」

李常有推開手上牌跑出門，雙手握著馬德山一隻手：「老大叔，可多日沒見了。」

馬德山盯著他：「是啊。」另一隻沒有手指頭的手背在他肚上拍拍說：「轉眼你發福了嘛，啊。光虎在我們村帶了個頭，萬事開頭難，下一步的樓房就看你的了吧？」

李常有搖搖頭說：「馬大叔笑話了，我可是大糠搓繩子——無法起手喲。」

馬德山說：「我看你行，你現在的手指頭比我們腰都粗嘛。」

李常有放開他手笑笑說：「你家公子當公安局的看守所長，逢時過節的，哪個罪犯家的不大包小兜的往你家拎啊。」

馬德山也笑笑說：「可比不上你囉！當年我進了城，老邵辭了職，你小子見縫插針，猴子爬竹竿，官位多升了一品。」伸大拇指頭，又說：「在臥龍山搖大拇指頭，可幹些拿不到人面前的事情啊？」

李常有又笑：「放心，身正不怕影子歪！」

馬德山大嗓門叫著說：「你影子歪不歪，只能站到太陽底下才能看得出來。我剛一進村，就有人跟我吹了風。行啊，小舅子開飯館加商店，刮大夥的油水長自己的膘，一轉眼馬路邊的四間門面房就裝進你的荷包裏了！」

原來馬德山進村先到老家看了看，想知道外甥的診所開得怎麼樣，一看門關著，一問才知道張學明醫生正讀醫科函授，學習去了，要十多天才回來。畢竟是工作了十多年，人不親土還親呢。村裏人圍上來問長問短地，他也問他們生活得怎麼樣。村裏人就七嘴八舌地指著多遠的老大隊部「張大嘴飯館」的牌子，吐了一些真心話。馬德山心想，怪不得村裏有人上城吹風李常有的情況，原來這都是真的，心裏就有股氣往上湧。你講他這個直性子的人，現在見了李常有怎麼能忍得住呢？

李常有一直以為他講客氣話、開玩笑，聽著聽著好像不對味，就說：「老馬，別誤會，這可是有賬可查的。」

馬德山嚴肅厲聲說：「查？你那什麼雞巴賬，只能躲在褲襠裏查，過得硬的？今天難得的機會，村裏人都在場，當著大夥的面，擺到桌面上查一查。」

李常有心想：「你當這麼多人刮我面子？」便跳起來大叫：「你老馬閉著眼睛抓麻雀，瞎雞巴無中生有，拿屎盆子往我頭上扣！」

馬德山瞪著他說：「怎麼，你跳了？這叫『癢處有虱，怕處有鬼，做賊心虛，放屁臉紅』呢。」

李常有又叫：「喲，你在城裏多長了幾根肋條骨，跟鄉下人耍心眼來了。」

光虎、光妹拉著馬德山，白玉蘭拉著李常有。兩人的聲音大，打牌的青年都扔下牌子圍上去，生怕兩人交上手，樓上的人也都擠到陽臺上看熱鬧。

院子裏的吵鬧聲驚動了在外的許多人，都來觀看。正巧在門口的李常有那個矮粗粗、胖墩墩的老婆張臘香，聽丈夫同馬德山一人一句爭吵，也不曉得發生了什麼事，就擠進院子裏聽了後幾句，以為是姓馬的要回村當書記，奪丈夫的位子。這怎麼得了啊！她衝過去站在丈夫一邊，指著馬德山大叫著：「姓馬的，你已經放了飯碗多年了，怎麼講話不算話了，自個拉屎自己吃了？」

馬德山沒聽出她講的什麼話，就說：「喲，河邊沒青草，哪來多嘴的驢呢？」

李常有對老婆說：「他是看大嘴那點房子不服氣，也想撈油水。」

張臘香這才明白了，一跳三尺高：「哦，我小舅那點房子，村裏人都不放屁，你伸個什麼烏龜頭，你以為你還是大隊長，瞎眼的瘋狗聽到風聲就亂咬。」

人們都知道，張臘香鬧起來，馬德山的面子上就會下不去的，於是一擁而上。白玉蘭、肖光妹抱住了張臘香，說：「今天是吃喜酒，也是給光虎一點面子。」

光虎同石蛋拉著馬德山，並說：「這個母老虎，你好男不跟女鬥。」

馬德山推開他們，站到院子中間，洪鐘般的聲音說道：「大隊部有我的一份，也有全村每個人的一份，我不能不講話。我馬德山大隊長當了十五載，邵光龍幹了二十年，我們得了什麼呢？」伸出只有手掌的右手厲聲地喊道：「我丟了五個手指頭，沒要大隊一分錢補助，臨走呢，只是屁股上沾了一點灰，還拍給了大隊部。邵光龍丟掉了兒子，沒講二話，一張白紙辭了職。這些眼面上的事，大家看得清楚吧？你李常有好嘛，幹了幾天，就不痛不癢地得了一排房子。別急，我老馬路見不平就得鏟，總有一天要算算你的賬。」

李常有大叫：「老馬，你舌頭殺人不用刀呢。」

張臘香掙脫了胳膊跺著腳大叫著：「你好馬不吃回頭草，你算不算是婊子養的？」

這時，石頭從樓梯口撲過來，雙手抱住馬德山的胳膊，面向後面說：「好了好了，聽我老隊長一句話，每人省一句！」拉著他往樓上走。

肖光虎拉著李常有往一樓的裏屋去，白玉蘭拉著張臘香往廚房裏。張臘香還叫著對丈夫：「你怕他把你雞巴毛拔掉了。去，找他，讓他今天就算去。」進了廚房，又向張大嘴發火：「你怎麼這麼窩囊，你姐夫受人欺，一個響屁都不敢放。」

張大嘴鼓著大嘴說：「我講姐，你也真是的，講起來我們都是親眷。小時候，大嬸（馬德山的大姐）對我真好呢。」

肖光妹對張大嘴說：「是呢，我聽光龍講，去年馬德山的大姐去世，你哭得最厲害！」

張臘香說：「只不過狗屎連稻草的親眷，就是正經親眷也是一代親，二代表（老表），三代了。」她講是這麼講，可聲音已經很低，也變得柔和了。

石頭拉著馬德山的胳膊上了二樓，回頭沒看到李常有，就低聲說：「這小子開飯店，不顧別人死活，硬把我的小店擠垮了，他也算人？是人字寫反了，成了八字，王八蛋！不值得您吵。」

馬德山歪頭瞪著他：「你過去不是哈巴狗樣地在他面前搖尾巴嘛。」

石頭搖頭說：「嗨，再不講起，我那是蚊子叮了泥菩薩的腿，看錯了人，拿條毒蛇當褲腰帶子。你老馬也是，天大本事能算他個什麼雞巴賬？他吃的苦瓜、甜菜你能摸得清？那賬我媳婦說早就擺平了，他能伸腦袋讓你揪辮子？」推開門，向他介紹：「這是我親家，高鄉長。」

馬德山同高鄉長握手，回頭對石頭說：「你們是長眼看事的，這點小把戲難道瞞得了你們？」

石頭說：「哪兒呀，瞞得了張三，瞞得了李四，瞞得了人，可瞞不了神呢。」

馬德山坐下說：「明明看到不平，就這麼睜一眼、閉一眼嗎？」

石頭搖頭說：「怎麼講呢，村裏人心裏是有數的，背下都講拿刀子，上了桌面都不放屁。再講一個村子住著，早不見晚見的，不願抓破臉皮嘛。加上那個母老虎、坐地炮，只能大哥、二哥、麻子哥了。」

馬德山掏煙，給在座的每人散一支，石頭忙給他點火。馬德山吐了一口煙霧：「說不定我哪天真的殺個回馬槍！」

肖光虎拉著李常有到樓下的小房間，拿煙點火，二人對吸。光虎問道：「這是怎麼一回事，你講講，也許我能幫你轉個彎。」

李常有說想到馬德山的兒子在縣裏當差，真要殺個回馬槍，他有些不好講，就拉著光虎，眼水都下來了，說：「光虎兄弟，你在外有什麼路子指我一條，我這倒楣蛋的書記哪個兒子講假，再也不想幹了。」

光虎說：「我看比過去好幹多了，沒見哪家揭不開鍋嘛。」

李常有說：「那是驢子拉屎外面光，裏面一堆老粗糠。你不在其位，不謀其政，不當和尚哪曉得頭冷？」又連連搖頭說：「現在村幹部，那可是上到皇糧、國稅，下到雞毛、蒜皮，眉毛、鬍子一把抓，打不盡的扯皮官事，做不完的哄鬼道場。」

這時，白玉蘭推門進來又反關上門，遞給李常有一杯茶說：「嫂子在火頭上，不能火上加油呢，你們躲一會。」又向光虎說：「就等爸爸了，不曉得來不來，不然可以開席了。」

光虎說：「相信大哥辦的事。你叫他們先上瓜子、水果糖，準備上碗筷，等老爸一進門就開席。」

白玉蘭轉身出去了。

李常有繼續說：「別看我們一個個像模像樣的，可家裏窮得叮噹響啊！」

光虎架著二郎腿，像個上級領導問話樣地說：「我可沒看出來，你講點具體的給我聽。」

李常有也喝了一口茶，像向領導彙報樣地說：「遠的不講，就講今天吃喜酒吧。人家聽講你散席的時候退錢，不然只能拿個三五塊的就不得了。人家吃喜酒，每家一個人，只有八個菜。」

光虎聳聳肩說：「不對呀，報上都講分田到戶，農民日子好過了。」

李常有說：「報上當然講好的，把孬的裝進荷包裏。真要講，農民自己勞動自己吃，那是『江湖海湖，馬馬虎虎』；可不知上面的算盤珠子怎麼撥的，下面巴掌大塊地，不管是瓦片子還是屎罐子，都來刮一下，刮了一層又一層，把農民身上的油水都刮光了。我們當幹部呢，八面吹風，左右逢源，上有所命要執行，下有所差差不了，老鼠鑽風箱——兩頭受氣，鬼抹了額頭——講不出的苦心懷呀。」

李常有又喝了一口茶，望著光虎呆呆的樣子又說：「我講這些你聽不懂，給你算算細賬吧。

怎算呢？拿我為例，我家兩個孩子加個老娘，五口人，四畝田。山沖田冷氣重，滿打滿算，每畝一千一百斤稻子，共計四千四百斤；每斤四毛五，這樣田裏收入是一千八百七。山地每人一畝，五畝地，每畝小麥四百斤，共計二千斤；每斤三毛五，地裏收入七百塊。這樣呢，田地收入一共二千五百七。外加家裏養個雞鵝鴨隻的和兩頭豬，就算個一千五，田拐地角種個南瓜、瓠子也算個五百塊，到頂了吧？那麼，全年收入是四千五百七十塊，這可是老鼠洞裏都算出來了。你記好了，四千五百七。我現在算支出：口糧種子二千斤不多吧，九百塊；吃油買肉來客人，每天就算二塊錢，七百二；還有化肥四百塊，農藥一百塊；電費每度一塊一毛五，就算三百塊；水費二百塊，農具、耕牛四百塊；這樣就有三千塊了。怎麼樣？全年只有五百來塊錢在手頭上轉了。孩子要上學，老娘每年抓點藥，全家人添個件把衣服，村裏的紅白喜事。怎麼樣？三下五除二，大差不差的也差不多了吧？農民種田，總要得個油和鹽吧，上面的稅收和費收，有的人家把全年的收入交出去還不夠呢。」

光虎也驚駭地站起來說：「你算算有哪些稅和費？」

李常有一臉的苦愁：「農民頭上三把刀：費重稅多加上交。我講出來，你都站穩了，別把你嚇跌倒了。」扳手指頭算著：「什麼農業特產稅、鄉裏統籌費、村裏提留費、教育附加費、學校集資費、鄉村道路建設費、水利興修費、民兵訓練費、計劃生育費、村頭衛生費、社會救濟優撫費、義務工攤派費、村幹部工資費、五保老人供養費、村裏辦公費、來人招待費、你殺個豬也要屠宰稅。這個費、那個稅，七加八加每個人頭要七百多塊，我家每年要交三千五，每年收入只有三千五百七。我是村書記，五年沒給家裏交一分錢，全部上繳了。為了讓農民的招待費出少一點，我才開了飯館子，吃了一屁股的債，不把房子頂出去怎麼辦？一個村總不能關門吧。唉，農民啊，牙縫裏掏飯米粒子，扳著手指頭過日子啊。一年忙到頭，三十晚上還缺少點燈油呢。」

光虎聽著心裏有些難過，站起身來大口大口地吸悶煙。

李常有眼裏含著淚水說：「俗話說：『賊來如梳，兵來如篦，官來如剃呢。』官府是把剃頭刀，剃了一刀又一刀。分田到戶那年，村裏睡著了想醒了，想到這下農民是孫悟空了，一個筋頭翻過來了，哪曉得是夢中撿錢——瞎高興一場。現在是眼珠子哭掉了沒人問一聲。」說著說著，低下頭又抹眼淚了。

光虎看他樣子不是作假，也就十分同情地說：「你講這麼多的稅和費，村裏人怎麼交呢？」

李常有抹淚抬頭說：「這是村幹部的事啊。村裏七個猴子八樣臉，我老呆子一家一戶磨嘴皮子。可真要講，哪家有胭脂粉不往臉上擦能往屁股上抹？能交清的都是在外打工的血汗錢啊！還有很多人家是秕糠榨不出油來，就七個不含糊，八個不在乎。就像石頭家，兩年沒交了，電費都差五六百，他那個樣子，兩個兒子沒成家，自己五十多歲，拎起多長，放下一灘，死豬不怕開水燙，你能殺了他？可上面歪一寸，下面歪一丈，斧打釘子釘入木——一級壓一級。農民向村裏交差，村裏向鄉裏交差，鄉裏向縣裏交差。上面放個屁，下面演臺戲。我這個村書記當然成了冬天路邊的車前草，任人踩來任車軋呀！怎麼辦？鄉裏大書記出面，我小書記簽字蓋戳子，拿貸款。我們村欠了十幾萬了，今後怎麼辦啊？」

光虎也歎了一口氣：「沒想到，報上講多少萬元戶，可同農民實際的差距這麼大啊。」

李常有抹著淚又說：「我再講報上的萬元戶是怎麼算出來的吧。那是去年，聽講要來致富工作隊，我高興得晚上睡不著覺，心想盼星星、盼月亮，這下我們有指望了。結果呢？就來了一個大雞巴人，學校畢業參加工作才年把，開了幾回會，唸了幾份文件，屁事都不懂，每天晚上還得找人陪他打撲克。住了半年多要走了，我想拿炮竹放放，帚把掃掃，快走吧，小老子。可他要調查。龍頭村民組三十七戶人家，他七查八查、七算八算的，還算出了十一家萬元戶。就打算邵光龍承包了山場算個萬元戶，我呢，只算進賬，不算出賬，掛邊是個萬元戶，可氣的是連石頭家裏困難戶也算出了萬元戶。」

光虎不解地問：「那他又是怎算的呢？」

李常有又扳手指頭：「他開個小店，連本帶貨還是親家支援三百塊，一節櫃檯、一個窗戶，他算是每年收入四千——燒的？兒子打工三千，田地收入二千，家裏豬雞一千，正好一萬塊。這小子走了，吃了我兩千塊錢招待費。聽講他回去當了先進工作者，今天又升為副科長了。這話怎麼講呢？」站起身湊到光虎面前：「要不是我小舅子開飯店，我書記早不幹了，萬不得已怎麼辦？借幾個吧，七借八借的拿什麼還？老婆還同我三天兩頭地吵。這個馬德山窩在城裏翻老黃曆，他要算賬，真要算我就不怕他。」正欲出門，光虎擋住了他。

這時，外面傳來喊聲：「哦，老爺子來了，老爺子，樓上坐。」光虎十分高興，開門出去了。李常有也想把心裏的委屈壓下去，正準備出門，又聽馬德山的大嗓門：「哎呀，這個小圓毛畜生，轉眼過得油光粉面的！」

李常有想：「姓馬的太過分，我忍到現在沒出面，你還在外逢人便說。」他再也坐不住，眼瞪得圓圓的正要出門，光虎進門了，他推開光虎：「別拉我，砍了頭也只是碗大的疤，他姓馬的……」

光虎沒拉住他，便對門外的光龍喊：「大哥，你看！」

邵光龍搶先一步跑過來，看來他已經知道李常有同馬德山的事了，便伸手一掌推過了李常有，李常有連連後退跌坐在門裏的板凳上，光龍反手關上了門，大聲道：「老李，幹什麼你，這麼大人怎麼一點忍性都沒呢？今日是我兄弟的大喜事，人一輩子有幾個大喜事？就是打落了牙也得嚥下去。」

李常有委屈地說：「你沒聽他剛才還狗嘴裏吐不出象牙來。」

邵光龍一想：「剛才老馬講什麼了？哦，那是講老爺子身邊的小花狗呢。」巧的是外面傳來「汪汪汪」的狗叫聲。

李常有這才低下頭，可嘴裏還說：「他是借狗罵人，指和尚罵禿子呢。好吧，老書記，我聽你的。」

光虎說：「好，李書記，中午委屈你就在對門房裏同幾個老人在一起，我跟大哥講一句話。」李常有出了門。

光虎又關上門，光龍不耐煩了：「你老頭子我給請來了，還有什麼話？還不快開席。」

光虎貼在光龍的身邊：「別急，就一句話。」從荷包裏掏出一張紙條，拿出筆在上面寫著，說：「我在外可能要搞高科技開發公司，這是我的電話號碼。大哥，現在農村太複雜了，這次酒席以後，我就永遠不回來了。我老爸、玉蘭和我這個家就全部託給你了。萬一有困難就打這個電話給我，千萬不要告訴別人。」

邵光龍沒聽進他多少話，很隨便地把他的紙條放在外衣荷包裏說：「是的，快開飯吧。」光虎從他外衣荷包裏掏出紙條，要放進裏面，可沒有荷包，見荷包邊破了一個小洞，就放進去說：「注意，紙條在夾層裏。」

小玉像個小老鼠樣地鑽進來，手裏拿著一雙尼龍襪子說：「爸，襪子，叔叔給的。」光龍以為是光虎送的，說：「看你，這襪子我穿不慣嘛。」光虎說：「哪兒呀，光雄寄來的。他在省城先鋒襪廠工會工作呢。」

光龍望著手上的襪子，想到光雄，說：「光虎，我可能沒什麼大事找你，你走南闖北，見多識廣，有時間去看看光雄，不知他現在怎麼樣了。」

光虎認真地說：「大哥放心，我一定代表你去看他。」

現在的客人已全部到齊，樓上、樓下、院子坐滿了人，碗筷都已發到桌上，有些小孩子把空碗敲得叮噹響，嘴裏叫著：「開飯囉，開飯囉！」

邵光龍在院子中揮手：「開席！放炮竹，光虎，炮竹拿來，我來放！」可光虎大叫著：「大哥，別急，就等一小會。」自己跑出門外，對村頭張望，又掏出懷裏的大哥大撥了幾下，因沒有信號，無法撥通。

光龍在門口發火了說：「光虎，你搞什麼鬼，廚房早準備好了，你不開席，人家餓了，聽講石頭老人早上就沒吃。」

光虎來到他身邊真誠地說：「大哥，辦席容易請客難，請客容易款客難。不瞞你說，今天中午，除了黃毛丫一家和幾個在外打工的，全部到場，滿打滿算的十四桌，我開了十六桌，沒想到好幾家親戚或者把親戚的小孩子帶來了，小孩子也是人就讓他上桌子吧。我就開了二十桌，這樣菜可能就不足了。我早上在城裏烤鴨店訂了四十隻烤鴨，讓他們也嚐一次新吧。等車子到了才開席吧！」

這時小玉鑽過來拉著光龍的手說：「爸，開飯了，快進來，等會菜讓人家吃完了。」

邵光龍把女兒摟在懷裏，望著樓上樓下坐滿的人群，有多少小孩子都不認識，心裏一陣酸楚。「是啊，人窮肚子大，看哪一個不能扒個三五碗的？再說，山裏人多少年沒有這樣認真地吃一頓了，這次就讓大家解解饞吧。」他突然想起來，眼睛一亮，對光虎說：「那還有一點時間就別閒著，你給大家介紹一下在外發財的經驗吧。」

光虎一個勁地搖手：「別，不不不！」光龍正把他往裏面拉，只聽村頭的汽車喇叭聲，光虎跳起來大叫：「好了，菜來了，開席！放炮竹！」

在炮竹聲中，這二十桌的酒席總算開了席。酒是「古井貢」，十箱子擺在院子裏。菜是先不算正菜，四個涼碟子：麻油黃瓜、糖醋花生米、滷肫肝、滷膀爪。然後上正菜，六素六葷。六素是炒青芽、炒青椒、炒香芹、炒蒜苗、炒茭白、炒蓑蒿（素肉炒菜）；六葷是紅燒肥肉、豬蹄子、燉腿膀、米粉肉、糖醋排骨、大肉丸子。再加上四雞四魚：四雞是燒整雞、炒雞雜、紅燒雞腿、油炸雞翅；四魚是紅燒魚、清蒸魚、魚丸子、炒魚片。六素六葷，六六大順；四雞四魚，四四如意。二六十二，二四得八，共計每桌二十個菜。

按說十六桌改成二十桌，分量少一點，也就差不多了。可是這些人吃起來太厲害了，八個人一桌，一盤菜端上來，八雙筷子唰唰唰地幾筷頭子就見了盤底。那些青年人先把菜夾在碗裏，當飯樣地吃下去。婦女們呢，也把菜夾在碗裏，可自己吃得少，端著碗離座出了院子，說是回家看看門，都在吃喜酒，別讓小偷跑來了。看樣子是邊走邊吃，其實把一大碗菜運回去，空著大碗又上酒席。全村人真是拿今天解饞呢。

就說我們的老隊長石頭吧，本來不吃煙，沒錢買煙戒了幾個月了，今天開席前破例了。別人遞煙，他吸燃夾手指間，又忙著磕瓜子、吃水果。有人遞煙，他再接夾在耳朵上，賣個眼睛順手放進荷包裏，人們知道他回去放進煙盒裏應酬人。他這一桌的有親家「高鄉長」、馬德山、肖老爺子、二扁頭等。因二扁頭家只有他一個，負責給桌上斟酒。

開席上菜了，石頭他真是吃一動二眼觀三，渴龍見水，餓虎見羊，豬八戒掉在泔水桶裏；一手端碗，一手拿筷子，也不問一聲是什麼菜，牙不好能吃不能吃，夾在碗裏埋頭吃起來。筷子吃掉了兩回，親家「高鄉長」叫他換一雙，他撿起來手頭一抹，拿著就吃，怕換筷子耽誤時間吃菜，還講：「筷子丟一隻，明天還有一頓吃，吉利！」那一大盤子豬腿膀上來了，油光閃亮的香氣撲鼻，他明明曉得牙不好，可也夾了一大塊放嘴裏，大約太燙，嘴巴「嗞」了兩下，咕嘟一聲嚥了下去。

馬德山看他那饞相笑笑說：「老隊長，不怕燙啊！」

他說：「燙？這玩意兒我老吃的曉得，涼了就不好吃了。吃，大家趁熱吃！」自己先吃後才叫別人吃。大約有點瘦肉塞了牙，就當著人面張著大嘴，把大拇指頭伸進去，用長長的指甲在牙齒上摳。摳了半天，口水、油水從嘴角溢出來，滴到胸口連著絲，拉麵條樣地。好不容易摳出一小塊又放嘴裏嚼嚼，大拇指還在嘴裏吮一吮。在桌的幾個看了都搖頭。

肖老爺子不走運，坐在他的對面，一抬眼就看到他真噁心，只好夾了一塊肉去餵坐在腳邊的小花狗，說：「這個小狗東西今天算是解饞了。」說著想想又好笑。

葷素菜上完了，開始上魚了。一碟清蒸鯽魚，兩小條並排放著，沒有醬油，白白的加上紅辣椒點綴，十分美觀。按農村規矩，其他魚可以吃，這碟整魚是不吃的，意思是魚與餘同音，魚要餘著，圖個吉利。只有喪事酒席要吃，不能餘，喜酒要餘。可其他燒魚、魚片、魚丸子都吃見碟子底了，石頭感到不過癮，就把筷子架在清蒸魚上，親家用筷子在他筷子上敲了一下，意思是不能吃。可他不管，便提高嗓門喊：「光虎啊，這碗魚是看的還是吃的？」

光虎在樓下聽到他都講到這份上了，還有什麼話說？只好說：「吃吧，你想怎麼吃就怎麼吃。」可他吃也能講出個吃的理由來，說：「山裏人難得見一回魚，再說這千年的規矩也該破一破，餘點魚湯不也是餘嘛。」他毫不客氣地夾了一條整魚放在碗裏，雞啄米樣地慢慢吃著。

一桌人吃著喝著。二扁頭坐在他右下方，吃著喝著，突然看到紅燒肉的盤子裏有一塊布，就拿石頭開玩笑說：「老隊長，這盤裏還有塊精肉呢。」

石頭以為二扁頭孝敬自己，瞇瞇眼看也不看，伸筷子過去夾著放在嘴裏，嚼了半天不對勁，就又吐在桌子上。

二扁頭笑著說：「老隊長，這麼好的精肉怎麼不吃？」

石頭一巴掌打著二扁頭的頭說：「你媽的打老子馬虎眼，這是一塊洗碗布。」

二扁頭來勁了，大聲喊：「張大師傅，張大師傅！」

石頭拉他說：「算了，眼不見為淨，我當大廚子，一百多人吃食堂，手指頭都……」話沒講完，看了一眼馬德山，立即低頭對桌底下呸呸地吐了兩聲，不知是吐的洗碗布的味道，還是吐自己臭嘴講了一句很不該講的話。

大廚師張大嘴正想到各桌上討口風，聽到有人喊，他坐不住了，反正主菜已經上完，就一邊用衣袖抹著額頭的汗水，向各桌點頭微笑：「怎麼樣？還合大家的口味吧？家常菜喲。」吃喜酒的人都向他點頭微笑說：「菜不錯，不鹹不淡！」「今天你是露了一手，出了風頭了。」說得張大嘴咧著大嘴巴滿臉堆笑。當走到樓上馬德山這一桌子，二話沒說，叫二扁頭斟了滿滿一杯酒，恭敬地端杯子向馬德山：「大舅爺，敬你一杯，剛才我姐她……」

馬德山坐在那向他揮手：「吃喜酒，閒話少講！」舉杯一口而盡。

老爺子、石頭也在誇他的菜說：「我當廚子，你還沒出世呢，這廚房沒巧，爛、淡就好，你手藝到家了。」

馬德山接過話說：「我看這菜呀，還差一點，這麼大的喜事，怎麼沒有龍肝、鳳膽，連燕窩、魚翅也沒有嘛。這不委屈大家舌頭了，啊？」一句話說得哄堂大笑。

二扁頭本來不想講了，看這麼多人奉承張大嘴，很不服氣，就指著桌上石頭吐下的那塊布說：「大師傅，你看這是什麼？」

張大嘴一看，臉刷地白了，眼也直了，但他還是不慌不忙伸頭看了看，毫不猶豫地伸出兩指頭，把抹布撿在嘴裏打個滾嚥了下去，大聲說：「哈，我以為抹布，原來是油渣子。」又雙手抱拳向桌上笑笑說：「各位長輩、兄弟慢用，多提寶貴意見，下面還有更好的菜呢。」這才轉身離開。

二扁頭衝石頭說：「你老做大不正呢，明明是油渣子怎麼講是洗碗布，丟人。」

石頭低頭沒吭聲，他佩服張大嘴真是位大廚師。

肖光虎同白玉蘭開始向各桌敬酒了。夫妻倆手挽著手，像新婚夫妻一樣，好像今天辦的不是大廈落成的喜酒，而是他們結婚的新郎新娘向各桌敬酒一樣。一桌一桌地敬酒，滿嘴的客套話：「什麼招待不周」，什麼「感謝光臨」啊。最後才到老父親這一桌。

石頭剛才聽張大嘴講下面還有更好的菜，怎麼不見上來呢？就揮揮手對光虎說：「別急著敬酒，看看桌上。」

光虎看桌上真的沒什麼菜了，就對白玉蘭說：「那個菜還是端上來吧。」

本來城裏送來的菜是上桌的，可張大嘴說菜夠了，二十個菜，前面四個涼碟還不算，哪家也沒有這麼豐盛的，再上桌吃不完就浪費了。白玉蘭想把那菜給村裏所有老年人每人發一袋，現在老隊長要求上菜，只好從二樓窗子叫喊了一聲：「張師傅，送一份上來。」

這時肖光妹親自上陣，雙手端著燒雞、烤鴨上了桌子。這下石頭眼都直了，本想上點炒菜或者湯湯水水什麼的，沒想到最後還有大炮彈，這下就把他炸昏了。他真的吃不下去了，自己叫的不能不伸筷子，只夾了一小塊雞肉放在嘴裏，可一股膩味湧上喉嚨眼，怎麼也嚥不下去，眼瞪瞪地望著別人吃，他後悔剛才吃多了。

光虎、玉蘭從「高鄉長」、馬德山、石頭等一轉敬酒過來，最後到父親了。肖光虎倒了滿滿一杯酒，敬重地走到父親面前說：「爸，幾年沒見，您老身子還這麼硬朗，我放心了。爸，我敬你一杯，祝您健康長壽！」

可肖貴根老爺沒買他的賬，轉過身子面對馬德山低聲講話。

馬德山站起來說：「老爺子，你兒子這杯酒是誠心誠意。」石頭、「高鄉長」也站起來勸說。

光虎激動地說：「爸，我敬了這杯酒，今後也許就不回來了。爸，我喝了，您喝不喝都不要緊！」說著一仰脖子，喝了這杯酒。

肖老爺看到這麼多人勸他，看來再推不掉了，就帶著顫抖的聲音說：「唉，想我肖家，祖上厚道，八輩子祖墳裏都扒不出一個可疑的人來。沒想到呢，到了我的下一代，出了這麼個生就的骨頭、長成的肉的混蛋蟲來了。」

白玉蘭呆望著老爺：「爸，你這話是……」

肖老爺說：「玉蘭，好媳婦啊，我這話你不清楚，可有人心裏一塊明鏡呢。唉，馬無夜草不肥，人無渾財不富啊！」老爺說著這話，眼裏含著淚花，但還是端起了杯子，只是手一個勁地發抖，正準備喝下這杯酒。

就在這個時候，就在這個節骨眼上發生了一件事，是一件多少年來臥龍山村從沒有發生過的事情，令在場吃酒的所有人作夢都想不到的事情。

一輛警車嗚啦嗚啦地在村頭叫起來，叫得地動山搖，窗戶玻璃哈哈地響。

肖光虎臉色刷地一下紅得像豬肝，轉身出了門。肖老爺子心裏多少明白了幾分，這杯酒還是沒喝，把酒倒在手掌心裏，雙手搓了搓，用潮濕的雙手在臉上抹抹，樣子是那樣地從容鎮定。

馬德山伸頭往窗下看了一眼，院子裏一陣混亂，開始人們以為哪家起了火，是消防車，可一看是公安局抓人的白色「依威客」警車。大約有十多個公安幹警，都帶著真傢伙進了院子。院子裏人亂叫著嚇得四處亂跑。他對老爺子說：「我下去看看！」肖老爺子抓住他的衣服，他只好坐下，只聽老人說：「唉，本想盼著結完了苦瓜能結出個甜果子來，沒想到苦瓜、酸果一藤連啊！」

樓下突然有人喊：「把門口堵住，一個不准走！」二樓另一個房裏石頭的兒子石蛋跳上凳子，一拳打碎了玻璃，嘩啦一聲響，碎玻璃雪片樣地飛到院子裏，一腳跨在窗戶正欲跳下去，一位公安人員把槍口對準他，大叫一聲：「不准動！」

石蛋哆哆嗦嗦地說：「不，我昨天就打了一次……」

門口的肖光虎衝過去拉住了他說：「打了一次架，我不是已經饒你了嘛。」又向院裏的公安人員，好像對新來吃喜酒的客人一樣揮揮手說：「嗨！好了，沒他們的事了，我在這裏。」

一公安人員飛樣地衝上二樓，從腰裏拿出手銬子把他銬上說：「好小子，燒出灰來我都認識你！」又伸手向樓下喊：「胡隊長，已經到手了。」站在院子中間那高高魁梧的大約是胡隊長，把手槍塞進槍套裏說：「把他押下來！」

邵光龍一直在樓下陪客，見情景便衝向樓梯：「光虎，這是怎麼回事嘛？」

光虎衝他笑笑，說：「大哥，沒事。」雙手抱拳：「拜託了！」

光龍這才想到他開席前跟他講的話，木樁樣地呆了。

二樓的二扁頭給了石蛋一拳頭：「你這個傻蛋，你講打了一次什麼？麻將對吧？那好，罰款，把你的家底罰完。你這個傻蛋，是虎叔救了你！」

肖光虎被帶到院子裏，胡隊長從口袋裏拿出一張紙給他，他看也沒看就簽了名。白玉蘭撲過去一個勁地哭泣著：「光虎，你怎麼了？你不該瞞著我呀！」光妹拉著白玉蘭勸著。邵小玉嚇得大哭起來。

光虎向她微笑：「小玉，孩子，別怕，你看乾爸都不怕嘛！」

胡隊長大聲地：「別廢話！」仰頭向樓上喊：「喂，請樓上人都下來，對不起，這是公務，委屈你們一下！」

二樓、三樓的人們紛紛下了樓，好在院子中有六桌酒席，大家有的站著，有的坐在桌邊，有的靠在牆邊，有的蹲在地上身子發抖。

邵光龍、馬德山扶著懷裏抱著小狗的老爺子坐在門口的桌邊上。胡隊長看了馬德山一眼沒出聲，馬德山幾次想上前問一句，都被老爺子拉住了，不想讓他在這裏丟面子，還低聲勸他說：「是瘡早晚得爛，是疤遲早得揭。」也許胡隊長認識馬德山，只是今天公務在身，有意避開。

胡隊長看樓上的人都下來了，便大手一揮：「給我搜！」那十幾名公安人員一陣風樣地上了樓，樓下只聽到劈哩啪啦翻箱倒櫃的聲音，有幾件衣服從窗戶扔了出來，落在院子裏。胡隊長沒有去搜，而是眼盯著肖光虎的臉色，只見光虎同嚇得流淚的小玉逗著玩說：「小玉啊，你可是皇帝娘娘再生，觀音菩薩轉世呢。」小玉呆呆地望著他，憂傷地撲在邵光龍的腿縫裏。他又說：「唉，人生最大的快樂乃天倫之樂啊，可惜我沒享過。」白玉蘭聽他講的這些話，哇地一聲再次大哭著。

樓上搜了好一會，幾個公安人員從樓上下來，其中一位手裏拿著小本子裏夾了一紮票子說：「胡隊長，現金只有這麼多。」

胡隊長說：「都搜盡了嗎？」

幾個公安答：「都搜了。」

胡隊長向拿本子的公安說：「數一數是多少？」

站在樓梯口的李常有伸頭就答：「三千五百四十二塊，一分不多，一分不少。」

胡隊長轉身望著他：「你是誰？你怎麼知道？」

李常有像是一個立正說：「我是臥龍山村黨支書，這錢是我們吃喜酒的分子，那小本子上是我記的賬。」

胡隊長接過本子沒有看，而是望著他說：「喲，看來你們村挺富裕的嘛，湊分子都湊了三千多塊。」轉身對大家說：「你們中午已經吃了喜酒，這分子款是給他的款對吧？凡是他的款就是贓款。」把小本子扔到桌上，錢裝進荷包裏，一揮手：「帶走！」

院子門開了，警車聲又開始嗚啦嗚啦地叫著，胡隊長帶光虎正欲出門，石頭老隊長看到這麼多錢給他捲走了，自己還有那麼多，對於拔根汗毛都痛一陣子的他怎麼受得了。他撥開人群衝上去，拉住胡隊長的胳膊大聲叫著：「這錢不能拿，講好退還我們的，這錢你們不能拿。」胡隊長身邊的一名公安人員只胳膊肘一伸，石頭就一頭跌到地上，再也爬不起來，可憐嘴裏一陣陣嘔吐。他也是吃得太多了。

肖光虎被兩名公安押著剛要出院門，見白髮蒼蒼的老父親低著頭坐在門邊的桌邊上，他突然推開公安，撲通一聲向父親跪下去，淚流滿面地哭喊：「爸，你保重啊！」本來他一走就沒事了，這麼一磕頭，老爺子心裏哪受得了，一陣頭昏暈了過去。幸虧邵光龍手疾眼快，一把抱住了老人。

光妹上前大聲說：「大哥，你揹老爺上醫療室，這裏有我！」在馬德山的幫助下，邵光龍揹著老爺子向後面診所跑去，有幾個鄰居跟在後面。

肖光虎要被帶走了，村裏人看到他這次就沒有那一年被帶走那麼瀟灑，沒聽他唱一句，而是滿面的淚水被押上了警車。公安人員全部上了車，車子嗚啦嗚啦叫得人心慌慌，雞犬不寧。

白玉蘭掙脫了光妹的拉扯，緊緊追著警車大叫：「光虎，光虎！」腳下石頭絆了腳，她跌倒了，又爬起來拚命呼喊：「天啊，光虎啊……」肖光妹追了過去。

馬德山也追過去對玉蘭和光妹說：「別急，我回去打聽一下，給你們回話。」說著也就離開了村子。

是非之地，不可久留。李常有看了看手錶，好像有什麼急事等著他處理的樣子，拍著腿說：「哎喲，村部還有人等我呢。」他走在村邊的小路上，心裏想：「我村幹部工作難點，人窮點，可我總頂著這塊天。故鄉水都甜，官小屁也香，活得自在，晚上睡得踏實，不曉得蹲監獄的苦。你馬德山算賬儘管算，我當官兩張口，怎講都有理。村裏賬務上亂雞窩不是我一家，法不責眾。聾子不怕炮，瞎子不怕刀，老子怕他個雞巴子！」這麼一想，心裏平衡多了，進了村委會辦公室到他的小床上睡大覺去了。

「乖，撒著網捕魚，堵住籠子抓雞呢。」「這下真的是劉備招親——弄假成真。」村裏吃酒的人在院裏你一句、我一句地吵鬧著。他們大罵光虎這個騙子，明明講這錢退的，這下打水漂漂了，有的人家還是往人借的，吃喜酒吃了一肚子氣。

這裏有個石蛋站出來大聲說：「哎喲，人生哪裏不用錢？就算打麻將輸了、生病花了，破了財免了災。再講花了錢，中午已經吃了肚子圓嘛。」說著就大步出了門。

村裏大部分人嘴裏雖然是咕囉咕囉地，但還是離開了院子回家去了。剩下還有少部分人就是不走，有個叫大狗的老婆要打丈夫，罵道：「我講十塊就夠了，你娘的要面子，非要出三十。這下打水漂了，兒子上學的學費都沒了。」

石頭從地上爬起來，抹了抹嘴角說：「大家別急，跑了和尚跑不了廟，他家有的是東西，他小子講話要算話，欠我們的就要還，現在還不了就拿東西頂。」

他的話音一落，這部分人轟的一聲往樓上擠，有的從桌子上爬過去，碗碟灑在地上一大堆，張大嘴大叫著：「碗碟是我帶的，你們不能拿。」

這部分人在樓上，把公安人員翻過的又重新翻了一次，好像從這些東西裏找出金子來；實在找不到，就拿自己適用的東西。有的搬櫃子，搬不動，放手了；有的搬洗衣機，一想回去不能用，放了手，只好拿皮鞋、襪子，拿頭上戴的銀簪子，日常用的像石英鐘、床上大毛巾、花枕頭等；有的拿身上穿的，好在各種各樣的衣服都有，現在不能穿，也許以後能穿，自己不能穿，女兒、媳婦能穿。石頭心最狠，搬了大彩電，搬上手走了幾步又搬不動，放下了又搬一個小的黑白電視機。他認為說不定小的比大的還值錢，手錶比鬧鐘不就值錢得多嗎？電視機道理不也一樣的？他下了決心，就搬這個黑白小電視，羅圈腿擰著像麻花樣的下了樓。

就在每個人拿著自己認為實用的東西正要出門時，肖光妹扶著白玉蘭進來了。白玉蘭一見這般情景，一下子趴在油拉拉的桌上，拍桌子大哭著：「我不想活了，我沒得活頭了。」

搬著東西的人們都呆了，傻了，一個個木樁地的站在院子裏一動不動，不知怎麼好。院子裏除了白玉蘭的哭聲外，沒有別的聲音。

肖光妹望了望大家，發現被丟失在桌上又被擠到地上的小本子，撿起來用衣袖擦了擦，臉上帶著微笑向大家說：「大爺、大娘、哥嫂兄弟姐妹，真的對不起，本來喜酒吃得熱熱鬧鬧的，出了點岔子。我兄弟被公安局抓走了，不曉得犯了什麼罪，也不曉得什麼時候回來。是的，當初他大人大面講的話，各人包的人情如數退還，可大家看到了，這錢現在沒有了，不是他用掉的，而是被公安局拿走了，這下可就暫時欠著大家的了。」她把小本子舉在手裏晃晃：「不過嘛，欠你們的錢都在賬上，是村裏李書記記的，我現在代表我兄弟講一句話：『人不死，債不爛。』過幾天，大概有個三五天吧，錢一分不少地還你們。我兄弟的事就是我的事，不就是三千幾百塊錢嘛。他不還，我也能還得了。萬一不行，賣傢俱、拆房子行了吧。如果大家還不信，可以，兄弟家裏有東西，你們照拿照搬，三五天後我拿錢贖東西。不過嘛，有一條，醜話說在前，衣服你要穿髒了，家用的東西要用壞了——」光妹把小本子往桌上一拍，大聲地說：「對不起，照價賠償！」

這些人聽光妹這麼一說，心都軟了，後悔不該拿東西，手上的東西不知如何是好。光妹看到石頭手裏搬著小電視，眼巴巴地望著自己，就認真地說：「石頭老隊長，你情重，二百塊，搬個小電視正合適，搬回去吧，就算送給你又算什麼呢？」

光妹講的是實話，可石頭把話聽岔了，像喝醉酒的人被潑了一瓢涼水，清醒了。「對呀，這二百塊是向光妹借的，自己沒有掏腰包，又有什麼資格搬電視機，剛才我是怎麼了？鬼抹了額頭了，做出了這樣醜人的事，都不如我的兒子大方。現在光妹丟下了話，是給個梯子讓我下來，給面子給我不能再不要臉了。」便把小電視放桌上說：「不，我不搬。在臥龍山，光妹最受大家敬重了，我老隊長還常叫她姑奶奶，那是我像服姑奶奶一樣的服她。她的話就是皇上的聖旨，我信！」向大家揮手大聲說：「聽我老隊長的，不拿，一件也不拿。我出二百塊，我親家『高鄉長』五十，我二百五都不拿，你們還有什麼可拿的？都放回去，誰拿誰是婊子養的！」

所有人都跑上樓把所拿的東西放到原處。二扁頭笑笑說：「對呀，石頭老隊長這個二百五都不拿，我們怎麼能拿？哈哈哈！」

石頭聽出了他話裏的味道，衝過去一巴掌打在他頭上，罵道：「你媽的占老子便宜，你小子是鍋鏟把子沒上下了，老子比你老子還大幾歲呢！」

三

肖光妹陪著笑臉送走了村裏人，家裏留下了四個人，那就是石頭父子、張大嘴、二扁頭。石頭負責把中午的剩菜和燒雞、烤鴨分別送給那些有老人的家庭，張大嘴負責廚房收拾自己帶來的碗碟和酒杯，過一下數目，碎了多少照價賠償。石蛋同二扁頭負責歸還從各家借來的桌子和板凳，另給每戶發一包煙，以示感謝。然後，打掃衛生，樓上、樓下和院子。先倒上洗潔精，用條把掃、拖把拖，再用清水沖洗。一切安排好以後，就帶著女兒小玉上二樓白玉蘭的臥室，勸說這位一直在痛哭的苦命人。

白玉蘭眼睛已哭得紅腫著像兩顆熟透的葡萄，眼眶四周像沾上露水一樣，見到光妹牽著小玉進來，哭聲更加尖厲和嘶啞，嘴裏不停地叫著：「我怎麼這麼命苦啊，天啊，我還有什麼臉見人，我不想活了。」光妹在小玉耳邊低咕了幾句，小玉很膽怯地一步步走過去，輕聲地說：「乾媽，別哭了！」玉蘭一下子抱著小玉泣不成聲。

光妹打開她家的衣櫥，從裏面翻出一條大半新的被子，套上被套說：「歇著吧，揀一套他換洗的衣服，快走吧。」

白玉蘭呆望著她：「走？去哪裏？」

光妹說：「大難面前見真情，給他送被子、衣服去。」

白玉蘭又哭了：「我……我這哪有臉出門呢。」

光妹邊捆被子邊說：「什麼臉不臉的，你是要人還是要臉？電視上好多大幹部還穿馬夾（捆綁）、戴手銬呢。好馬也有歪蹄的時候嘛。」

白玉蘭望著她：「那是看守所，怎麼能找到，又怎麼能進去？」

光妹說：「看守所在嘴上，不能問？進不去不能動腦子？要不我陪你走一趟。」

白玉蘭一聽她陪著一道，就有了精神，抹抹眼角上的淚水對小玉說：「小玉，你出去玩，乾媽沒事了。」小玉下樓到院子裏。玉蘭為光虎揀好一套換洗的衣服，又帶著一條黃山牌香煙，下樓洗了臉，又上了一次衛生間，拎著大包同張大嘴他們打聲招呼正準備出門，聽到門口「突突突」的三輪車聲音。

邵光龍衝進來說：「玉蘭，老爺子沒事了，我準備到城裏看看，可帶點什麼東西？」

光妹已經揹著被子對他說：「大哥，是你跟他親，還是玉蘭跟他親？這事就別煩神了，在家把老爺子服侍好、小玉帶好。」

邵光龍看她們倆早已準備好出門了。他想：「每次重大事情，老婆比自己都想得周到。」便牽著小玉笑笑說：「當然，你能親自出馬，事情就比我好辦多了。記好了，找馬有能！」

三輪車到了鄉政府，轉麵包車到縣城。在上車的時候，光妹在駕駛員的耳邊說：「師傅，我去看守所，請你到時停一下。」說著順手塞給他一盒煙。駕駛員看了她一眼，又看看手上的煙——新式黃山煙，市場要賣二十多塊呢——就順手裝進口袋裏，也低聲對她說：「你坐好了，放心吧。」

麵包車在快要進城的時候，好好地停了下來，駕駛員發動了好幾次，好像發動不起來。只見他拍著方向盤說：「對不起各位，車子皮帶斷了，換皮帶怕要一個小時，車站也不遠了，麻煩你們走幾步，真不願走的就等著吧。」說著自己拿了大扳頭下了車。

車上的乘客一個個講了幾句埋怨的話都下去了。白玉蘭想一個小時等不及的，就要跟著下車，駕駛員向光妹使了個眼色。

光妹拉著玉蘭說：「我們等一會。」

白玉蘭把眼瞪著她說：「太陽要下山了。」可她離開光妹又寸步難行，只好坐車上等。

駕駛員在車下「叮咚哐噹」地敲了幾下，見乘客走遠了，便跳上駕駛室。

售票員小姑娘笑了一下：「小叔，你又搞什麼鬼呀？」

駕駛員「呼」的一下發動了車子說：「這兩位大嫂是英雄的親人，我該送她們一節。」

售票員說：「什麼英雄？」

駕駛員說：「就是我給你講的那個詐騙犯呀！」

白玉蘭臉紅了，光妹瞪眼望他。駕駛員開車轉了彎，回頭笑笑對光妹說：「大嫂，別誤會，我是臥龍山隔壁村鳳凰嶺的。你們是看肖光虎的，對吧？江湖上的老虎，我早聽我一個朋友說了，那可是殺富濟貧的英雄啊！現在這社會，就要這樣的人，臥龍山應該多出幾個彭家昌啊。」光妹、玉蘭沒有答腔，不知他講的是正話還是反話。聽駕駛員邊開車又說：「我這車沒法開了。每年這個稅、那個費的，路上有車匪路霸，進城是公安警察，他媽的不是罰款就是扣分，車真的沒法開了。我恨不得賣了車跟老虎當個徒弟。」他話沒講完，車子停了。

光妹看到「江城縣看守所」的牌子，就揹著行李同玉蘭下了車，回頭向駕駛室說：「謝謝師傅！」

駕駛員說笑笑揮手：「謝什麼，我已收了你的煙了。我估計，老虎不會有事的，這年月不怕天大的官司，就怕沒有地大的銀子。」車子調頭開走了。

看守所是在離城裏三公里處的小山坡上，四周是村莊和工廠，一眼看出是高高的圍牆，牆頭看到鐵絲網的支架和隱隱約約的鐵絲網，單獨不太寬的一條柏油馬路通向這裏。大門樓子下的兩扇大鐵門關得嚴嚴的，大門邊上開了一扇小門，透過小門看到裏面的走廊和一排平房。門邊有個公安人員在站崗，樣子十分威嚴。白玉蘭看到這一切，身子開始哆嗦，眼眶子也紅了。

肖光妹拍拍她的肩，走向那站崗的公安人員說：「請問，馬有能在這裏嗎？」

公安人員望了她一望說：「你是他什麼人？」

光妹說：「他是我侄子。」見他眼瞪著自己，就又說：「我是臥龍山來的，馬德山是我大哥！」

公安人員態度馬上緩和了起來，說：「我們馬所長剛才出去了。」

光妹說：「那他還回來吧？」

公安人員說：「所長的事情，我們就摸不清了。馬上就要下班，恐怕不回來了。有事可以到他家找。」

這下光妹心涼了，白玉蘭又開始哭泣。

公安人員說：「你們是探監的吧，是誰？什麼時候送進來的？」

光妹不知道他講的探監是什麼意思，但講到什麼時候送進來的，她想他知道我們來的意思了，就說：「他叫肖光虎，中午送進來的。」

公安人員說：「哦，我知道了，你們把被子就放在這裏，我負責給你們帶進去。」

光妹抱著包袱進了門，在門邊的兩間屋裏，被子和衣服被公安人員打開檢查了一遍說：「好了，你們回去吧。」

光妹哀求著說：「我們想見一面，不曉得可以嗎？」

公安人員瞪大了眼：「那可不行，這事所長也做不了主，快回去吧。在前面的馬路邊上等車，再遲等不到車了。」

光妹同玉蘭在門口徘徊，不知怎麼辦才好。這麼大老遠地來，起碼也要見到馬有能吧。就在光妹向公安人員打聽馬有能家的住址時，多遠的路上有個人騎了一輛自行車過來了。見兩個婦女站在門口就叮鈴鈴敲著車鈴子。白玉蘭回頭看這個公安人員有點面熟，肖光妹一眼就看出來了，驚訝地大叫：「馬兄弟！」

這人真是馬有能。見他下車笑笑說：「嬸子，我估計你們會來，看，我真猜對了。」門口公安人員一聽這兩人真是所長的家裏人，就忙開門說：「兩位大嬸進來吧。所長，肖光虎家行李帶來了。」馬有能沒有理會他，推著車子進院子，放好車，就開自己辦公室的門。

原來圍牆內是一個大院子，從門口看到走廊的一排平房不是關犯人的，而是工作人員辦公的地方。這幢房子的對面還有一個密封的大鐵門，光妹想：「犯人大概就送在裏面了。」

馬所長的辦公室裏有一張大辦公桌，桌上有兩部電話機，兩把單椅子，一張長沙發。他們還沒坐定，有個穿白大褂的五十歲左右的男人拎著兩瓶開水進來，馬所長對那人說：「王師傅，晚上給十七號加點餐。」那王師傅點頭說：「知道了，所長！」那人出去了，這間屋裏只有他們三個人。白玉蘭又開抽泣。

馬所長笑笑說：「別哭，沒事，沒事了。」

光妹瞪大眼睛說：「怎麼，我兄弟真的沒事了？」

馬所長在門口望了望，大約沒有人，就笑笑說：「我講出來你們別多言。下午沈局長審了這個案子，剛才我到沈局長那裏去，沈局長對我說，他騙了廣州一位老闆十五萬，下晚一塊疤已經一分不少地送到了公安局。局裏在蓋辦公大樓，正缺錢，當時局長辦公會研究了，決定把人放了，等廣州那邊追查過來，就講沒抓到人。最多兩三天就放人。」

白玉蘭長吁了一口氣。那開車的駕駛員真的一句講對了，掏了錢就沒事了。

玉蘭不哭了，可光妹這下眼淚流了下來，說：「好，沒事就好！沒事就好！」

白玉蘭說：「那我能不能跟他見個面？」

馬所長說：「過兩天就回去了，見面幹什麼，算了，不見了。我看能不能找輛車，送你們倆回去。」

光妹站起來想走，可玉蘭坐在椅子上低頭不出聲，就是不肯走。光妹上前勸了幾句也沒用。馬有能想，剛才沈局長已經向他漏了底，這個案子本來就不大，過兩天就放人。光虎與自己是穿開襠褲一起長大的，又是同班同學，在不違反大的原則性問題下，順便做個人情也是可以的。可是不能讓所裏的同事知道，彙報上去不好辦。於是他出了門，來到大門口向站崗的公安人員說：「晚上王大頭在富豪大酒店請我們倆吃飯，看來我去不成了，你去吧。」

那人高興得不得了，連連點頭說：「謝謝所長。那我跟大頭就講局長來了，你走不開。」說著高興地的騎自行車走了。

天已經斷了黑光，大門外、走廊裏都開了路燈。馬所長伸頭對外望望，關好了小門準備去開裏面的大鐵門。只聽大門外有人敲門，馬所長回過身，王師傅搶先一步開了門。馬所長說：「王師傅，誰也不准進來！」王師傅回頭說：「所長，是你老爸來了。」

只見馬德山揹著一床被子已經走進來了。馬所長上前就發火：「我講過多少次了，不能隨便往這裏跑，幹什麼你，誰稀罕你送呢。」

光妹在屋裏聽到聲音，就伸頭看了看，一見是馬德山被兒子熊得低著頭，就衝上前說：「馬大哥，你也來了。」

馬德山抬頭看見光妹和走廊上的白玉蘭，說：「哦，你們來了，那我是多餘的了。我回去了。」揹著被子出了門。

光妹送他到門口，見停了一輛三輪車，原來馬叔是等天黑沒人看到才送被子來的。她看到老人一臉憂愁的樣子，心裏十分難過，三輪車發動了，他還站著不走，光妹跑到他身邊說：「馬大叔，你走吧！」

馬德山眼圈紅了說：「怎麼樣？我同你大嫂在家急死了，這鬼兒子又不對我講真話。」

光妹說：「沒事，過兩天就能放人。」

馬德山驚喜地：「真的？」

光妹說：「可不是，光虎騙了人家的錢已經全還了。」

馬德山一聽樂了：「唉，這真叫『癩蛤蟆掉在臉面上——空嚇了一傢伙』。那我就放心了。」轉身上了車走了。光妹望著三輪車遠去，抹了抹眼角的淚水，轉身關上了大門。

王師傅推著飯車給裏面送飯去。光妹湊過去往他荷包裏塞了兩盒煙，低聲說：「馬所長講讓十七號出來同他愛人見一面。」

王師傅推著車子不吭聲，眼睛望著馬所長；馬所長以為光妹跟他講加餐的事，就點了點頭。王師傅就向光妹低聲地的指著大鐵門邊的一排房子說：「你們到那間房裏等吧。」

光妹跑進所長室拉白玉蘭出來，馬所長呆望著她說：「幹什麼你們？」

光妹哀求著：「馬兄弟，行行好，就讓他們見一面吧。」

馬所長說：「別急，我還沒安排呢。」

光妹說：「我已替你安排好了，十七號。」

馬所長這才想到她跟王師傅低聲講的話，便臉一黑說：「幹什麼你，你可把我的飯碗砸囉！」一看到光妹十分驚慌的樣子，又哈哈大笑起來，說：「大嬸，我這個所長讓你給當了。」

肖光虎並沒有戴手銬，很自在地從十七號走出來，他好像不是被抓進來，而是見親戚一樣地來到一間隔著牆的大窗口見到白玉蘭，說：「你來啦，我就曉得你會來！」

白玉蘭一直低著頭，不敢看他說：「聽說進了號子，要被人打，你……」

光虎笑笑說：「十七號就我一個人，這點老同學不照顧著？」

白玉蘭這才抬起頭，看他像過去一樣嘻皮笑臉的，一點也沒有損傷，彷彿這裏不是看守所，而是在家中或者在親戚朋友家的客廳裏。本想見面要大哭一場，從荷包裏掏出手帕子準備擦眼淚的，可現在怎麼也擠不出眼水來，手帕子就在右手的食指上一道一道的纏繞著，望望他又低下頭，好像在談戀愛，又像告訴他一個天大的祕密樣地說：「光虎，剛才馬有能講你沒事，明後天就能回去了。」

他好像比她還清楚，說：「我早曉得，還要你講？下午他們審我，我一個電話就把錢送來了，還能有什麼事？」

她呆望著他：「你哪來那麼多錢？」

他笑笑說：「我是偷佛錢買佛香，羊毛出在羊身上。那錢還不是鴨背上的水——去了又來？你就別問了。」

他叫她別問，她也就不問了，二人沉默了一會。她說：「那我在城裏住下來，等你一道回去。」他連忙搖搖頭：「不不，你回去吧，我也許永遠不回去了。」她瞪大眼睛說：「那我跟你一道走……」

他轉過身，低下頭一句話也不說。從荷包裏掏出一盒黃山煙，還沒拆封，大約是剛才王師傅遞給他的，他抽出一支叼在嘴上，可惜沒有火。正巧她荷包裏有個一次性打火機，給他點了煙。他深深地吸了一口，不緊不慢地說：「玉蘭，本來這些話我今晚要跟你談的，明天一早走，我們就分手，我永遠不回來了。沒想到他們早了一步，先下了手，結果，這要說的話就只好到這裏說了。」

她呆望著他，心裏開始撲通撲通地跳，好像又要發生什麼大事情。

他吸了一口煙又說：「我這輩子最對不起的是兩個人，第一個是你，第二個才是我的老爸。你別說，聽我把話講完。你不會忘記那年我要一枝花幫我們生一個孩子的事吧？玉蘭，不瞞你說，這麼多年，我身邊也有幾個女人，都長得油光水抹的，我告訴她們，誰能為我生一個孩子，我給她十萬，可是都是無籽西瓜，我有些奇怪了。去年，我一個人偷偷到醫院檢查，結果我呆了，傻了，我死也不相信我這麼棒的身體是死精，我不能生育。」

她受了多年的委屈，今天突然真相大白，心裏一股苦水湧上心頭，哇的一聲大哭起來。他也淚流滿面，昂著頭望著天花板說：「造孽啊，這些都是我自己造的孽啊。」

玉蘭大哭著說：「天啊，你怎麼會這樣呢？」

光虎含著淚，慢慢述說：「講來也就是小寶死、我坐牢的那年。記得那天晚上，我偷偷跑進你家院子，從窗戶的一塊紙眼裏，看到你那白白的屁股。這是我第一次看到女人的屁股，這個屁股深深刻在我的腦海裏，怎麼也抹不掉。到了勞改農場，我想你啊。一想到你，就想到你的白屁股，就想做那事。沒辦法做，就用手做。先是我一個人做，以後我拉著別人做，幾個人一起做，做得精疲力竭。我心裏空虛，以手取樂。我不是人啊，我造孽！」他拍著牆壁大聲地呼喊著、哭泣著：「我是畜牲，我是頭頂長瘡、腳下流膿，冬瓜淌水的壞透了。肖家老墳的風水敗盡了，到我這輩子空了呀。」這裏哭聲一片。

這時他發現窗口有個人影在晃動，原來是馬有能。他聽到光虎的聲音比較大，怕出什麼事就過來看了看，並說：「光虎，聲音小一點。」

光妹走過來拉馬有能說：「馬兄弟，人家小夫妻談話你聽什麼？你來告訴我小陽學習上的事吧。」

光虎說：「從那天檢查以後，我頭腦清醒了，像在睡夢中醒來一樣。玉蘭，想過去我那麼罵你是鐵母雞、無籽西瓜，還打了你，我對不起你，我也無法補償你。所以，我給你蓋了這幢三層樓房送給你。我要告訴你，我們離婚吧。」

她瞪大眼說：「離婚？」

他說：「對，這是我的請求。玉蘭，你也老大不小了，不能再等了。我之所以把樓房蓋在大哥大嫂的屋邊，是託大哥大嫂關照你。你還年輕，長得這麼漂亮，會有好男人疼你的。唉，女人呢，像一根笛子，看遇到什麼樣的男人來吹它。好男人會把她吹得像畫眉鳥樣地叫，不會吹的男人才吹出吊死鬼樣地叫。男怕幹錯行，女怕嫁錯郎。玉蘭，你是一根好笛子，可惜遇到了我……」

她一個勁地搖頭說：「不，你別說了……」

他打斷她的話，說：「等等，我還沒講完呢。你今後結婚，有了樓房，我怕你以後日子不好過，還給你存了一筆錢。我怕公安局的人會來查，這錢不能存在銀行裏，家裏又不好放。我就叫鐵匠打了同磚頭一樣的兩個鐵盒子，每個盒子裏有兩萬塊錢，共計四萬塊，它像磚頭一樣砌在牆上了。就在我們房間的床頭裏面，你把床拉開，中間離樓板兩尺高的地方，上面有個黑點子做的記號，你用大起子從黑點上釘進去一撬，這兩塊鐵盒子就下來了。盒子裏除了四萬塊錢外，還有我給你的一封信。」

她說：「信？信上都講了什麼？」

他說：「那是我的離婚申請……」

她緊緊抱著他大叫著：「不……我們不離婚，永遠不離婚，我永遠跟著你。」

他搖頭說：「不，你同我不是一條路上的人。這麼多年，我也想過帶你出去，可你不曉得外面是怎麼一回事。就我也是頭闖三年，天下去得；又闖三年，寸步難行啊。你還是守在家裏吧。家裏也需要你呀，村裏也離不開你。這次酒席之前，我才曉得農村苦啊，你有錢可以做點好事嘛。另外呢，我那老父親，披麻戴孝還得靠著你呢。我從今往後是活不歸家，死不入墳了啊！」

她抱著他大哭：「光虎……」

他也抱著她抽泣著：「玉蘭……」

他們擁抱了好一會。玉蘭突然想起什麼來，說：「光虎，你已經講了這麼多了，我句句記在心裏。現在你也聽我講一句吧。」

他說：「好，你說吧。」

她說：「要不然我給你生一個孩子？」

他呆望著她：「怎麼？你給我生？怎麼生？」

她說：「幾年前，你不勸過我嘛，我現在用你的話來勸勸你，你要想開些。我找一個男人，一定是你信得過的男人，這叫『借魚放塘，借種下田』，長出的糧食是我們的。」

這時，馬有能慌慌張張地跑來說：「沈局長來電話，馬上來核對材料，玉蘭，你們快走！」

玉蘭向光虎：「光虎，我們的事就這麼定了！」

光虎邊走邊向外面喊：「不，你不是那種人，你不能做！」

光妹跑過來拉玉蘭：「有什麼話，談到現在還沒談完，別讓馬兄弟為難了。走吧，到馬大哥家住一晚，我抽空到學校看看小陽。」

可白玉蘭火燒火燎地說：「不，我要回去，我現在就要回去。」

光妹看她像有什麼急事，就對馬有能說：「那怎辦呢？」

馬有能翻開小本子給誰打了個電話，沒過一會，一輛吉普車停在了門口。在車上，光妹感到有點奇怪，玉蘭見了光虎面，怎麼像變了一個人樣的。前面有小夥子駕駛員，又不好問，車子開了一節路，她還是忍不住，就一隻手遮著嘴，對玉蘭的耳朵眼裏問：「光虎跟你講了什麼好話？」

玉蘭也對她的耳朵眼裏：「大嫂聰明人，你猜猜看。」

光妹想了一會，對她耳朵裏說：「是不是給你留了一筆錢吧？」

玉蘭驚訝地望著她，又笑笑搖頭。

沒過一小會，車子已進村到了樓門口。下了車，謝了司機，白玉蘭開了門，院子裏打掃得乾乾淨淨，石蛋、二扁頭在樓下房間裏打牌，小玉在二樓小客廳裏看電視，大約看到什麼精彩的地方，又是跳又是笑的。光妹叫她回去睡覺，她總說：「還等一會。」玉蘭說：「讓她玩一會吧。」玉蘭對石蛋、二扁頭打牌十分反感，叫他們走。二扁頭說把這一鏟打完，玉蘭還是不准，兩個小青年灰溜溜地走了。

白玉蘭閂好院子大門，關了電燈，又忙著上樓抓了幾把小糖安排好看電視的小玉，就把自己鎖在房間裏，迫不及待地拖開了大床，見床頭中間果然有個黑點子，她又忙找來大起子和小鐵錘，對著牆釘下去，起子一撬，真的兩塊磚頭掉了下來，用白刀刮著「磚」上的水泥和石灰，果然是兩個鐵盒子，打開盒子，是四紮嶄新的票子。她長這麼大還從來沒見過這麼多的錢，同時她也看到了那封信，那封離婚的信。她把信紙撕得粉碎扔在地上，一下子暈了過去。

過了好一會，她像在夢中醒來，放好了錢，才開門看客廳裏看電視的小玉，大概沒什麼好節目了，眼瞇著要睡著了，就過去把她抱在懷裏，心裏無比地快樂。這時小玉醒了說：「乾媽，我要回家睡了。」

玉蘭哄著她說：「別急，我給你買了一樣東西。」

小玉精神來了：「是什麼東西呀？」

白玉蘭從房裏衣櫥裏拿出一件連衣裙。這是她幾個月前上城裏買的，幾次起心意想送給她，又怕大嫂講話，現在想再不送，明年小玉穿就小了。拿出來給她穿上，小玉穿上這套連衣裙，高興得跳起來，要回家給媽媽看。

玉蘭把她拉到懷裏，親吻著她的臉頰說：「小玉，穿了乾媽給你買的裙子，答應乾媽一個要求好嗎？」

小玉說：「你說吧，乾媽？」

玉蘭望著她說：「你叫我一聲乾媽，能去掉一個字嗎？」

小玉望著她，小手在嘴邊摳著問：「一個什麼字？」

玉蘭說：「去掉一個『乾』字啊。」

小玉大眼睛閃了閃：「『乾媽』去掉一個『乾』字，那就剩一個『媽』了？」

玉蘭笑得臉上開了花說：「對了，孩子，你就叫我一聲，親親熱熱、肉貼貼的叫我一聲媽吧，我可想死了。」

沒想到這下小玉不幹了，嘩啦啦把穿在身上的裙子脫下來，拔腿就要往樓下跑，玉蘭一把抓住她：「小玉，乾媽求你了。」

小玉大叫：「裙子我不要了，我要回家。媽！快來呀！」

光妹回家吃了飯，洗了澡，看時間也不早了，正準備喊小玉回家睡覺，在門口聽到小玉的喊叫聲，不知發生了什麼事，忙跑過來推她家院子的門，門閂著，她咚咚咚打門，大聲喊：「小玉，小玉！」

白玉蘭長歎一口氣，只好送小玉下樓開了院子門。小玉像受了委屈一下子撲到光妹的懷裏，大聲喊著：「媽！」

光妹驚呆地望著玉蘭說：「你們在幹什麼？」

玉蘭笑笑：「我同她鬧著玩呢。大嫂，你能過來，我跟你講一句話嗎？」

光妹沒吭聲，抱著小玉回家，問她剛才怎麼回事。

小玉說：「乾媽叫我喊她媽！」

光妹一聽，一股怒火從心裏躥出來：「過去不是講好的嘛，怎麼能這樣呢？這個玉蘭啊，也真是的。」安排好了小玉睡下，自己轉身來到白玉蘭的家中。

玉蘭在二樓小客廳裏已經泡好了兩杯茶，果盒放在桌子中間。見光妹進來，就十分客氣地讓她坐下。光妹看到沙發上一件小孩穿的連衣裙，知道這是給小玉穿的，心想：「怎麼不跟我說一聲就直接跟孩子說呢？」心裏窩著火，但還是忍著坐下來，問：「你找我什麼事？」

玉蘭紅著臉笑著說：「大嫂，這次該你幫我忙的時候了。」

光妹說：「什麼忙？把光虎接回來？」

玉蘭喝了一口茶說：「大嫂，這次見到光虎，我們之間的一切誤解都化開了。他自己到醫院查了，是他的問題。」

光妹瞪大眼問：「哦，真這麼回事？」

玉蘭說：「是呢，大嫂，他也想通了，同意我跟一個男人為他生一個孩子。安排什麼時候我跟大哥睡一覺？」

光妹臉一下子白了。也許是玉蘭不會講話，太直接了，光妹一下子難以接受。可是玉蘭沒看她的臉，看著手裏的茶杯子又說：「大嫂，我真佩服你，辦事滴水不漏。上次生小玉，大哥是人不知鬼不覺的。這次呢，一是你還是你了。我現在身子來事了，過幾天就是最好的日子。大嫂我聽你的安排。」

光妹再也聽不下去了，上前一句話沒說，「啪」的一聲給了她一巴掌，轉身噔噔下樓，出了院子，又咣噹一聲關了大鐵門。

白玉蘭雙手捂著臉，一下衝進房裏，倒在床上，哇地大哭起來，哭得十分傷心。

晚上玉蘭懷裏抱著四萬塊錢，躺在床上，心裏像打倒了五味瓶，既難過又心酸。她首先想到隔壁這家人：「大哥是世上難找的好人；這個大嫂，心眼太足，我是玩不過她的，全村子人沒有哪個玩得轉她。自己不生孩子了，我這個老呆子，怎麼聽她七講八講的就上了她的圈套？沒想到她過河就拆橋，翻臉不認人了。把小玉管得那麼緊，我的女兒成了水裏的月亮、鏡裏的花，看得見，摸不著。連一聲『媽媽』都不准喊，哪怕就假喊一聲呢，也讓我嚐嚐當媽的滋味吧。唉，我給你生了孩子，你圓滿了，你高興了，我現在要生孩子，叫你安排大哥就打我的耳光子。記得那年同大哥的那個晚上，給她辦事，她也給我一個耳光子。今天又是一個耳光子。她只會打耳光子，天下最毒的女人啊。」

她躺在床上，腰被兩紮票子壓痛了，又側了個身，想到光虎。「我的好丈夫啊，你給我蓋了樓房、存了款，想得多周到、多體貼啊。你曉得自己不能生孩子，就提出離婚，讓我過幸福日子。這輩子最疼我的人是光虎了，天底下再也找不到這麼好的丈夫了。你不但想到我的生活，還要我把錢支援村裏的那些有困難的人家。可光虎啊，你多少年不在家，不曉得村上事呢。現在村子裏，十樣猴子八樣腔，百姓百姓，一百個人就有一百個心，哪家不關門打自己的小算盤？遠的不講，就講中午吃喜酒吧，事先聽講退錢才踴躍湊分子，一個個像綠頭蒼蠅叮狗屎樣的盯著你。可見你出了點事，怕錢退不了了，就要搬你的東西，哪有這麼不講理的！這叫什麼？叫『一家飽暖千家怨』呢。現在光虎永遠不回來了，我一個人住在村裏還有什麼意義呢？轉眼我不成了十月的黃桑葉子——無人睬（採）了嗎？這是什麼鬼地方。光虎啊，我的好丈夫，你帶我走吧，你給我找個男人吧，我生三五個孩子來。房子我不要了，田地也不種了，這些都是身外之物，我心中只有光虎，有了光虎就有了一切。我走，我生是光虎的人，死是光虎的鬼。」

再說光妹打了玉蘭一巴掌回到自己的房裏，懷抱著小玉，心裏也很難過。她恨自己剛才的一時衝動，自己要想開些，羊肉貼不到狗肉身上。算了，自己就是這個命，也不能這麼騙大哥了。哪天把大哥、玉蘭叫到一起，三人當面鑼對面鼓地把話講明白，讓小玉跟玉蘭過去，在外場就講是過繼給她家不也一樣嗎？她想不出有什麼好辦法解決這個問題，想著想著就睡著了，這一天她太累了。

第二天醒來，天已大亮。她還想著昨晚的事，立即把小玉喊醒，穿好衣服，臉也沒洗，牽著小玉來到大院門口。見門是敞著的，喊了幾聲「玉蘭」都沒人應。光妹預感要出什麼事，跑上樓，不見玉蘭，知道她走了。見二樓客廳桌上放著一疊錢，大約有四五千塊，還有一大串鑰匙，房間裏的大床拖開了，床頭牆上有一個大洞，兩塊磚樣的鐵盒子掉在地上。光妹也顧不得小玉了，下樓發瘋樣地往村頭跑，見到石頭的小兒子石鎖在放牛，問他可看到白玉蘭。石鎖說：「我放牛出門就看她揹著大包走了，那時大才麻絲亮。」

光妹聽他這麼一說，呆呆地站在村頭。

村頭的大槐樹發出了新芽，長出了新枝，一隻烏鴉在樹頭「哇——」的一聲驚叫，一陣風吹來，她打了一個冷顫。

「媽媽，媽媽！」小玉追過來。光妹緊緊地把小玉摟在懷裏，淚水從眼角滴下來，落在她的臉上……

第十二章　一九九〇年（庚午）

一

栽樹雖然不像栽小白菜，可也像養小孩子一樣，就怕不養，不怕不長。

眼下的臥龍山十里山坡的樹林，自然形成了三級臺階。第一臺階的是龍頭山八〇年栽的杉樹和松柏，直挺挺的身子向天空伸長，一排排齊刷刷密密叢叢，顯得生機勃勃，隨著山風翻捲著深綠色的波濤，發出呼呼的嚎叫。緊靠著龍頭山後面的五百畝是自己育的樹苗，雖然是片幼林，可長得壯實，綠葉扶疏，青春煥發，像一群歡樂的少年。最差的後面一千五百畝那是八八年從縣苗圃買的樹苗，花的大價錢，長得參差不齊，瘦長的樹枝，點綴泛黃的綠葉，在山風中搖擺，顯得有些蒼白淒切。儘管如此，臥龍山整個二千五百畝荒山變成了綠坡。

正如肖貴根老爺所說：「山上有好樹，山下有好水，荒山綠了頭，山溝清水流。」那山坡上無論是樹根邊，還是石縫裏，每一道裂縫都會湧出星星點點的水珠，在明媚的陽光下，顯得晶瑩剔透，像掛在山間的一串串白色項鍊。山溝自然形成了一條活潑的清溪，繞山迴轉，汩汩地唱，悠悠地流。樹林帶給臥龍山新鮮的空氣，吸一口，涼絲絲，甜津津，像拌了蜜一般。更為重要的是各種鳥類紛紛前來安家落戶，呀呀呀的歡叫著，像一片白色的雲塊，從山坡這邊飄向那邊，又從那邊飄向這邊……

時間過得真快，轉眼小玉已經三年級最後一學期了。在這段時間裏，小玉是經常到林場那裏吃住。因為下學期就是四年級了，要到山外去讀書，一下子就很難見到父親和爺爺的，心裏十分地想念。

這天上午考完試，學校要放假了。她揹著書包上了龍頭山，在山邊上發現一個小黃色的蜻蜓，飛來飛去地，她就跟著追過去。見牠落在狗尾巴草的葉子上，草葉子又經不住牠，壓彎了，牠又飛起來，飛到一棵刺棚子上。她跑過去伸手去抓，可惜沒抓著，發現刺棚子底下有紅紅的果子，伸手摘下一個，透熟的，摘掉蒂子和尖刺，往嘴裏一塞，嚼起來，紅紅的果汁吮到嘴角。

邵光龍知道女兒今天考完試，就下山去接她。可去遲了，學校已放學，有幾個學生說她已經上山了。可回到林場問老爺子說沒見到，這下他慌了，再下山去找。還是小花狗在山邊上汪汪地叫，他跑去才在一個石頭坎子下找到女兒。見她嘴角上紅不拉嘰的，下巴上流著紅紅的口水，驚慌地問她吃了什麼東西。她指著刺棚子說是杏子。他跑到刺棚裏一看認出那是刺莓，也就是野草莓，是可以吃的。他想：「這丫頭膽真大，要是吃了毒果子怎麼得了！」就把她背上的書包拎在手上，一手牽著她走了幾步，她又看到了一棵野草莓，一陣風樣地跑過去摘了吃。他怎勸她也不聽，還摘了一棵往他嘴裏塞，他只好順從地吃了一顆。嚼了兩下，突然皺起了眉頭，一個勁地搖頭說：「乖，好澀嘴，酸掉牙，呸呸，不能吃，不能吃！」可她笑得咯咯響，說：「你那是青的，沒有熟，我再摘個紅透的給你吃。」

他只好拉住她的雙手說：「山上的毒蛇、老鼠要是爬到果子上，吃下去是要拿肥皂灌腸。」

她卻說：「那我剛才吃了肚子也不痛，我要吃，我要吃嘛。」

他只得嚴肅起來，很生氣的樣子說：「再不聽話，我就不要你念書了，我把你書包扔掉。」

她頑皮地望著他說：「爸爸，你不會的。」

他大聲說：「瞧，我可會！」真的把書包扔起來，扔到很遠的山坎子下。她這下急了，忙去找，可怎麼也找不著，嚇得要哭了，只聽爸爸喊：「哈哈，你看！」

她回頭一看，書包在爸爸手上。原來小花狗就在身邊，爸爸在扔書包時指了一下小花狗，牠就把書包用嘴叼回來了。女兒知道後，抱著爸爸的大腿用小拳頭使勁拳，爸爸就勢把她抱起架在肩頭，一路走一路喊：「女兒，我的孩子啰！」女兒也喊：「爸呀，我的爸吔！」一路走一路喊，一直到林場門前。

肖老爺子多遠看到這父女倆，早已打了一盆熱水在門口的石凳上，老人要在吃飯前給這個野丫頭洗把臉。光龍放下女兒，小玉捲起衣袖到老爺子面前。她感到背上好癢癢，就把衣領拉開給老爺子看。老爺子笑笑說：「是蝨子吧？我看看。」把她衣領子翻過來一看，嚇呆了，原來是條毛毛蟲掉在領子裏。老人脫了她的衣服，見她背上起了一條紅梗子。

光龍跑過來一看，又心疼又生氣，說：「下次可不能再亂跑了。」

老爺子用熱毛巾給她擦背，再用口水抹去，說：「光龍啊，從小看大呢。俗話說：『三歲看八歲，八歲定一生。』這丫頭長得水靈，又是野性子，『國敗出妖，家敗出嬌』，美要擰不住，不是好事情，長大難管呢。」

光龍也歎氣道：「怎麼講呢，長成的皮，生成的骨，現在要管教好！」

老爺說：「不過嘛，也不要緊，丫頭長大是人家的人，你養了一個好兒子就夠本了。」

不知怎麼這麼巧，邵小陽突然出現在他們的面前。這丫頭上身衣服也不穿，一身還是水滴滴地就一下子撲向小陽：「哥哥！他們正講你呢。」

小陽笑著問小玉：「講我什麼了？」

老爺子說：「講你的壞話呢。」

邵小陽看上去十分地清秀，高高的個子，白白的皮膚，明亮的雙眼，勻稱的臉膛掛著微笑，一看就是一個文靜的書生。原來高考之前學校放假三天，小陽回來同母親商量，馬德山的兒子馬有能上個月搬進了新居，兩大間的老房子還沒有退，特地留給小陽高考在那裏住。因為高考的晚上想看看書，寢室裏人多不方便，又是大熱天，怕晚上睡不好。母親已答應明天去專門為孩子燒飯。

邵光龍聽了這些，想到林場目前主要是管理，比過去要清閒一點，像現在還能經常拉著女兒上山來玩玩。過去實在是太忙了，自從小陽到城裏上學後，他的學習、生活，自己從沒時間去過問、去關心，作為父親，這方面實在欠了兒子很多。眼下兒子就要考大學，上了大學就要飛出臥龍山，離開自己，到屬於自己的天空中翱翔，不再需要父母翅膀的庇護。想到這些，決定自己進城為兒子燒三天飯。

二

全國統一高考的時間是七月的七、八、九號三天。七月六號上午，邵光龍和兒子就準備好了進城，下午看考場。

現在的黑山鄉政府所在地已變成了一個小集鎮，公路兩邊是一里多路的門面房，做什麼生意的都有。可過去的車站沒了，幾輛麵包車自由地排在鄉政府門前的兩邊，按次序上車。

邵光龍父子上的是一輛白色中型麵包車，車主是原來「一品鮮」老闆的兒子小錢，他母親售票。光龍同她很熟悉，見面就招呼說：「錢大嫂，什麼時候又買車子了？」

小錢母親笑笑說：「邵書記，哪兒呀，鄉裏幹部在飯店吃多了還不了錢，拿綜合廠的破車子頂了。」

光龍笑著說：「那你是兩手抓票子，發大財囉！」

小錢母親說：「路上的飯可不好吃呀——難得見了，你上城發財去？」

光龍說：「哪裏啊，兒子考大學，我去當保姆。」

小錢母親說：「今天人多，你來遲了，沒得坐怎麼辦？」

光龍說：「不要緊，我站慣了。」

父子二人上了車，車上是擠得很，光龍靠在一個座位的邊上站著，一手拎著包，一手抓住上面的橫桿子。車子開出一節路，不知是石頭還是小溝墊了一下，車子猛地跳了起來。後面坐的男青年頭碰到頂棚上，起了個小包，他罵司機：「怎麼開的車！」車內貨架上一個小包也倒了，幾個蘋果滾到車廂裏。有個小青年用腳把一個大蘋果勾到座位的底下去，昂著頭望著窗外。坐在光龍身邊的婦女看到了，就對蘋果的主人說：「一個蘋果滾到座位下面去了。」那小青年只好一腳把蘋果踢出來。光龍看這位大嫂真是個好人，就向她點頭笑笑。

車子開了一段路，那婦女身邊的小姑娘站起來，拉了光龍的衣服說：「大伯，我讓您坐吧。」

光龍連連搖頭說：「不，你坐你坐。」

那婦女往裏面挪了挪，拉他說：「我女兒讓你，你還客氣什麼，小孩子家還能站大了腳？」光龍只好坐下。看那姑娘短頭髮，跟兒子個頭差不多，十分的體面，只是臉色有點黃，像營養不太好。

那婦女問光龍：「請問你是送兒子考大學？」

光龍說：「是啊，你呢？」

那婦女說：「我女兒也是考大學。」

原來，姑娘叫洪濤，在區中學讀的高中，也是學校的尖子生。因她家裏窮，父親一心要她外出打工掙錢，可洪濤認為高中都讀下來了，不考一考怎麼心甘，如果考不上，以後再講。小陽與洪濤自然就熟了，一路上，他們談了各自學校的事。

車子快進城了，小錢母親開始買票。她聲音尖，炸耳底子：「買票了，買票了，六塊錢一個人。」

全車人炸了鍋，都吵著說：「平時都五塊，漲價了？怎麼不早講？搶錢啊？」

司機小錢搖頭晃腦地說：「自由市場，說漲就漲，這有什麼大驚小怪的。」

小錢母親說：「現在高考，車子加班，所有車子都漲，我們不能不漲。」

車上人又吵著說：「不行，我們只給五塊。」

小錢母親說：「好了，別吵了。」向洪濤母親說：「來，從你開始。」

洪濤母親從褲腰帶上的小荷包裏摳出一張皺巴巴的十塊錢票子說：「我們兩個人，對不起……」

她話沒講完，小錢母親把十塊錢票子抓著往小包裏一塞說：「哎喲，這位老大姐，不就是加兩塊錢嘛。女兒上大學了，哪裏不用錢？」又向後面的座位：「來，買票啦。看，人家沒錢都加了兩塊錢。」還把錢在手上揮揮，那意思是「人家買了六塊錢一個人」。其實雙方心裏都有數。

光龍準備了十二塊錢遞過去，可小錢母親沒買他的賬，一直喊「下一位」地向後面買票去了。他只好等下車再給她。洪濤母親低聲問：「你們是熟人？」

光龍點點頭。

洪濤母親低聲笑笑說：「我女兒讓你這個位子值呢，售票員以為我們是熟人、親戚，少收我兩塊錢。」

光龍也笑了。

車子進了城，在一個十字路口突然停下來，光龍想沒見到紅燈怎麼停了呢。伸頭向窗外一看，橫穿馬路上有一條長長的車隊，大約有三十多輛車，慢慢地開過去，每輛車頭上紮著一朵大白花。知道這是送葬的車隊，看來死者是縣裏一位小蘿蔔頭的官。

小錢母親尖叫著拍拍光龍的肩說：「哈哈，你發財啦。」

光龍莫名其妙地問：「我發什麼財？」

小錢母親說：「你兒子和你這位親戚的孩子都能考上大學呢。你看看，送葬車，出門遇到棺材，棺材棺材，不是升官就是發財，大吉大利呀。」

小陽和洪濤聽了也跟著笑起來。

進了車站，車上人開始下車。洪濤母親呼地起身手捂著嘴擠出車門，跑下車蹲在地上哇地一下子嘔吐起來。小陽看到這情景，也跑下車，在她背上拍著，像對待自己母親一樣。

洪濤母親吐了一大灘，心裏這才好過一些，長喘一口氣：「哎喲，我的娘，心肝都吐出來了，把老命疙瘩都吐掉了。」忙起身拉著小陽的手，一望不是自己的女兒，手像火燙了一樣縮回去，紅著臉說：「這鬼丫頭呢？難為你了，小哥哥。」

原來洪濤下車就爬到車頂上拿一捲草席子。小陽不解：「考大學幹嘛還帶著草席子？」

下了車，光龍把早已準備好的十二塊錢往小錢母親手裏一塞，轉身就走。

小錢母親那尖嗓子對兒子大叫：「快，抓住他！」因為光龍同洪濤母親走在一起，小錢見母親手這麼一指，以為洪濤母親沒買票，衝過去抓住她的胳膊。

小錢母親又叫：「錯了，抓邵書記。」

小錢愣著沒動，反而埋怨母親說：「媽，你也真是的，邵書記難得坐次車，不買票就算了。」

小錢母親把手上十二塊錢給兒子說：「呆頭兒子，又錯了。他把了錢，還多把了，全還給他。」

小錢這才明白過來，接過錢追出車站，可光龍同兒子已經走遠了。

小陽帶著父親來到馬有能的老房子，見馬德山已經在那裏打掃房間，屋裏屋外用水沖得乾乾淨淨。光龍一見，上前就抱住他說：「老哥，真的難為你了。」

馬德山同他握手：「我們倆，誰跟誰呀，穿一條褲子的交情。」接著就帶光龍看房子。

這是兩間小平房，裏面有舊式的木板床、衣櫃、桌子，紗門紗窗齊全，一臺吊扇，一個臺扇。門前一個小院子，山牆邊有個小廁所，院門邊是小廚房，煤氣、小鐵鍋都有，中午的飯菜都燒好了。光龍感動得不知如何是好：「這老馬真是的！」

老馬說：「現在日子好了，我兒子住樓房，買了新傢俱，這些都不要了，連電風扇都換成空調了。」

小陽說：「這比家裏都舒服呢！」

馬德山說：「過去兒子媳婦睡裏面，我跟老伴睡外面，舒服得很；現在搬進商品樓，進屋要脫鞋，一口痰都沒場子吐，媽的，拘束死了。」

他們談了一些家長里短。馬德山站起來要走，說：「晚上小陽你一個人吃，我跟你老爸難得見一面，請他喝一盅。」

光龍說：「不了，老馬，進你家要脫鞋，我腳臭，別髒了你家吧。」

馬德山說：「我想好了，就在門前大排檔。」

光龍聽講在外吃，也就沒推辭，說：「那好，還是我請你吧。」

馬德山生氣的樣子：「什麼你呀我的，變得婆婆媽媽的了。」

送走了馬德山，吃了飯。天氣很熱，光龍在裏屋睡了一覺，小陽坐在外屋看著書。到了半下午，小陽要去一中看考場，光龍想：「兒子上學這麼多年，學校我還沒去過呢。」父子二人一道來到縣一中。

縣一中的大門樓上已經掛上了大紅白字的橫幅標語：「立振興中華之志，樹報效祖國之心。」一進大門就是石灰水畫的「警戒線」，每個教室門口有牌子。學校裏擠滿了人，很多學生在看考場。小陽拿著准考證在二十四考場找到了自己的座位，就在大門口後面二樓中間的教室裏。可巧的是，他見到同車來的洪濤就在他隔壁的考場。二人算是熟了，打著招呼一同下樓。小陽問她住在什麼地方，她臉紅了，說：「就在學校裏面的親戚家。」到了學校大門口，洪濤就退到後面去了。

光龍同兒子出了校門，見對面一排房子走廊裏坐著一位婦女，地上鋪著草席子。小陽認出那是洪濤的母親，就對父親說：「她們母女晚上可能要在走廊裏過夜呢。」

光龍心裏咯噔了一下，對兒子說：「你站著別走，我去打問問瞧。」

洪濤母親大約也看到了他們父子倆，很不好意思地低著頭。

光龍上前喊了一聲：「老嫂子。」

洪濤母親低頭沒吭聲。

光龍追問一句說：「老嫂子，晚上就在這裏住啊？」

洪濤母親抬頭已是淚水滿臉，拍著草席子說：「丟人了，丟人了。他大叔，我那老東西不是人呢，女兒要上學，他不給錢。這些年，我是摳雞屁股供女兒念完高中。考試了，老東西還一個子不掏。女兒非要考，我還是從娘家借來的路費，我陪女兒就是住在刺棵裏也要讓她考下來。」洪濤母親一個勁地抹著眼淚。

邵光龍二話沒說，把鋪在走廊上的草席子捲起來夾在胳膊彎裏，拉著她的手，轉身叫小陽：「找洪濤姑娘，跟我們走！」

小陽跳起來進了學校大門，見洪濤正躲在大門樓的柱子邊抽泣，她已經見到外面的一幕了。

小陽說：「洪濤，走吧，我們住兩大間，寬敞得很。」

他們一同來到住處，把裏面的大床抬到外間，洪濤同母親住裏面，就用草席子鋪在地上。裏面是吊扇，外間用臺扇。晚餐煮了一大鍋稀飯，洪濤從包裏拿出小瓶裝的鹹菜和油炸的大餅。光龍想，原來她們母女就用這個打發啊。洪濤母親看著大餅又流淚了說：「好人啊，恩人啊，要是遇不著你們父子，我真不曉得日子怎麼過呢。」

到了吃晚飯時，馬德山拎著黑色塑膠袋在外面喊，光龍跟洪濤母親打了招呼，就出門跟著老馬走過街心，又穿過一個小巷子。

光龍急著說：「不是吃大排檔嗎？帶我到哪去？」

馬德山笑笑說：「請你開個洋葷呢。」

二人來到一幢三層樓的小飯館，外面紅綠燈閃著耀眼的光，燈光中顯出「小大姐土菜館」的字樣。進了門，裏面涼絲絲的，原來開著空調。走到吧檯，老闆娘熱情地的招呼：「馬大伯來了。請問幾位？」

馬德山嘴歪歪說：「就兩兄弟。」又把手拎起來說：「酒我帶來了。準備一個鍋子就照了。」

老闆娘說：「好的。大伯，您請。」

老闆娘帶他們到一樓的小包間裏。一張小方桌，四把椅子。光龍看也沒看就坐下來，馬德山看椅子上油膩膩的一層油跡子，先伸兩個指頭在椅面上一抹，抬手看看指尖，看來灰不多，這才坐下來。

服務員小姐端盤子推門進來，盤裏有兩隻茶杯，一個茶壺，還有碗筷和酒杯，微笑著給每人倒了一杯茶。光龍端起茶杯就喝，馬德山沒有喝，而是把杯裏茶水倒進碗裏，筷子插在碗裏洗一洗，又拿出來甩乾了，倒了碗裏的水，把筷子架在碗頭上，推到光龍面前。光龍看了他一眼沒講話，拿出煙來吸。

馬德山又起身找到牆角有半個蠟燭頭子點燃了，說：「空調屋裏不能吸煙。」

光龍只好在煙灰缸裏掐滅了煙頭。

馬德山又說：「你吸你吸，點了蠟燭就不傷眼了。」

光龍心想：「這棒槌進城，三年都會講話；你老馬進城十年，早變得同我老土不一樣了。人隨環境轉嘛。唉，父不憂心因子孝，家不煩惱因妻賢啊。老馬有個好兒子，家裏有個好老伴，老來有福啊。」

過了一會，爐子鍋上來了。大熱天吃火鍋，真有意思，還是羊肉的。老馬曉得他喜歡吃羊肉，小時候還放過羊呢。多少年沒吃過羊肉了，怪不得講開洋葷呢，原來是這個「羊」啊。

老馬從桌底下拎上黑色塑膠袋，打開，竟然是一瓶茅臺酒。老馬笑笑說：「天有酒星，地有酒泉，人有酒緣，今天我們好好喝一場。」

光龍感動地說：「老馬，讓你破費了。」

老馬說：「這酒有個說法，叫：『喝的不買，買的不喝。』人家送給我兒子，我也想開了，喝，不喝白不喝。」

光龍見他一隻手不方便，就接過瓶子開了蓋，先給他倒了一杯說：「老馬，我別講你，進城生活習慣可以變，頭腦千萬不能變呢。」

老馬端著酒盅說：「是啊，我也這麼想。開始人家送，我看不慣，要兒子退回去。可退回去了，人家反講我兒子不把他的事放在心上。收了呢，人家反而一歡兩個笑的，千感恩、萬道謝。你講，這是什麼事？」

二人喝著酒，吃著菜。羊肉鍋子真鮮，光龍吃得香甜。老馬吃得斯文，筷子在鍋裏夾一點菜，放在倒有米醋的碗裏沾沾，再放嘴裏嚼半天。說：「就講我那親家公，供電局長，呵，煙吸不完，酒喝不掉，經常麻煩我幫忙。想想，我們那會找人辦事，讓兒子到公社當治安員，是你跑的腿，磨的嘴皮子，賣的大面子。可沒吸我一根煙，沒喝一杯茶。」

光龍吃的樣子就比較難看了，一隻腳脫了鞋子擱在凳子上，大口地吃菜，大口地喝酒，接他的話說：「怎麼沒吃，今天不是補喝茅臺酒了嗎？」說著舉杯同他碰了一下，一口乾了。

老馬只咪了一小口，又說：「現在人把吃喝看得太重了，城裏那麼多飯店，哪天不是滿滿的？就講那個錢家安吧——」

光龍聽到熟悉的領導，忙答話：「林業局的錢局長？」

老馬說：「是啊，臉皮厚，長著豬拱嘴，死裏吃，海裏喝，結果呢，高血壓、高血脂、糖尿病。前天一場酒下來，一夜睡見了閻王爺。」

光龍一驚，放下筷子瞪大眼看他：「怎麼，錢局長死了？」

老馬點點頭：「這能假嗎？今天上午送到火葬場，燒掉了。」

光龍想到上午進城看到的送葬車隊，原來送的是錢家安，便說：「記得他年紀不大，英年早逝啊。」

老馬歪著頭，夾了一點菜說：「不大也不小了，去年人代會他還是副縣長的候選人，公佈的年齡是五〇年生，多大？三十九歲。可今早我看訃告又成了四六年生，多大？虛四十五歲。去年三十九，今年四十五，你講現在當官的年齡是怎麼回事？」

光龍沒想那麼多，只十分惋惜地說：「我要曉得，也該送個花圈去。」

老馬看了他一眼，搖搖頭說：「哼，還送花圈？他在你身上刮的油水還不夠啊。」

光龍吃驚地望著他說：「天地良心，我可沒送他一分錢。」

老馬笑笑說：「這小子頭戴烏紗帽，心懷一把刀呢。我們倆讓他賣掉了，還反過來幫他數票子呢。」

光龍停了吃喝，把凳子上的腳也放下來，欲站起身說：「怎麼可能呢？」

老馬揮揮手說：「坐下，聽我講嘛。那年貸款二十萬，對吧？從縣苗圃給你送了近七萬五千棵樹苗，沒錯吧？結果二十萬沒有了，還說給你是便宜的了。而你可知道苗圃是縣林業局的下屬單位，每棵只花了兩塊不到，他一次就得了你六萬塊。」

光龍張大嘴，半天才說：「啊，真的？」

老馬大聲說：「我兒子單位人的老婆在縣苗圃，還能有假？」說著湊到他耳邊又說：「不曉得吧？這小子謀官如老鼠，謀財如老虎。這個錢家安，家裏是別墅，外面有房子，死得突然，外面的女人昨天找上門來，家裏打得一團糟。」

光龍的心一下子就涼了，猛喝了一盅酒，沒吭聲。想到當年錢家安當武裝部長抓野人那次就好吃，逼著老馬回去炒蠶豆。當了書記，一天三餐泡在飯店裏。

老馬也低頭不講話，拿著一根牙籤剔著牙。反過來脫了一隻鞋，把腳蹺到凳子上，歎了一口氣說：「唉，現在是官富衙門瘦，神廟主持肥，大官大貪，小官小貪，無官不貪。官斷十條路，哪個沒錢哪個輸。我望通通的，縣大院沒有幾個清官。一到逢年過節，半夜三更送禮就像過軍隊。」

光龍也歎了一口氣：「唉，怪不得聽人講，十億人八億賭，還有兩億二百五。只有我這老呆子，吃人一頓飯，心裏記本賬呢。」

老馬說：「上面歪一寸，下面歪一丈。就講我們老家，李常有這小子得了村口一幢房子，聽講村裏還欠他一萬多。讓石頭的兒媳婦當婦女主任兼會計，那丫頭是馬橋鄉燒大鍋的女兒，過去是吧檯小姐，婊子，這樣的人進黨支部班子……不講了，越講越燒心，喝酒！」端杯與他碰。

光龍端杯望著他說：「也怪你，跑到城裏享福，老家事不問了。上次講查賬，怎麼只聽樓板響，不見人下樓呢。」乾了酒杯酒。

老馬也喝了一口說：「我是狗咬刺棵——無處下牙。你呢，住在村裏，不也是睜一眼、閉一眼，說不定李常有那房子有你一份。」

光龍喝了一杯酒，橫著眼說：「你只講我。當年我買樹苗，你名義是送酒，不是把錢家安這條狗牽給了我，買樹苗回扣說不定你也有好處。」

馬德山笑笑說：「我是有好處，我幫兒子在合同上簽了字，五年到期又轉了五年。到時你再不還銀行的貸款，他們就要扣我兒子的工資，我那新房子賣了都不夠，就這麼大好處！」

光龍又笑了：「所以你請我喝茅臺，怕我不還錢。」

二人說著哈哈大笑，光龍笑得撲在桌上，老馬笑得捂肚子。

二人笑過了好一陣，光龍才說：「這個世界上只有我們是魚幫水，水幫魚啊。」

老馬還是沉重地說：「現在社會看上去都忙，忙什麼？撈票子。連公安局也在撈呢。」

光龍說：「講到這裏，我又想起那年抓光虎，就連光妹進了一次城，回來就有了個經驗，叫什麼『沒有天大的官司，只要地大的銀子』。」

老馬想了想，說：「講到光虎，我實話跟你講吧。光虎騙了廣州的十五萬，公安局又騙了光虎十五萬蓋大樓，廣州查過來要人，公安局回答說人跑了，沒抓到。其實那天夜裏放了人。這叫什麼？這叫『火到豬頭爛，錢到事情辦』。」

光龍望著他：「經你這麼講，那不是每個行業都在撈錢？」

老馬說：「你以為都在為人民服務？天上無雲不下雨，朝裏無人事不成。什麼公安局？十場人命九場奸，十場官司九場和。唉，人呢，錢心重了，風氣就壞了；風氣一壞，什麼都完！」

二人都沉默了，低著頭。光龍酒喝差不多了，頭有點晃，說：「是啊，最苦的是什麼？是我們鄉下人啊！老馬，就講石頭家吧，還有兩個板頭兒子沒成家，農業稅幾年沒掃尾子，六十多歲的人還田上埂、田下埂地爬著過日子。」他還把洪濤母女的事說了一遍，說著說著，二人大把大把地抹眼淚。

這時，門開了，服務員小姐問可還要什麼佐料，老馬問：「有紅辣醬嗎？」

小姐說：「有。」轉身送來了一個小瓶子，老馬向碗裏倒了一點，蘸羊肉，吃得有滋有味。

光龍看他碗裏紅紅的，想必這種醬是好東西，就招手說：「我也要一點。」老馬把醬瓶子遞給他，他接過擰開瓶蓋，又伸頭看老馬碗裏只有一點點，自己也就倒一點點，可倒了半天倒不下來，他用力一甩，沒想到呼地一下出來一大堆，通紅的半大碗，又沒辦法倒回瓶裏去，只好連吃帶喝的，除了辣味外，也吃不出個所以然來，吃得嘴上一圈的紅。二人又笑了好半天。

外門突然砰的一聲開了，二人嚇了一大跳。只見走進來一個大胖子，一手端酒杯，一手拿酒瓶，通紅的臉，點頭哈腰地向邵光龍說：「馬大伯，聽小大姐講，馬大伯在這裏。馬大伯，我敬你一杯！」倒了滿滿一杯正欲喝，邵光龍指著馬德山說：「馬大伯在那！」

大胖子轉身對馬德山：「對不起，馬大伯。」

馬德山舉杯同他碰了一下說：「你是誰呀？」

大胖子乾了酒，抹著嘴說：「我姓黃，供電局黃胖子，馬所長知道。」轉身又倒了一杯向光龍：「這位爺，是馬大伯的朋友，也就是我的大伯了，大伯，敬你一杯！」又乾了一杯酒：「好，二位大伯慢用了。」轉身出了門。

光龍舉杯還沒喝就不見了人影，便笑笑說：「這小子，摸不著墳包子亂磕頭！」

老馬笑笑拍著腦袋說：「哦，我想起來了，這胖子眼不好，打架把眼珠子打出來了。聽講換了一隻狗眼，這叫狗眼看人低喲。聽講他還是什麼經理。」

光龍笑笑：「這狗眼還是不簡單的人物頭子。」

老馬：「這有什麼？文化大革命司令多，改革開放經理多。一杯酒灑到大街上，淋了五個人，四個是經理，哈哈哈！」

光龍說：「你老馬也不簡單，活得多光彩。」

老馬說：「沒用，再給我抹光彩，臉蛋還是黑的。」

二人說著笑著，一瓶茅臺酒你一杯、我一杯，嘴裏淡出了味，瓶底朝了天，人呢，也都迷迷糊糊的了。二人互相攙扶著出了包間到吧檯。那老闆娘不在，另外一個小姐笑問他們：「吃好了？」

老馬從荷包裏掏出一張百元大票，光龍也掏出錢來說：「老馬，你已出了酒，這賬我結吧，我兒子麻煩你好幾年了。」

老馬黑著臉：「幹什麼你，你錢大些啊？進城我請客，回臥龍山你付賬。怎一點規矩都不懂。」把那張大票子往吧檯上一拍：「結賬。不，買單！」

那小姐看了半天單子說：「大伯，你的賬已經結了。」

老馬說：「弄錯了吧，我剛吃完怎麼結了？」

小姐說：「那怎麼回事？」高聲喊：「小大姐！」

那老闆娘端著酒杯紅著臉從另一個包廂裏出來說：「喲，馬大伯，吃好啦？我正準備給你敬酒呢。你的賬黃胖子給結了。」

老馬黑著臉說：「我沒同意怎麼就結了？」

小大姐拍著他的肩：「哎喲，大伯，這點小錢算什麼？」

馬德山、邵光龍手上都拿著錢，互相望望：「看這……哈哈哈！」

老闆娘說：「馬大伯，您慢走啊。」又忙著敬酒去了。

馬德山把光龍送到街中心的十字路口，光龍認得回住處的路，就拉著老馬的手說：「時候不早了，你回去歇吧，我兒子明天不曉得怎麼樣呢。」

老馬拍肚子說：「我打包票，百分之百的考上，老子英雄兒好漢嘛。」二人依依不捨的分了手。

光龍獨自晃晃悠悠走在大街上，看到大鐘樓的指標是十點半了。乖，真是鄉下人吃飯沒點燈，城裏人吃飯打二更呢。他看到樓房上廣告燈閃爍，大街上人頭攢動，有男男女女摟摟抱抱的，有光著膀子散步的，有坐小車的，有擺地攤的，有搬著涼床在大路邊上睡覺的，有在空調屋裏花天酒地的。想到這麼多的城裏人和鄉下人、當官的和老百姓、生意人和打工的、有錢人和窮光蛋、上等人和下等人，就這麼天堂、地獄的攪和在一起，組成了這座城市。「再想到自己和老馬呢，過去我們坐在一條板凳上，不知吃過我家多少小菜子，現在兒子當所長了——其實所長也是個講不上嘴的官，可犯了罪的就得上看守所，進了看守所就得找他，縣官不如現管嘛。這水流自然清，人動自然富，在山溝裏窩著就是窮。臥龍山什麼狗屁寶地，走出那塊『寶地』才不一樣。光虎走出去了，你公安局抓了又怎麼樣，還不是樓房蓋起來；光雄在家裏是狗熊，現在不照常在幾萬人的大廠裏工作，說不定混了個一官半職的了呢，怎麼得了。這老馬享清福了，我呢，唉，一竹竿子打不到底呀。兒子才考大學，女兒才上小學，荒山綠化才開頭，猴年馬月才見林？

二十萬貸款壓在頭上，老鼠拖稻鍁——大頭在後頭，日子什麼時候才能熬到頭啊？」

他不知不覺地到了住處，便放慢腳步，輕輕推開院子掩著的門，進了院子。見屋裏面一間熄了燈，想必那母女倆已經睡了。外面房裏亮著燈，從紗窗上看到兒子側著身子睡了，一本翻開的書壓在手上，臺式電風扇對著身子吹著，看樣子很舒服的。他一摸身上沒帶鑰匙，怎麼進去呢？如果一敲門，不就把他敲醒了呀？看來不能進去。「唉，兒子多辛苦，明天就要上考場。考場就是戰場，養兵千日，用兵一時。明天上午是第一堂，如果睡不好，哪能考得好？如果第一堂考不好，那後面不就砸了鍋了？他看書大概剛剛睡下，怎麼能打擾他呢？再講我喝了那麼多的酒，這一睡下去就要打呼嚕。這呼嚕打起來，像個發動機，兒子還能睡得了？不能睡，打死人也不能睡。」

於是，他進了小廚房，開了燈，桌上有兩個水瓶都是滿的，地上放了大盆和毛巾，要換的褲頭子，這大概是洪濤母親安排他洗澡的。這澡就不洗了，現在一身汗，洗過澡還不是一身汗。「這城裏怎麼這麼熱，簡直熱得死人嘛。在臥龍山，下半夜還要蓋單被葉子，城裏真是鬼地方。也難怪，那麼多有錢人都往城裏擠，能不擠出汗來嗎！」他脫下衣服，光著上身。想到剛才在飯店裏，吃火鍋喝燒酒蘸紅辣醬，在空調屋裏，吃糊塗了，以為是冷天。「這個老馬真能想得出，你這不是害人嘛。什麼東西不能吃，非要吃火鍋，還是羊肉火鍋，你酒和菜都不花一根雞巴毛，回家在空調屋裏捏孫子卵蛋，好快活呢。可你把罪我給受，你這不是害我嘛。」他想想還真有點氣。再一想：「自己也是的，饞貓樣的，見了茅臺酒就等不得，大杯大杯地灌；見到羊肉，眼也直了，大筷大筷地涮；還吃什麼紅辣醬，我的天，火上澆油。」想想真有點窩囊，越想越悶，越悶越熱。特別是這廚房裏，像蒸籠，把人蒸出肉包子來。知道這麼熱，打死人也不吃羊肉火鍋。「上午進城看到送葬的車，小錢媽講吉利，現在想來說不定不吉利——錢家安是喝多了酒高血壓死的。我又沒上過醫院，不知血壓高不高；要是死了，連兒子上大學都看不到，那就虧死了。」想起聽人講過，酒多了喝水冒汗能解酒。於是大碗地喝水，一碗一碗地喝，身上汗水像下雨樣的冒。再摸身上癢癢，哦，看到燈光裏有蚊子，廚房蚊子多，一開燈蚊子更多。關燈吧，到院子裏來吧。

他光著上身來到院子裏。還好，院子裏比廚房涼快一點，有一點小風，外面路燈反光到院子裏還有點亮。他搬出凳子、水瓶和大碗，在院子裏坐著喝水、打蚊子、抹汗。他仰頭望天，看不到星星，想想：「大概有半夜了，再過四五個鐘頭天就亮了。在這裏坐幾個小時吧，明天他們考試，我又不考，到時再把覺補回來。」他想好了，坐下喝水、打蚊子。「咕嘟、咕嘟」，「啪！」喝著、打著，不知不覺充起了磕睡。他咬咬牙，拍拍胸，不停地在院子裏走動，可一坐下來就充瞌睡。瞌睡充得兇，差點跌倒，他只好坐地上。感覺地上比凳子上又要涼一點，他乾脆身子一歪，躺下了。他感到水泥地比家裏板床還舒服，心想瞇一會就起來，可不知不覺地就睡著了。

一直到天亮，邵小陽醒來沒見身邊有人，他一驚：「怎麼？爸爸昨晚沒回來？」想到他與馬大伯是鐵哥們——「是不是喝多了，夜裏認不得路？」他坐起來開了門，推開紗門，見父親睡在院子的地上。他嚇了一大跳，跑過去，看他胳膊上、大腿上許多黑點子，手一抹一手血，雙手一摸，兩手血。他嚇得哭起來大叫：「爸爸，爸爸，你怎麼啦？」

爸爸一骨碌坐起來，迷迷糊糊地：「哎喲，兒子，真對不起，打呼嚕把你吵醒了吧？你快睡，快睡。」

小陽眼淚往下滾著，伸出雙手說：「你看你身上？」

爸爸望著他的手，又在身上抓抓：「喲，這蚊子真是害死人——哦，大都亮了。」

這時，屋裏傳出開門聲，洪濤母親已經起床出門來了。光龍不好意思，雙手抱著光膀子進廚房穿件背心。

洪濤母親說：「他大叔，我曉得你回來怕驚動小陽，叫他把門掩著。你怎麼不進來睡呢？」

光龍瞪大眼：「怎麼，你外面門是掩的，我哪曉得呢。」

小陽拎著廚房裏的大盆和換洗衣服到大山頭，說：「爸，快去洗澡，我去買風油精。」

光龍拎過大盆，嚴肅起來：「沒你的事！」這才洗了澡、換了衣服，然後說：「我去買風油精，再找醫生看一看。小陽，你放心了吧。」他出去了，過了一會又回來了。他是去買早點，有大餃子、饅頭、油條，還有五香雞蛋。洪濤母親熬了一鍋稀飯，四人吃了一頓很香的早餐。

這天又是高溫。邵小陽上午考完了語文走出教室，一眼看到父親站在學校大門口，雙手舉著兩瓶礦泉水向他微笑，那黝黑的胳膊在陽光下閃著亮光，身邊還有一輛人力三輪車。邵小陽、洪濤擠到大門口，光龍給他們每人一瓶水說：「考得怎麼樣？」

小陽說：「還好！」

光龍笑著說：「好，你講還好就一定很好。洪濤姑娘呢？」

洪濤微笑著點點頭。

光龍仰頭哈哈大笑，叫他們上三輪車。人力三輪車只能坐兩個人，洪濤不肯坐，要走回去。光龍拉她上車說：「你們考試辛苦，我又不考試。要不我再叫一輛。」

兩個年輕人坐在三輪車上喝著礦泉水，洪濤眼眶子都紅了。小陽問她是不是沒考好。

她說：「不，我吃住有著落，放下心來了，這次把我最大的潛能發揮出來。」

他說：「那你怎麼流眼水了？」

她說：「小陽，我好羨慕你，有這麼好的爸爸。」

他低頭說：「父愛如山啊！我真的體會到了。」又抬頭望著她：「聽說你爸對你……」

她說：「怎麼說呢，要不是母親，我高中都讀不下來，更別講參加高考了。」

他說：「你爸怎麼會這樣？」

她說：「講來你都不相信，我出生那天，他在外賭錢，打撲克『爭上游』，因為打麻將怕被抓。有人告訴他說：『你老婆生了。』他放下撲克牌就走。那人又說：『生了個丫頭。』他轉身又拿起了撲克。那天他手氣好，紅桃同花順，贏了十幾塊錢。一高興，買了兩隻雞，還給我取名字叫洪桃。我上中學時改成洪濤。我想忘掉父親這段子事，可怎麼可能忘得掉呢？」

二人回到住處，小陽在門口張望了好一會，才見父親大踏步地走回來，氣喘喘地一身汗，背心都汗出水來了。

小陽說：「你不是再坐一輛三輪車嗎？」

父親有話講不出來。洪濤母親埋怨女兒不懂事：「年紀輕輕的走大了腳呀？叫人家五十歲的老人走回來。」

光龍對洪濤母親說：「我早上問了醫生，他講晚上睡水泥地受了涼氣，加上蚊子咬了有毒水，必須要流大汗才能把涼氣、毒水排出來。」

小陽知道他這是假話，看他臉上、胳膊上汗珠中印出蚊子叮咬的紅點子，像硃砂痣，想同他爭辯，可又不知從何說起。

中午，洪濤母親做了四個菜一個湯，不鹹不淡，十分可口，四人吃得十分香甜。

終於，三天試考完了。

一個多月以後，高考成績下來了，邵小陽考上了北京一所大學，洪濤也考上省城的學院。洪濤母親特地跑到臥龍山當面感謝。

邵小陽是臥龍山出的第一位真正的大學生。李常有書記專門開了支部大會，由村裏出資，雇了一輛麵包車，直接送進縣城裏。

這天早晨，村裏的男女老少湧向村頭，為小陽送行，連肖老爺、小花狗都來了。小陽臨上車在人群中還是沒看到父親。母親昨晚一再跟他說父親去開林業工作會，不能來送他，他還是為上學離開家時沒見到父親而心裏十分的難過。

清晨，村頭一片大霧；太陽出來了，大霧漸漸散去。車子啟動，出了村頭，上了公路。陽光把左邊的山坡上一團霧氣融化了，小陽從窗戶看到山邊坎子上有個熟悉的身影，情不自禁地大喊：「爸爸，爸爸！快停車！」坐在他身邊的母親按著他的肩頭說：「不，不能停車！」小陽瞪著母親：「為什麼，我看到那是爸爸！」母親流著淚說：「孩子，你爸爸想把你送進校門，可前天一陣山風颳倒了不少樹苗，他只得起早摸黑想把山上的事情儘快做完。沒想到天黑跌倒了，腿跌壞了，上了夾板，打著石膏。他不想讓你看到他那個樣子。兒子，記住爸爸吧，永遠別忘了這個好爸爸！」

小陽再也控制不住自己，撲在母親懷裏大哭起來，哭得十分傷心。

第十三章　一九九七年（至農曆年底）

一

年好過，月好過，沒錢的日子就難過。

邵光龍今年的日子就很難過。八八年，縣林業局長錢家安幫他在縣農行拿了二十萬元五年期低息貸款，待五年期滿，擔保人馬有能出面協調又轉了五年，開年初到期，農行已來了催款通知單。錢家安已死了，如果邵光龍再不還貸，農行將把馬有能推上法庭，弄得光龍光妹夫妻倆經常吵嘴。總不能眼睜睜地把馬德山的兒子往火坑裏推吧？自己不得不進城處理。

修建臥龍山小學的報告已經批下來了。李常有叫李春林校長下通知，這天上午開個村民代表會，參加會議的有肖貴根老爺、肖光妹、石頭和村裏的幾個老人。婦女主任高翠英是石蛋的老婆、石頭的兒媳婦，還沒開會前她坐在門口，好像村裏的門面，給人看的一塊牌子。她人長得白白胖胖的，上身穿著大紅毛線衣，紮著腰帶把胸口紮得鼓鼓的，下身穿著呢絨短裙子，露著白白的瓠子腿，其實是白色長筒厚襪子。聽講她在做姑娘時生活作風就不太好，才下嫁給了石蛋，到臥龍山成了村裏幹部，經常跟李常有走在一起，村裏人背後有議論，但沒有誰抓到把柄。

今天這個會議由李常有書記主持，她在一邊做紀錄。石頭有些看不慣，但又沒辦法。大兒子同他分了家，分家是拆戶，拆戶是鄰居了。他開會時坐在板凳上低著頭，不吭聲；不像過去，開會總是坐在前面，挺著胸昂著頭，人家不喊他「老隊長」，心裏就不高興。

肖貴根老人很少下山，更不願看到村委會。現在的村委會比過去的大隊部就漂亮多了，前面村食堂已被張大嘴投資翻蓋成了兩層小樓，真正成了私人財產；後面那個矮小破舊的村委會，裏面正面的山牆上掛著很多金光閃閃的牌子，有先進村支部、林業先進集體、綠化先進村、林業示範村、植樹造林先進集體、生態環保村、農業先進村、小康村、文明村等等。這些牌子大部分都是打著臥龍山上有幾棵樹木的旗號奪得的，從來不曾給山林出主意，只想在山林上刮油水。今天這個會說不定也是黃鼠狼給雞拜年，沒安好心，不然怎麼再三要他下山呢。

李常有看看手錶，時間已到上午九點多，本來是十幾個人的座談會，可只來了四五個人。現在開會人到不齊是常有的事，每次開會都是七長八不短的，不是貓來狗不來，就是瓜來棗不來，拿村幹部不當蒜了，怎麼辦呢？只好對別人講是邊開邊等吧，於是就說：「今天開個諸葛亮會，也就是代表會，在坐的都是村裏有頭有臉的人物頭子，你們的意見就代表著全村一千多村民的意見，這個會議的主要內容是……」望了李春林校長一眼說：「還是你講吧。」

李校長站起來說：「不，不，你是村書記，學校在黨支部村委會的領導下，還是你講吧。」說著拿出一包迎客松香煙，當著大家面拆開一支一支的散著。他先遞給肖貴根老爺，肖老爺把手上煙袋鍋子舉了舉，那意思：「我吸這個。」可李校長還是把煙放在他耳朵上。還沒散到石頭，石頭就把雙手伸得多長接過煙，轉身向老爺子借火，順手把老爺耳朵上那支煙拿在手上，笑笑說：「這煙你吃不慣。」

李常有這才打開話匣子：「李校長客氣叫我講，我講的也是他的事。臥龍山小學還是土改時關帝廟的房子，文化大革命紅衛兵放了一把火，留下的山牆上面放了幾根桁條、椽子，一晃都幹三十年了，山牆裂開的口子拳頭都塞得進，牆外打了四根柱子撐著，遇著颳風下雨天，學校就得放假。縣教委、鄉領導來了幾趟，研究了好幾年，基本上意見是上面撥一點，村裏拿一點，群眾籌一點。近幾天還是高鄉長賣了大面子，發了大火拍了板，把這『三個一點』改為『兩個一半』，也就是上面給一半，村裏籌一半。預算是除了勞力外，材料費、瓦匠費要十八萬，上面給九萬，村裏出九萬。這幾天開了黨支委會、村委會、全體黨員會，今天最後一個會是代表會，研究這個九萬錢怎麼來。前幾個會議大家談到，這幾年上面這個稅、那個費，像臥龍山壓得老百姓抬不起頭，每家窮得叮噹響。一張白紙對青天，這九萬錢天上掉不下來，地上冒不出來，飯碗裏吃不出來，怎麼辦？現在村裏唯一的資產就是這個四小間老大隊部了，總不能村幹部回家辦公，把村委會再頂給張大嘴吧。村裏招待費還欠他兩萬三呢。他是我小舅子這話就不講了。」

心直口快的肖光妹說：「這沒辦法、那沒辦法，還就是老辦法。癤子熟了還得擠，在老百姓身上擠，擠不出來就像油菜籽榨香油樣的上木榨子。」

石頭轉頭對她說：「你心多狠，再榨要榨出人命來的。」

光妹衝他：「反正把老百姓身上榨乾了算。」

李常有說：「這次建學校，每家都要出勞力，拆房子、挖牆腳、拌水泥、給瓦匠當下手，每人一個工，一千多個工差不了多少，這也就算在老百姓身上放血了。再講榨，用什麼方法榨，大家還得出點子。這個會議研究不出來，那我們的孩子就無處上學了。窮不離豬，富不離書，臥龍山不能沒有學校啊！」

「講話聽聲，鑼鼓聽音。」肖貴根老爺預感到：「李常有是背後想好要在山上想點子，不然怎麼會單單叫我和光妹來開會？」他望了一眼石頭，想到就憑他剛才嘴裏冒出的一句話，就曉得這狗日的又躥到李常有的船上去了。石頭本來就是牆頭上一棵草——風吹兩邊倒，加上現在日子難過，李常有多少年沒收他的稅費，算是把一塊小糖塞他嘴裏，他就有奶便是娘了。更重要的是他兒媳婦是村幹部，與村裏是割不斷的韭菜。說不定事先安排好了，他是放炮的導火線。想到這裏心裏一陣驚懼，坐在矮凳子上，窩在牆邊抱著煙袋手往煙袋鍋裏摁著煙渣子，不知怎地手在發抖，低著頭大口大口的吸著煙。見石頭消閒自在地同光妹坐在一條板凳上，時而還扭頭向光妹耳朵裏說著小話，窩在心裏的火一股股的向外冒，有意把煙袋鍋子磕在他們那條板凳腿上。正巧有一小團煙火子落到光妹的腳背上，燙得她猛地站起身子，板凳那頭一翹，石頭撲通一聲坐翻了板凳，一屁股坐到地上，翹起的板凳頭子又碰到了他的頭。

石頭火氣大起道：「你這個騷娘們真是的，起來也不『吱』一聲，要摔死我老隊長啊。」他捂著後腦勺起的一個小疙瘩。

光妹起身見老爺向她使了個眼色，其實她心裏也有數，想把這個會給攪亂掉。只見她轉身笑笑拉石頭重新坐下來，說：「待哪天我打個雞蛋給你補一補。」

石頭聽講有雞蛋吃，就重新坐在她身邊說：「要打蛋呢，就別小氣巴拉的，起碼要打兩個蛋以上。」

光妹望他笑著說：「兩個蛋？那就先把你那兩個蛋打了吧。」

石頭也笑了，說：「媽媽呀，那不是蜻蜓吃尾巴——自吃自嘛。」

做紀錄的高翠英沒忍住，低頭噗嗤笑出了聲。

李常有聽出話音來，拍拍桌子大聲說：「嚴肅點，這是代表會，不是放牛崗，什麼一個蛋兩個蛋的，真是卵子不在袋裏瞎雞巴扯！」

光妹笑彎了腰，說：「書記呀，你這話才是大流氓呢。」

李常有紅著臉十分尷尬。

李春林校長只好打破這個場面，站起身向大家彎彎腰說：「各位領導，各位代表，叫我講這九萬錢對有錢人來講不是個大事。前天縣教委馬主任對我說，哪個捐了款，就把小學以他的名字來冠名。比方講，我們老支書邵光龍要是捐了款，那麼，臥龍山小學就改名『光龍小學』，讓我們的子孫萬代永遠忘不了他。當然，我這是個比方。昨天我找了一些同學座談，有幾個同學說他們家有親戚在外做老闆，有錢得很，村裏是否發一個函出去……」

李常有打斷他的話說：「這事我想過，我們村的學校，讓一個外地人冠了名，那我們還有什麼臉面，我這個當書記的還能出門？」

光妹瞪他說：「那你就死要面子活受罪吧。」

石頭站起來，說：「叫我講，總不能端著金飯碗要飯吧，有鍋粑枕頭還能把人餓死？看那龍頭山，少講也有幾十萬，這九萬塊，還不是大牯牛身上拔根毛。」

其實，石頭這句話並不是李常有安排的，他家拿不出一個子來，病急了亂投醫。而李常有正需要他這句話，好採動荷花牽動藕。

會場上一下子安靜下來。李常有望著老爺和光妹的臉色。老爺認為李常有安排的炮彈已經發射，要打在他身上，他只得不吭聲，也不看別人，扭頭看門外。見門口幾隻大麻鴨一扭一扭的聒叫著，這是張大嘴做老鴨湯的原料。想到村委會搞成這個樣子，越想心裏越冒火。

光妹還是沒忍住，站起來衝著石頭說：「放你媽的狗臭屁。這兩千五百畝荒山是八四年簽的合同書，五十年不變，二十年以後五五分成，到那時還要等林業技術員批准才能間伐呢。別看山上幾棵樹長得好看，那是剛剛開在樹上的花，摘了它就沒有了。」

李常有心想，要不是這個合同，幹嘛要開這個會、那個會的，這叫「貓不急不上樹，兔子急了才咬人」嘛。於是對光妹說：「光妹，這不是開會研究嘛。」

光妹聽到這話，真是火在頭上一噴，指著李常有的鼻子說：「李常有，你別跟我玩三根針，你小子張嘴我看到你咽喉，撥開咽喉看出你心是什麼樣子的。告訴你，蓋學校我舉雙手贊成，錢要怎麼籌，攤到我頭上多少，我不講孬話。哪個龜兒子敢在山上想主意，那是白天作夢！」光妹最後講的這幾個字，像口中蹦出來的小豆子，每蹦一顆，就用二拇指在他額頭戳一下。又說：「你李常有也只有幾根肋條骨，有話照直講，別在背後玩小花樣。」這番話說得石頭低下了頭。

李常有對光妹的話並不反感，他還想順著這話捋下去，也許能摸到根子。可看到肖老爺悶頭吸著煙，就曉得這事不好辦。不怕紅臉關公，就怕抿嘴菩薩。他老人家是臥龍山第一任書記，村裏威望高，這種事老爺不開口，神仙難下手。他希望老爺有點舉動。

只見老爺不緊不慢地站起身，拍拍屁股灰，磕磕煙袋灰，插到褲腰帶上說：「光妹呀，別瞎跟他磨嘴皮子，誰要敢動山上一棵樹，老爺就把這一瀧子血噴給他！」起身走出門，不小心一腳踩在鴨子屎上，腳下一滑，差點跌倒，氣得他臉色發白，追上幾步，一腳踢得麻鴨翻了幾個滾，罵道：「你這個扁毛畜生，想害老子，找死！」

「老爺子……」光妹跟他出去了。

李常有聽出這老人的話音，望著他的背影心裏罵道：「棉花獨根，孤老獨心，這個老絕戶頭，越老越精，越老越死性，越老越難對付了。」

這個會就這麼不歡而散，李校長乾巴巴地望著李書記，李書記說：「李校長，放心吧，棒槌上天——有一頭落地，是水都走橋下過，相信黨支部不是吃乾飯的。」

肖光妹參加上午的會議後，想到大哥在縣裏今天不得回來，利用這個時間上山同老爺商量對付李常有的辦法，順便把老人的被子拆下來洗洗。

就在這個時候，邵小玉放寒假回來了。她在黑山鄉中學讀初三，算來虛歲十六了。女大十八變，越變越好看。她長得瓜子臉，大眼睛，細皮白嫩得像二月的筍心，掐得出水，高挑勻稱的身材，穿著緊身的羊毛衫，胸口鼓出點意思來。她跟李常有的大兒子李書青是同班，今天又是一道回的村。她回家見門是鎖的，也不問母親到哪去了，轉身進了隔壁的樓房。

自從肖光虎被抓走，白玉蘭離開家，至今沒有一點音信。這幢三層樓房也就空著。小玉上了初中，母親就給了她二樓的房間鑰匙，給她一個好環境，讓她安靜地看書寫作業。沒想到這個丫頭像白玉蘭，好看不好吃，學習成績在班上是中下等。進了這間屋關上門就是她自己的小天地，不是看電視就是想入非非。

今天她進了房間，放下書包，想到寒假作業一大推，現在不做過年就不能玩了。便拿出作業本，在草稿紙上畫了幾筆，又沒心思做。想到剛才在路上，聽李書青講，男生們在一起，把全校女生排了隊，一致認為她是最具魅力的女生，還評出五朵金花，她是第一朵。她想想好笑：「我真有這麼大魅力嗎？我自己怎麼看不出來？」想到這裏，不自由主地拿出書包裏毛票大的鏡子，照照自己的臉。左照照，右照照，對照學校女同學，感覺良好，便笑笑把小鏡子放在桌上寫作業。沒寫三個字，看到自己拿筆的手指甲又長起來了，這不好看，從書包裏拿出修鉛筆的小刀來修指甲。想到街上好多小姑娘指甲蓋染了紅的、藍的、粉紅的，看上去亮晶晶，自己有時也想染一染，可惜學校不准染。她把修在紙上的指甲殼吹了吹，收起小刀又翻開作業本。想到剪指甲應該用指甲鉗子，過去乾媽梳妝臺的抽屜裏有，就起身翻抽屜，發現一支口紅，這是叔叔為乾媽買的，從來沒用過。過去看這東西不知幹什麼用的，現在知道了。自己想試試，抹了口紅的自己是什麼樣的。於是，她對著小鏡子在嘴唇上抹著。口紅有些乾了，她在口紅上抹了點口水，忽然聽到樓下有人喊，她以為是母親回來了，立即用草稿紙抹嘴唇。推開窗戶向下一看，原來是同學李書青。她問他有什麼事。他說：「聽講你媽中午在林場，你就到我家吃中飯吧。」

她感到自己真有點餓了，也就沒推辭，下了樓，還不忘到廚房裏用毛巾把嘴擦擦，鎖了門，跟他一道來到張大嘴的飯店。到了門口她站住了，見飯店邊上停了一輛吉普車，想到一定有好多幹部在場，見了有點不好意思。可李書青說：「樓上有個小房間，沒有人，就我們兩個人吃。」她這才低頭進了飯店上了二樓。

張大嘴飯店中午確實有兩桌，其中一桌是縣教委和鄉裏的高彩雲副鄉長，他們是檢查村裏建校那九萬元資金落實情況的。

這麼多年，高彩雲到臥龍山村是稀巴巴的，真要講她的人生道路也夠苦的。當年「學大寨」，她坐「直升飛機」，一下子從大隊書記升到公社副書記，沒過兩年時間又坐「火箭」，升到縣委副書記。關於她的笑話有很多，主要原因是她識字不多。縣裏每次開大會小會，她頭一天稿子要拿到手，反覆看兩遍，有不認識的字就做個記號問祕書，再用別字寫在邊上。在一次上午的「學大寨」會上，祕書早上才匆匆忙忙把講話稿子送到她手裏，她坐下來草草地看了一遍，好像沒有不認得的字。在做報告時，當讀到「學大寨要狠狠地抓」的句子停了下來，她想不對呀，「很」字我認識，那是雙人邊，這個「狠」字是反犬旁，用反犬旁的一般都是野獸，如狗、貓、狐狸什麼的，那麼這個字一定是狼了。所以，她理直氣壯地讀：「學大寨要狼狼地抓……」這麼一讀過去不就算了嘛，她反而停下來，喝了一口茶，認真地解釋說：「在山裏狼有多厲害呀，我們要像狼樣地抓好『學大寨』工作。」這句話讓別人背後笑了多少年。還有一次，在同別的縣領導一起喝酒，當都喝得差不多時，大家談論國外形勢，正好當時報上刊登日本首相田中角榮訪華。她說：「現在形勢大好，同小日本也好了，田中來了，角榮也來了。」她不知道，田中角榮是一個人。你想想，這樣的縣委主要負責人怎麼當得下去？

文化大革命結束，把她從縣委副書記的位子上降到縣農業局的副局長，她也沒有任何怨言，工作埋頭苦幹。她這個人最大的優點就是自己在當縣委副書記時，從沒把自己看著是多大的官，並且主動嫁給縣機械廠的小會計。丈夫也因她的關係，先是以工代幹，後來轉了幹，當上了縣糧食局的副局長。改革開放，丈夫辭職開公司，跟她離了婚，原因是兒子長得確實像當年的縣委書記。更傷心的是，自己的兒子上了大學，也跟她疏遠了。她感到一個人住在縣大院也沒什麼意思，主動回老家鄉裏當婦聯主任。她放得下架子，不怕吃苦，帶領全鄉婦女勞動致富，是全省婦聯工作先進單位。聽講上面又要提拔她，可她已是快上五十歲的人了，兩年前，鄉裏人代會，以全票通過她當上了副鄉長。

這麼多年，臥龍山村可沒來過，因為她心裏有事心裏驚，當年那份工作是邵光龍的，她心裏一直覺得對不住邵光龍，對不住臥龍山的群眾。這次村辦小學由縣教委撥款，在全縣沒有先例啊，這是她跑的結果。今天陪縣教委的馬主任，她分管教育不能不來，並且中午要好好地招待一餐。

中午這餐酒席是李常有親自安排、精心準備的。上了幾道菜，見兒子把邵小玉姑娘請到樓上，這下他高興了。他知道邵光龍這個人兒女心重，過去兒子在家他十分關照，現在對女兒更是視為掌上明珠。上午開的會不歡而散，主要是邵光龍不在家；要是下午他回來，先能動員這個女兒在他耳邊吹吹風，先砍龍頭山一點樹問題不太大；就是不砍樹，他是高山打鼓——名聲在外，加上山上有那麼多的資產，在外借上幾萬塊錢，只要他肯開口，也是沒問題的。所以，中午把這小公主招待好，是個好點子。

這樣，李常有親自上樓問她：「小玉啊，你喜歡吃什麼菜儘管講，我叫大嘴叔叔給你做。」

小玉笑笑說：「李叔，我隨便。」

李常有拿起桌上的菜單子遞給她說：「別客氣了，大膽點吧。」

小玉望望李書青，李書青接過菜單翻看著說：「我們學校食堂苦，要葷菜，燒排骨、燒雞，再來盤蝦子，怎麼樣？」

小玉點頭：「我渴，想喝湯。」

李書青說：「那再加一個番茄蛋湯，快點。」

李常有忙下樓叫張大嘴給樓上送菜，自己又忙縣教委這一桌的客人。

這桌上每人的大高玻璃杯子酒倒滿喝了兩個來回。高鄉長發話說：「李書記，我今天有特殊情況，不能多喝。馬主任今天為你們學校來的，你要出大力喲。」

李常有聽出話來，倒了滿滿杯子敬了一圈，喝得臉紅脖子粗的。高鄉長看他再也難喝得下去，就拿瓶子來倒酒，他倒的不是一小杯，而是一大高玻璃杯，少講也有兩三兩。

馬主任驚呆了說：「高鄉長，你不是講有特殊情況嗎？」

高鄉長說：「我個人特殊要服從工作的特殊，你親自來就是特殊情況。」端著杯子在他的杯子上碰了一下說：「是男子漢，就跟我放一個『雷子』。」那意思是「要把高玻璃杯子裏的酒一口乾了」。

馬主任站起來說：「高鄉長，是你敬我還是我敬你？」

高鄉長說：「當然我敬你，但是有個小條件，我喝下這杯酒，你那九萬塊馬上得到鄉裏的賬上。」

馬主任也來了勁說：「我款到賬不難，那你們的賬我必須要見到。」

高鄉長拍著胸脯說：「你放心，李書記不出，我高彩雲賣房子也得拿。」

馬主任望著她：「話講到這份上，就看你表現了。」

高鄉長舉著滿滿的杯子在眼前晃了一下，咕嚕咕嚕像喝礦泉水樣地下了肚，面不改色、心不跳。在桌的人都鼓了掌，高鄉長把空杯子舉著對馬主任。

馬主任腿有些發軟了，說：「高鄉長，沒想到你還真能喝。」

高鄉長大約酒有點多了，拍著肚子說：「你想想，女人的肚子一個孩子都能裝得下，還在乎這一杯酒？」

馬主任沒辦法，端著杯子有意地發抖，潑了一點，又向一道來的股長杯裏倒一點，高鄉長一拉，又灑了一點，這樣還有大半杯，一口喝下去，然後握著杯子怎麼也不再裝酒了。

高鄉長也給他一個臺階下，說：「吃菜吃菜，李書記，還有什麼菜呀？」

李常有臉紅了，正好張大嘴端上一碟燒雞，點頭哈腰地說：「菜來了，這是農村土雞。對不起，剛才忙樓上的排骨，怠慢了。」說著出了門。

高鄉長望著李常有說：「李書記，你把我這桌放邊上，樓上是你什麼人啊？」

李常有說：「樓上是我兒子和他的同學。」

高鄉長坐上沿，剛才是看到一男一女從門前走過，就想給酒席找點樂趣，說：「不對呀，同學，說不定是你兒媳婦吧？」

馬主任和教委的兩個人不知李書記兒子有多大，還以為是大學同學，就一個勁地鼓動說：「快，叫她下來陪我們喝一杯，什麼時候吃喜酒啊？」

這些話說得李常有渾身不自在，他也是喝了不少酒，也想看看小玉這孩子走了沒有，還想找她談點事，又被他們推著離開酒席。

他一步一步上了樓，往房間裏伸頭一看，嚇了一跳，兒子正用手剝著蝦子一個一個地往小玉嘴裏送。小玉張大著嘴恨不得把他手吃下去。李常有想躲，身子一歪，差點跌倒。小玉回頭見是李叔，以為在偷看她，臉紅心慌，羞得再也坐不住，起身往樓下跑。

這樓梯比較窄，加上李常有身子又胖，大約也是老酒起了一點作用，也確實是真心想留她談談心，伸出雙手一推她，嘴裏哆嗦著：「小玉，你別走，我還有話說呢。」這手推的正是她的胸口，那兩個鼓鼓的地方。小玉把兩眼瞪他，可他不知道推的是什麼地方，也就沒鬆手。

小玉忍不住哇的一聲大哭起來。而這一切也被跑來的李書青看到了，衝過去雙手一推李常有，把他推得連連後退一屁股坐在地上，小玉哭著跑出了飯店。

小玉一直跑回家，進了樓房的門，見母親在壓水井邊搓被子，抬頭看到她問：「回來啦，中午到哪家吃的？」小玉沒答她話，噔噔地上了樓，進了自己的房間。

光妹想，女兒同母親慪點氣是正常的，比方學校活動要錢，母親就要發火，這個錢、那個錢，學校跟家裏做生意來了。還有女兒要買一件時髦一點的衣服，母親就說：「有校服就行了，學生只能穿校服。」這樣經常慪點氣馬上就消了，當母親的有經驗，只要不理她，她馬上還會來找你。這樣，她搓好了老爺子的被子，裝在木桶裏準備到大塘裏去洗。正欲出門，見李常有的兒子李書青氣喘吁吁地跑來了，見了光妹神色慌張地問：「阿姨，小玉沒事吧？」光妹說：「沒事。小玉能有什麼事？」李書青說：「沒事，沒事就沒事了。阿姨你忙。」說著轉身走了。

光妹感到奇怪，剛才問小玉中午吃飯的事，她沒吭聲。於是就上了二樓。

小玉躺在床上，臉上掛著眼水，剛才聽到下面講話聲，又聽到有人上樓來了，忙起身抹了淚水，坐到桌邊翻開作業本。母親上樓伸頭看女兒在寫作業，十分高興，不想打擾她，轉身輕輕地要下樓。這時聽女兒喊她：「媽，有事嗎？」

母親說：「沒事，你安心寫作業吧。」

女兒說：「聽樓下聲音，哪個來了？」

母親想到女兒並不是專心做作業，剛才樓下講話的聲音都聽到了。轉身進了她的房間，說：「是你同學。」看她本子上只寫了幾個字，桌上有小鏡子、小刀和一個粗粗的短東西，好在母親不認得是口紅，以為是新式的鋼筆，就問：「你沒在寫作業？」

女兒說：「我回家就寫了。」

母親拍著作業本子大聲道：「寫到現在，寫他媽的鬼了？」

女兒像是很委屈的樣子，從書包裏拿出已寫滿字的本子說：「我怎麼沒寫，這是第二本了。」

母親不知這是學校帶回來的，自感到很後悔，不該拍桌子，也就轉過話題說：「中午你在你同學那裏發生了什麼事？」

女兒以為李書青跟她說了，眼淚刷刷地流了下來。

在母親的再三追問下，小玉就把中午發生的事從頭到尾說了一遍。母親開始非常驚訝，可到後來還是冷靜下來，說：「丫頭，你這個歲數是不應該想著你多想的事情。中午那麼多人吃飯，他能把你怎麼樣？」

女兒說：「可他真的摸了。」

母親說：「我曉得，他家樓梯窄，無意碰了一下，他把你當女兒，就等於你爸爸拍你的肩、摸下你的頭、拉著你的手是一樣的。」

女兒經母親這麼一說，心裏一下子開朗了，破啼為笑地說：「好了，我寫作業了，你忙吧。」坐下來表現得很用功的樣子。

母親從口袋裏掏出一張五塊錢放在桌上：「這錢交給你同學，付中午飯錢。」

女兒說：「這是同學請我的。」

母親大聲說：「有些事情你不懂。他家的油水還是少沾點好。」說著轉身下樓，拎著木桶向村頭的塘邊走去。

肖光妹勸女兒是這麼說，可心裏多少還是有那麼一點疙瘩：「早聽講李常有同石蛋的老婆高翠英不乾不淨的，今天真是有意摸我女兒？」

她來到塘邊上，見洗衣口下已經有了幾個人，有大鎖家的、老油條家的，還有石頭的老婆子，人稱石奶奶。這秀才講書，屠夫講豬，婆娘們沒事不講兒女就講丈夫，多遠就聽到嘰嘰喳喳沒個完。她們對光妹都很敬重，多遠地見她就打招呼。

大鎖的老婆：「喲，蕭大嬸，你家有壓水井也來塘裏洗？」

光妹說：「壓水井洗不乾淨，這是老爺子的。」

石奶奶說：「你待老爺比你公公還親。哦，你兒子大學出來做大官了吧？」

光妹笑笑：「跟你兒子一樣，在上海的老闆後面打工。」

石奶奶說：「哎喲喲，我兒子撿破爛，怎能跟你兒子比？那是一個天上一個地下。」

老油條的老婆說：「你兒子不行可你媳婦有能，整天在張大嘴那裏吃香的、喝辣的。」

石奶奶說：「是喲，就得個嘴上油，可人家火了眼睛，背後講鹹道淡，難聽死了。」

光妹選擇了一塊石步，放好木桶，捲起褲腳，說：「身正不怕影子歪，他們有勁多講，無勁少講。」

老油條老婆湊到她耳邊說：「小聲點，講鬼鬼到了。」

她們一回頭，見李常有的老婆張臘香來了。這個婆娘近幾年在飯店裏死吃海喝發福了，個子矮，身子胖，立起來像冬瓜；奶子大，屁股肥，橫倒了像葫蘆，短短的手指頭伸出來像剛灌好的香腸，連臉上的雀斑都一個個地發亮，像抹了黃油。她今天上午在家打掃衛生，中午到大嘴飯店遲了，見兒子坐在門口抹眼水，心疼地問兒子出了什麼事。兒子說老爸不是東西，摸了他女同學的胸口。她追著丈夫拍桌子，丈夫怕夫妻吵嘴，外場人見了不好看，只好把醜事加在小玉身上，說這姑娘在學校是交際花（校花）。她也為了關關外場，給丈夫一點面子，就暗暗罵小玉這個丫頭一頓了事。同過去一樣，中飯後把飯店裏的桌布、毛巾什麼的，拿到塘邊上洗。

她多遠的來，有意咳嗽一聲，像放坐地炮一樣，這意思是她來了，村裏的第一夫人來了，你們幾個要主動跟她打開笑臉打招呼。可這麼咳嗽了好幾聲，沒一個老鬼回頭看她；剛才還嘰嘰喳喳講得一身勁，現在反而變得鴉雀無聲了。這時石頭老婆洗完了，站起身回頭看到她。

別人可以不買她的賬，可石頭老婆不行，兒媳婦是她丈夫的手下，便迎過去說：「哎喲，張大嫂，來，我讓你洗，你慢點。這女人呢，跟了賊就是賊婆子，跟了官就是官娘子。看你又發福了。」

張臘香毫不客氣地站到她的位子上，說：「怎麼講呢，有福的人喝口涼水都長膘。為什麼？睡得香。我不欠人、不差人、不欺人，一呼到大天亮。」

石頭老婆把洗好的衣服放在臉盆裏端到邊上，拿著孫子的一雙球鞋，蹲在她身邊用刷子慢慢刷著，說：「你家飯店火得很，今天又有好幾桌吧？」

張臘香邊洗邊說：「是的，有縣裏、鄉裏的幹部，有時村裏人也有沒皮沒臉的人去吃，吃過嘴巴一抹，抬屁股走人，皮厚得像老母豬皮樣的。」

石頭老婆聽岔了，以為罵自己的兒媳婦，紅著臉說：「就是講，我家翠英ㄚ頭，講了多次就是不聽，回頭叫兒子收拾她。」

張臘香說：「你聽哪去了，婦聯主任陪客那是工作呢。」

左邊的大鎖老婆低聲對光妹說：「村裏哪個會去吃？家裏鍋又沒通。」

光妹一聲不吭，埋頭洗被單。

那邊的張臘香又說了：「石大媽，現在有些女孩子家，越來越不成樣子了，十七八歲沒成人，就有一肚子花裏胡哨的。」

石頭老婆聽她不講自己的兒媳婦，心裏很快活，就跟她搭上腔：「是呢，我們那年月在家做姑娘，那才是真正的大姑娘，上下不漏氣，銅幫鐵底千斤鬧的黃花閨女。」

張臘香說：「現在的姑娘，動不動就把奶子掛嘴邊上講。」

石頭老婆說：「過去我們講的是男不露臍，女不露皮，現在電視上女的動不動就把白肚臍露出來，看了都脹眼。」

張臘香說：「總的根子還是家裏教育問題，有的小婊子，聽講在學校就不是東西，什麼花呀草的，父母也不教育，不如當初把她卡死，免得害死人。」

這邊的老油條老婆低聲對光妹說：「她怎麼講話像放屁，開口就臭。」

光妹說：「她有勁多講，沒勁少講。樹上烏鴉叫，你能捏牠嘴？她想什麼講就讓她什麼講去。」

大鎖老婆對光妹說：「她剛才還看了你一眼，這話可是講你的小玉啊？」

光妹坦然地把手上被單撒開，又一點點捋在手上用槌棒槌著，說：「她又沒指名道姓，我幹嘛伸頭，罵是風吹過，癩蛤蟆咒天，越咒越仙！」

石頭老婆跟張臘香有一句沒一句地，話從話邊來，說著說著，感到她講的是有所指的，就問了一句：「張大嫂，有什麼事值得你生這麼大氣呀？」

張臘香望了這邊一眼，有意提高嗓門說：「他大媽，你想想，一個十七八歲的姑娘，還沒成人，說不定下面還沒見過紅呢，胸門口還不是像洗衣板樣的一塌平，硬講我家人摸了她的奶子，嘖嘖，講了都燙嘴。這可是可大可小的事呢。我家人是村書記，頂著這塊天，有頭有面的，她這個丫頭不是害我們共產黨的幹部嘛。你講可對？」

光妹洗被單的手停了一下，還是平靜下來。

大鎖老婆說：「這個瘋娘們講的是哪家丫頭？」

老油條老婆再也忍不住了，向光妹說：「大嫂，這個母老虎是講你家小玉啊。我看到中午小玉同她兒子去了飯店。」

那邊一直蒙在鼓裏的石頭老婆打破砂鍋問到底：「帽子底下總有人，你講這個瘋丫頭是哪個？」

張臘香脫口而出：「我兒子的同學，還能是哪個？」

大鎖老婆大驚失色：「媽呀，他兒子的同學只有小玉了。」

這下肖光妹沉不住氣了，放下被單，三步兩步走到張臘香面前，捲了捲袖子說：「張臘香，你這條瘋狗在咬哪個？」

張臘香回頭見她在捲衣袖，伸手拿起捶衣服的棒槌說：「怎麼？你皮子作脹了，要我給你鬆鬆？」

光妹雙手抱胸：「我不是來打架的。我是問……」

張臘香接過她的話：「我諒你也不敢起這個念頭。實話告訴你，我自小在娘家就練過幾招，嗨，哈！」手中棒槌舞了幾下。

肖光妹看看好笑，說：「別嚇唬人。我問你剛才罵哪一個？」

張臘香瞥了她一眼：「說話聽聲，鑼鼓聽音。哪個願意伸頭我就講哪一個！」

光妹說：「你講你兒子的同學，村裏只有我家小玉了。」

張臘香瞪眼：「你要講小玉就小玉唄。」

肖光妹突然大聲：「我弄你媽！摸到老娘頭上來了，別怪我不客氣。」捲著衣袖。

張臘香跺跺腳一蹦三尺高，屁股拍得啪啪響：「放你媽的狗臭屁，我就講你女兒是小痞子，你敢把我怎麼樣？」說著雙手握著棒槌。

大鎖的老婆說：「乖乖，吃辣椒、喝燒酒，辣口對辣口。」

老油條老婆說：「針尖對麥芒，你尖它不軟。」

石頭老婆拉張臘香：「哎喲啋，一人省一句吧。」

肖光妹衝上前一手抓住她手中的棒槌，另一手劈哩啪啦給了她一頓嘴巴子，說：「老娘先來刷刷你這張臭嘴。」

老油條老婆從背後向光妹伸出大拇指叫著：「啪啪，過癮！」

張臘香舉起棒槌，咬牙切齒地向光妹：「老娘我劈了你這個婊子養的！」照光妹頭頂上劈下去。

光妹身子一歪，張臘香胖身子撲了空，加上光妹一個掃腿，便撲通一聲跌倒在地。塘埂上有很多石頭，雖然冬天多穿了幾件衣服，跌倒了總是不好受的。

石頭老婆嘴裏唸著：「哎喲啋，哎喲啋。」上前扶著她。

大鎖老婆說：「這下真正是坐地炮了。」同老油條老婆捂著嘴偷著笑。

張臘香坐在地上，雙手拍著巴掌嚎叫：「不得了啦，打死人了，你這個騷娘們，不得好死啊！」

她邊喊叫邊向村頭飯店裏望，曉得村部離這裏比較遠，怎麼喊叫也沒人聽得見，只是一邊用勁地空喊，一邊想點子。而肖光妹像沒發生什麼事一樣，又來到自己的石步上繼續洗衣服。

大鎖老婆湊過去說：「大嫂呀，這個婆娘可是罵死公公纏死婆，敢拉丈夫跳大河呢。今天是雞蛋碰到你石頭上去了。」

張臘香回頭看他們在一起嘰嘰咕咕的，心裏想：「在這麼多人面前丟了面子，我可是村書記的老婆，經常在飯店裏上面大幹部都給我敬酒。剛才也是鬼抓了額頭，陰溝裏翻了船，在她面前失了手。這以後還有什麼臉面見人呢？不行，人爭一口氣，佛爭一炷香，今天就是拚出命來也要爭回這口氣。於是，她一骨碌爬起來，重新拿起棒槌向光妹這邊衝，大聲叫著：「老娘今天不劈了你，我就不是人生父母養的。」

石頭老婆怕把事情鬧大，死命拉住她：「大嫂，別，有話好講，有事好商量。忍得一時之氣，免了百日之憂。」

張臘香有意跟石頭老婆拉扯，喊叫著：「你別拉，別拉。老娘跟她拚了，劈死她老娘做牢去，砍了頭也只有斗大疤嘛。」

大鎖老婆又冒了一句：「乖，半斤對八兩，拳頭對巴掌，今天有好戲看呢。」

光妹還在洗被單，聽張臘香空喊了半天不見人影，知道她在虛張聲勢，就回頭對石頭老婆說：「別拉她，別聽她豬八戒犁地嘴硬。真敢逼我一下，我就把她推到大塘裏淹死掉！」

這句話對張臘香來講是火上澆了一勺油。她心想：「乖乖，這麼大冷天，敢把我推到水裏去，這不是嚇唬我嗎？」好了，有了她這句話，張臘香也就沒有了退路，只有硬著頭皮拚一下子了。現在再不硬起來，今後永遠就沒有抬頭的日子了。她不顧一切，用力推倒石頭老婆，衝過去舉起棒槌，朝著肖光妹正彎腰漂洗被單的那寬寬的背一下子劈下去，「啪」的一聲像打倒了一扇牆壁。大鎖老婆和老油條老婆都呆了，二人扶著她喊：「大嫂，你……」

肖光妹身子一哆嗦，背上像開了裂子，一下子痛進五臟六肺裏去。她咬著牙，閉著眼，躬著的腰半天才直起來。

張臘香手中的棒槌落到塘裏，漂在水頭上。她也一下子傻了。心想：「怎麼？我真的一棒槌劈下去了？她明明曉得我衝過來，怎麼也不讓一步呢？剛才朝她頭上劈下去，她不是頭閃到一邊了嗎？」轉過一想：「劈了就劈了，既然事情做了，也就不能後悔，大不了花點錢抓點藥給她吃。可我的威風就起來了。」一想到這，她拍拍手說：「你別怪我打你，要怪就怪你那張臭嘴，你也不想想自己有多大力氣，還把我推到水裏淹死？嘿，講大話瞞天過海，不怕閃了舌頭！剛才把臉面給你，你不要臉。只好讓你吃個虧買個乖，不給你點厲害，你就不曉得女兒是媽媽養的。」說著哈哈大笑往回走。

肖光妹慢慢直起腰，推開身邊的兩位婆娘，突然一轉身，發瘋樣地跑過去，從張臘香的背後把她抱起來，往塘裏一推。張臘香萬萬沒想到自己身子一歪倒在水裏，大叫：「哎呀，媽媽呀……」好在水還不深，打了個滾，又嘩啦嘩啦地往岸上爬，更沒想到迎來了光妹一腳踢在肩上，身子又滾到深水裏去了。

對於不會水的人來說，一旦被水淹到腰部，可就有勁使不上了。本來她是想往岸邊划，可越划身子越往深水裏沉，加上厚厚的衣服纏著怎麼也划不動。岸上人只聽到張臘香「哇哇，天啊，媽呀」的喊叫聲。

岸上的大鎖老婆拍手大叫：「這下不得了，二虎相鬥，必有一傷。」

老油條老婆跳起來大叫：「哈哈，今天走運，看到好戲了，這輩子沒見過的好戲呢。」

石頭老婆一個勁地叫：「哎喲喲，哎喲喲，不得了，不得了。」

只有肖光妹像沒事人一樣，照常去洗被單，看看洗得差不多了，擰乾放在桶裏準備拎回家去。

張臘香在水裏「哇哇，救命啊」地大叫，眼看水要淹過她的頭頂。頭是一會冒上來，一會沉下去。

老油條老婆忍不住了，脫下外衣要去救人，說：「不得了，真要出人命了！」

肖光妹一手攔住她說：「你敢救她，我就打斷你腿！」

老油條老婆只好轉身向飯店跑去，邊跑邊喊：「不得了啦，淹死人啦！」

水裏的張臘香已是半天才冒一次，水中鼓著泡泡。

大鎖老婆不笑了，也不叫了，嚇白了臉，身子一軟坐在地上。

石頭老婆雙手拍腿像死了兒子樣地嚎哭起來：「我的天哪，這怎麼得了啊，眼看著活人死翹翹啦！」

肖光妹把手上木桶往石頭老婆身邊一放，「啪」的一聲，大叫著：「我弄你媽！哭，哭你媽還是哭你老子？」

石頭老婆嚇得一口歇了，收住哭聲，呆望著她，全身發抖。

肖光妹見塘裏那一冒一冒的水花漸漸變小，好像要下沉的樣子，這才脫下毛線衣扔給石頭老婆，上身只穿單褂，又脫下長褲扔給大鎖老婆，下身只穿單褲頭，像個跳水運動員一樣，撲通一聲跳進塘裏，只划了幾下，像隻豹子捕捉了一隻老綿羊似的抓住張臘香的身子，游到岸邊，一隻胳膊把她挾在腋下，又像老鷹夾小雞樣地把她拖上岸，往塘埂上一躺，只見張臘香 口髒水噴得多高，歎了一口氣昏了過去。石頭老婆和大鎖老婆正來看她死了沒有，沒想到被濺了一身的髒水，大鎖老婆：「呸呸，髒水，真晦氣！」

老油條老婆帶著李常有、張大嘴從飯店裏跑來。李常有撲在地上，雙手抱著張臘香的頭喊：「臘香，臘香，怎麼啦？」

張大嘴黑著臉，握緊拳頭向正在穿長褲子的肖光妹奔去。

光妹背對著他，雙手捋起背後的單褂子露出了光背，說：「你看你姐有多毒！」

張大嘴看她背上有一條紅得發紫、還帶著血印子的長痕，驚呆地站住了。

大鎖老婆忙上前說：「是的，是你姐先用棒槌打了人。」指著還漂在水頭上的棒槌：「看，都打飛了。真是光妹身板硬，要是我，一下子就被打趴下死掉了。唉，你姐這真是輕拳撩重拳呢。」

李常有沒有找光妹，他自己老婆的脾胃自己曉得。他跺著腳大聲對大嘴：「你還傻站著幹什麼？還不快揹你姐回家。」說著抱起張臘香的上身，張大嘴揹起全身淌水像落湯雞樣的姐姐要往飯店跑。李常有大叫著：「往哪跑？回家！丟人現眼。」張大嘴只好轉身揹著往村裏跑去。

李常有正要拿步跟上去，卻又停下轉向肖光妹想說點什麼。光妹已穿好外衣，大約裏面的濕衣服使她打了個冷顫，她感到背後有人，剛轉過身「啊……啊嚏！」這一個噴嚏正好打在李常有的臉上，李常有抹著臉，把想講的話又嚥了回去，低著頭背著手回家去了。

石頭見老婆子只洗幾件小衣服，怎麼洗到現在還沒回來，便到塘邊去接她。看到張大嘴揹著張臘香，李常有低頭走在後面，呆了半天不敢講話。這時他老婆子同幾個婦女走過來，便悄悄地說：「老婆子，不得了，今天是哪個膽大包天，敢捅張臘香這個馬蜂窩？」一句話說得大夥哈哈大笑。石頭老婆使了個眼色，石頭眼瞇著光妹，見她一頭濕的披髮，已猜出一二。想到這幾年張臘香同兄弟開飯店，一鍋飯一家吃，把自己的小店都擠倒了，一口氣憋在心裏多少年，這下便拉著光妹的胳膊說：「哎喲，姑奶奶，我說呢，這叫『強人落在強人手，狠人還靠狠人扳』，天下只有第七，沒有第一。姑奶奶，你能。姑奶奶，你真能！打遍天下無敵手！」

臥龍山塘邊發生的這精彩一幕，不到一頓飯工夫就傳遍全村，家喻戶曉，老少皆知。

張大嘴把姐姐揹進她家中，放在房裏的沙發上，自己就出來了——畢竟是姐姐，男女有別。李常有進門叫大嘴快燒熱水，便進房裏關上門，給張臘香脫濕衣服。只見她歎了一口氣，全身哆嗦著，牙齒咯咯咯地響：「哎喲，媽媽呀，我要死了，我要凍死了。」

丈夫好不容易把她的衣服脫下來，見她像剛出殼的小雞，東倒西歪，坐不住，站不穩，便想抱她到床上，因自己胖，老婆更胖，半天抱不動，只好把床上的被子搬來蓋在她身上，說：「來，快焐一焐就好了。」

她坐起身，雙手抱著腿成了一個圓球，嘴唇烏得像桑果子，臉白得像紙片，一個勁地哼著：「哎喲，媽媽唻，凍死了，我要死了。」

李常有拎來大木盆放在她身邊，又端了兩臉盆熱水放在大盆裏，邊上放四個熱水瓶，等盆裏水洗涼了再兌熱水，她也是心太急了，掀開被子從沙發上跳進大盆裏，接著又跳到沙發上，大叫著：「哎喲，你要燙死老娘啊！」李常有又兌了一勺冷水，手在盆裏摸摸，這才牽他下盆，拿毛巾認真地給她洗澡。

這熱水一洗，她身子開始回熱，感覺舒服多了，嘴裏開始不乾不淨的罵起來：「哎喲，這個婊子養的，好惡毒喲，比烏公蛇還毒呢，真要淹死我！」她越洗身子越熱乎，罵人的勁就更大了。罵著罵著又哭了起來，哭得十分傷心，反過來又罵起李常有：「你這個婊子兒的，老娘苦不就苦著你嘛，她欺負老娘還不是拿你不吃勁！針打在我肉上，血出在你身上呢。這次你要不為老娘出這口惡氣，老娘就不想活了，我都沒臉見人，還有什麼活頭！」她張著嘴大聲的嚎叫，眼水、鼻涕、口水從下巴流到胸口，牽著絲絲，伸手捏著鼻子下的鼻涕往丈夫身上搭，有時抽泣噎住了，半天回不過氣來。李常有拍她的背，生怕她一口氣回不來。她大喊大叫大罵著，拿腔作調，全身抖動，像抖蝨子一樣。每叫一聲，還用手拍一下盆裏的水，把李常有褲子都濺濕了。地上汪了水，從房裏淌到堂屋，流到門外。李常有沒有一句怨言，更不敢答腔，只埋頭拿著掃帚一點點地掃著地。她好不容易洗好了澡，滾到床上，又放山炮樣地接二連三的打噴嚏，簡直要把鼻子打飛掉。

李常有下午哪裏也不敢去，坐在床沿上，身子靠在床頭，手輕輕地拍著她的背。就這樣，一直鬧到淘米煮晚飯的時候。大概她自己鬧累了，才慢慢地住了口，像剛剛生了孩子正在做月子一樣，頭上紮著毛巾，靠在床頭眯著眼。他望她這個樣子，想到這麼多年來，自己在外是村幹部，回家是龜孫子，一天她有三十六個心眼，有一個對不上就一哭二鬧，你只要頂一句，她就跟你三裝死四上吊，五不吃喝六閉覺。氣來能兩天兩夜不吃飯，可睡來三天三夜不起床。可憐那多病的老父親，經常被她罵得沒鼻子、沒眼睛，老母親也被她管得在家坐也不是、站也不是。如今父母都不在了，村裏人背下講她纏死公公、逼死婆婆，拉著丈夫跳大河。沒想到今天犯在肖光妹的手裏，也給自己出了一口惡氣。這真是：「狗怕打，燈怕吹，毒蛇怕石灰。」世間萬物都是一物降一物呢，可轉過來一想：「畢竟是自己的老婆啊，同我一口鍋裏吃飯，一張床上睡覺，為我生了孩子。有這個惡老婆也有好處，那就是村裏人都曉得她的脾胃，誰要是敢跟我過不去，她能衝出去同人家拚命。所以我在村裏也就大事小事一摸不擋手。」想到這些，他還是熬了一碗生薑紅糖水讓她喝下去，總算平靜下來了。

床前教子，枕邊教妻。李常有這下開口說：「我講你別生氣，打架、吵嘴也要摸清對手的力量。光妹是誰？鬼都怕她三分，你是光頭往刺棵裏鑽呢。」

她又來勁了，拍著床沿說：「還不是你這個軟蛋，你當書記一點面子都沒了。當年邵光龍當大隊書記，那多威風！一揮手，都上工地，改山造田；一聲喊，哪個敢不上山？蕭光妹跟著風光！你呢？土地老爺總擺不出個大香火，還反過來像個傻驢拉磨樣跟在老百姓屁股後面轉。老娘跟你一輩子，哪天能抬頭呢？」

李常有歎了一口氣，說：「是呢，三十年河東，三十年河西。人啊，沒什麼想什麼，缺什麼盼什麼。多少年想當村裏一把手，可當上了，拿著不美，吃著不香了。臨到我撿個卵子還是癟的。」

她又拍床沿說：「這個頭沒大頂頭就給我歇著，明天就歇！」

他聽她這麼一說沒吭聲，停了一會說：「臘香啊，我真要歇了，講起來你又捨不得呢！」

她說：「我有什麼捨不得的？飯店樓房是我們蓋的，難道還把大嘴砍回家去？」

他說：「你只知其一，不知其二。女人頭髮長，可眼只看腳背，看不到內瓤子。開飯店靠什麼？還不是靠來客。這縣區鄉和外村的客人那都衝著我來的，飯店才紅火。再講前幾天算了賬，村裏又差飯店三萬多，再過兩年，連村部都是我們家的了。」

她這下不作聲了。他卻越說越有勁了：「這次建學校，對外預算十八萬，其實呢，村裏出了勞動力，只要十五萬到頂了。工程隊劉隊長講了，只要我們合同一簽，先付兩萬塊到你手，還有一萬竣工兌現。哈哈，怎麼樣？」說著在她臉上掏了一下。

她說：「喲，小家子氣，你會算，你能算得過人家？臥龍山兩千五百畝的樹都是人家的。有合同，那可是一百多萬，你麻雀也能比得了大雁。一輩子跟人後面吃屁！」

他站起來踱著步說：「你曉得個屁。花無長紅，月無長圓，樹沒長青，人沒長富。邵光龍這兩天為何不在家？馬德山叫走的。二十萬貸款十年期到，利息也有七八萬。他急得像熱鍋上的螞蟻。現在學校改建，上面定的村裏拿九萬，一年一度的合同年底要兌現，皇糧國稅哪個抗得了？我當書記飯碗裏吃不出錢來，癤子熟了就得出頭，老白姓擠急了就得上山砍樹。別看我平時不出聲，啞巴吃湯圓——心裏有數，長長短短是根棒，大大小小是個官，燈草芯插的烏紗帽也有四兩重呢。也到了我同光龍見高低的時候了，明天一個電話叫鄉催糧小分隊來，你就等著好戲看吧。」

這下把她心講熱了，起身抱著他脖子：「好，我拿塊豆腐墊腳盼望著明天有什麼好戲。」

當天晚上，李常有找石蛋子同他的老婆高翠英商量到半夜才散去……

二

黑山鄉五年前就成立了一支小分隊，十五六人，年齡都在二十歲左右，初、高中畢業考不上去了，城裏找不到工作，外出打工怕苦累，在家幹農活又怕太陽曬，講他是流氓地痞，他還沒犯過罪，講他是好人，可偷雞摸狗的缺德事經常幹。這些貨色大都是老大隊幹部的兒子，從小慣的，養成了懶坯子。

怎講呢，大隊幹部土皇帝幹了一輩子，沒功勞還有苦勞，家裏的小皇帝遊手好閒，自己退下來又拿不到工資養老，平時工作又是兩袖清風，怎辦呢？就到鄉政府找書記、鄉長要求解決後顧之憂。可鄉裏的企業大都改制頂債或者賣給了私人，辦公費、招待費還欠著一老鼻子，問題一直無法解決。

在新形勢下，鄉政府的工作來了一百八十度的大轉彎，其主要工作只有兩件事，那就是催糧要款、結紮分娩。

先來講催糧要款吧。分田到戶以來的合同上繳都存在著一些尾欠。加上各種各樣的攤派落實到每家每戶，這樣每個村都有一些難纏戶、釘子戶、家裏一貧如洗的困難戶。幹部要臉面，做婊子又要樹牌坊，不能親手搬人家東西。每個村裏也確實有個把愣頭青，跟你軟拖硬磨就是不出手，叫你乾瞪眼。但是縣裏給鄉裏有硬指標，按時交的給現金獎勵，三幹會上給你戴大紅花。到時交不齊，大會小會上刮你鬍子，給你亮黃牌，叫你書記、鄉長面子上不下去，下次升官你就得靠邊站。早幾年，各村到信用社裏拿貸款；現在已成老皇曆了，信用社不能倒臺。

再講結紮分娩，也就是計劃生育。計劃生育是國策，一票否決權。計劃生育做不好，其他工作再好也無用，一筆抹得光達光。所以鄉裏鑼鼓鄉裏打，鄉政府土政策，凡不按計劃生育生二胎、三胎的就罰款，往死裏罰，罰得你傾家蕩產。可農民也不是吃乾飯的，你有政策，我有對策，乾脆來個超生游擊隊，三間草屋任你拉，不生兒子不回家，叫你村長喊我爸。村幹部就組織人力去追兔子樣地追，追得你喘不過氣來也見不到人影子。天啊，這兩件事把這些鄉村幹部攪得焦頭爛額，簡直是狗咬刺蝟——無法下牙。有些村幹部乾脆撂挑子發火說：「我也是前世打老子罵娘，今世當上了村長。怎麼辦呢？」

俗話說：「兵來將擋，水到土掩。」任你農民兄弟學孫悟空有七十二變化，我鄉村幹部有水泊梁山一百單八將呢。胳膊還能扭過大腿？自古以來老百姓只見村鬥村、戶吵戶的，沒聽講還敢鬥幹部。好了，鄉黨委、政府研究決定，成立一支小分隊，一套人馬，兩塊牌子：一塊是稅費上繳小分隊，一塊是計劃生育小分隊。至於進了村子是什麼小分隊，那得看當時工作任務的性質，才能決定是扯起什麼樣的大旗。計劃生育是隨時出擊，打一槍換個地方。那是游擊戰、麻雀戰。稅費收繳是一年兩次，一次是中早稻收割，一次是年冬，秋糧入庫，那是集中兵力，大兵團作戰。他們的工資也就是羊毛出在羊身上。稅費收入中加一點，計劃生育罰款中提一點，所以，老百姓稱這支小分隊隊員是鄉政府的狗腿子，他們進村工作是日本鬼子進村。

臥龍山在李常有的領導下，工作有方，很少用小分隊來解決問題，今天是屁股抵牆牆開裂，心裏窩著一口氣，幾件事攪在一起，沒有任何退路了。

昨天晚上，李常有同村婦女主任兼會計高翠英排了排近幾年合同兌現的情況，過去糊裏糊塗的過日不曉得，亮出底子真的嚇了一跳。全村一千多人口，兩百六十來戶人家，可欠費的就達八十七戶，占總戶數的三分之一，總總款十二萬六千多塊錢。乖乖，這錢全部交清，蓋個學校還有餘。而最多的是石頭家，六千一百八十三塊。所以就連夜把石蛋找到村委會，李常有向他攤牌說：「你父母同你兄弟十年前就欠一大老鼻子，過去多少還放點血，可近五年來成了鐵公雞，一毛不拔了，已成為村裏稅費工作前進道路上絆腳的石頭，你看怎麼辦？」

一句話說得石蛋臉紅低下頭，用眼角瞟瞟老婆。高翠英面不改色、心不跳，眼睛盯著李常有。李常有又開口說：「明天要在你父親頭上動刀子。但是你們放心，翠英是村幹部，君子都得顧本。把東西拉到村部來，過幾天就還。這針打在你父親身上，放的是臥龍山上的血。到時你看我的眼色行事，保你父親不吃虧。」他們談到了半夜，石蛋才同老婆回家。

石蛋回家一夜沒睡好，雖然同父母分了家，那些債務是因他而欠的。比方講結婚就欠一千多塊，分家時攤到父母的頭上去了。分家後這幾年在外撿破爛，三天兩頭往家跑，也沒掙到大錢，而對父母只能是過年拎個兩瓶孬酒，條把粗煙，兒子還在父母那裏吃喝，沒給過一分錢。想想心裏很難過，明天就是講不把父母東西拉走，可面子上怎麼下得去，父親又是把臉面看得很重的人。

第二天一大早，鄉政府小分隊來了。兩輛車，十幾個人，一輛麵包車是坐隊員的，一輛大卡車是拉東西的。車子停在村頭張大嘴的飯店門口，隊員們下車吃早點。村裏人見了，都在議論說：「鬼子要進村了！」那些欠稅費的人家，早上就吃不下去飯了，首先歎氣道：「唉，改革開放了，自由市場了，一窩裏的雞各奔東西，有的翅膀硬飛得高，有的身體弱栽下來，加上天災和人禍，現在是窮的窮來富的富，幫的幫來雇的雇。我家怎麼就不如人呢？」再想來就開始罵李常有：「過去跟了邵光龍，我們窮時他也窮；現在跟了李常有，他有我們都沒有。你小子三眼看人，石頭家欠那麼多，只因她兒媳婦是婦女主任，也是你的小老婆，你就不碰他一指頭，硬處扛鍬過，軟處挖一鍬呢。」可是想歸想，罵歸罵，好漢不吃眼前虧，把一些值錢的東西搬到隔壁人家去，自己門上一把鎖。三十六計，走為上策，到地裏幹活去，打死不回來。

也怪石蛋早上沒跟老頭子講，石頭老人還是跟往常一樣，面不改色、心不跳。他曉得自己欠得多，死豬不怕開水燙，蝨子多了身不癢；加上兒媳婦大小也是幹部，早上陪這些隊員們吃飯，打狗看主人。所以，兩輛車子一進村，不怕拔他一根汗毛，看看今天車子要搬哪家東西。他吃過早飯便背著手走到村頭看熱鬧，站在老槐樹下仰頭張望著村委會門口，見車子調頭轉了彎，直往村裏開過來。當車子在他身邊經過時，他伸手拍拍說：「歡迎啊，歡迎鬼子進村！」然後眯著眼看車子屁股到了自己家的那兩間破草棚子前調頭。他一想：「不對呀，這是哪家呢？我那左鄰右舍的都不欠啊？哦，那一定是計劃生育小分隊了。也不對，上下隔壁更沒有超計劃呀？」他看到那大卡車調頭後，後車廂是不偏不倚頂著自家的大門，這幫狗腿子耀武揚威地下車，進了自己的家。接著就見到豬在叫，雞在飛，有人抱著大紅被子出了門。他呆了，傻了，羅圈腿一歪一歪地跑過去，兒子石蛋在車邊攔住他說：「老爸放心，不會拉走的。」兒子講的意思是：「只拉到村委會，不會拉到鄉政府拍賣頂稅費的。」他一想也是的，好幾年沒交了，別人都拿他做樣子，媳婦在村裏工作不好幹，現在殺雞給猴看，只得低頭沒吭聲，但兩條腿還是一個勁的哆嗦著。他向兒子要了一支煙，兒子掏出一個只剩幾支煙的煙盒給了他，他抽出一支點著蹲在一邊吸著。

這時全村人剛吃了早飯還沒上地裏去，都湧到村前看熱鬧，並議論著說：「這下狗腿子在村幹部頭上動了刀，想必這下是來真的，一碗水平端了。」特別是那些欠款的人家看見了，心想：「這次是躲不掉了！」不幹活了，把鎖好的門打開，準備哪幾件東西讓他們搬去，有的準備到親戚家借錢。只是那些不欠稅費的是看熱鬧，看一貫好面子的老隊長，今天怎麼蹲在地上不放半個屁，看今天的戲怎麼收場。

那小分隊中有個大個子是小隊長，他親自上陣，伸手要搬那臺十二吋黑白電視機，石頭老婆怎麼也不准他搬。大個子小隊長看車上盡是破爛貨，只有這臺電視最值錢，電視不搬那人家不講話嗎？推開石頭老婆搬著電視出了門。石頭在外聽到老婆子的哭聲，站起來抬頭看那人搬著電視機。這臺電視機是光虎家在村裏最早的一臺，是那年光妹看他可憐送給他的，他高興得一夜都沒睡，「姑奶奶」喊了不下一百遍。這幾天晚上正好是在放他非常愛看的電視連續劇，搬了它是搬走了他的心頭肉。他看老婆子一屁股坐在門檻上，像死了老頭子一樣哭得很傷心，見那大個子帶領隊員們上了麵包車，手一揮說：「走！」車子發動了。

石頭這下慌了，怎麼？不是講不拉走的嗎？怎麼車子發動了呢？他望望兒子不在身邊，便不顧一切推開人群站到車前張開雙手，像個十字架擋住麵包車頭，大聲叫著：「你們不能走！」小分隊的人大約像這種情況見得多了，沒見誰指揮，只見兩個身強力壯的青年架住石頭老人往邊上拖。石頭當然擋不住他們，急紅了眼一頭碰在車頭的玻璃上，只聽「嘩……」的一聲玻璃碎了，老人額頭破了皮，濺出的血掛在臉上，自己反而大叫著：「不得了，打死人啦，救命啊！」

石蛋聽到父親的喊叫，跑過來一看，見兩個隊員拉著滿面是血的父親，以為真是他們打的。這怎麼得了，父親畢竟是父親，「打架靠親兄弟，出仗靠父子兵」，哪怕跟父親平時有仇，關鍵時候都會挺身而出的。石蛋年輕火旺，從門口抽出一根木棍子，對準麵包車的玻璃劈哩啪啦地一陣猛敲，嘴裏大罵著：「叫你們鬼子進村，砸死媽的小鬼子！」

站在車子兩邊看熱鬧的人群一直對這支小分隊恨之入骨，現在看到村幹部的丈夫動了手，自己也不是吃乾飯的，不能明打也得暗暗砸你幾石頭。於是就撿起地上的石塊、瓦片，向車上砸去。那些小分隊的人看起來耀武揚威的，其實都是紙老虎，全部抱著頭躲在車子裏，有的爬到座位下像個哈巴狗、鼻涕蟲。砸石頭的人見裏面不敢伸頭，膽子也就大起來，他們越砸越起勁，一時間，石頭、瓦片、土疙瘩像雨點一樣向車上飛去，車上所有玻璃全部砸光。只有那駕駛員一勁地哭喊：「車，我的車，我拿貸款買的車啊！」但人們不理他，有人還放話說：「放心，砸壞了鄉裏賠你新車。」

還是石頭的兒媳婦高翠英大叫著喊李書記，李常有沒想到事情會鬧到這個份上，上面追下來自己可吃不了兜著走。他一陣風樣地從村委會跑到出事點，舉著雙手喊：「住手！住手！」可人們手還是沒有停下來，他只好像個英雄樣地爬到麵包車頂上又跺腳又叫：「住手，我看誰再敢砸！」人們這才停下來。其實他們已經把地上的石頭、瓦片砸完，已經找不到硬東西可砸了。

人們漸漸安靜下來，都抬頭像看猴子爬竹竿樣地看著李常有，見他摸了摸自己的額頭，看樣子是挨了一石頭，但沒有流血。他哭喪著臉說：「鄉親們哪，你們錯了，犯大錯了啊。今天上級來幹什麼？皇糧國稅，哪朝哪代都是要交的，你們這是犯法的。」

這時的石頭站起來，他臉上掛著血跡、頭上紮著白布，像戰場的傷員，指著李常有說：「你媽的小子吃裏扒外，看不出我們村裏人窮得叮噹響啊，總不能卡著脖子不吃不喝交稅費吧。老子今天豁出去了，打死也不交，哪個有錢哪個交。」他這話是指李常有的。

李常有卻把話岔開了，轉移方向說：「真要講呢，你們欠的稅費加起來也不多，可村裏也確實有富戶。」轉身望著龍頭山又說：「本來嘛，到山上砍幾棵樹，把你們幾戶的稅費免掉，可以……」下面沒有講，而用眼睛望著石蛋。

石蛋看到李書記的眼神，這才想起昨晚上他設計的方案，剛才帶頭砸車也是一時的衝動，現在一定要聽從李書記的指揮。他便舉手大聲說：「對，山上有樹，臥龍山是我們大家的，樹是全村人的。走，哪家欠稅費的都跟我上山砍樹去。砍了樹就抵交稅費了。」人們聽石蛋這麼一說，見李書記不吭聲，這是領導的暗示了，默認了。走，砍樹去。

人們紛紛回家拿柴刀、斧頭和鋸子。開始只是欠稅費的農戶，可其他農戶想：「你們欠稅費的還欠發了財，砍了樹就免了稅費，那你們把好樹砍光了，我們還有猴子喝水？再加上村委會的決定像月亮，初一、十五不一樣，明年我們交稅費不准砍樹，那不就吃老鼻子虧了。要砍大家都砍。」就這樣，臥龍山的農民潮水般的向龍頭山湧去。

說來也巧。邵光龍昨天進城沒回家，清早上，肖光妹帶女兒也出了門。李常有的老婆張臘香在張大嘴的飯店裏看到像大部隊進山樣的去砍樹，笑得合不攏嘴。「好，車砸了，樹砍了，過勁！要是再鬧個把人命來就更好了。」石蛋的老婆高翠英不知是丈夫帶頭砸的車，她從村裏經濟方面考慮問張臘香：「車砸了，要不要報警啊？」張臘香不知「報警」是什麼意思，呆呆地望著她。她只好解釋說：「砸了車要不抓住帶頭砸車的人，村裏要賠車錢。」張臘香只好說：「對，快叫派出所來抓人，村裏哪出得了這個錢。」

石蛋第一個衝上龍頭山半腰裏，他首先選了山坎子上一棵又粗又直的大杉樹，想這一棵能做屋桁條，上城一定能賣個好價錢。抬頭望望樹梢，沒小心一腳踩滑，跌倒了，幸虧伸手撈住樹邊一棵芭茅草，不然就滾到坎子下。他爬起來，手上虎口被茅草梳破流血了，他用嘴吮一口，吐了口水，抓住一把黃土放在傷口上一捏，血就止住了，掄起斧子就砍樹。

林場上的二扁頭，每天上午要沿著山背向龍尾山轉一圈，到現在還沒回來，只有肖貴根老爺在屋後小菜園裏拔白菜，準備中午的伙食。他看到山下路上有很多人往山上來，以為是縣裏林業部門來參觀的。這兩年參觀的人特別多，李常有就一次次的出席各種會議，扛回一塊塊的獎牌。

老人每次都不答理他們，繼續拔白菜。可屋前的小花狗一陣狂叫以後，飛樣的跑到老爺身邊，咬著老人的褲腳。老人想可能小花狗發現了什麼敵情，就放下白菜來到林場前，手遮著額頭的陽光往山上林裏看——有點不對勁，下面還傳來叮叮咚咚的砍樹聲。老人曉得不好，這一幫人是來砍樹的。這些人哪來的？他年紀大了眼睛不好使，看不清是哪裏來的人。他不信是村裏人，因為邵光龍同村裏簽訂了五十年的合同，人人都知道。不是村裏人一定是外地人，那就是偷樹了。他回身從屋裏拿出打兔子的獵槍和火藥袋子，他知道槍裏已經裝好了火藥，壓著火冒。平時見到偷樹的，只要放一槍就能把人嚇跑掉。他舉著槍向山下呼喊：「住手，不能砍樹，再砍我就打死他！」話剛落音，就向空中「砰」地放了一槍，槍聲震得地動山搖。

山上有膽小的人停了手，有的準備往回跑。可石蛋沒買老爺的賬，用力砍著這棵大杉樹，再有幾斧頭就能砍倒了。老爺聽到砍樹聲還沒停止，就一邊裝火藥一邊罵道：「怎麼，膽包人了？我子彈可沒長眼呢。不能為棵把樹丟了腦袋瓜子，那砍樹就是為了棺材板了。」老爺眼不好，可耳朵還靈，他聽到山坎邊有砍樹聲，他曉得龍頭山就這一邊杉樹最壯了，便裝好火藥帶著小花狗跑過去。萬萬沒想到砍樹的竟然是石蛋子。他黑著臉說：「好小子，是你呀，幹什麼？給你老頭子砍棺材板啊？還沒到時候吧。」

石蛋子停住了手，回頭望著老爺笑笑說：「老爺子，對不起，工作需要，只砍這一棵。」說著伸手推推樹幹，杉樹開始搖晃，就再次舉起斧子。

老爺子這下生氣了，在臥龍山村還沒有哪家小子這麼不聽他話的，端起槍，對著他說：「放手，再砍一斧子老子就打死你。」

石蛋放下斧頭，伸手抓住老爺的槍筒子把它撥到一邊說：「我曉得，老爺，你這根土老冒，不是機關槍，剛才已放了一槍，槍裏沒子彈了，別再嚇唬我小孩子了。」

老爺子身邊的小花狗一直在狂叫，牠見有人抓住老人的獵槍，跳起來就撲向石蛋的手腕。石蛋為了躲狗用力一拉，拉得老爺一腳懸空，一頭栽倒在山坎子下，身子咕碌碌地滾下山去。那支獵槍在老人的滾動中走了火，「砰」的一聲，子彈射得杉林中的杉葉四濺，像天女散花。老爺子畢竟是七老八十的人了，本來心臟不好，血壓又高，經這麼一跌立刻就昏了過去。石蛋看到老人跌倒了沒有爬起來，曉得自己闖下大禍，放下斧頭，往山裏跑去。

正在看山場的二扁頭聽到第一聲槍響就往龍頭山跑來，他親眼看到老爺從山坎子上跌下，撲到老爺身邊大叫：「老爺爺，老爺爺……」

「砰！砰！砰！」山下一連幾聲槍響，一輛警車嗚啦嗚拉地叫著向山邊飛來。村裏人看到這是公安局的車子，槍是公安人員放的，他們曉得當年抓肖光虎的就是這種警車。他們像一山的麻雀，聽到槍響，轟的一聲散去了。

二扁頭跪在老爺子身邊淚流滿面，對老爺子說：「老爺爺，好了，公安局的人來了，砍樹的人都跑了。」

老爺爺睜開雙眼，臉上露出了微笑。二扁頭抬頭看到有幾個公安人員向林場走去，揹起老爺走向林場。當走到這個山坎子，老爺拍著二扁頭的肩說：「停下，停下吧。」

二扁頭不曉得什麼意思，把老爺放在坎子上，見老爺歪著頭，伸出顫抖的手撫摸著那棵被石蛋砍得快要斷的大杉樹，嘴上抖動了半天沒說出話來，眼角流出了一條淚痕。二扁頭看到老爺有些不對勁，額頭滾燙，臉色通紅，紅得發紫，脖子上的筋暴起來像豇豆一樣，像要爆炸。二扁頭預感到老爺不行了，一頭撲在老爺懷裏大哭起來：「老爺，好老爺，你可不能死啊！」

老爺撫摸著二扁頭的頭，顫微微地說：「回頭告訴光……光龍，杉森呢，再過幾……年就成材了，熬過了五更天就要亮了，要挺……挺住啊！」老爺重新歪著頭望著那棵大杉樹，慢慢地合上了眼。

老爺撫摸著被石蛋砍得太深的大杉樹，經風一吹，大杉樹慢慢地「嘩啦啦……轟隆」一聲倒下了，像倒下了一座山。

一陣山風吹拂著滿山的杉葉和松枝，呼呼地叫著，像千萬個人群在哭泣……

三

邵光龍進城晚上沒回家，肖光妹就一夜沒合眼。有人講：「家無老婆是房子倒一方牆，家無老闆是房子缺少一根樑。」這話真不假。光妹想到，大哥出門才一天，家裏發生一連串的狗屎連稻草的事：上午開代表會，講是建學校，實際是想在山上放血。中午女兒受人欺負，下午同村裏母老虎打了一架，雖然沒吃敗仗，可心裏像吃了蒼蠅樣的不是味道。真擔心明天又要發生什麼棘手的事，盼望大哥早點回來，她好有個主心骨。正好小玉清早八早地吵著要買衣服過年，吃了早飯後同女兒上了街。她首先到鄉郵電所，給馬德山家打了個電話，問一聲大哥的情況。電話正好是馬德山接的，說：「光龍剛才去汽車站乘車回去了。」她聽講大哥回來了也就沒多問，母女倆在街上轉了一圈，就到車站等車。

一直等到上午九點多，邵光龍才從一輛麵包車上跳下來，蹲在路邊嘔吐起來。光妹心裏一驚，拉著小玉跑過去一看，見他在地上吐了一大攤，酒糟氣都不能聞，忙拍著他的背說：「你呀，怎麼老了還暈車呢。」

光龍回頭望到她們母女倆，說：「哎，你們怎麼來了？」

小玉說：「爸，你天把天沒回家，媽都急死了。」

光龍抹抹臉上的鼻涕和眼水，說：「唉，昨晚酒喝多了，早上睡過了頭。」

光妹急著問：「那貸款的事有眉目了？」

光龍站起身來說：「處理好了，昨晚請了一桌，公安局長親自陪的農行行長，馬有能付了利息，剩下的做了還貸計劃。」

光妹問：「那每年要還多少？」

光龍說：「三萬多吧。」

光妹眼都直了：「你講得輕巧，這些錢從哪來？」

光龍轉臉望著小玉：「這叫『蛇有蛇路，鱉有鱉路』吧。小玉，上街去。」邁開腳步又向光妹：「放心，我想好，開年上省城找光雄。」

小玉說：「你是說小叔叔？」

光妹跟在後面追問：「你就有把握？」

光龍仰頭笑了：「馬有能同我交了底，五年前，光雄到縣裏同他見過面，坐小車來的，萬人大廠的工會主席啊，縣長陪他吃飯呢？萬一借不到錢，叫他出面拿點貸款，這叫拆東壁子補西牆，再過五六年就能吃回頭水囉。」

小玉拉著爸爸說：「爸，到時帶我去，我作夢都想進大城市呢！」

光龍回頭笑了，拍拍她肩頭：「好，一定帶你。我女兒長大了說不定是城裏人呢。」

他們一家邊走邊說，不知不覺來到商場門口。小玉向母親說：「媽，爸也接到了，該給我買衣服了吧？」光龍想到原來光妹是給女兒買衣服的，就說：「買衣服？對呀，快要過年了，女兒是要買件漂亮的衣服了。」他們一同進了大商場。

這個商場是原來公社供銷社改過來的，其實也是私人老闆。小玉選了一套十分豔麗的衣服。光妹再三要給光龍買套西裝，可光龍怎麼也不肯要。

講了半天，光龍就說：「那就買套中山裝吧。」

光妹說：「你不是有中山裝嗎。」

光龍說：「我喜歡中山裝。」

光妹只好給他選了一套天藍色的，可光龍硬要藍黑色的。光妹說：「這套老氣了，穿了像個老頭子。」

光龍說：「不然我就不要了。」這樣只好買了一套。

等出了商場，光龍講了實話，說：「這套中山裝是給老爺子的。老人家身上的衣服還是十多年前買的，領子袖口都爛了。」

光妹這才恍然大悟，想回去給他買，可惜荷包裏沒錢了。光龍拉了她說：「一歲年紀一歲人呢，現在老爺的身子骨比以前差多了。」於是跟她講了前幾天發生的事。那天中午吃飯時沒見人，是大花狗跑回來狂叫。他曉得不好就跑過去，見他老人家靠在一棵樹上，滿頭是汗。光龍要扶他回去，他講：「坐一會，頭昏、頭腦裏要炸了。」還說他要是死了，就埋在山坡下，同老伴埋在一起——「生不能同過日子，死要同個窩呀。」光龍要帶他去醫院，老人怎麼也不肯。光龍講到這些，眼眶子都紅了，說：「臥龍山要沒他老人家，哪有今天這個樣子！好在再熬幾年就好了。」

一家三口走出商場上了街，見一個熟悉的身影從他們身邊閃過。光龍眼尖，認出是本村的石蛋，正準備叫他，見他一頭鑽進一輛麵包車，接著車子開走了。光龍想，快過年了，外面打工的都忙著回家過年，這小子怎麼還往外跑呢？

他們出了街頭上了公路，有說有笑地手拉手等著三輪車。一輛吉普車從他們身邊一閃而過，接著車子在前面停下來，從車上跳下一個婦女。光龍一眼認出她是分管臥龍山村的副鄉長高彩雲。只聽她大聲喊道：「哎呀，老書記啊，你們還有閒心打過年貨，村裏出大事了，快上車。」

車上坐著治安李幹事和計劃生育郭主任，小玉抱在高鄉長懷裏坐前面，後排四個人排在一起。

光龍焦急地問：「出什麼事了？」

高鄉長說：「我們小分隊的麵包車被砸了，有人上山砍樹，聽講還出人命了。」

邵光龍突然「啊」的一聲大叫，他預感到老爺子凶多吉少。

邵光龍趕到林場，肖貴根老爺已靜靜地躺在中間屋裏的門板上：頭朝門外，臉上蓋著大表紙，名曰「蓋臉紙」。頭頂放著一隻方凳子，凳子上一隻碗裏裝著米和兩個雞蛋，米上插著一雙筷子，這叫「倒頭碗」；一盞煤油燈，這叫「長明燈」，因為老人去陰間的路又黑暗又寒冷；二扁頭淚流滿面蹲在邊上燒著紙錢，這叫「倒頭錢」。陪在老人身邊的還有一根獵槍，大花狗窩在獵槍邊上，瞪著明亮的眼睛看著來往的生人，牠見光龍、光妹進門，紅紅的眼角流出了淚水。

在門口的石頭老人拉著正欲進門的邵光龍，含著淚說：「邵書記，我兒子該死，是他同老爺子拉拉扯扯，老人一個跟頭翻下了坎子，頭朝下、腳朝上，七老八十的老人了，身子骨像玻璃瓶子，經不得碰呢。怪我那倒楣蛋的兒子，老爺子不碰不跌，不跌不倒，不倒不死啊。我兒子有罪，我兒子該死！」他像狗舔湯樣地要舌頭，既是實話，也是想為兒子開脫罪名。只聽他繼續說：「沒想到老爺死得這麼快，當年栽樹時他講過，二十年以後要送我一副棺材板，這老傢伙講話不算話呢。」

門口的人都說：「沒想到老爺這麼好的身體，怎麼跌一跤就走了。」

光龍聽到這些，心裏十分愧疚。他不怪別人，只怪自己，怪自己前些天沒有帶老人到醫院檢查；怪自己昨晚沒回來，上午又在街上轉了一圈。要是自己在場，也不會出現這種事。他越想越懊悔，越想越窩心，撲通一聲跪在老爺面前，哇的一聲大哭起來。

過了一會，高鄉長、派出所的王所長、郭主任、李幹事以及李常有等領導來了。他們分別向老爺遺體鞠了躬，然後同邵光龍到一邊的臥室裏。王所長把事情的經過說了一遍，並說經檢查老爺身上沒有任何傷痕，只跌了一跤就斷了氣，村裏人一口腔的證明。他懷疑老人是否有心臟病、高血壓什麼的。

邵光龍聽他這麼一說，就是追查起來也沒有什麼結果，只好說：「老人確實心臟不好，血壓高。」

幾位領導互相望望，高鄉長說：「肖貴根老人是臥龍山第一任支部書記，這麼多年為黨的事業勤勤懇懇，在臥龍山德高望重，鄉黨委、政府送花圈，補助一些安葬費，村裏全體黨員送葬。當然要新事新辦，不能搞迷信活動。至於老人的死和為何有那麼多人上山砍樹，我們組織調查，這事由李常有同志負責，夠上法律絕不手軟。」最後高鄉長希望：「邵光龍同志要節哀，也辛苦一點，負責把喪事辦好。」

領導們臨出門，李常有回頭對光龍說：「老人喪事經濟上有什麼困難，我叫大嘴轉幾個給你。」

光龍點了點頭。

高鄉長他們走後，邵光龍考慮喪事怎麼辦法。首先想到找光虎，可那年蓋樓給的電話號碼，現在怎麼也找不到了；白玉蘭跑出去幾年也不見影信。自己這類事從來沒經歷過，要講辦簡單一點也行，打個電話叫鄉裏喪葬車子來，火化後安葬也就沒事了。可老人苦了一生，臨死連一句話都沒留下，喪事怎麼辦為好呢？

按照習俗，老人死後，睡過的被條要拆洗，床鋪草要搬出來燒掉。光妹在清理老爺床鋪的時候，發現床裏面有一尺來長的紙捲子，打開一看，原來是一張放大的像片子。她立即喊大哥看。光龍看呆了，這是老人二十多年前的形象，穿著黑色中山裝，臉上掛著一絲笑意，笑得那麼自然，胸口還掛著一枚毛主席像章。他記得這是那年學大寨，公社辦黨員學習班、臥龍山大隊全體黨員合的影，這也是老爺唯一的一張照片。他感到十分奇怪，老人什麼時候偷偷把自己從合影中剪出來重新放大畫出來的？他怎麼一點也不曉得呢？

光妹告訴他說：「大哥，看到這張相片子，說明老爺把自己的喪事看得很重呢。」

這句話點亮了光龍心頭的明燈，拍著腿說：「我一定滿足老人的心願，把喪事辦得規範一點。」

於是，光龍把已經回家的石頭老人重新請上山來。石頭以為兒子犯了事，兒子欠債，老子還錢，子不教，父之過，光龍要懲罰他，嚇得進門就向光龍跪下去說：「邵書記，我兒子該死，求你大人別見小人怪，網開一面……」

光龍扶他起來說：「老爺已經走了，你兒子的事由村裏處理。眼下最要緊的是要對得住死人啊。」

石頭望著他說：「那你講怎麼辦？要我來做什麼呢？」

光龍拉著他坐到桌邊，又遞給他一支煙，點上火說：「在村裏除了老爺，你是三代以上的人了。請教一下你，老爺的喪事怎麼辦為好。」

石頭這才放下心來，沉默了一會，吸了一口煙說：「唉，人吃土一生，土吃人一次。這喪事有老規矩和新辦法，你們準備按哪種辦法？」

光龍望了光妹一眼，光妹接過話頭說：「按老規矩辦。」

石頭皺了眉，搖頭說：「老規矩？光虎、玉蘭不在家，不好辦。」

光龍毫不含糊地說：「我們是老人的兒子、媳婦。」

石頭望了他們一眼，吸了煙，咳了一聲說：「真要這樣，那我先把辦喪事經過簡單地講給你們聽聽。老規矩，對吧。是這樣，老人現在已經躺在停屍板上，眼睛、嘴巴已經合上，說明他死得不虧，倒頭碗、長明燈、燒上路錢都已安排好了。下一步呢，下一步要為老人整個容，這叫『死了如生，含笑九泉』。整容要剃頭、刮臉，梳個頭髮，這叫『後代財源滾滾』。再後來呢，要用熱水擦個身子，換上壽衣、壽鞋，這樣死者變鬼就不會光著身子了。可這壽衣、壽鞋也有講究的。先講壽衣吧，有短衣、襯衣、夾衣、棉衣、外衣，一般三件套、五件套還有九件套，要單數，外面一個披風。」

光妹立即插話說：「那就做九件套，選最好的料子。」

石頭望著她笑笑說：「那可不能做皮衣啊，不然來世轉生會為獸的。還有呢，子孫被子三、五床，也忌諱雙數，我看三床夠了，壽鞋，按講下人送。」

光龍伸口答：「我們送。」

石頭說：「壽鞋上需要釘上布釘子，以防在陽間走路滑跌倒了。布釘子釘在鞋底板上，前頭七顆、後頭九顆。」石頭停下又吸了口煙，望望他們倆說：「你們是老人的下人，照講要身上披麻，腳穿麻鞋，頭戴麻冠。這叫兒子披麻，親戚戴孝，無人披麻就是無後。」

光龍、光妹馬上答道：「這還用講，我們披麻，穿麻鞋，戴麻冠。」

石頭吸了一口煙說：「講究一點，孝子要戴麻冠，冠前蒙有蓋面布，表示眼不見惡色，耳不聽邪聲，手拿一根哭喪棍，三天不吃葷，還有守靈……」

邵光龍打斷他的敘說，說：「老隊長，你暫停一下。」說著自己退後兩步，突然跪下來向石頭磕了個頭，這個禮節光龍是懂的，這叫「給幫忙喪事的人下禮」。

石頭吃了一驚，忙扶著他說：「哎呀，邵書記，你這是幹什麼？」

光龍說：「你講了這麼多，我記不住。這兩天請你幫個忙，就在林場吃住，我們按照你所講的現在就做，到時你再指點。」

於是，光龍吩咐光妹到鎮上買壽衣、壽鞋、披麻戴孝用品，順便給小陽打個電話，不要他回來，如果手頭寬裕就寄點錢回來。自己又寫了借條，叫二扁頭找李常有，在張大嘴那裏借一千塊錢。

這樣一家人忙到晚抱西。光龍、光妹和小玉身子披麻、頭戴麻冠跪在老人遺體兩邊，脫下老人外衣，用熱水抹著老人身子。說來也怪，老人開始身子有點硬，熱水一擦，身子、胳膊就軟和了。他想這是老人知道他在幫他穿衣服，心裏一陣難過，眼淚就下來了，淚水灑在遺體上。

站在一邊指揮的石頭老人說：「注意，為死者穿衣物時，不能把眼水灑在遺體上。」

光龍用手背抹去眼淚，再用毛巾擦著遺體上的淚水，按照最高標準，給老人穿了九件套的壽衣和帶布釘的壽鞋。最外面是新買的那套中山裝。老人這一輩子最喜歡中山裝了。

到了夜裏，開始守靈。石頭在遺體邊上鋪了床鋪，叫光龍守靈不要過分認真，明後天還有很多事要做，別累垮了身子，晚上累了就在草鋪上瞇一會。

半夜時分，光龍精神很旺，沒有睡意，叫其他人都去睡，他一個人守著。石頭、二扁頭都去睡了。

光妹說：「我去躺一會就來換你。」

小玉說還要陪爸爸坐一會。這樣，父女二人坐在草鋪上。也不知坐了多久，光龍向背後牆上一靠，伸了個懶腰，手指頭捏得咯咯地響，歎了一口氣說：「唉，我也老囉。」

小玉仰望他說：「爸，你不老，你是累的。」

父親說：「不，我真的老了，你看我頭髮都白完了。」低著頭伸給女兒看。

女兒扒開他頭髮，發現是白了不少，但還是說：「還好，幾小根，我給你拔了吧。」伸手去拔。

父親抬頭望她：「丫頭呀，白頭髮拔完了我就是禿頂了。」

女兒像三歲小孩樣撒嬌說：「怎麼會呢，你滿頭厚髮，拔幾根還不是大牯牛身上拔根毛。」

父親瞪她：「鬼丫頭，你罵我？」

女兒伸出雙臂摟住他的頸子，撲簌簌地落下淚來：「老爸，女兒真不希望你老啊！你是一條老黃牛，您這輩子為老百姓吃了多少苦，臥龍山人永遠忘不了您的功績。」

父親說：「不，孩子，爸爸是個罪人，那個罪孽污染了整個身子，永遠也洗不清啊。」

女兒說：「爸，難道您還做了傷天害理的事情？」

父親點頭說：「做過做過，甚至殺害了自己的父親。」

女兒驚詫地望他說：「您，怎麼可能？」

父親低下了頭歎氣說：「唉，人呢，這輩子有些實情不能說在嘴上，只能壓在心頭，讓它慢慢地熬，也許把整個身子熬焦了。」

女兒撲在他大腿上說：「我曉得您，又說胡話了，是想哥哥了吧？有一天，我上大學了，或者嫁人了，不曉得你可想我？」

父親一陣心酸，把下巴頦擱在她的額頭上說：「想啊，孩子，爸爸也怕你長大。長大了，你就離開家了。到時你走了，我同你媽兩個人，在林場裏像土地廟裏的一雙土地菩薩，你望望我，我望望你，看來看去，還是一對老人啊。看到老爺子走了，想到人哪，就這麼回事。」

女兒仰面看著他，又把臉伏在他懷裏：「爸，我長不大呢，我要永遠守著你們呢。」

過了許久，光妹抹著臉頰走過來，其實她沒有睡，她聽到這邊父女的對話，自己已是淚流滿面了。她不能讓丈夫想得過遠，過來叫小玉快去睡覺，扳開她在父親懷裏的身子，見女兒眼閉著，兩頰的淚珠從臉上滾下來，嘴裏咕嘟著：「我要陪爸爸，我要陪爸爸。」被母親拉到裏屋睡去了。

光龍見遺體頭上的油燈漸漸有些暗了，忙給燈盞上滿了油，食指剔剔結花的燈心，重新坐在草鋪上，望著老爺那張微笑的遺像，老爺好像也在溜溜地望著他，向他微笑，要跟他說話。他想到老爺這一生——修水庫、大辦鋼鐵那年，他偷了鋼管子做了這支火槍；修水庫，吃米糠拉不下屎；上萬人上工修水庫，只有他心裏明鏡樣，水庫、水庫是打水漂漂；抗拒吃食堂，丟了支部書記的帽子；食堂散夥了，寒冬臘月，全村人等在家裏餓死，是他站出來用這根土銃子，帶人上山打兔子、捉野雞、挖葛根，從此村裏沒餓死一個人；學大寨，叫我別出風頭；改革開放，同我上山栽樹——結果把這條老命送給了樹林。俗話說得好：「小孩不聽老人言，吃苦在眼前。」我這輩子沒有聽老人的話，到處碰壁，碰得鼻青臉腫，而聽了老人的話，生活就出了光彩，感到活著的意義。我這一輩子，如果沒有老人的指點，臥龍山哪有今天？如今老人走了，永遠的離開了我，今後的路還怎麼走？他感到沒有了主心骨。他想到這些，心裏十分難受，突然撲在老爺的遺體上嚎哭起來。哭得肝腸寸斷，哭得山崩地裂，把光妹、小玉哭醒了，跑過來抱住他。把石頭老人、二扁頭也哭醒了，上前勸解，可怎麼也禁不住。

石頭老人抹著淚說：「老爺啊，你多福氣啊，有人這般巴心巴骨地哭你呢。」

邵光龍邊嚎哭邊呼喊著：「老爺啊，你怎麼就這麼走了呢？你老是我的主心骨，你走了留我可怎麼辦呢？您怎麼連一句話也沒留給我呀……」

站在一邊的二扁頭想起來了，跪在光龍面前說：「大伯，你歇一下，老爺丟下話了呢。」

光龍這才慢慢停歇，問二扁頭：「老爺臨走前說了什麼話？」

二扁頭說：「老爺爺跌下坎子，臉發紫了，他緊緊拉著我的手，叫我轉告你：『山上的樹過幾年就要成材了，一定要熬過這一關。熬過了五更，天就要亮了。』」

邵光龍聽到這句話，握著拳，咬著牙，心裏默默地唸道：「熬過了五更，天就亮了。」再次撲在老爺遺體上哭喊著：「老爺，你放心吧，我就是上刀山、下火海也要讓臥龍山的樹木成林啊。」

第二天接待了鄉黨委、政府和有關林業單位送來的花圈、花籃。

第三天一早，鄉裏送葬的車子開到山下，李常有選擇八位年輕小夥子，把老爺遺體用玻璃罩著的棺材抬到山下。光龍要向每個人磕頭，石頭說：「抬重的都是晚輩，你向他們彎個身子就行了。」可光龍曉得這是禮節，向每個抬重的和車上的駕駛員都磕了頭，這輩年輕人受了大禮，有些不好意思，抬著遺體十分小心。

光龍一家三口披麻戴孝，小玉雙手捧著遺像站在車頭，光龍、光妹站在玻璃棺材的兩邊，車子經過村子，每家每戶全體出動，站在路邊磕頭放炮竹。光龍、光妹下車向每個放炮竹的人磕頭下禮。他們不像別人磕頭是做個樣子，腰沒彎下去就起來了，他們磕頭實實在在，一磕一個響，褲子磕破了，膝蓋磕出了血，磕得多少青年人淚流滿面，磕得多少老年哭成一團。臥龍山老一輩的村民沒有忘記肖老爺的恩德啊。

火化回來安葬在龍爪山上，同肖貴民兄弟和老孀子並列在一起。

安葬結束後，光龍問石頭老人還有什麼事要做，石頭說：「接下最後一道程序就是做七，每隔七天到墳頭燒個紙錢，大孝七次，七七四十九天。」

光龍說：「這我知道，還有嗎？」

石頭說：「講究的還要紮靈屋，這是迷信活動，你當過大隊幹部，就免了吧。」

當天晚上，光龍把老爺的遺像掛在堂屋正中牆上，那支獵槍靠在牆邊，桌上放著老爺的煙袋鍋子。光龍望著遺像和遺物，心裏很不平靜。他對光妹說：「村裏死了人都紮靈屋，老爺的靈屋沒紮，我心裏總像有一樁事沒做。」

光妹想了想說：「這件事辦了傳出去不好聽。要不這樣辦：你到林場待兩天，我把紮匠請光虎家院子裏紮，紮了就燒，別人問起來就說這是我的事。」

光龍就依了她的辦法。

第二天天沒亮，光妹就到鳳凰嶺村找紮匠。這紮匠姓馬，名叫馬新生，三十歲左右。他的生意十分紅火，上下十里村很有名，身邊帶了兩個徒弟，家裏蓋了兩層樓房，一個大院子加廠棚，紮出的靈屋一幢幢地排在廠棚裏，死者家屬帶錢取貨。

光妹找上門來對紮匠說：「馬師傅，我丈夫過去當過大隊書記，這拿靈屋走在路上，別人看了影響不好。能不能馱你步，走一趟。」

馬師傅一邊破蘆葦稈一邊說：「那可不中，我從來不上門做事的。」

光妹說：「那你派個徒弟怎麼樣？」

馬師傅望了她一眼說：「你是哪個村的，丈夫叫什麼？」

光妹說：「我是臥龍山的，丈夫叫邵光龍。」

這馬師傅停下手中的活，望著光妹，眼睛一亮，站起來問：「就是臥龍山林場上的邵書記嗎？」

光妹點了點頭。

沒想到這馬師傅二話沒說，親自扛著蘆稈、細鐵絲還有各色紙張和彩料，跟著光妹來到光虎的家，進門就問：「邵書記在哪裏？我要見他。」

光妹回家見大哥還沒上山，就帶他來見馬師傅。那馬師傅見了光龍也不說話，深深鞠了躬，然後才說：「邵書記，你不認識我的，我可早曉得你呢。」

光龍仔細打量他一會，說：「對不起，我們好像沒見過吧？」

馬師傅說：「是沒見過面，可我講我的老爸，也許你能想得起來。」

光龍說：「是老大隊幹部嗎？」

馬師傅說：「不是。當年文化大革命，紮高帽子的。」

光龍一下子想了起來，說：「馬加灰。戴了高帽子，打成壞分子。前幾年我還見過他。」

馬師傅說：「去年胃癌去世了。父親經常講，當年準備自殺的，是你勸了他，他才活下來的。大叔，今天我一定在你面前露一手。」轉身叫光妹上山砍一棵竹子來，自己劈開蘆葦稈動起手來。

光龍也不想到林場躲避了，給馬師傅拿煙泡茶，跟他後面當下手。光龍又問他：「你的手藝靠班學的？」

馬師傅說：「哪兒呀，心有靈犀一點通。小時候看他紮，看看就有點會了。老爸那些東西早已過時了，動不動就是三進兩包廂；現在講究高樓大廈、小別墅、家用電器……名堂太多了。」

光龍說：「那你準備給我老爺紮哪些？」

馬師傅吐口唾沫在手上搓搓，說：「大叔，你放心，平時在家，一般都是小徒弟動手，我指揮。今天我親自動手，不是吹，到時叫你大開眼界。」

馬師傅紮了兩天兩夜，臥龍山上下參觀的人絡繹不絕，個個讚不絕口。那是一幢三層樓的九泉別墅，還是歐式建築，尖尖的房頂，每層三大間兩小室——客廳、廂房、臥房、衛生間加陽臺。傢俱、日用品齊全，還有電冰箱、彩電、空調、微波爐、全自動洗衣機，就連臥室的被子、衛生間的抽水馬桶也是活靈活現。外壁一律是青磚紅瓦透明玻璃窗，一個大門樓子加車庫，進口賓士轎車一半在裏一半在外，好像正要開出來一樣。更為離奇的是，透過車前的玻璃看到裏面金鑄的手機。

人們好奇地問：「馬師傅，這手機能打通嗎？」

馬師傅說：「當然，你看看手機螢幕。」

人們爭著仔細看那上面有「冥通公司」的字樣。樓房前後有圍牆，裏面院子是個花園，有菊花、月季、牡丹、水仙、杜鵑、荷花、蘭花、百合、梅花等等，全是紅嘟嘟、紫陰陰、白光光的，鮮豔欲滴，在門樓上電燈光下，放射著耀眼的光芒，像神奇的寶石，像雨後的彩虹。

人們又問馬師傅：「這春天和冬天的花、陸地上的和水裏的花怎麼都開在一個花園裏呢？」

馬師傅又有說法：「陰間沒有春夏秋冬，也不講究水上陸地了。」

紮好了房子，馬師傅又摺元寶、銀錠子，把帶來的金紙、錫紙裁成方塊，拿在手上一摺，再翻過來一摺，再一窩，一個元寶金光閃閃的就出來了，發動大家都動手摺，摺了一大籃子。他又叫小徒弟送來一大塑膠袋冥票。光龍一看嚇呆了，其實是一百元人民幣的圖案，把頭像改換成玉皇大帝的照片。這票面有大有小，小的一百元，大的百萬、千萬還有億元，加起來有幾千個億。人們都擔心，這麼多錢，肖老爺子在下面怎麼用得完噢。

所有的東西都弄齊了，準備焚燒。馬師傅忽然想起什麼，說還有一樣沒紮。光龍問他還要紮什麼。

馬師傅說：「老人都快八十歲了，聽講四十年前就死了老伴，沒有再娶，我給他紮一個老伴陪著他。」

光龍說：「那我老孃子見了怎麼辦？不罵他老混賬啊？」

馬師傅說：「時間過了快四十年，你老孃認不出來了。再講你老爺沒找，你老孃子說不定在下面岔上了。」

光龍搖搖頭說：「不可能，老孃是個本分人呢。」

馬師傅還理由十足地說：「就算你老孃子守著他，現在有錢人都包二奶，就算帶一個二奶吧。」

最後光龍還是說服馬師傅，這一項內容就免了。馬師傅為這一道菜沒上感到十分遺憾。

燒靈屋得選在村裏的場基上。按照馬師傅的指揮，所有東西都在場基上擺好，全村人像玩猴子把戲樣的全部到場，名義上講是給肖老爺子送靈屋，實際上是來參觀看熱鬧的。

石頭老人把小兒子石鎖拉在身邊，含著淚說：「兒子，老母豬兒女多，死了四腳朝天。和尚無兒女，死了鑼鼓喧天。老爺的死，這是震天動地啊。兒子，以後我死了，你若是我的兒子呢，別講三層樓，哪怕就給我一小層，我也閉目了呢。」

多少老人感歎肖老爺子的福氣，有光龍這個不是兒子的孝子。

馬師傅看看手錶，大聲說：「時辰已到，點火、鳴炮。」

一時間那炮竹震動山谷，衝破長空。光龍舉著火把，首先點燃靈屋四周的稻草。頓時四周火苗像跳動的彩綢在微微抖動，密集的火星向靈屋噴湧。火頭藉著風勢，像猛獸張開大口吞噬著靈屋，化成一團火焰向天空噴灑，極為壯觀。說來也怪，那灰濛濛的天邊升起一陣旋風，成了一個立地接天的白色圓錐形柱子，像一個白色的幽靈，漸漸地向這裏靠近，旋轉著，疾馳著，呼嘯著，鋪天蓋地而來，捲起地上的紙灰漫天飛舞。

石頭老人大聲喊叫：「大家全部跪下，跪下！」

全村人全部跪下，頭撲在地上，只聽到狂風在耳邊嘶嘶咬咬。等了好一會，風停了，抬頭看到場基地上是水洗般的乾淨。

石頭老人說：「老爺子啊，你把房子收去，享清福去了，留下我們這幫人還得受苦受難呢。」

當天夜裏，好大的一場風雨，呼呼啦啦，把臥龍山村前大槐樹上過冬的烏鴉窩都給吹落下來，兩隻毛茸茸的小烏鴉死在地上。那一對老烏鴉在樹上飛旋著、嘶叫著，是那般地淒慘。

邵光龍這天晚上沒上林場，睡在家中夢到山林的事情，起床開門，天已經濛濛亮了。他不知道昨晚一夜狂風颳得門口滿地枯葉，像肖老爺子出殯撒的上路錢。門前的路邊擠著一堆人，嘈雜聲、議論聲一陣緊似一陣。李常有同一個高個子頭上紮著白布條子的人在談論著。光龍想這又不知道是哪家不是兄弟打架，就是夫妻吵嘴。相吵沒好言，相打沒好拳，清官難斷家務事，看樣子李書記有些招架不住了。光龍想應該上前勸幾句。等往前一看，紮白布條的是校長李春林。他大吃一驚，這是怎麼回事？

李校長哭喪著臉說：「老書記，出大事了。昨晚上的一陣狂風，把學校山牆頭上的一塊磚頭吹落下來，正巧落在我們的床上。我們的小佳佳睡在床裏邊，可憐把她一條腿砸斷了，說不定要殘廢了！」

李常有說：「老書記，我現在是沒骨子的傘，支撐不開了。村裏真是七處冒火，八處冒煙。龍頭山砍樹的事沒處理好，你看又出了這檔子事，鬍子、眉毛擠到一起來了。」

邵光龍腦袋「嗡」的一聲，像是被鐵錘砸了一下，三步兩步扒開人群，看平板車上鋪著白被條，被角上染紅了一大塊，小佳佳躺在被窩裏，臉色像一張白紙。光龍記得這孩子是光虎蓋樓房那年出生的，算來正好虛十歲了。

站在一邊的黃毛丫抹著眼淚，輕輕拍著小佳佳的被頭說：「小佳佳，小佳佳，老書記來看你了。」

小佳佳被拍醒了，睜開那美麗的大眼睛，看到身邊那麼多的人，她小嘴動了動，可沒發出什麼聲音來。

李校長撲到女兒的被頭說：「孩子，書記伯伯和爺爺都來看你了，你有什麼話說嗎？」

小佳佳沒有望他們，她把目光落在父母身上，突然哭著說：「爸爸，媽媽，我不在學校裏住了，我好怕呀！」

光龍彎下腰，抹著小佳佳眼角的淚水說：「小佳佳，爺爺要給你蓋個新學校，啊！」圍觀的人都在抹眼淚，有的人還發出嗚嗚的哭聲。這時醫院的救護車來了，把小佳佳和她父母接走了。

李常有走過來同光龍談學校的問題，說教委的九萬塊錢已經到賬了，而他們自籌的款子不能落實。

光龍已經聽光妹說過學校的事，看了看光虎的三層樓房，當機立斷，說：「學校再也不能住人了，首先把桌椅搬到光虎家裏來，開年就在這裏上課，這三層樓能開三個班。」

李常有說：「那光虎、玉蘭回來怎麼辦？」

光龍說：「光虎對我講他不會回來了。萬一回來再說。」

李常有興奮起來說：「有你這話我就放心了，那新學校……」

光龍說：「既然上面款都來了，還有什麼話講，與工程隊簽合同，那筆錢我來想辦法！」

李常有一下子笑了，說：「哎呀，老書記，這事壓在我頭上像一座山呢。看，在你面前是一塊磚，一腳就踢開了。」說著從荷包裏掏出兩張紙和筆說：「老書記，合同早定下了，我表態了人家不相信。工程隊的劉隊長說，只要見你三個字就開工。」

邵光龍二話沒說，在李常有的合同上簽了字。

李常有跳起來說：「好，我這就找工程隊來建學校。」說著跑走了。

邵光龍的表態不是一時的心血來潮。這麼多年的風風雨雨把他磨成了好脾氣，性情好，穩當，碰到天大的事情，不冒火，不急躁，是啞巴吃餅子——心裏有數。眼下蓋校要款，農民家中抽不開，只好把眼盯在山上，他只有硬著頭皮拔掉這個釘子，才能徹底保護好山林。可眼下的路怎麼走呢？他沒有徹底想好。但他相信事在人為，路是人走出來的。現在是從東方走，還是從西方走？是走山路，還是走水路？是找門路，還是鑽草棚子？他扳著手指頭盤算著。人生是什麼？人生就好比碰釘子，碰到一根拔一根。眼下也許是他最後一根釘子了。老爺臨終的話講得好：「山上的樹，再過幾年就能成材了。」現在是最困難的時候，一定要熬過這一關。熬過了五更，天就要亮了。

光龍回家吃過早飯對光妹說：「換衣服，我要出遠門。」

光妹說：「就要過年了，還要去哪裏？」

他說：「上省城找光雄，也許這個年會過得很豐盛呢。」

她不知他借錢建學校，以為是還張大嘴那一千塊錢呢。

光龍換了衣服走出門，光妹追出來把家裏唯一準備過年的兩百塊錢放進他荷包裏。這錢本來是付紮靈屋馬師傅的工錢，可馬師傅沒有收才餘下的。

光龍說：「路費我有的。」

她說：「這麼多年第一次登門，總不能空著手吧。再講不怕一萬，就怕萬一，出門多帶點錢不是壞事。」

這時小玉也追過來說：「爸，這些天你太累了，歇一天再走吧。」

光龍拍拍她的肩頭說：「不了，早走早回家過年呢。這幾天林場就指望你們了。」

小玉還像個小孩子，生怕父親出門一時回不來一樣，撲在他懷裏擁抱了一下，眼裏含著淚花。

光妹埋怨她說：「這麼大孩子，別人看了笑話，你爸明後天不就回來了嘛。」她嘴上這麼說，可還是望著丈夫說：「要早點回來，我們等你過年。」

光龍說：「放心，不管情況怎麼樣，一定回家過年。」說著向村頭邁開了大步。

石頭聽說光龍要上省城，追過來說：「老書記，你能看看我兒子嗎？可憐我兒子嚇得不成樣子，你見到他就安慰他幾句吧。」

光龍說：「他在什麼地方，有地址嗎？」

石頭說：「他講在市政府廣場邊上有座二十多層的高樓，他在第八層。」

光龍笑了：「乖乖，這個小石蛋子，人不可貌相呢，住在二十層大樓上。你放心，我一定找到他。」

石頭送走邵光龍，心裏的石頭總算是落了地。他消閒地往回走，見村部門口停了一輛吉普車，他曉得那是治安幹事又來調查。已經查了好幾天，開了座談會，材料搞了一大疊。他準備去打聽打聽。走到李常有家門口，見他家門沒有鎖。他想這個張臘香也是忙糊塗了，門都忘了鎖。他扯了根竹杈絲子想把門扣子插上。手一推門，門從裏面閂著的，說明裏面有人，是哪個呢？張大嘴飯店一個人忙不過來，他看到張臘香和兒子早就去幫忙了，村裏出了一連串的大事，李常有還有閒心思在家裏嗎？他家沒人，這裏面又是誰呢？他感到事情不那麼簡單，就躲在草堆子後面瞇著眼往這邊看，看這到底是什麼門道，是不是有三隻手（小偷）趁混亂的時候撈一把。

過了好一會，只聽門「吱」的一聲開了一條縫，是李常有伸出頭，左右張望著又縮了回去。接著一個熟悉的身影從裏面出來了，這是自己的兒媳婦高翠英。她低著頭，頭髮還有點像亂雞窩。她走得很快，步子有點亂。又過了一會，李常有出來了，鎖了門摸摸頭髮，咳嗽一聲，吐了一口痰，大步向村裏走去。石頭看得清清楚楚、明明白白，他歎了一口氣。唉，怪不得村裏有那麼多人講閒話，他總是塞在耳裏都不相信。因為李常有身邊有個母老虎，平時叫他打狗不抓雞，叫他到東不到西。可今天看到了，村裏出了這麼多亂子，狐男狗女大白天能在家幹什麼？平時夜裏開會可想而知是幹成什麼樣了。想到這些，他覺得心頭一股火氣冒出來。「這個李常有，三分是人，七分是鬼，身上爛糟糟，肚裏塞花糕。還有那個母老虎張臘香，平時講把丈夫捏在手掌心裏，可丈夫丈夫，你連丈把遠都管不了嘛，敢在你眼皮底下拉女人呢，你同他稻草滾成了金，還摸不透他的心呢。」

「唉！」他背著手、低著頭回家去了。剛才看到的，像瞎子看到死兒子——跟沒看到一樣。因為他曉得這麼多年費和稅沒交，李常有在他面前沒放過屁，這次鬧的，東西最後又還給了他，這一切都是兒媳婦的功勞呢。「這次兒子砸了車，又上山砍樹，導致肖老爺子摔下山坎子跌死了。邵光龍寬宏大量，沒追究。可姓李的要是插一槓子管下去，兒子你跑到天邊也會把你抓回來。現在兒媳婦同他困過覺了，他自然會睜一眼、閉一眼，兒子的事也大事化小、小事化了，是兒媳婦救了兒子。」這麼一想，他感到兒媳婦是那麼的賢慧呢。

果然不出石頭所料，臥龍山砍樹、肖老爺跌死，隨著時間的推移，村裏人又忙著過年，再沒有人追問這件事了。

四

邵光龍上午趕到鄉到鄉政府，中午到了縣城汽車站。他多遠就看到車站裏裏外外擠滿了人，感到這下不好，這麼多人什麼時候才能跟上車？好在自己沒帶什麼東西，只揹著一個黑色仿皮包。他跟著人群往裏擠，擠著擠著感到不對勁，這些人揹著大包小兜的往外擠，每輛車進站都是滿滿的，而出車站的車空得很，沒幾個。他這才想起來，臘月皇天的，打工的農民都往回趕，只有像他這種特殊情況的才往外跑。

他首先買好了車票，在候車室坐了半個小時沒人喊上車。這時一位中年婦女頭上紮著毛巾，拎著塑膠桶在賣茶葉蛋，走到他面前問：「這位大哥，怎麼乾坐著？」

他望了她一眼說：「我到省城，還沒叫呢。」

那婦女笑了，說：「看樣子你沒出過遠門吧？」

他說：「是啊，有十多年沒出過遠門了。」

那婦女說：「怪道呢。車站外面到省城幾分鐘就一班。」

他一驚，站起來就要往外跑，那婦女說：「你打票了吧？」

他說：「打了，早打了。」

那婦女說：「壞了，你被套住了，只能跟這班車了。怎麼樣，送你個經驗，買個茶葉蛋吧，三毛五一個，一塊錢三個。」

他看著那婦女，心裏過意不去，只好掏出一塊錢，買了三個茶葉蛋放到包裏。又等了半個小時才上車，好在車上就幾個人。

從江城縣到省城本來是六個多小時，路上車子多，加上兩段在修路，一直坐了八個多小時，幸虧買了三個茶葉蛋，夜裏九點半才進省城汽車站。他想現在找先鋒襪廠已不大可能了，夜裏怎麼打發呢？又想到臨行前石頭的交代，就問車站裏的工作人員，市政府廣場在什麼地方，他們講，出車站靠右手走兩個站牌就到了。

出了汽車站，他看到滿街上都是人，像潮水一樣，街道兩邊的燈光亮晶晶、明燦燦，把大街小巷照得像大白天一樣。大商場還在開門營業，人們大包小兜地進進出出。他想大城市就是不一樣，這時候臥龍山的人們都睡了一覺醒起來撒尿了。

他走到市政府廣場，原來這裏沒有廣場，而是個街心花園。一打聽才曉得過去是市政府所在地，去年搬走了，現在這裏叫市政府廣場花園。只見一根根燈柱閃爍，多處噴泉只是沒有開動，到處草木叢生，長椅短凳隨處可見。他望望四周，這裏沒有任何高樓大廈，只有一幢砌了磚頭的二十多層的毛坯樓。牆上掛著網兜和跳板，週邊砌著一人多高的圍牆。他看到這些，想想為石頭那死要面子活要臉的話感到好笑。找不到石蛋，這下怎麼辦？他感到很睏，想找個長椅子坐下來休息一下，可惜椅子上都有男女青年，摟抱在一起。好不容易在一張空椅子上坐下來，聽到椅子背後有響聲，回頭一看嚇了一跳。原來一對男女在椅背後正親嘴，親得熱火朝天。那對男女見他好像不好意思，起身低頭走了。他這才忐忑不安地坐下來。他感到很睏倦，便把小包當枕頭，想躺一小會再打算。不知不覺睡著了。不知過了多長時間被凍醒了。奇怪的是身上蓋著一件黃色舊大氅，他坐起身來，回頭見石蛋站在邊上，大概因為冷正在做運動。

他很不好意思把大氅遞給他說：「石蛋啊，你怎麼在這裏？這麼巧。」

石蛋穿上大氅說：「這麼大冷天，別凍壞了，跟我走吧。」

光龍揹著包，十分高興地以為要到他住的二十層大樓。可他離開廣場轉了個彎，進了巷子裏的一個浴室。光龍說：「你不帶我到住處？我不要洗澡的。」

石蛋說：「澡堂裏十二點結束，改成住宿，五塊錢，洗澡不把錢。」

光龍想：「還有這麼便宜的事？」從荷包裏掏錢。

石蛋說：「錢已付過了，要找我到廣場，我每天晚上都在。」說著出了門。

光龍追過去，叫著：「石蛋，等我辦完事帶你回去過年。」

石蛋回頭在燈光下站了一會，望著他半天才說：「好唻！」轉身飛一樣地跑了。石蛋大約想到家裏的事已經平息，他沒有大事了。

這個澡堂是地下室，床只有兩尺來寬，大通鋪，睡的人還真不少。光龍脫了衣服感到身子冰涼，就進了水池，洗了一把澡。水很髒，像陰溝泥。一池子水洗了一天一夜，能不髒嗎？他泡熱了身子就睡下了。

他還在睡夢中，被人推醒了。他睜開眼看是個白頭髮老人，老人大聲叫著：「起來起來，澡堂開張了。」

他爬起來穿好衣服問老人：「請問老大爺，到先鋒襪廠怎麼走？」

老大爺邊疊被子邊說：「先鋒襪廠，那是老廠，在城東，你要到汽車站去問。」

出了澡堂，見外面牆上掛鐘已是十點了。昨晚熱水一泡睡得真舒服呢。出了大門，感到精神特別飽滿，在小攤上買了早點吃。

走到汽車站，心想，臨動身時光妹說得對，這大過年的，二十多年沒見面，總不能空著手去吧？於是轉回來想買點東西。他跑到大商場，買什麼呢？給他小孩買衣服，又不知孩子長得多高，穿多大號碼的衣服。再看這裏的衣服每件都是三四百塊。又想買幾斤小糖，看到小糖的品種很多，每種都二十多塊錢一斤。這小糖看起來同張大嘴小店裏的小糖樣子差不多，可他那裏只有兩三塊錢一斤，這不是坑人嗎？想來想去買不到東西，越想越懊悔。昨天在家動身走得太匆忙，要不帶點板栗子、乾竹筍子什麼的土特產多好，要不在這裏買一點，就講是家裏帶的。他轉了幾家商場都沒見到，一看時間已經下午一點多了，不能再找了。

「算了，什麼也不買了，以一個窮光蛋的身份去，我是來借錢的。」趕緊跑到汽車站，問先鋒襪廠在什麼地方。車站人很客氣，指他向東方向坐五十八路，轉一一七路，到底就到了。他出汽車站上了五十八路，又轉上一一七路，上車就問女駕駛員：「到先鋒襪廠在哪裏下？」

那女駕駛員沒著聲，售票員回答說：「到底下，再走一站路就到了。」

他鬆了一口氣：「哎，沒想到這麼容易就找到了。」心裏很高興，想到馬上就能見到兄弟了。「唉，上萬人的廠子，工會主席，說不定小汽車，家裏有電話了。因他過去與光妹的那一層關係，自從上大學時講永遠不回來，真的斷了這條路呢。我這次來不會不買我的賬吧？他不是那種忘恩負義的人。我開口就講借十萬，看他什麼臉色。他要是有難處，就改為八萬，最少不能少五萬。對，就這麼定了。」他正想著，見車子調了頭，車上人都下去了，他也跟著下了車。

他看到橡膠廠的牌子。他再往前一看，哇，這裏是工業區，好多廠房、大煙囪，一幢幢的拔地而起，紅色的廠房，像臥龍山大大小小的山包子，還有高壓線鐵塔大門樓子。他想走一站路就到了，便埋頭往前走。一路有塑膠廠、製藥廠、電子廠、保健品廠、印刷廠，就沒見到先鋒襪廠。他感到不對勁，已經走了不少路了。他只好問一位小青年，小青年說：「你走過老鼻子了，就是塑膠廠邊上那個大門樓子。」他想我真瞎眼了，怎麼塑膠廠邊上的大門樓子都沒看到呢？

他重新到了塑膠廠，見邊上是有一個大門樓子，兩邊是水泥墩子，沒見到牌子。正在犯疑，見裏面走出一位老大爺，他迎上前去問：「請問老大爺，先鋒襪廠在什麼地方？」

老大爺說：「就是這裏呀。」

他心裏一驚，抬頭望：「不對呀，怎麼沒牌子？」

老大爺說：「是的，這是老廠，分掉了，這裏不生產了，成了宿舍區。」

他說：「那我向您打聽一個人。」

老大爺說：「說，叫什麼？」他說：「肖光雄。」

見老大爺想了半天沒吭聲，就瞪大眼睛又說：「是你們工會主席。」

老大爺更是一個勁地搖頭：「不可能，不可能，告訴你，我就是先鋒襪廠第五車間的工人，工會主席我能不認識？」老人說著就往外走。

這下他懵了，呆了，傻了，這是怎麼回事呢？這時見那老大爺又回來了，對他說：「看你樣子從鄉下來的吧？快過年了，不容易。來，跟我來，我家老太婆子過去在工會上班，也許她知道。」

他一個勁地彎腰點頭說：「謝謝，太謝謝了！」

老人一邊走一邊說：「我們先鋒襪廠過去全省第一家，八〇年代初生產尼綸襪，紅得半邊天，光工會職工就有四十多人。後來呢，像得了癌症的老人，說倒就倒了。九〇年改制分了四個小廠，這裏就熄火了。」

他跟老人往裏走，發現全部是一幢幢二層樓的房子，矮矮的，灰濛濛的，上下走廊堆滿了垃圾，上面掛著灰吊子，有的房簷瓦片像要掉下來一樣，有的山牆上有大小洞眼，與臥龍山小學差不了多少。好多中年人都沒事做，有的打撲克、下象棋，有的在曬太陽。

只見老人向一幢樓上走廊上喊:「老婆子,老婆子。」

有個滿頭白髮的老婆子從窗戶裏伸出頭問:「怎麼,五塊錢還不夠?」

老人說:「向你打聽個人,叫……叫什麼來著?」

光龍馬上答:「肖光雄。」

老人衝上面說:「叫肖光雄,工會有嗎?」

走廊邊有個老人在曬太陽,答了腔:「哎,老曹啊,你講大老好怎麼著?」

老人突然拍拍後腦勺笑笑說:「哦,我想起來了,你問的是大老好。」

這時那老太婆頭上紮著毛巾,出門站在走廊上,手上拿著雞毛撣子。下面的老大爺又問:「大老好老家來人了,他分到哪去了?」

那老太婆把手上的雞毛撣子在走廊欄杆上敲敲,頓時一團灰塵飛舞著。她望了光龍一眼說:「這麼多年從沒聽他講過老家人呢?他在大西門,哎,可遠了,你坐一一七轉五十八到底,只有四五里路。問西門毛巾廠就行了。」

他曉得這兩班車,就連聲說:「曉得了,謝謝了。」他跟老人往廠門外走。

老人忽然低頭笑笑,好像自言自語:「對,我想起來了,大老好,在毛巾廠當工會主席,好人啊。」老人出了大門先走了。

出了大門,他心裏涼了。「天哪,一切都是空的,像一團火被澆了一勺涼水。怎麼辦呢?去還是不去,不去又到哪裏去?」他看到太陽都要下山了。「冬天日子真短,怎麼轉了一圈就晚了呢？唉，既然跑了這麼遠的路來了，還是去一趟吧，不到黃河不死心，不見棺材不落淚。這麼老遠的，說什麼也得見上一面。」於是他又坐上一一七路車，再轉五十八路到底，這裏是東門，馬上到大西門，正好穿城過了一趟。在車上他想想又好笑：「也真是的，江山易改，本性難移啊，在家全村人喊他狗熊，在工廠人家叫他大老好、好人啊。想到『大老好』這個名字，可想而知，什麼打開水、拖地、抹桌子什麼事都做的，像這麼一個老好人，能當小廠裏的工會主席，說明這個廠還有多大玩藝頭呢。」

臘月裏街上人多，車子到了終點站，天已暗了下來，街邊的路燈都亮了。他一下車，四五個中年人湊過來，有人拉他胳膊，有人搶他的包。他嚇了一跳。「去哪兒，要送嗎？」「上我的車。」他聽到七嘴八舌的爭吵聲，才曉得是一幫蹬三輪車的。當聽他說到毛巾廠，那幾個人都撒了手。有的說：「晚上，沒二十塊送不到。」他心裏有數說：「不就四五里路嘛，還要二十塊？」那人又說：「路不好走，還上一個坡，最少也得十五塊。」他心想，城裏的路是尺打的，講是四五里，其實也只山裏的二三里路，再不好走比山路強，走。他轉身就走。可聽到後面有人喊：「注意囉，有四條岔路，別走岔了。」接著是一陣轟笑。聽後面這麼一說，他愣住了，看到前面是郊區，農村的樓房一幢幢的，路邊的樹木一排排的，一陣寒風吹來，他打了一個冷顫，他站在那裏正不知如何是好時，聽得後面那幫蹬三輪車的人在議論著：「怎麼？收車啦？」「空車嗎？那邊有個人是到你們廠的。」「真的，本來我拉的，送給你了。」

他聽到這些正欲回頭，只見一輛三輪車一陣風樣地來到面前，「剌啦」一聲剎了車，那人十分熱情地說：「老闆，上毛巾廠吧，來，上車，我就是毛巾廠的。」

他望著這位拉車人是中等個頭，穿著一身印有毛巾廠的工作服，頭戴馬虎帽子，把整個腦袋蓋得緊緊的，只留下兩隻眼睛。簡直就像是攔路搶劫的蒙面人，他有些害怕，問那人：「要多少錢？」

拉車人把眼瞪著他，愣了半天不講話。

他更奇怪了，說：「我問你多少錢，怎麼不說？」

那人好像回過神來，回頭看看後面的人，說：「老闆，你講幾塊，兩塊行吧，上車吧。」

他見這人樣子有點老實，說話聲音聽上去好像我們家鄉的人，便坐上三輪車，又補了一句：「講話要算話喲。」

這輛車有些破舊了，兩邊有幾塊補丁。郊外的風一陣陣地，颳得車子頂棚嗚啦嗚啦地叫，好像公安局的警車。風颳在臉上像刀在刺。他想怪不得拉車人戴著馬虎帽子，冷風像鋼針樣往他身上鑽，他抱住身子向拉車人說：「向你打聽一個人，叫肖光雄，外號叫大老好，你曉得嗎？」

那人答：「放心，負責送到他家。」

這時正好是上坡，那人嘴上答著，身子彎得像一張弓，腳下用力踩著，身子一歪一歪的，嘴上呼呼地喘著氣，像是拉風箱。他不再問話，有些不好意思又說：「上坡，我下來走吧。」

那人跳下車說：「不，這是規矩，不然我不能收你的錢。」說著便一手扶著車把，一手拉著後面車棚子，彎著腰一步一步向上爬。

他坐在車上，屁股像針扎樣地不自在，說：「其實，我是山裏人，習慣走路，我坐你的車只是想認識路，我是找我多年沒見的兄弟……」他話沒講完，車子已上坡了。

那人說：「坐好，別動。」接著車子下坡，那人還用力地踩著腳踏，車子像要飛起來。他有些害怕，緊緊抓著車棚兩邊。原來又是一個小的上坡，那人是利用這個慣力，一下就衝過那個小坡。再轉個彎子，就見到一個門樓子，門邊有兩盞不太明亮的電燈，燈光下照見先鋒毛巾廠的牌子，這下他光龍也踏實了。

三輪車進了廠門，又轉了一個彎，見到四五排小平房，外面有走廊，三輪車沿著走廊往裏走。忽然聽到有戶人家在吵嘴，一個女的大哭大鬧的聲音，大聲罵著：「你怎麼這麼窩囊呢，你不是人，是豬，畜牲啊。」

光龍心想，這些工人同農村差不了多少，吵起嘴來什麼髒話都能罵得出來。他還沒回過神來，一隻紅紅的木板樣的東西直溜溜飛進三輪車，不偏不倚正好砸在他的膝蓋上，痛得他雙手直揉著，拿手摸那東西，一看，呆了，原來是一隻紅色女式高跟鞋。那拉車人來個急剎車，從光龍手裏拿起鞋子進了那戶人家，只聽「兄弟、小妹」的喊了好半天，吵嘴聲才小了，變成嗚嗚的哭聲。拉車人出來推著車子往前走了幾步，停了車，把頭上的帽子摘下來，像掀開蒸籠樣的一股熱氣飄在頭上，咧嘴向他微笑著：「大哥，到家了。」

光龍抬頭望著那人，驚愕了半天，怎麼也想不到這位拉車人就是光雄。

唉，說來也不奇怪，自從光雄七三年離開臥龍山到今天也有二十五個年頭了，無情歲月催人老啊。算來他也快五十，在農村也是小老頭子了。看那張臉笑起來像寒冬臘月掛在樹枝上的蘋果，皺巴巴的，頭髮白了一大半，就是在農村日子苦一點，這麼大年紀的人到這一天也可以掄胳膊、甩大腿了，他還蹬個三輪車。他想想心裏要流淚。

只見他進了門，脫下外套掛在門後面，換了一件呢子中山裝，伸頭對門裏喊：「珍美，大哥來了。」

從裏屋傳出電視上哭哭啼啼的聲音。一個胖女人站到門邊，名叫珍美，其實是真醜呢。矮矮胖胖的身子，像一隻馬桶，特別是那張短短的臉雙下巴，兩個臉蛋子鼓起來，把一雙本來就不大的眼睛擠成了一條縫，大冷天大概在床上躺著看電視，腳上穿著大棉團的拖鞋，站在門口驚異地問：「咋的，大哥？」

光雄解釋說：「就是老家的光龍大哥。」

光龍向她點頭笑笑：「想必這是弟妹了，跟孩子喊應叫小嬸子。」

珍美眯著眼說：「喲，真是稀客呢。」轉臉向光雄：「啥子大哥大哥的，孩子都上高中了，該叫大伯。」又轉向光龍：「大伯呀，咋不帶個信，好叫光雄去接你。」

光雄笑著說：「巧呢，就是坐我三輪車來的。」

那珍美大概看到光龍穿的也沒什麼特別，手上拎著一隻小皮包，沒再招呼進屋繼續看她的電視去了，也許是什麼港臺片比這鄉下來的客人更吸引她吧。只是在房間裏補說了一聲：「晚上沒菜呢。」

光雄說：「我知道——大哥你坐，我去去就來。」出門又回頭：「廚房裏有水，你自己來。」說著飛一樣跑走了，大約又去勸人家打架、吵嘴的事了，工會主席嘛。

光龍這才打量光雄的家。這屋子是兩大間隔成的三間，進門是堂屋，城裏人叫客廳，裏面是一個小房間，應該是孩子住的，左邊是一個大房間，那是他們夫妻的臥室，門口是走廊，一頭空的正好放三輪車，還是兩個輪子在裏，一個輪子在外。另一頭是小廚房。他感到確實有點渴，進了窄小的、有兩個人就轉不開身子的廚房。裏面放著一個煤爐子，一隻小碗櫃吊在牆上。櫃下一張條桌，桌上鋪著花色塑膠布，上面有電鍋、水瓶和茶杯。他拿了一隻茶杯，不知茶葉在什麼地方，桌上沒見茶葉筒子。又看到茶杯四周一道茶垢，在自來水上洗了洗沒洗掉，也就不講究了。倒了一杯開水，水也不怎麼熱。喝了一口，感到肚子餓，揭開煤爐上的小鍋蓋子，見鍋裏有吃剩的白菜豆腐，沒見一丁肉。電鍋是熱的，上面蒸了幾塊醃肉。弟媳和孩子應該早已吃過，水池裏碗筷還沒洗。這飯菜是留給光雄的。他想，俗話說：「命中只有八格米，走遍天下不滿升。」在家是狗熊，看這個寒酸的樣子，也是耗子尾上長疙瘩——能有多少膿血？

這時，光雄一手拎著一個小塑膠袋，一手拿著一瓶酒回來了。進了廚房，見他手裏玻璃杯子，說：「大哥，有茶葉，你怎麼不喝茶？」說著從碗櫃裏上格翻出一個鏽糊糊的茶葉筒子遞給他。光龍揭開來，一股黴味刺進他的鼻子。他推開說：「不用了，我喜歡喝白開水。」

光雄現買了一碟滷鵝、一碟豬頭肉，加上鍋裏的白菜豆腐和醃肉，四個菜、一瓶古井佳釀。光龍知道這酒也只有七八塊錢，張大嘴飯店裏算是低檔酒。家裏沒見小盅子，就用茶杯子代替。他也就不客氣地坐在上沿正欲動筷子，又轉念對光雄說：「你孩子、媳婦吃過了嗎？」

光雄說：「孩子上高中，晚自習去了。」向裏屋有意大聲叫著：「珍美，大哥，不，大伯喊你來吃。」

珍美像隻企鵝樣一扭一扭地出來說：「大伯，我吃過了，看準備了什麼好菜。」拿光雄筷子夾了一隻滷鵝腿子放嘴裏轉身就走，到房門口又回頭：「大伯，俺就不陪了。」便關上了門。

他們兩人一人一杯地喝著酒，半天沒有一句話。光龍幾次想開口，又不知從哪裏講起，本想喝上幾杯，藉酒蓋著臉好打開話腔，沒想到光雄先開了口：「大哥，家裏還好吧？」

光龍不由自主點點頭說：「好，還好！」

光雄又問：「大嫂還好吧？」

光龍說：「你講光妹？好，身子可硬著呢。」

酒過三杯，光龍身子熱乎了，酒勁開始上來了，便端杯子在他杯子上碰了一下說：「這些年，你還可以吧？」

光雄望了他一眼，又抬頭望望房子說：「你不是看到了嘛，吃不吃看臉色，穿不穿看身上。」

光龍說：「也許是表面呢。冬天的南瓜外面灰濛濛、麻疙拉瘩的，可內瓤子黃生生的呢。」

光雄愣了一下，紅著臉低頭說：「大哥笑話我了。」

光龍夾了一筷菜：「你沒當過工會主席？」

光雄說：「大廠裏有八個副主席，我就是最後一個副主席，小廠裏當然是主席，人家叫我老主席了。」

光龍滿面堆笑著：「這不就對了，瘦死的駱駝比馬大呢。這年代同我當大隊書記那歲月是一個在天上，一個在地下。現在只要攤到頭上有頂帽子，哪個單位不是窮廟富方丈呢。」

光雄說：「你看我不都下崗蹬三輪了嘛！」

光龍說：「這下崗之前手上不存個幾萬塊的？」

光雄笑笑：「嗨，大哥真會講笑話，不是萬，是彎，是把腰彎得像弓一樣。家醜不瞞你大哥，這兩間破房子還是半產權呢。」

光龍一手端酒杯遮著臉，看出他的臉都白了，眼眶也紅了，沒有再追問下去。

過了好一會，光龍深深歎了一口氣，又說：「唉，這麼說你當幹部，跟大哥當年當幹部一樣啊。」

光雄有些激動地說：「我一個小廠的工會主席，就是大廠的副廠長又能怎樣？大哥啊，剛才我們回來時，那家扔女式高跟鞋的知道是誰家嗎？你曉得那女人為什麼要哭嗎？」

光龍說：「夫妻打架還不是家常便飯。」

光雄說：「那可是我們大廠的副廠長同他老婆。」

光龍平靜地說：「這也不奇怪，舌頭跟牙齒倆好，有時還咬一下呢。」

光雄猛喝了一杯酒，說：「不，大哥，你聽我說。這些年改革開放加改制，把我們工廠改慘了，埋沒了多少人才啊。這小子叫沈闕金，八〇年代初期，工業大學畢業分到廠裏。講起來好笑，當年在全廠職工大會上，黨委書記是山東人，介紹他的名字時，工人們聽岔了，以為是『升官精』。從那以後，工人們都叫他『升官精』。這小子可了不得，技術精，人緣又好，頭年副科長，第二年當辦公室主任，第三年才二十五歲就當了副廠長，我們都說他升官精要升到北京，前途無量呢。而他呢，卻清廉得很，從來沒收過別人一分錢東西，工人們誇他說：『廠長升官精，公私分得清。』好人啊。可好人沒好報。九一年改制，他分到小廠還當副廠長，下崗前家裏沒有一點底水，整天窩在家中無臉見人。生活沒著落了怎麼辦？他老婆當年是全廠的大美人，他給老婆買了雙紅色高跟鞋，叫她去做吧檯小姐。你講丟人不丟人？大哥，工人階級，這就是當代的工人階級啊！」說著又猛喝了一杯酒，眼裏含著淚花。

可邵光龍不這麼認為，他說：「也怪你們這位副廠長，豆腐潑了還拿什麼架子？」

光雄說：「可是，我們進大門外的那幢小洋樓呢，開飯館子賣滷菜，你猜誰家的？廠長的小姨子。廠長呢，跑到沿海邊一個城市開了私家廠，火得不得了，老工人聯名寫信上告告不通。我們就組織起來上訪，上面才派工作組來查賬。查了一次又一次，至今也沒查出個所以然來。結果給每個上訪者發百把塊錢了事，這叫我們心裏怎麼能平衡呢？」

也許是光雄說話的聲音太大，看電視的老婆閃出身子插嘴說：「你還有臉講人呢。大伯呀，你不知道喲，嫁給他，咱算倒了八輩子楣了。還工會主席，傻喲，木頭人一個，明知廠活不了了，他分管的那片倉庫廢機器，順手搬一點能賣個好價錢呢。要不在飯店裏開幾張空頭發票報了也是好的，送到嘴邊的肉都不知道吃，傻喲。今日蹬三輪，該！」講幾句又轉身：「哦，電視劇到了。」原來她是趁電視劇廣告時間冒出來放一通炸彈的。

光雄高聲說：「我一沒作損，二沒坑人，從心裏到外沒半點對不住公家的地方。」

光龍拍著他的肩說：「好，做得好，你是我好兄弟。可怎麼想到要蹬三輪呢？」

光雄說：「不蹬不行啊，大哥，我每月拿不到一分錢，還要上繳一百二十四呢。」

光龍奇怪地問：「怎麼還要交錢呢？」

光雄歎了口氣說：「去年社保部門領導來廠裏調研，給我們這幾個幹部照顧一點，五〇年一刀切辦退休，我正好卡在擋口，高興死了。可一翻檔案，是五二年生，這才想起當年推薦上大學填表時，那位唐大包叫我改的。這下傻了，人沒長前後眼，當官的望年少，下崗工人望年老。可最後一看，好多比我小的都退休了，我才曉得檔案也可以改過來改過去的。大哥，你講現在這是什麼世道啊！」

幾句話說得光龍心裏很不好受，開始來借錢的念頭徹底打消了，菜也涼了，這酒也喝不下去了。呆望著他說：「兄弟，算來你離家也有二十五年了，怪大哥沒抽時間來看望你，這些大哥真的不曉得啊。」

光雄站了起來，說：「大哥，當年我上學時，老爺講過一句話，那就是：『窮人家墳上沒有彎腰的樹。』我記在腦子裏，刻在心頭上呢。我不怕，人窮要窮得硬肘，餓要餓得新鮮，三貧三富活到老，怎活都是一輩子。憑苦力吃飯，蹬三輪不醜，青菜豆腐飯吃得舒暢，不是低三下四的求人，不像沈廠長逼著老婆坐吧檯！」

光龍被他的這番話打動了。多少年了，光雄也變了。無情歲月的磨難，把這個在家鄉被認為是狗熊的、在工廠被喊做大老好的人磨成了有骨子，磨成了硬漢子。於是拍著他的肩說：「兄弟，有你這句話我就放心了。這麼多年了，你為什麼不回去跟我談談心呢？還對我有……」

光雄接過話：「大哥，別說了，我真的地縫都能鑽呢。」

光龍說：「怎麼？對光妹還有那麼大仇恨？」

光雄說：「開始的事我都蒙在鼓裏，後來聽光虎來說了，我就更沒有臉面見你和她了。」說著低下了頭。

光龍聽講光虎來過，眼睛一亮說：「怎麼，光虎什麼時間來看過你？」

光雄說：「他講在蓋樓房時，是大哥你叫他看我的。」

光龍說：「你曉得他現在在哪嗎？」

光雄搖搖頭，又說：「看樣子混得不錯，他還叫我到他那裏去，可我孩子上高中離不開。」

光龍說：「你有他的地址？」

光雄奇怪地問：「難道你們沒來往？」

光龍：「唉，他老早給我個電話號碼，我丟掉了。前些天老爺子去世都不曉得到哪去找他。」

光雄驚訝地：「啊，老爺子去世了。快告訴他，這裏有他的電話，是手機。」說著翻出一個小本子，把手機號碼抄在紙上。

光龍接過這張張條，慎重地放在上衣荷包裏，心想：「說不定能用上呢。」

正在這時，聽到門外走廊有個女孩又是哭又是叫的：「哇，老爸呀，你死了呀，不接我也不說一聲，嚇死我了呀。」

光雄一下子臉色都變了，忙迎到門口說：「靜靜，對不起，我忘了。大伯伯來了，我常講的鄉下那個大伯伯。」

光龍也跟著吃了一驚，這才知道外面下著小雨。

原來光雄女兒上晚自習，平時都是他用三輪車接的。這孩子長得有點像她媽，個子不高，胖墩墩的，穿著校服，戴個大口罩。她母親珍美也出來了，瞪著眼對她說：「這孩子，不懂事！沒接就沒接，走點路累不死你。喊聲大伯，你同大伯伯可是第一次見面呢。」說著又轉身看電視去了。

這孩子還真的懂事，像演員樣的，立即開了笑臉，笑著喊光龍：「大伯伯來了，我不知道，對不起了。」

光龍也不好意思地：「喲，靜靜啊，是伯伯沒考慮周到。」

這孩子沒再跟他說話，從桌邊走進她的小房間，開了燈關上門。只聽珍美在裏面又說話了：「你不能光顧著吃喝，給她打點水讓她洗個腳呀。」

光雄立即答：「知道了。」說著起身進了小廚房，拎著熱水瓶和小腳盆送到女兒的房間。

光龍看在眼裏，沒想到光雄他在這裏還是狗雄，窩囊廢一個啊。想當年在家，那是飯來張口，衣來伸手，哪一樣不是光妹準備好好的呀。連學大寨那麼苦，光妹還是天天晚上打水給他泡泡腳。現在女兒這麼大了，男大背母，女大背父，還打水給女兒洗腳，養這麼個胖老婆幹什麼？怎麼這麼點教養都沒呢？「唉！」光龍心裏在流淚。

光龍正在屋裏來回走動，只見光雄那胖老婆也跟進了女兒的房間，一家三口嘰嘰喳喳地談著話。他有意走到門邊，側著耳朵注意聽裏面談著什麼？只聽那珍美說：「老好啊，你大哥這次來，同小靜可是第一次見面，大伯伯見侄女總得有點見面禮吧。」

光雄說：「哎呀，你不看大伯那樣子，不能難為他。」

珍美大聲地說：「你平時總跟我吹，你大哥，大隊書記，林場場長，多大的官，難道不如你那個堂兄弟？他來還給了一千塊呢。就不講千兒八百，三四百的總要拿著。靜靜，到時你出來敬杯酒，我來講。」

光龍一聽傻了，呆了半天回不過神來。「乖乖，原來叫光雄給女兒洗腳是假，商量逼我掏老頭票子才是真啊。怎麼講呢，本來是來借錢的，作夢沒想到落到這個地步，看來打狗沒打著，還得丟了套狗繩子。」他摸了摸自己的荷包，想想臨動身時光妹講的話，不怕一萬，就怕萬一呀。「唉！這真是呢，收場的戲怎麼也得唱下去啊。」他走到桌邊，把瓶裏剩的酒全部倒在茶杯裏，一仰脖子咕嘟咕嘟喝下去，抹抹嘴角。「何必要侄女兒來敬酒呢，事情已經到了這種地步，還不把招子放亮一點？」他把空杯往桌上一拍，大聲地喊道：「光雄，兄弟，來，大哥有話跟你說。」

那房裏珍美說：「快去，大伯在叫你呢。」

光雄出門見桌上酒瓶子已經空了，忙叫：「大哥，你……」

光龍又喊：「去，叫你老婆、孩子都過來。」

這時珍美和小靜都站在桌邊，光龍坐在上沿揮揮手說：「來，兄弟、大妹子、侄女，來坐下，都坐下。」等他們坐下後，提高嗓門說：「這麼多年了，大哥以為你們日子還過得去，也就沒有顧得上你們。聽光虎說你們有困難，所以大哥抽出差的時間來順便看看，沒想到你們的日子這麼艱難。現在呢，大哥就丟一句話給你們：有大哥在，就沒有過不去的難關。也怪光雄兄弟你，家裏有難就應該找大哥呀。在臥龍山，大哥總還是有面子的人吧。不信你們回去看看，臥龍山那十里長沖，兩千五百畝荒山，現在可是一片綠蔭啊，那都是你大哥的，算來也有幾百萬吧。」

幾句話說得珍美跳起來，「哎呀，大伯伯，有你這個靠山，我們就什麼都不怕了。來，我敬你一杯。」

光龍把手一揮說：「等侄女考上大學，你們也沒事了，在城裏能過就過，過不下去就上臥龍山，樹高千丈落葉歸根呢。」

這番話把光雄眼淚都說下來了：「大哥，我作夢都想著臥龍山啊！我在那裏長大，人不親土還親呢。」

光龍從荷包裏陶出僅有的兩百塊錢：「講實話，這次出差半個月了，是順便來看看你們。這是給侄女兒的見面禮，別嫌少。到時上大學，找你大伯，一句話的事情。」

小靜接過錢點點頭說：「謝謝大伯伯。」

珍美笑了，說：「大伯呀，還這麼客氣呢。那時間不早了，早點休息。」

光雄說：「是呢，靜靜晚上同你媽睡，我同你大伯晚上好好敘敘。」

光龍見小靜鼓著嘴，就說：「不在這睡了。我住在賓館裏，房間現成的。」看看手錶又說：「對了，十二點以前趕到廣場就行。那裏條件好得很，有澡堂。」

光雄以為他講的是衛生間，信以為真。

珍美說：「那我就不留了。大伯，下次帶大媽一道來，沒事我們打個小麻將什麼的，舒服得很呢。」

光雄已出門，把三輪車推到走廊下。光龍也就不客氣地上了三輪車，向珍美、小靜招手：「好了，再見了。」

光雄蹬著三輪車出廠大門上了大道。外面好大的風，有點小雨夾著雪花。光雄問：「大哥，你住哪個賓館，我送你。」

光龍在三輪車上迷迷糊糊地說：「兄弟，你把我送到市府廣場就行了。」

光雄說：「大哥，那裏沒有賓館呀？」

光龍說：「這你就別管了。」

光龍酒喝多了，在車上想睡覺。車停下，市府廣場已經到了，光龍在睡夢中醒來，眼前是一片燈光。

光雄呆在一邊，已經淚流滿面：「大哥，你一定要告訴我實話啊。」

光龍說：「實話告訴你，我已經同石頭的兒子石蛋約好十二點以前在這裏接頭，我去他家。沒你的事了，回去吧。」

光雄不放心地：「真的嗎，大哥？」

光龍說：「你放心吧，好好過日子，有困難就往人家借一點，到時大哥還。我在家等你。」

光雄心頭一酸，撲上去緊緊擁抱了他，順手掏出自己一天的收入塞到大哥的荷包裏，自己蹬著三輪車頭也不回的走了。可憐的兄弟，他不知要走多少路啊。

光雄走後，光龍在廣場邊上的小樹叢中撒了一泡尿。他想到一個下午都沒有撒尿了，這尿大得撒了兩分鐘，身子打了個冷顫。他一手摸進荷包裏，光雄把一天的蹬車費給了他。他抓出這些錢放在地上，全都是一塊、兩塊的小票子，加起來也只有二十幾塊。他歎了一口氣：「這可是光雄一天蹬三輪車汗水打在腳面上掙的錢，一個小錢是一串汗珠子啊。」他茫然地的看著花園四周，花園裏的人十分稀少，只有零星的對把青年男女，手拉著手，肩並著肩。他感到自己十分淒涼、孤獨，成了斷了線的風箏，上不了天，下不了地。現在唯一的盼頭就是石蛋了，這可是自己救命的稻草。如果見不到石蛋，那可真是一石頭扔在雞窩裏——砸蛋了。他坐在冰涼的木椅子上，心裏像火樣的燒，心想：「就算今天渡過了難關，明天怎麼辦呢？回去嗎？回去荷包裏翻不出一個子來，家裏的學校要開工，銀行要貸款，那還有什麼日子過啊。」於是他又一想：「不，不能回去，打死人也不能回去。老爺講得好：『只要過了五更寒天，天就要亮了。』只要我不回家、不給家裏打電話，李常有會認為我在外面找門路。只要在找門路，就會有希望，就不會在山上想點子。對，開年找石蛋想辦法。」他望望蒼天，心裏呼喊：「天啊，你不會把我推向絕路吧！」

過了好一會，他看到廣場上那些坐椅間，有個穿著黃大氅的，揹著一隻蛇皮袋，手拿一根火鉗子，在撿那些談戀愛小青年們丟下的礦泉水瓶子、飯盒子和紙片。他一眼就認出來，那是石蛋。

「天哪，石蛋子啊，你在廣場有什麼工作，原來是撿破爛啊。這麼大冷的天，一天能撿幾塊錢？昨晚還給我付了五塊錢澡堂住宿費呢，我怎麼忍心要你付錢呢！」他正欲喊石蛋，石蛋子也看到了他，問：「喲，邵叔，你怎麼又回來了呢？」

光龍笑笑說：「躲災的遇到避難的，都是一號的命呢。走吧，快帶我到你二十層大樓上去吧。」

石蛋遲疑了一會說：「大叔，我還帶你去澡堂吧。」

光龍說：「不，去你那裏。孩子，放心，你那就是刺棚子，我也要跟著你喲。」

石蛋沒辦法，只好帶他到廣場邊上那座尚未完工的毛坯大樓。這樓有二十多層，樓體建成了，外面沒包裝，內裏沒粉刷，廣場上的燈光射進樓裏，給樓道帶來一絲光亮。

光龍見石蛋上樓，驚奇地問：「怎麼？就是這幢二十層大樓？」

石蛋說：「上去就曉得了。」

光龍跟著他磕磕絆絆地一步一步往上爬。光龍問他：「石蛋，你每天晚上撿破爛能掙幾個錢？」

石蛋說：「撿的不多，可我有正規收入。」

光龍又問：「什麼收入？」

石蛋說：「負責廣場衛生的環衛所的一名正式工，那人自己另外做生意，把這一攤子交給我，每月從他一千多塊錢的工資中抽出兩百塊給我。」

光龍心想，城裏正式工享福去了，掙大錢去了，把苦丟給鄉下打工的。

二人爬得氣喘吁吁。石蛋說：「好，到了，這是第八層，要發不離八嘛。」

光龍左右看看，一共幾個房間，還真的比較寬敞。

石蛋指著他的住處說：「大叔，我給你介紹，這裏間是臥室，外面是陽臺帶衛生間，拉屎撒尿用塑膠袋紮好了丟到樓下。隔壁是客廳，也就是鄉下的堂屋，那邊是我的辦公室。」

光龍笑笑說：「乖乖，你小子成了大老闆了嘛。」

石蛋說：「什麼老闆，這可是總統套間呢。」說著把背上蛇皮袋撿到「辦公室」裏。

光龍望望他說：「你什麼時候住進來的，人家不趕你嗎？」

石蛋說：「聽講這家樓房的主人欠了建築隊的錢，建築隊打官司討錢，公司反過來講房子質量有問題，這樣兩家狗咬狗的打官司。現在社會就這麼回事，這官司打起來沒個三五年完不了。」

光龍進了臥室，床上是他從家帶來的被子，下面鋪著厚厚的稻草。想到這裏沒有一滴水，也就不講究洗臉、洗腳了。石蛋從床邊上拿出一塊月牙樣的破鏡子，對著鏡子咧著嘴，伸出食指在牙齒上來回擦著。

光龍問：「這是幹什麼？」

石蛋認真地說：「刷牙呀。」接著搓熱雙手在臉上擦來擦去，說：「這叫洗臉。大叔，住總統套房，可不能像農村，要講究衛生呢。」

光龍看他那正而八經的樣子，又好笑心裏又要流淚。也顧不得脫衣，一頭倒在床上。

石蛋刷好牙，洗好臉，睡在他身邊說：「大叔，怎麼樣，還可以吧！」

光龍為自己夜裏能找到這樣的歸宿已感到十分滿意，說：「不錯，真的不錯。」說著眼裏一滴淚珠掉在枕頭的草棵裏……

第十四章　一九九八年（至戊寅年底）

一

邵光龍在石蛋那「總統套間」裏過了年。

為了臥龍山的林木不遭砍伐，他作夢都在想怎麼才能找點錢寄回去。像他這樣快六十歲的農村老頭子，在這樣一個省城裏能找到什麼事，掙到什麼錢呢？但他想道：「天無絕人之路，竹竿子通水溝——通一節是一節，光頭鑽刺棚子——走一步算一步，鐵匠無樣子——邊打邊相。他首先像石蛋一樣，換上全身破爛帶有污點的大褂子，頭戴馬虎帽，揹著蛇皮帶去撿破爛。但是撿了一個多月也沒撿到一塊金子，也沒見到哪位大款把鈔票當衛生紙樣的扔在垃圾箱裏，讓他這位一心想錢的苦難人撿到手裏，帶回家去蓋學校。看來撿破爛是發不了財了。在石蛋的幫助下，到幾家廣告上說月收入兩千塊錢以上的公司應聘，終因年歲過大不在應聘條件之內。他也跟那些打工的到搬運公司，因體力不支而放棄。他又想到小飯店裏幫個廚子，又因手藝不佳而未能成功。不知不覺的三個月走掉了，可還沒給村裏寄上一分錢，也不敢打一次電話。這樣攪得他日夜不安，頭髮花白了一大半。

每當他最痛苦的時候，自然想起了肖光虎。想到光虎那還是在十年前，蓋三層樓像撐傘樣的就起來了，被公安局抓住了，面不改色、心不跳，順手退出十五萬，在看守所沒住一天就出來了。「這傢伙花錢像流水一般。現在時間又過了十年，今天的光虎又是怎麼樣子的呢？不講億萬富翁，可最少也是個百萬大款吧。對我們蓋個小學校那還不是大牯牛身上拔根毛。電話號碼就在荷包裏，何不試探一下呢？」可是，每次抓起電話，那光虎被公安局抓的情景就在眼前晃動。「俗話說：『跟好學好，跟叫花子學討。』這小子可是個江湖油子，跟了他說不定哪天把你賣了，你還幫他數票子呢。唉，我都老了呀，這輩子從沒做過傷天害理的事。」所以思來想去，這個電話號碼的小紙條在手掌心裏都捏碎了，電話號碼早已刻在心頭，可就是不敢打這個電話。「萬一城裏的路走不通，還是回去想辦法吧。」他想家啊，想老婆，想孩子，想臥龍山上的樹苗。他打算回去了。可到了汽車站遇到一件事，使他徹底改變了思想。

這天上午，邵光龍辭別了石蛋，夾著小包走到長途汽車站，大門口站著一位中年婦女，這婦女見人就要下跪。他好心上前問她家出了什麼事？那婦女像唱戲樣地一把鼻涕一把淚的敘說著，說她帶兒子回娘家，過火車道，兒子被火車軋死了。自己因為有婦科病不能再生了，丈夫想兒子進了精神病院，老奶奶哭孫子哭瞎了眼。她是出來討幾個錢給丈夫治病、給老奶奶牛活費。哦，多可憐，這位婦女可能是世上最可憐的人了，想到自己是苦瓜，還比不上別人的黃蓮樹上掛苦膽啊。於是光龍心軟了，除了汽車票，荷包還剩下五十多塊錢，這也是自己的血汗錢啊。他爽快地交給了她。那婦女感動得要向他下跪。

他轉身往車站裏面擠。乘車的人多，像洪水一樣往外流。他身邊有兩男一女穿著時髦的小青年。有個黃頭髮的小夥子在他身邊擦了一下，他中山裝的荷包被翻了過來。他一看心裏有了數，有意向那小夥子笑笑說：「嘿嘿，小夥子，你拿土糞堆子當老祖墳，看走眼了吧。」

那小夥子不知他講的話是什麼意思，上前捏著他的下巴，邊上小女孩向小夥子使了個眼色，小夥子鬆了手，擠進人群。他心裏暗罵道：「你這個有娘養、沒娘教的狗雜種！」

沒過一小會，候車廳裏有個姑娘在呼喊：「我的錢包丟了，抓小偷啊。」伸手抓住小偷不放。光龍見那個黃頭髮的小偷伸手一拳，把小姑娘打翻在地，轉身就往外跑去，正好從光龍身邊跑過。光龍毫不含糊衝上去抱住小偷，大叫著：「好小子，看你往哪跑。」沒想到身邊的另一個青年，一拳打在他左腦門上，他感到一陣頭暈，可還是死死抱住小偷不放手。這時車站裏保安人員已經趕到，把那兩個小夥子抓走了。那個丟錢包的姑娘接過錢包，說了一聲：「謝謝大叔！」轉身也跟保安人員走了。引來很多旅客問長問短。

挨了那小子一拳頭，他感到有點頭暈，便躲開好心人的問候，擠出候車室，到售票處買了一張回江城縣的車票，看時間是下午一點半，離現在還有兩個多鐘頭。他感到肚子有點餓，就來到車站邊上的一個小飯館裏，選擇靠裏面的一張桌子，點了一碗牛肉麵。他心裏有些自慰，今天總算做了一樁好事。他感到飯館裏看他的人都在敬佩他。

這時從門外走進三個小青年，兩男一女，穿著很時髦，其中一個男的戴著西瓜皮帽子。他們進門便看到了他，互相交頭接耳竊竊私語了一番，三個青年就坐到他的桌子上，架起二郎腿，頭昂得像呆頭鵝。服務員小姐點頭哈腰的聽他們點菜，好像點了不少菜，還要了一瓶酒。他感到有些不自在，可一想，一張四方桌子，自己只能佔一方，飯店裏不是在家中，也就沒吱聲，反過來想，在就要離開這個城市的時候同他們一個桌子用餐，也算是緣分。就主動向他們點頭笑笑。可這幾個小子不懂事，一點反應也沒有，自己顯得很沒面子。見那戴西瓜皮帽子的還有點面熟，像是在哪見過，可就想不起來。唉，算了，外面長得差不多的人多的是。便一再催著自己的麵條，想儘快吃了好早些離開。

過了好一會，他的麵條同他們點的菜一同上來了。那一大碗牛肉麵又辣又燙，他只得埋頭慢慢地吃。那三青年你一杯、他一杯地邊喝邊吃。

只聽那女孩子說：「老大爺，你沒點菜啊？」

他抬頭望她一眼說：「牛肉麵條，不要菜的。」

那女孩說：「老大爺，我們的菜反正吃不完的，你就夾一筷子吧。」

他連連搖頭說：「不了，不了。」說著便起身，想離開他們。

那女孩子拉他胳膊說：「哎呀，還客氣，來吧。」

他那大碗麵條很燙手，不好端，再看那女孩子一臉的真誠，便說：「還真這麼客氣，那我就吃一塊吧。」

他正欲伸筷子夾靠在自己碗邊的一碟炒肉片。沒想到戴西瓜皮帽子的小子打開他的筷子，說：「別急，我夾給你。」

「怎麼？嫌我筷子髒啊。」

他一下子臉紅了，後悔自己不該答應吃一塊，既然講到這份上，也就不好推辭。見那戴西瓜皮帽子的小子夾著一大塊豬腳蹄子，高高地舉起來，要往他碗裏放。他只得端著大碗，像要飯的一樣接過去，嘴裏不自覺地說了聲：「謝謝」。可惡的是那小子沒有把豬蹄子往他碗裏放，而是扔到桌底下，嘴裏還「汪汪汪」地叫，喚來門口的大黑狗吃了。

他一下子呆了，臉色由紅轉白，身子一陣顫抖，嘴唇動了半天，不知說什麼才好。他發現其他桌上的人都看著他，他像千萬根鋼針扎在身上那麼難受。只好放下還有半碗麵條的大碗，拎著小皮包要去結賬。沒想到那小子一伸腿絆了他一腳，另一個小子伸胳膊用力一推，他一個踉蹌跌倒在地，半天爬不起來。那女孩抬屁股坐在他的脖子上。

他抬頭喊道：「好小子，你們沒大沒小的欺負人，放開！」

那女孩不但沒放，反而翹胯子把他頭夾在褲襠裏，那兩個小子笑得前仰後合。

他感到這幫小子來頭不對勁，好漢不吃眼前虧，便低聲對女孩子說：「小姐，放我吧，欺負老人會雷打頭的。」

那女孩子沒有放他，還笑笑說：「讓你受次深刻的教訓，下次少管閒事。」

那戴西瓜皮帽子的小子跳起來揭開帽子，一頭黃頭髮飄到肩頭。

他一下子想起來了，他就是剛才在車站的小偷。「不是被保安抓走了嗎？怎麼轉眼就放出來了？保安同他們是一塊的？」他想到這些，不知從哪來了一股力氣，一個翻身把那女孩摔得多遠，站起來大罵道：「臭小子，丫頭片子，馬尿灌多了，拿老子醒酒來了。我認出你們了，是小偷，保安不抓你，老子抓你們上派出所。」說著上前要抓他們，那兩個小子上前拳打腳踢，他還是不願放手。他希望有人來幫助他抓住小偷，便呼喊著：「來人啊，抓小偷啊！」

這時飯店裏看熱鬧的人很多，沒有一個上去拉架，也沒有誰上前證明那三個小了是小偷。還是飯店裏大廚子胖師傅拿著兩把菜刀跑過來大叫：「幹啥呢？這裏不是武交場，都給老子滾！」

那三個小子一陣哄笑跑掉了。只剩光龍孤單單的一個人。他感到臉上火辣辣的，一抹鼻子上出了血，腰間背上一陣疼痛。四周像看玩猴樣地看著他。那胖廚子伸手把他的小皮包扔出門外，大聲對他說：「鄉下佬，進城學著點。」他連連後退，出了門。眼裏要流淚，心裏在流血。他感到一身的疲憊和羞辱，好像自己做了一件見不得人的醜事。撿起地上皮包，低頭離開了這個飯店。

他沒走幾步遠，這又是一家飯店，車站邊上到處是飯店。迎面走來大約是一家三口子。想到去年臘月自己一家三口在街上買年貨，雖然時間不長，那是多麼的幸福啊。他們帶著女兒，這對夫妻帶著兒子，只是年齡小。那婦女見到他立即把身子轉過一邊，他感到這婦女十分奇怪，怎麼見到我轉過臉了呢？說不定是村裏在外打工的熟人，躲計劃生育在外偷偷生了個兒子。自己不當幹部了，不管計劃生育了，可在這個時候遇到熟人不能放過，同他們談談知心話吧，於是他追到飯店。

看那一家三口還有點闊氣，點了不少菜，那男的還喝上了酒。那婦女老把臉對著牆裏面，他看她的身子就有點熟，心頭一喜：「不錯，一定是熟人。」他轉過去一看，這一看不要緊，他徹底傻掉了：這中年婦女不是別人，就是剛才汽車站門口那個要飯的，給自己編了一個淒慘的古經，欺騙南來北往過路的好心人的錢。他還給過她五十塊啊，這可是他的血汗錢啊。不行，我要問問她為什麼這樣做。他壓住心頭的火，湊到她身邊說：「怎麼，這位大嫂不認得我了？」

那婦女抬頭望了他一眼，沒有答他的話繼續吃菜。還夾了一塊雞腿子放進兒子的碗裏。

他忍不住大聲道：「別裝蒜了，你不認識我，可你燒成灰來我都認得你，怎麼回事？你兒子不是讓火車軋死了嗎？你丈夫不是進了病人院了嗎？」

那婦女突然起身，給了他一個耳光子，大罵道：「你這個瘋子！」

他想好笑，說：「我瘋？哈哈，天曉得哪個是瘋子。」

這時飯店裏的顧客都把目光對著他們。他就勢向大家敘說：「大家看啊，這個婦女不要臉，在車站門口編了個古經，騙了多少好心人……」

沒等他話講完，只見那男人把桌子一拍，大聲說：「老闆，飯店還讓不讓人吃飯？還不快把這瘋子趕出去！」那飯店老闆衝上前把他推到門外，並說：「你再進來胡說，老子揍扁你！」

他孤單單地呆立街頭，頭腦翻過來覆過去，再覆過去翻過來，怎麼也搞不明白，這一切怎麼會這樣呢？「瘋子？哪個是瘋子？是我是瘋子，還是他們是瘋子？這麼多人沒有哪一個能站出來講句真話，難道他們都瘋了。眼前這麼多的高樓大廈，來來往往這麼多的人群，多麼美的城市啊，這個城市難道都瘋了？誰能告訴我呢？」他越想越窩心，越想越想找個人訴說。找誰呢？眼前一片陌生的地方，看著這麼多的人，沒有一張熟悉的臉。他無意中伸手摸著荷包，又摸到了留有光虎的電話號碼的紙條，是不是跟他聯繫呢？他在外闖蕩這麼多年，難道同這些人一樣嗎？

他想到光虎就自然想到家鄉，又想到了兒子：「他在上海那麼大的城市工作，怎麼生活下去呢？」再想到光妹：「自己的老婆，她能從萬變的事情中分辨出真假來。可有幾個月沒跟她聯繫了。家裏有那麼大的山場，相信她會處理好一切事務的。就是現在光妹在身邊，也許她能把我心裏的不平擺平的。」想到家鄉，就想到了學校：「學校開工是我簽的字，這個學校現在又怎麼樣了呢？這一切都蒙在鼓裏呀。不過要想聯繫也很容易，現在電話十分方便，村裏張大嘴飯店裏就有一部電話，這是臥龍山唯一的電話，電話號碼在頭腦裏更是透熟的。」他憋不住了，好像眼前就要發生什麼大事，要打電話回家，要向光虎求助。

於是，他來到賣報刊的電話亭子，拿起聽筒，撥通了電話號碼。他簡直想不起撥的哪個電話，一撥就通了。

那邊有人問：「喂，你找誰？」

他聽出這是張大嘴的聲音。「哦，我是撥回家去了。」

他問道：「李常有在嗎？」

那張大嘴一下子聽出是他的聲音，大叫道：「哎呀，是邵書記呀，好長時間沒聽到你的聲音，村裏人都想死你了，你等一會。」接著聽出「姑爺，邵書記電話」的喊聲。

接著李常有的聲音：「哎喲，老書記，真是你呀，盼星星盼月亮啊，可把你的電話盼來了。我向你彙報，去年臘月合同訂了以後，放寒假就把舊學校拆了，建築隊動工挖牆腳，現在材料買回來了，學校山牆砌到一人多高了，上面撥的款子早就用光，劉隊長天天向我要錢。我說你放心，你可以不相信我，不相信村黨支部，可你要相信邵光龍吧？他在合同上簽了字的，他找他的兄弟去了，這個兄弟不行，還有個兄弟，家裏蓋著三層樓都不要了，還能蓋不了小學校？閻王差不了小鬼的錢。喂，老書記，你在聽嗎？」

他說：「我在聽。」

李常有又說：「好，你可早點把款子寄回來呀，不能讓廟修好了，鬼都老了。家裏的事你放心吧，光妹是好樣的，她上山自薦當了女場長，比你厲害多了。聘了幾個護林員護理山場。你女兒初中快畢業了，她幫著母親呢。你自己在外玩些天不要緊，只要把款子匯回來。老書記，我這個木人頭是頂著你的，這頂帽子是你叫我戴的，我也戴不了兩年了。你放心，只要見錢，山裏的樹不會動一片葉子的。好了，這是長途，我不再講了，你給個地址，我給你打電話。」

他回答不用了，掛了電話。他呆站在那裏，頭嗡嗡地叫，有些站不住了。不打電話想打電話，打了電話又不知如何是好。「這個時候兩手空空，能回去嗎？李常有說得對，我有兩個兄弟，東方不亮西方亮，除了南方還有北方呢。林場的事光妹處理好了，我會放一百個心，沒錢回去幹什麼呢？不能一條道走到黑，不能死鑽牛角尖拔不出來，管他公道不公道，只有天知道，有些事屬老虎的能幹，屬老鼠的就能幹。對，找光虎去。」

於是，他退了車票，再次來到報刊亭，撥出了一個熟悉的手機號碼。這一撥就通了，對方問道：「喂，請問哪位？」

他呆了，這不是光虎的聲音，難道打錯了？他立即掛上電話。

那報亭的老人說：「電話通了怎麼不說？」

他又從荷包裏拿出那個紙條子望望，對呀，一字不差。他再次撥通了電話，那邊還是問：「喂，請問哪位？」

他問道：「肖光虎在嗎？」

那邊回答：「你找我們老闆，請問哪位？」

他毫不客氣地說：「我是他大哥，光龍啊。」

電話裏顯得同他很熟悉的樣子說：「哦，大哥，你好，你在什麼地方？我馬上來接您！」

他問電話亭老人：「請問這是什麼地方？」

老人說：「健康路三六四號，怎麼有人找你？那你說長途汽車站往前健康大廈就行了。」

他對電話裏說：「我在健康路，健康大廈邊上。」

那人說：「好的，你別走，我馬上就到。」

他放下電話，付了電話費，站在那裏等著。

電話亭老人說：「這裏人來人往的看不見。」指著對面高樓說：「那就是健康大廈，你站那邊讓人好找。」

他向老人點頭道謝，便站到大廈門口。沒過一小會，一輛小轎車停在身邊，鳴了喇叭。他以為擋了車路走到一邊，沒想到車停了，一位中年人下了車說：「請問你是光龍大哥？」

他望著他，並不認識，就說：「我就是，光虎呢？」

那中年人開了車門說：「老闆在總部呢，請上車。」

他看車上沒有任何人，就鑽進車裏，車子開動，在街上轉了一個彎，那中年人就拿出手機打電話：「大哥已經接到，現在車子已出城了，怎麼？上立交橋，好的。」

車子在城裏轉來轉去，一直向城外，上坡，像到了一個立交橋上，又下了立交橋，在一個路邊停了下來，那人伸頭對外望望。他想，這是怎麼回事？這個人要幹什麼呢？

過了好一會，迎面過來一輛吉普車停下來。這車光龍認得，鄉政府裏有一輛。那吉普車上的人同他坐的車上人見面握手，嘀咕了幾句，那吉普車上人便來開了車門說：「大哥，請換一輛車。」

光龍不好多問什麼，只好下車坐上了那輛吉普車。開車的是位中年漢子，額頭上有一塊紅色的疤痕，一眼看就不像個正經胎子。車子上了路，那人自我介紹說：「大哥，你好，我叫一塊疤，是虎哥的手下。虎哥盼著大哥呢！」

他說：「他人呢？」

一塊疤說：「大哥，虎哥忙啊。」

他有些生氣了，說：「忙？這麼多年不見人影，丟個七老八十的老爸也不問一聲。如今他老爸……」

沒等他話講完，那一塊疤接過話說：「這些虎哥早已曉得了。」這樣，他也就不好再問。

吉普車開得飛快。光龍從玻璃窗中看出來到了郊區，穿過一個小鎮，又上了高速公路。他不曉得車子把自己拉到什麼地方，看一塊疤專心開車不言語，他也不好多問，反正已經上了車，就聽天由命吧。他半閉著雙眼，像在睡覺，可怎麼也睡不著，頭腦也不曉得想了些什麼東西。

就這樣，車子開了兩個多小時才從高速公路上下來，好像跨過了省界線。過了平原，又來到山區，爬了幾個山坡子，接著山坡越來越大，車子一會上坡一會下坡，又開了兩個多鐘頭。鑽進了一個大山裏，幾里路見不到村莊，彷彿回到老家臥龍山，甚至比龍頭山還要高得多的山峰。山上沒什麼樹木，到處荒山禿嶺。光龍這下真的有些害怕了。「天啊，這是什麼鬼地方？臥龍山過去出土匪，那是小山，出的也只是小土匪。在這個大山裏，不正是大土匪活動的好地方嗎？」他想想真有些後悔了。「光虎自小在家就遊手好閒，闖蕩江湖被公安局抓過，還能是什麼好東西？如今多年沒跟老家聯繫，躲進這樣的大山裏還能有好事？唉！」他後悔不該給他打這個電話。「這不是光頭往刺棵裏鑽嘛，明明曉得他那是賊船，還睜著眼睛往上跳。」不過，他心裏有個底線，那就是絕不幹違法、傷天害理的買賣，不做偷雞摸狗的事情。他這麼想著，不知不覺進了一片樹林，過了樹林是一個老山溝，看到幾排紅磚平瓦房。

吉普車在一個小廣場上停下來。一塊疤下車開了後面的車門說：「大哥，讓你受累了。下車吧，我帶你見董事長。」

光龍坐在車裏窩成一團，膽怯地說：「董事長是誰？」

一塊疤笑笑說：「董事長就是我們老闆呀！」

光龍說：「我要找光虎。」

一塊疤說：「見了我們董事長，就像見到光虎一樣。」

光龍望著他：「這麼說光虎是董事長了？」

一塊疤說：「那也不是，怎麼講呢？光虎也分管著部分工作，董事長想為大哥找點事情做。總之見面就曉得了。」說著就要拉他下車。

光龍坐著還是不動說：「不，有些事情我不問清楚，那我還是回去的好。」

一塊疤只好說：「什麼事，你問吧？」

光龍說：「講實話，這裏到底是幹什麼的？」

一塊疤認真地說：「大哥，你下來看一看不就明白了嘛。」

經一塊疤這麼一說，光龍只好膽戰心驚地下了車，左右張望也沒看出什麼名堂。一塊疤順手關好車門，指著左邊樹下的一塊牌子說：「你自己看吧。」

光龍上前幾步，看到樹下有個木牌子，上面寫著「中辰藥物研究院」的字樣，還有一個向左方的箭頭。右邊的前面也有一塊牌子，上面寫有「生物研究所」的字樣，也有一個向右邊的紅箭頭。

一塊疤看他還是有些疑惑，就解釋說：「大哥，實話告訴你吧，這裏過去是部隊的兵工廠，造槍炮子彈的地方，改革開放後交給了科學院，專門研究高科技產品呢。我們是科學院的下屬單位。」

光龍經他這麼一說，更加迷糊了，說：「可我是個大老粗，也識不得幾個打眼字，到這種地方哪有我猴子喝的水？」

一塊疤哈哈大笑說：「大哥，光虎對你可尊敬了，多次在董事長面前講到你。你既進了這個大門，還是同董事長見面談談吧。」

他拉著一塊疤的手說：「實話對你說了吧，我家鄉建學校，急等著幾萬塊錢，我打電話是找光虎借錢的。」

一塊疤說：「這好辦，國家的科研院所，錢多的是，也許董事長頭腦發熱，捐款建座學校也是正常的事。」

光龍聽他這麼一說，心頭一熱，就同意跟他見董事長了。

一塊疤帶著光龍往山裏走去。這裏是一條窄窄的石子路，偶爾見到幾幢矮矮的紅房子藏在山林中。他們走到一個很深的山窪溝裏，見到一個不太高的門樓子，門邊站著兩個保安。當他們走近門口，兩個保安一個立正。光龍一驚，望到保安敬了一個不太正規的軍禮。光龍只好點點頭。他們進了門樓，裏面燈光閃爍，房子又大又深，好像一眼見不到底。光龍曉得這是一個山洞，經過一條通道，裏面幾個大門，其中中間的大門半掩著。他推門進去，是一個五光十色的大廳。四面紅牆上爬滿了青藤，地上鋪著紅地毯，頂棚是五顏六色的燈光，眼前擺有幾排椅子，上面一個高高的平臺。這裏好像是一個小會場，上面是主席臺一樣。平臺上只有一張老闆椅子，椅子上鋪有一張虎皮。光龍看到這一切，立即開始心驚肉跳，他想到大山裏的土匪才是這樣裝扮。一塊疤叫他坐下，便上了臺階，推開平臺左邊的小門進去了。

過了一小會，一塊疤同一位漂亮的小姐陪著一個人走出來。這人穿著一套呢子軍裝，十分威武，簡直就是一位大將軍，外型上很像光虎，只是戴著一副墨鏡。由於隔得比較遠，一下子難以判斷。

一塊疤介紹說：「大哥，這就是我們董事長。」

光龍一聽，又驚又喜，不知如何是好。

只見那董事長拍拍手說：「哦，好，好，坐，坐吧。」說著自己坐在那張虎皮椅子上又說：「早就聽光虎說了，邵先生為人正直，又能吃苦耐勞，令人敬佩。今日見面，幸會，幸會啊。」

光龍坐下來心想，別看他長得像光虎，可聲音不對，說話嗓子啞啞的，好像經擴音機裏放出來的，便說：「董事長，本來我是來找光虎的，沒想到驚動了您董事長大人。」

董事長說：「哦，你急著找光虎，有什麼事吧？」

一塊疤在他耳邊說了幾句，董事長又拍拍手說：「哎喲，好事嘛。栽樹育人，這是大好事嘛。請問要多少錢？」

光龍說：「實在不好意思，要九萬。」

董事長說：「哦，就九萬，那我給你一個整數，十萬怎麼樣？」

光龍萬萬沒想到，這麼困難、一直攪得自己走投無路的大事，經他這麼一句話就解決了。便站起來向董事長深深鞠躬說：「謝謝董事長，太感謝了。」

董事長仰頭哈哈一樂，說：「哈哈哈，謝我，怎麼謝我？邵先生，我還有事求你呢！」

光龍一驚，說：「我能為你做什麼呢？」

董事長站起身來，在臺上來回踱步，說：「邵先生，你也看到了吧，這裏是什麼地方，高科技部門啊！科學的東西來不得半點的虛假，對吧？像邵大哥這樣為人誠實、忠誠厚道、善良又能吃得苦的人，我們是多麼需要這樣的人啊！」

光龍萬萬沒想到科研部門還能需要他這樣的人，便說：「董事長，你那十萬塊錢，是解決了我多少天作夢都想解決的大問題，我真的感謝不盡。俗話說：『吃人酒飯，與人擔擔。拿人一口，報人一斗。』如果這裏有適合我這種人做的事情，我願克服一切困難，盡心做好。」

董事長又拍拍手笑了，說：「哈哈，好，好啊！我看你當我們科研新產品的推銷員，那是再合適不過的了。」

光龍不解地問：「推銷員是要幹些什麼事？」

董事長認真地說：「推銷員嘛，現在是市場經濟，市場經濟講究營銷。大學裏營銷專業就是新開設的，對吧。有句話說出來，不知邵先生可聽得進去？」

光龍說：「董事長請講。」

董事長說：「現在市場太不規範了，電視裏的廣告，大街小巷滿天飛的促銷傳單，奸商的大甩賣、大出血、跳樓價，真是五花八門，把今天的市場攪成了一鍋糊啊。」

這番話說得光龍心服口服，連連點頭。

董事長繼續說：「可是，國家花了那麼大的成本，製造出造福人類的產品反而沒有人相信了，這就需要有一幫子煉就過得硬的、能順應現在市場的營銷員，來推銷我們的高科技產品！」

光龍說：「我文化水平不高，能勝任這項工作嗎？」

董事長說：「我看能，我們這裏推銷員分幾個等級，一種是懂得科學產品原理的，那是向國家大機關推銷；一種中層人員向大款老闆們做工作的；還有就是向基層老百姓、街道市場的。」

光龍一想說：「我是來自基層，可向老百姓做推銷工作難吧？」

董事長站起身來，來回踱步說：「這種事講難又不難，講不難也難，簡單地說是一要眼力，二要膽大，三要嘴巴甜，四要臉皮厚，五要手腳快，六要捨得一身筋骨皮肉，起五更、爬半夜，頂風冒雨，還要嚴格遵守科研技術的機密不能向外洩露，也不准向家中打電話，更不准同任何人來往……」

光龍也站起來說：「董事長，你講這些並不難，只要你們科研產品是真的，那我們推銷起來就好說。嘴裏甜，沒人嫌，上山就得砍柴，下河就得脫鞋嘛。」

董事長聽出他的門道，便向臺口走去道：「邵先生，因為現在的市場被一些見利忘義的人搞亂了，我們為了順著市場路子走出現在營銷的新路子，也就是講在不得已的情況下，該人的時候是人，該鬼的時候要鬼呢。」

光龍十分開竅地說：「這我更懂了，這叫賣什麼吆喝什麼，裝什麼也就要像什麼。你喝了西河水，要變西河魚喲。進了商人這個行業，那可是頭腦是寶庫，舌頭是鑰匙，眼睛是勇士，手段是財富。那就得見了先生說書，見了屠戶說豬嘛。」

董事長仰頭哈哈大笑，連連拍手說：「哈哈哈，好，邵先生還沒喝迷魂湯，轉眼變了腔，前途無量啊。來，請邵先生先到我們的培訓基地去培訓幾個月，改變一下你的身份，讓邵先生簽合同吧。」

一塊疤拉開辦公桌上的抽屜，拿出一份合同書遞給邵光龍。光龍在看合同書的時候，董事長從荷包裏拿出一張支票說：「邵先生，我們對你是有信心的，這是十萬塊的支票，算是先付了你的工資吧。」

第二天，一塊疤帶著邵光龍下山到銀行辦理了匯款手續，並同李常有通了電話，等光龍確切知道款已到達，縣教委同意臥龍山小學更名為「光龍小學」。「拿人家手短，吃人家嘴短。」光龍二話沒說，參加了這裏的營銷培訓班。他暗下決心，做個合格的營銷員。

二

農曆正月十五一過，臥龍山小學準時在肖光虎的樓房裏開了課，而肖光龍家四間矮房讓給李春林夫婦住家兼辦公室。他們的女兒小佳佳儘管治療很及時，最後還是落了個小殘疾，走路有點瘸。李常有念他三十多歲才結婚，為臥龍山的教育事業忠心耿耿，按照計劃生育的政策規定，國家工作人員的第一個女孩帶殘疾，可以申請第二胎。這樣，黃毛丫在瞞上不瞞下的情況下下了環，聽講已懷孕了。

新學校在下好牆腳以後，邵光龍的十萬塊錢到了位。一萬塊錢交給光妹，作為林場的開銷，其餘九萬塊建學校。新命名的光龍小學年底能竣工。

話說這天早上，副鄉長高彩雲打來電話，說後天香港亞東股份有限公司總經理彭亞東先生要到臥龍山參觀訪問，商談投資事項，到時省市縣鄉四級領導幹部有三十多人陪同，村裏要做好接待，並指名要同邵光龍全家見面。

李常有聽到這個消息，那是蝦子過河慌了手腳，不知如何是好。心想：「這個彭亞東是個什麼人？怎麼唯獨要同邵光龍全家見面呢？難道是光龍在外結交的朋友？這次專門看他的老婆孩子的？光龍外出才三四個月，哪來這般神通呢？這裏到底是怎麼回事？」李常有怎麼也想不開，光龍全家怎麼會同香港的大老闆有聯繫。不管怎麼樣，還是早點向光妹報告，好叫她早點叫兒子、女兒回來。

自從邵光龍離家以後，小玉讀初三最後一學期。光妹一個人住進了林場，雇了石頭老人和二扁頭兩個護林員白天看看山場。晚上就她一個人在林場，那是蛤蟆坐荷葉上，獨掌全盤。說來也怪，光妹這個婦道人家管起這片林子，從來沒丟一棵樹木。這緣於開始的一個笑話。

那是她進林場後個把月裏，外面有人議論，臥龍山這麼二千多畝樹林，只有一個女人看守。消息傳到鳳凰嶺，有兩個平時喜歡偷雞摸狗的就上山打聽，果然一點不假。回家帶著斧頭和鋸子，趁天斷了亮光，明目張膽地砍起樹來。光妹吃過晚飯碗還沒洗，聽到大花狗在門前狂叫，她出門還踢了大花狗一腳說：「叫魂呢。」這狗沒聲了，砍樹的聲音聽得清清楚楚。她衝上山坡，向砍樹的方向大聲喊道：「哪個狗娘養的膽包人了？快住手！」可喊了好幾聲，砍樹的人並沒有歇手。連她衝到面前，兩個小偷像沒看見一樣。她氣得全身發抖，從地上撿起一塊石頭叫道：「你再砍，姑奶奶一石頭砸死你。」大花狗也只能一個勁地叫，不敢撲過去咬人。

那兩個小偷反而笑了說：「你砸我，我斧子是吃素的？一個婦道人家，敢跟兩個大老爺們鬥？讓我們砍兩棵吧，做個順便人情。」

光妹曉得這麼硬鬥是鬥不過他們的，好漢不吃眼前虧。怎麼辦呢？總不能眼睜睜地讓他們把樹砍走吧？這大山裏前不著村、後不搭店。回頭一想，林場後面有塊葵花（向日葵）地，便急中生智說：「好，不怕死的好小子，你們等著瞧！」

兩個小偷仰頭哈哈大笑。光妹轉身到地裏抽出一根葵花桿子，再次衝過去端在手中說：「喲，看來你們是外村人吧，沒領教過姑奶奶的厲害吧，真不要命呢，這棵樹送給你們做棺材板吧。」大聲叫道：「住手，看我不一槍打死你。」

兩個男人看她手上端著一支槍，便停住了手，可還是不願離開的樣子。那男人說：「看你這麼個小婆娘，敢充什麼大頭蝦。」

光妹說：「敢在高山住，就不怕狼和虎。不相信吧，臥龍山有位肖貴根老人，這根土銃子就是他留給我的，不然我一個女人怎敢看這片山林。不信，你們就再砍一斧頭，我打死你們我也不犯法。」

兩個男人立即驚慌失措，丟下斧頭逃走了。第二天，光妹向石頭等幾個護林員講起昨晚的事，一個個笑得肚子痛。可話不長腳傳千里。沒過幾天，這個笑話就傳到兩個偷樹的耳裏，才知那晚上受了騙；兩個大男人被一個女人耍了，講起來真是丟臉，便再次上山偷樹。

其實，自從光妹那天晚上受了驚嚇，回到林場是全身濕透了。想到今後真的遇到偷樹的，不能赤手空拳講白話，就把老爺子掛在牆上的獵槍擦了擦。這玩意兒過去看老爺操作過，自己還沒用過。見葫蘆裏還有不少硝藥，就大膽裝上一點，火冒子壓在扳機上，下晚躲進山溝裏放了一槍。「哇，還真管用！」這樣膽子就大起來了，熟悉了放槍的要領。可她又想到，要是裝進鐵砂子，打死了人可不好收場。如果不裝子彈呢，放出的只是一團火，小偷見了也不害怕。怎麼辦呢？她記得過去老爺講過一個故事，講的是過去有個獵人住在深山，經常有人偷他的獵場。獵人心腸善不好把人打死，就發明了往火藥裏加一點黑芝麻，這一槍要是打在人的臉上，黑芝麻就會陷進臉皮裏，這個人就成了大麻子臉，永遠抹不掉。光妹真的學著老爺講的方法，在裝好火藥後，裝進了一把黑芝麻。

講來也巧，就在光妹試用過的當天晚上，又聽到大花狗狂叫，外面傳來砍樹聲。好像這聲音很響，砍樹的就在林場後面。「那可是大樹啊！這賊膽子也太大了，敢在我眼皮底下動斧子！」她端著獵槍跑過去，一看還是上次那兩個小偷，便把槍對準他們說：「喲，還是你們兩個不死心啊。快住手，不然我要開槍了。」

那兩個砍樹的哈哈大笑說：「哈哈，當今社會有四大怕，民怕土匪，官怕丟帽，窮人怕病，你富人呢，怕賊偷呢。我們還能怕你嗎？」

光妹大聲叫：「水來土掩，匪來槍擋。」

一個砍樹人說：「我曉得，你那是什麼雞巴槍，明明是葵花桿子，嚇唬毛孩子還差不多。」

光妹認真地說：「小子，可不能兔子爬麥田溝——走的老路呀。我們老爺去世，他老人家英魂附在槍上，那麼這支槍就變成了一桿神槍，見人能打成鬼，遇鬼能打成魂。」

那砍樹的說：「打死我們你也跑不掉的。」

光妹說：「打不死你，可能把你打成鬼，你會變成一臉的麻子鬼臉，永遠抹不掉，今後怎見人呢？」

那兩個砍樹的反而哈哈大笑，把兩個大臉伸過來說：「打吧，我倒要領教領教變成什麼鬼樣子，打吧，打呀！」

光妹想想，又好氣又好笑，說：「我弄你媽！我拿假傢伙你當真傢伙，我拿的真傢伙你當假傢伙，真假不分。活該你們倒楣了。」話一說完一扣扳機，「砰」的一聲槍響，一道火光直向兩張賊臉噴過去，打得兩個砍樹人翻了一個跟頭滾下山坡。那大花狗也比過去兇猛得多，撲上去一個勁亂咬。兩個砍樹人連滾帶爬跑走了。

幾天以後，這件事在山外傳開了，說光妹確實有一支神槍，能把活人變成鬼，能把鬼怪變成魂。並且越傳越神奇，說那兩個男人成了麻子鬼臉，沒臉見人，家裏房子都不要了，到外打工永遠不再回來。從此以後，臥龍山沒有誰敢上山撿一根樹枝子。

今天，李常有滿頭大汗跑到龍頭山林場，見到肖光妹真有點不認識了。看她臉黑了，身子瘦了，人也比過去蒼老多了。由此可見，她這幾個月來為山樹費了多少心血啊。

自從肖光妹同張臘香去年臘月打了那一架以後，李常有見光妹很少講話，更不講上臥龍山林場來了。今天跑得這麼急，光妹想一定是有急事，便笑著迎上去問：「李書記，你難得來林場檢查工作，今天有什麼事，是我大哥來電話了嗎？」丈夫這幾個月沒有電話她真的十分想念。

李常有站在林場門口，面向山林說：「好了，光妹啊，你的苦日子熬到頭了。」

光妹以為誇山上的樹木，便說：「早著呢，前些天縣林業技術員來講，再過五六年才能間伐一批。」

李常有望著她笑笑：「好了，山上樹今後再也不需要砍伐了，光妹呀，你真有福氣，有這麼好的大哥丈夫，我們的老書記真是了不起啊。」

她驚呆地望著他：「怎麼，我大哥來電話了，他講了什麼？」

他說：「不是你大哥的電話，是上級領導來了電話呢，臥龍山要來大人物了。」

她有些憋不住了，說：「書記呀，有話就講，有屁就放，急死人了。」

他轉過身子，哈哈大笑說：「是這麼回事。你大哥在外結識了一位香港朋友，可是個不得了的大老闆呢。手頭有多少億的資產，他要來臥龍山，指名道姓要見你和你兒子、女兒，你女兒我已叫人通知了。快去，給你在上海的小陽打個電話，後天人家就要到啦。」

她感到有些奇怪，大哥外出，這麼些天就有香港的朋友？便問：「這朋友叫什麼名字？」

他說：「叫什麼彭亞東吧。」

她突然尖叫一聲：「彭亞東！」

他奇怪地望著她：「怎麼，你認得？」

她連連搖頭說：「不，不認得。」

他說：「我講呢，那還不下山快給你兒子打個電話呀？」

她說：「兒子白天忙，他那個合資企業上班時間不准接電話，等晚上吧。」

他揮揮手說：「好，那我晚上在家等你。」說著就轉身向山下走去。

光妹半天沒回過神來，忙說：「李書記，不坐會了？」見他頭也不回地走了。

臥龍山老鬼都不曉得，彭亞東是彭家昌的兒子，就是當年的下放知青楊順生。但肖光妹心裏一塊明鏡似的，因為大哥自從同她結婚，就沒有絲毫的祕密。她想：「現在大哥不在家，一切得靠自己，自打鑼鼓自開臺了。這個彭亞東，可不是當年沒人看上眼的楊順生了，三十年河東，三十年河西。他到香港發了大財，現在有錢人就是老爺，市裏、縣裏幹部都得跟他屁股後面轉。這次是人家主動要到臥龍山來，來者會有心，無心就不來，並且還專門要看我光妹和兒子。光妹現在老了，見與不見都不重要，他想見兒子，這是他的一條根，他不能不見。怎麼利用這條根搭一座橋，把這位香港大財主牽過來，讓他在這裏投鈔票，讓臥龍山人民的荷包都鼓起來，那麼不但是臥龍山的樹木得到保護，還可以做出造福臥龍山子孫萬代的事情。他如果在這裏辦個大廠子，叫兒子從上海回來當老闆，這可是再美好不過的事情。」想到這些，她只有一個念頭：「一定要叫兒子回來，一定叫兒子認下這個父親。」

到了晚上，肖光妹下山來到村委會，因為全村只有張大嘴飯店裏有一部程式控制電話。李常有早已等候在那裏，接過光妹手中的電話號碼撥著電話。電話通了，可響了幾聲又掛了。

李常有說：「你兒子給你省電話費呢。」

果然不過幾秒鐘，電話鈴響了，光妹接過電話，只聽到電話裏的問：「喂，是爸爸嗎？」

光妹一句話沒說，眼水就下來了，說：「孩子，我是你媽！」

小陽說：「媽，爸爸回來了嗎？」

光妹說：「他已寄過錢回來了，還跟你李叔通過電話。」

小陽說：「這麼大年紀還在外面掙錢，別受人騙了，怎麼也該跟我打個電話呀。」

光妹說：「孩子，我曉得你想爸爸了，你明天回來吧。」

小陽急促地問：「怎麼，爸爸在家裏？」

光妹說：「有個香港人說要見我們全家，明天一定要回來呀。」

小陽說：「我這裏忙，走不開。香港人與我又沒有關係，要我回去幹什麼？」

光妹急著說：「孩子，還是回來吧，媽媽有話跟你講，有很多的話要跟你講。」

小陽說：「有什麼話電話裏不好講嗎？」

光妹望了李常有一眼：「有些話電話裏一句兩句講不清楚啊。」

李常有插話說：「一定要回來！」知趣地走向一邊。

光妹又說：「你同香港的這位老闆有一定的關係。這話必須要當面才能講得清楚。」

小陽說：「媽，那就等過年回家再說吧，沒事我掛了。」

光妹急著說：「喂，孩子，是你爸爸叫你回來的。」

小陽停了一下說：「真的嗎？」

光妹說：「是真的，孩子！」

小陽說：「那我知道了，明天見！」

光妹聽到電話裏「嘟嘟」的聲音，還是緊緊握著不願放手。

李常有走過來問：「怎麼，小陽不得回來？」

光妹放下電話說：「他會回來的，因為我講了他爸爸。」

李常有十分羨慕地：「他們父子的感情，我真的沒見過呢。」

第二天下晚，邵小陽真的回來了。他一進家門，見現在已經變成了學校，給李校長、黃毛丫老師送了幾件禮品就上了龍頭山，見到林場的房子就喊：「爸爸，爸爸！」進屋沒有見到爸爸，只有小妹小玉在燒飯。

小玉迎上去，驚喜地：「哥，你回來了！」

小陽問她：「爸爸在哪裏？」

小玉有些莫名其妙地說：「爸爸？我哪曉得。」

小陽放下背包，一拍桌子大叫道：「媽媽，你怎麼騙我呢。」

這時母親已出現在門口，呆呆地望著兒子說：「小陽，就媽媽叫你回來，犯法了？」

小陽急著說：「媽，你昨晚講話吞吞吐吐的，我以為爸爸病了，放下電話就往回趕，可是……媽，我有這份工作不容易啊。我們上班可不是像李常有這幫幹部吃飽了沒事幹，我們可是一個蘿蔔頂一個坑的，沒有特殊情況怎麼能請假呢？」

母親說：「今天這事是很特殊呢，你媽媽也不是那麼糊塗的人。」

這時小玉也上前勸了幾句也就算了。

吃過晚飯後，母親關上門，坐下來深深歎了一口氣，說：「今晚上我們要開一個家庭會，你們的父親不在家，由我來開。小玉要好好聽著，這是你哥哥的事。這件事情呢，你媽憋在心裏二十多年了。」轉身對小陽說：「兒啊，你上大學那天，我同你爸商量就想跟你講，可你爸說沒到時候。我看現在已經到時候了。」

小玉還是無所謂的樣子說：「媽，幹什麼嘛，神經兮兮的，好像要鬧地震樣的。」

小陽對小玉說：「小妹別打岔，聽媽媽講，她還從來沒跟我們正兒八經的講過一次話呢。」

小玉笑了，拖過一把椅子，把椅背抵在媽媽的腳前，騎上椅子坐著，下巴擱在椅背上，眼睛盯著母親說：「媽媽，你給我們做報告，要不要鼓掌啊？」

媽媽坐在桌邊，眼睛望著桌面，垂著眼皮，臉上慢慢陰沉下來，下巴開始抖動，眼眶子開始發紅，鼻子開始發酸。

小玉望著哥哥，感到有點不對勁，小陽也坐到母親身邊來說：「媽，幹什麼你，昨晚電話裏的話，我不是沒怪你嘛。」

小玉嚇得把椅子坐正了，拿手帕子遞給母親，可母親手中早已準備了手帕子，抹著淚說：「小陽，好兒子，媽媽昨晚騙了你，可有件事騙了你二十多年了啊！」她抬頭望望屋子繼續說：「就這間屋子，現在是林場，二十多年前可是專為知識青年蓋的房子啊，那是個學大寨的年代……」

這樣，肖光妹把當年楊順生怎麼下放、先住在家中、學大寨又是怎麼受苦受難、大年三十晚上送飯以及懷孕再同大哥結婚的經過，從頭至尾敘說了一遍。小玉以為母親在講故事，小陽聽呆了，他簡直有些驚恐失常，他怎麼也不相信這話是真的，呆望著母親說：「媽媽，你不是給我們講假話吧？」

母親哭著說：「不，這是真的。」

小玉也呆望著母親說：「這麼說，媽媽，哥哥不是爸爸生的？」

小陽有些失常地暴跳起來：「怎麼可能？」

母親抬頭望著他：「母親難道跟你扯這個謊嗎？那母親是個瘋子。」

小陽大叫：「那你跟我講這些幹什麼？打電話來就是要講這些話嗎？早不講，遲不講，偏偏這個時候講呢？」

母親也大聲地說：「因為這個人明天就要來了，還點名要跟你見面。」

小玉說：「媽媽，明天那個香港老闆就是哥哥的親生父親？」

小陽說：「胡扯，不是講叫彭亞東嗎？」

媽媽說：「是的，過去跟母親姓叫楊順生，他是彭家昌的兒子，他有個哥哥叫彭亞曦在香港，是你父親幫助他去了廣州後再去香港的。這件事，只有我們家人才曉得。」

母親的一番話說得小陽、小玉都沒有話說，夜很靜，只聽得門外小蟲子的叫聲，山風颳屋子砰砰的響聲。

母親這時抹著眼淚，話講完了，也就不再多想，站起來說：「孩子，我要講的話都講完了，明天你同他要見面的。你已經不是小孩子了，是個大學生，都出來做事了，有文化的人，眼光不能看著腳背走路，要看遠一點。你曉得同他見面，該講什麼話，不該講什麼話。我只是要提醒你，不要為你個人、為這個家，而要想到受苦受難的臥龍山村的前途，一千多號人今後的日子，就曉得該怎麼做。」

小玉好像理解了母親話的意思，興奮的說：「對了，大哥呀，把他拉住了，讓他在這裏投資辦大工廠，這樣臥龍山人就都抖起來了。到時候，大哥就是總經理，大老闆！」

小陽眼瞪著她：「想得美，你呀，要好好念書！」

小玉低下頭咕嘟著：「老闆沒當上，脾氣都來了。」

當天晚上，小玉沒睡好，她當然想得很天真。自己在初中已是最後一個學期了，成績是中等混，下半年升高中希望不大，如果有人投資在家鄉開工廠，那這個書就不念了，哥哥當老闆，自己是老闆的妹妹，走到哪裏都吃香。

當然，真正沒睡好的是小陽，他作夢也想不到自己的身世是這麼一回事。他首先想到父親，小時候的事情像唱戲樣一幕幕出現在心頭。記得三歲那年，父親帶他到城裏看汽車，其實是看那個人的，那人長什麼樣子一點也記不得，只記得那是有生以來第一次看汽車。再就是大熱天考大學，每次想到這裏都要流淚，這可是刻在心上的事啊。直到現在大學畢業在外地工作，除了工作就想父母，想這個家，特別是父親，作夢都在想著他。原來日夜想念的還不是自己的親生父親！父親明明知道自己不是他親生的，可卻給了他這般的愛，這種愛是多麼的偉大。可明天，母親的意思叫他要見一個陌生人，喊他「父親」，天啊，這叫他怎麼喊得出口呢？雖然母親的本意是好的，怎麼能拿他的感情來換取別人的錢財呢？

第二天一大早，李常有安排全村人清理垃圾，打掃衛生，每人要穿上乾淨的衣服。邵小玉更像小喜鵲一樣跳到學校，配合李校長、黃毛丫老師給每個小學生發一束塑膠花或小紅旗，站到村口編排呼喊「歡迎歡迎，熱列歡迎！」的口號。肖光妹想到村頭有那麼多人迎接，對於本來就不願喊「爸爸」的兒子小陽來說，就是更加為難的事了。只好安排兒子坐在林場等著客人到來，自己則來到村頭歡迎的隊伍中，只等彭亞東的到來。

這個彭亞東確實就是當年的楊順生。當年在邵光龍的精心安排下，終於到廣東的惠州找到了彭亞曦的岳父。在他家中住了一些日子，後來改革開放逐步開始，先是這位同父異母的哥哥到惠州接見了他，七九年通過關係把他帶到香港，從此在哥哥的公司裏從最基層的辦事員開始做起。「吃過黃連苦，方知甘草甜。」他曾是受過大苦大難的人，十分珍惜哥哥這份情意，工作兢兢業業，得到公司上下一致好評。直到去年香港回歸，哥哥因身體不太好，退到二線，把公司交給了他。這次是香港企業家同鄉會組織回故鄉觀光團，哥哥動員他回來看看，先打個頭陣，以後在方便的時候自己也過來走一趟，人一上了年紀對家鄉就特別的想念。這樣彭亞東就回來了。

三天前，省政府負責人接待並陪同參觀了省城一些大型企業。他向負責接待的同志說，是否能回老家江城縣臥龍山去看看。沒想到昨天江城縣的縣長就派車來接，晚上安排在縣委招待所改的三星級賓館舉行歡迎儀式，晚飯後許多企業家拿著項目書找他談了一個晚上，主要內容還不是要他掏老頭票子。他對這些舉措十分反感，想到明天再這麼前呼後擁的上臥龍山，那就無法達到自己的目的了。他只是想一個人見見光龍大哥，講起來也是我同父異母的親兄弟；再看看光妹，瞭解自己兒子的情況。沒辦法，他只好想點子單獨行動。

早上天剛亮，他就偷偷起來出了門，賓館值班人員都是臨時公安局派來保衛他的，問他：「有什麼事？」他講：「沒事，我有早鍛鍊的習慣，就在門口公園裏走一走。」這樣，值班人員也就沒防備。他先假裝在院子裏跑了一圈，見沒有人跟著他，就跑出大門上了街。

他找到一輛計程車，談好到西嶺村，車子包用一天。駕駛員報了價格，他也沒還價就上了路。現在到西嶺村是一條柏油路，沒到一個小時就到了。他叫車子在路邊等，便下了車，才知太陽才出山。村頭的小店才開門，有一家賣早點的還在起爐子。他告訴村裏人，要翻過西嶺到臥龍山。村裏人講現在山路不好走，因為沒有人砍草，都燒煤，有條件的已經燒煤氣，這條路很少有人走過。他就請了兩個中年人，每人十塊錢，砍除路邊的草叢。這樣，他在早點店裏喝了一碗稀飯，吃了油炸米餃子。這是他二十多年沒吃過了，真是太好吃了。一連吃了四五個，又在小店裏買了一條長毛巾和一頂麥稈草編的大草帽，由那兩個中年人帶路。好在這條路並不陌生，當年下放第一天，光龍大哥帶他就是走這條路的。他想，上了山嶺，見到賴大姑的草棚子就十分熟悉了。

他蹬上了龍尾山，可怎麼望也打不開方向。變了，變化太大了。山坡上是一排排整齊的樹苗，當年的草棚子已不存在。他站在那裏，回憶當年大哥帶他是從左邊山埂上走的。他就退到山口，向左邊走了二百米，看到一塊山崖，山崖的上方有個平臺。他一下子想起來了，當年的草棚子就在這塊平臺上。他走上平臺，見草叢中有磚頭和瓦片。是的，這就是賴大姑的仕房，現在沒有房子了，有一座小墳堆子，前面有一塊矮矮的石碑，他看了碑文，沒錯，是賴大姑的墳墓。他想到當年大姑的關心，後悔剛才怎麼沒買一點紙錢來燒呢。他拔了墳邊的雜草，摘下大草帽子，向墳墓磕了一個頭，心裏默默地唸道：「大姑啊，我來看您老人家了。當年是您老人家說我人生有一次劫難，過了劫難今後有大福的，從而我便看到了希望。您老人家講的真靈呢。現在想起來，正因為過去的磨難才有我的今天。」他心裏唸著，眼淚不知不覺地流了出來。

過了好一會，他重新戴好草帽，沿著臥龍山背往前走去，好像同以前不一樣，現在山脊修了一條用石塊鋪的小路。他走著走著，感到好像不是在臥龍山。變了，真是天翻地覆的變化，十里長沖的群山變成了莽莽蒼蒼的一片林的海洋，高低不平的山坡變成一起一落的綠浪。隨著山勢舒展，一陣山風吹來，捲起碧澄澄的綠濤，翻騰著，呼叫著，像潮聲奔湧，如萬馬騰躍。山頂上捲起一層輕霧，太陽從薄霧中射到杉枝頭，松葉上閃著一星星的綠珠子。他被眼前的景色陶醉了，閉著眼深吸一口空氣，那是松脂的清香。昨天在縣城裏，他就聽縣裏分管林業的副縣長介紹，邵光龍已把臥龍山全部綠化。他怎麼也想不到只有二十幾年的時間，這裏已變成這個樣子。

他走著走著，來到龍頭山了。這裏另有一條小路通往山中的林場。他很激動，加快了腳步。

遠遠看到一個小老頭子向這邊走來。這人有點駝背，手上拿著拐棍，走路也有點一扭一扭羅圈腿。他一眼認出是當年常欺負他的石頭老人。記得那次成了野人歸來，在塘邊上有意嚇唬他一次。唉，二十多年了，過去的老人已經不在了，過去幹事的人已經老了。石頭已是滿頭的白髮，滿臉的皺紋，本來就小的眼睛又耷拉著眼皮成了一條縫。

那石頭老人瞇著眼見到他，緊跑幾步追上來。他怕石頭老人認出來，便拉下草帽沿子。只聽石頭多遠就自語道：「哎喲，光妹講山上沒有人，我講有人吧，怎麼樣？」走到他面前抬頭問：「請問老闆，你是買樹的吧？」

他捏著眼鏡腳往上推推說：「你怎麼曉得我是買樹的？」

石頭老人說：「嗨，我眼睛出火呢，一看就曉得你是大老闆，不像個土老帽嘛。」

石頭跟他一照面，他便把臉朝左邊，看下山的樹林子，問道：「這樹賣嗎？」

石頭老人坐在石凳上喘著氣：「唉，怎麼講呢，照講不能賣，龍頭山這一片，再過十年二十年，那可是上等的林木，蓋房子造大船，頂呱呱的呢。」

他看石頭確實認不出自己來，就放開膽子望著他說：「那為何要賣呢？」

石頭老人說：「手長衣袖短，沒法子，還債呀。」

他一驚問：「怎麼，還債？」

石頭老人說：「十幾年前買的樹苗，貸款二十萬，馬德山把他兒子拖下了水，當了擔保人，現在利息都七八萬了，銀行追著屁股討，不賣樹有什麼法子？」

他轉身看了看山坡上的樹木，想了一會問道：「馬德山的兒子現在在什麼地方？」

石頭說：「他兒子叫馬有能，縣看守所裏當所長。」

他默默地記在心頭。

石頭老人站起身來望著他說：「你有香煙嗎？給我一支。」

他摸摸身上說：「哎呀，真對不起，我不吸煙。」

石頭老人說：「煙都不吸，當什麼雞巴老闆，同你窮嘴磨白牙。」轉頭就要走。

他擋住石頭老人說：「不過，我帶來個消息告訴您，從今天起，這臥龍山的樹一根都不會賣的。」

石頭老人仰頭瞪他：「你講的，你算老幾？那麼多貸款你來還？」

他認真地說：「光龍大哥有能力還。就是自己還不起，可他過去積了德，有人會幫他這個忙的。」

石頭同他一照面，看這人有點面熟，想到自己在熟人面前討煙，丟了面子，就補了一句：「你別看我癟老頭子，什麼事我能看得準。光龍那麼大年紀出去能找個什麼錢回來，人一老就不值錢了。」

他笑笑說：「你老了，老黃曆不能用了，講話不靈了。」

石頭梗著脖子：「過去我也插過翅膀威風一陣子呢。人呢，都是一時一時的，跟山上樹一樣，有綠就有黃，現在老了，是秋冬的綠葉子落掉了，可樹幹還挺著。」

他大笑著說：「那您就等著瞧吧。」

二人分手，各自向反的方向走去。石頭回頭說：「別往前走，林場沒人，都下山迎接香港大老闆去了。」一邊說羅圈腿一拐一拐地向山裏走去。

他想，山上沒人更好，可以看看當年的知青屋。便加快了腳步。他來到當年的知青屋門口。「見鞍思駿馬，睹物思故人」啊，屋子還是當年的老樣子，只是門前四棵杉樹已經成材，看到杉樹是那地的親切，他手摸著樹幹，這是一九七二年他親手栽的，算來已經二十六年了。自然想起那個大雪紛飛的大年三十晚上——「多麼純潔的姑娘給一個餓著肚子的我送年飯，事後卻怎麼也想不起來犯下了這輩子無法饒恕的罪孽。」他想到這些，眼裏含著淚花。一陣狗叫聲，使他像在夢中驚醒。淚花中門口站著一個人。「怎麼這麼像當年的姑娘呢，那一舉一動，是誰呢？」他摘下眼鏡用手帕擦著鏡片重新戴上，這才看清是一位小青年。

邵小陽聽到大花狗叫聲，來到門口，拍拍狂叫的狗頭，望了他一眼說：「請問這位先生是……」

他回答說：「我……我是買樹的。」

小陽十分熱情：「哦，那進屋坐吧，喝口水。」

他十分高興地走進屋裏，看到這熟悉的地方，像自己的家一樣。坐在桌邊，摘下大草帽子。小陽倒了一杯茶遞給他，他接著：「謝謝，小夥子，你是護林員吧。」

小陽回答：「哎，就算是吧。先生，我要告訴你，這樹暫時不會賣的。」

他接著說：「樹我不一定買，臥龍山綠化造林很有名，我是慕名來看看。」喝了一口茶：「哦，這茶真香。」

小陽說：「龍泉水泡臥龍山的茶，當然香了。」

他連連點頭：「對，對，這叫『河水煮河魚』呢。噯，小夥子，我從山頂上這麼一看，那真是一片林海，真叫人陶醉。」

小陽笑笑說：「來參觀的人都這麼說，這一切功勞歸於我老爸。」

他呆望著他：「你的老爸？」

小陽說：「對呀，講《三國》呢，離不開諸葛亮，講臥龍山就離不開我老爸了。他為臥龍山人民造福，村裏人要給他樹碑立傳呢。」

他驚詫地：「你老爸是誰？」端起茶杯正欲喝茶。

小陽笑笑：「我老爸呀，就是林場的主人，邵光龍。」

他一驚，手中茶杯蓋子掉在桌上滾了一圈，差點掉在地上。

小陽感到奇怪：「先生，你怎麼啦？」

他神色慌張地說：「沒……沒什麼。」

他打量著眼前這個年輕人——高高的個頭，生得眉清目秀。「真的沒想到這就是自己的兒子！」忙又笑笑說：「你老爸、老媽我過去認識，只是有些年頭沒見面，現在他們還好吧？」

小陽說：「我媽下去迎接客人去了，老爸去年臘月找小叔借錢蓋小學還沒回來。」

他望著他說：「哦，錢借到了嗎？」

小陽笑笑：「小學快竣工了，聽別人說，他在外門路廣。」

他點點頭：「是啊，是啊，好人一生平安嘛。」

小陽看出這人有點奇怪——一手端杯喝茶，一手捏著茶杯蓋擋著眼鏡架在看自己，便拎起水瓶給他茶杯裏續水，看到了他的襯衫大驚失色，茶水倒滿了茶杯，濺到桌上。他望著茶水：「喲，滿了滿了。」小陽驚叫，忙拿抹布抹桌子。二人的手碰了一下，都像觸了電樣地互相望著。

小陽年輕氣盛，便直截了當地問他：「先生是香港來的？」

這句話像點破了他的一根神經，忙站起來：「何以見得呢？」

小陽說：「你的襯衫我在上海見過，它是香港的名牌，內地目前很難買到的。」

他低下了頭：「我……」

小陽站在他的對面，認真地說：「你不是來買樹，也不是來參觀，而是來尋找舊夢的吧？」

彭亞東十分不自然不知點頭還是搖頭。

小陽又說：「我要告訴你，先生，你要找的那個人不一定讓你有個滿意的回答呢。」

他抬頭望著小陽兩顆眼珠在玻璃鏡裏閃閃發亮。

小陽接著說：「因為我不能騙你，我只有一個爸爸，他的父愛已經深深地刻在我的心中，任何人無法從我心中抹去。」

他顯得十分尷尬，說：「小伙子，我沒有那麼多想，只是……，我只是想……」

小陽接過話：「你能不能在臥龍山投資，那是你的事情，不能把我當作你是否投資的砝碼。二十多年了，人的感情是任何金錢都買不到的。」

他心靈上受到了震動，緊接著說：「不，孩子，你什麼話也別說了。臥龍山是塊寶地，山有梧桐樹，就不怕招不來金鳳凰的。我這次來只是想……」

小陽望著他：「你想幹什麼？」

他從荷包裏拿出早已準備好的那塊龍頭玉佩說：「這是一塊龍頭玉佩，我想把它交給你。」

小陽望了望他手裏的龍頭玉佩，沒有接，只是說：「看得出這是塊寶貝，一定很值錢吧。可我父親給我的寶貝……」

他不解地望著他說：「哦，那是什麼？」

小陽說：「比先生的寶貝可值錢多了，就兩個字──『父愛』！」

他忙說：「不，孩子，我不是那個意思。在臥龍山上了年紀的人都知道龍頭玉佩的來歷，這裏藏著老一代人的故事，我只希望下一代人不要忘了這段歷史。」

小陽伸口回答：「那你何不交給臥龍山呢？」

小陽的這句話，使他站也站不住，坐也坐不穩，只好起身說：「那……那我走了。」

小陽站起來說：「先生是個紅人，我也就不留你了。」

他心裏一陣慌亂，出門時被門檻子絆了一下，差點跌倒。

小陽心裏也受到震動。見他的大草帽還丟在桌上，便拿著大草帽子追上去：「先生，您的草帽。」

他站住了，慢慢回過頭來，接過小陽遞過來的草帽，兩人站得很近，身子就要靠在一起。他深情地望了小陽一眼，心裏默默地唸著：「兒子，我是多麼想多看你一眼啊，你怎麼就這麼不懂一個遠方來的親人的心呢，就這麼下了逐客令催我離開日夜思念的臥龍山啊。」想到這些，眼水已經溢出眼眶。

小陽也是這麼近距離地看著他，感到他臉是多麼地熟悉，好像在夢中見過一般——「那紅潤的臉色，花白的頭髮，老囉。哦，看他的眼睛，紅了，眼眶裏含著淚花呢。」

小陽說：「先生，你怎麼流淚了？」

他摘下眼鏡掏出手帕擦了擦說：「我……我是沙眼，見風就流淚。」重新戴上眼鏡，見小陽的眼眶也紅了，便深情地望著他：「孩子，你眼眶也紅了，這麼年輕該不是沙眼吧。」

小陽良心受到震動，低下頭，說：「要不你再坐一會，我下山把我媽找來，你們見一面吧。」

他戴好草帽搖搖頭說：「不用了，我知道她很好，知道你們都很好，我已經滿足了。」便轉過身走了。

小陽望著他的背影，不知從什麼地方來了感覺，突然大聲地喊：「先生！」

他站住了，再慢慢地回過頭來，深情地望著他，多麼希望他的話裏有一句話。

小陽說：「歡迎您再來！」

他聽到這聲音是這般的親切，看到孩子又淚流滿面，他一下子明白了孩子的心，理解了孩子的善良，感覺到了孩子的品德，突然感到一種快慰，便招招手大聲地回答：「好孩子，向你父母問好，山上的事不要擔心，我會再來的！」便加緊了腳步，向龍頭山走去。

小陽再也控制不住自己，回身進屋趴在桌上大聲痛哭起來。

沒過一會，光妹回來在門外就喊：「小陽，情況有變化，縣裏來電話說那個人下午才能來。」進屋見兒子在大哭著。

「小陽，你怎麼啦。」

邵小陽突然起身撲在母親懷裏，像個孩子受了委屈一樣。

母親驚呆了，「到底怎麼回事？」

小陽說：「媽媽，他已經來過了。」

母親不解地：「哪個來了？」

他說：「你們迎接的那個人來了。」

母親有些不相信地：「這是真的？」

他哽咽地點頭。

母親驚異地：「你們見過面了？」

小陽說：「見過了。」

母親說：「你們談了些什麼？」

小陽又哭了：「我們什麼也沒談。媽媽，我可能是太過分了，我感到有些對不住他。就憑他躲開這麼多人的歡迎和護送，隻身一人來看我們，說明他是一個好人。」

母親說：「我早曉得他是個好人。他幾時走的？」

小陽說：「剛剛出門，不遠的。」

母親二話沒說，拉他就沿著臥龍山脊背跑去，可一直跑到龍尾山也沒找到那個人。小陽就是不解，這人到哪去了呢？

下午，鄉裏來了通知，香港的彭亞東不來了。小陽回了上海。

幾天以後，馬德山叫人帶信來，說光龍的全部貸款和欠馬有能的錢已寄過來，地點在深圳，落款是邵光龍！

肖光妹心裏又加疑團，大哥在外幹些什麼，怎麼這麼有錢呢？

三

李常有的兒子李書青同邵光龍的女兒邵小玉，均以微弱的分數之差，沒考上高中。

李常有找人花了五千塊錢買了一個計劃外名額上了縣一中。可是邵光龍至今沒回來，肖光妹同女兒商量：「你爸沒回來，家裏拿不出這麼多錢。」小玉說她不想上學了，因為在鄉裏中學的班上成績就差，到縣裏就更跟不上趟，花錢買的也是低人一等。

母親認為女兒這種想法也對，條條大路通京城，怎麼活都是一輩子，再講護林正好缺人手。

可女兒也不願意一輩子當護林員，守著這片山，她想到外面闖世界。她班上就有幾個女同學出去打工，早約她出門。

母親耐心勸她：「你還是個孩子。」

可女兒說：「趁著年輕好掙錢，好多人在美容廳給人洗個頭，沒幾年就發了大財。」

母親氣不過同她吵起來，相吵就沒好言。母親說：「你要在外當婊子，我就殺了你。」

女兒說：「我要掙了錢就不叫你這個媽。」

這樣你一句我一句，吵得小玉下了山，要離家出走。幸好被李常有拉回來，勸她說：「黃毛丫老師要生孩子了，學校缺人代課。」留下小玉當上了代課教師。沒想到這丫頭代一年級十分稱職，整天同孩子們說說笑笑、打打鬧鬧，深得村裏家長們的喜愛。李常有也看出這丫頭是個當教師的好苗子，準備在她身上下深水。

李常有把這些想法同老婆一商量，這條母老虎跳起來罵他：「好了瘡疤忘了痛，小丫頭母親三九天推老娘下水差點淹死，她的女兒是什麼好貨！」

李常有平時怕老婆，重大問題還是據理力爭的。他講：「老婆頭髮長見識短。做好小玉這件事，對天對地對外對內都有利。」其實，他老婆有老婆的想法，他有他的打算。他曉得兒子小學成績不錯，後來為何成績拉下來，是平時同這個小仙女打得火熱，上學放學形影不離。他能看得開，現在社會就這樣——瓜果早熟，男人早洩，女人早產，學生早戀。電視、錄影男女摟摟抱抱，書刊、報紙鋪天蓋地，初中生不是傻子，說不定他們都爬過麥地溝，對過口，交過手。兒子這個高中生是花錢買的，上大學可能也是水頭一棒的事情，就是上了大學，自己能找到什麼樣的工作呢？自己有個年把就要從這個村幹部位子上退下來，好在村頭有四間帶門面的小樓房，小舅子也該回自己家發展了，這小飯店自己永遠開下去，這輩子不愁沒飯吃。

他看得很清楚，說：「臥龍山真正的大富，不是肖光虎，更不是在外掙了幾個就燒包的小老闆，而是邵光龍。全黑山鄉誰也不敢跟他比，他人緣好，在外門路廣，年把時間就捐了小學，還清了二十多萬貸款加利息。這藏在水底下的龍，雲後面的鳳，真是看不見、摸不透呢。大兒子在上海有工作，不會再回來守著這個窮山溝，這二千五百畝的山林，承包合同二十年，二十年以後五五分成，算來也是幾千萬。他女兒小玉要是跟我兒子結了親，女婿也是半個兒，山林就有我兒子的一半，到時連我躺在床上也是紅人。」

母老虎聽到這舒展了眉頭，李常有開始為小玉跑民辦教師。

其實邵小玉只是十八歲，他建檔案改為二十歲，初中剛畢業，他又不知在哪弄了個職業師範畢業證，一切證件全辦好，厚著臉皮進城找馬德山。是邵光龍家的事，馬德山就找兒子馬有能，馬有能站出來找公安局長，這叫：「朝中有人好做官，衙門有人好辦事。」這樣一個民辦教師的名額拿到手，縣教委叫鄉裏辦，鄉裏不得不辦，邵小玉從代課轉為民辦教師。

李常有辦好了小玉的事，還幫人幫到底，送佛送西天，絞盡腦汁在邵光龍臉上貼金。臥龍山小學是邵光龍捐資興建的，他打了報告跑了多少次縣教委批下來為「光龍小學」；還有就是「縣林業戰線的標兵」、「林業先進工作者」等，還花錢買了林業大學畢業文憑，在國家級刊物上發表了論文，評上國家教授級林業工程師，還在臥龍山上給他樹起了功德碑。

俗話說：「心算不如天算。」李常有心算到了家，可天算又是如何呢？

時間到了這年臘月，黃毛丫生了個大胖小子，又轉為國家教師，雙喜臨門。這真是好人有好報。李春林吃了一輩子粉筆灰，中年得子，兒子洗三這天，退休的父母高興得不得了，來到張大嘴飯店裏辦了一餐喜酒。臥龍山村有頭有臉的都請來了，凡是學生家長都來賀喜。邵小玉本來就是他們的學生，現在是同事，當然幫忙就特別的賣力。

李常有的老婆張臘香自從同肖光妹吵了一架以後，互相不來往，見面不講話，背後恨一個死疙瘩。可現在聽丈夫經常在耳邊吹著枕頭風，今天看小玉也就怎麼看怎麼順看，還在酒席上誇小玉說：「過去講村裏有個天仙那是白玉蘭，現在哪個也比不上小玉了。」這樣，他們不知不覺的談到了白玉蘭，說：「玉蘭離家這麼多年了，無影無蹤。」有的說他跟丈夫在外發大財，有人講他單獨做生意，有人講他們離了婚。總之，村裏這些年早有傳說，還越說越神乎其神。「唉，美女在外不是個好事情，花花世界花花人啊。」

肖光妹也不例外，下山給黃毛丫的兒子包了紅包，晚上在酒席間給李春林校長敬了一杯酒，說：「女兒在學校當教師，還請李校長多關照。」客氣話講了一大堆。

喜酒還沒吃完，林場的大花狗跑下山來，鑽進桌底下啃光妹的褲腳。光妹心裏一驚，大花狗可從來不隨便下山的，說明山上有特殊情況。因為這是人家辦喜酒，也不好驚動村裏人，一個人回去心裏多少有些膽怯，遇到情況也得有人通風報信吧，最好找一個人作伴，找誰呢？打仗還得靠父子兵，只好把從這酒桌躥到那酒桌的女兒叫出來，說明情況。小玉好像變得懂事多了，前些天同母親爭吵，現在重新和好了，忙同母親手拉手跟著大花狗向山裏走去。母親本想先去林場拿獵槍，可大花狗不聽話，又搖尾巴又是跳的，帶她倆順著山腰往裏走。

光妹同女兒跟著大花狗來到龍爪山坡上，這裏可是臥龍山的老墳園。她倆見山窪裏有一點亮光，仔細一看，是一團火。

「怎麼？有人放火燒山嗎？」小玉一看雙腿開始發抖。說來大花狗也有些奇怪，平時見到響聲就要叫半天，可今天一聲也不吭。

「難道是老墳裏的魔鬼把大花狗迷住了？」光妹心裏開始撲撲地跳起來。她咬咬牙，硬著頭皮拉著女兒說：「別怕，鬼怕惡人，蛇怕棍，有媽在。」

女兒從來沒見過母親有害怕的時候，也就跟著母親往前走。要到燒火的跟前了，母親撿起兩塊拳頭大的石頭，交給女兒說：「孩子，沒摸清情況別隨便砸。」自己也撿起石塊握在手中，彎著腰，以杉樹為掩護，從這棵樹躥到那棵樹後面，一步步往火堆方向移動。

當她們母女走近火堆，看見是一個人跪在地上，身上穿著長大褂子，頭髮披在面前，把整個的臉遮得緊緊的，用一根小樹棒子撥動著火苗，火苗裏的紙片像蝴蝶樣的飛起來。

小玉小時候聽人家講過披毛鬼的故事，便對母親耳邊說：「是不是披毛鬼？」母親說：「鬼就更不怕了，人有三分怕鬼，鬼有七分怕人呢。」

兩人繼續往前走，聽到這怪物的哭聲，是女人的哭聲，聲音十分地淒慘。光妹聽得清楚，這是在哭她的母親。她心裏犯疑：「怎麼回事？這些天從來沒聽講哪家死了老人。而且這裏不是新墳，是堆老墳啊。這老墳是哪一個？一定是這個女人的母親。」她反覆想著這座墳是哪一個，想了好半天，突然心裏一震，手中的石頭落在地上。因為她已經想起了這座老墳是誰的了。自言自語地說：「難道是她，真的是她？」小玉問：「是哪個？」

光妹也顧不了那麼多了，三步兩步跑上前去，蹲下身子，撥開那人面前的披髮。「天啊，真的是她！」便喊道：「玉蘭，你是玉蘭嗎？」

那人慢慢抬頭看了光妹一眼，身子一歪倒在她的懷裏，昏了過去。小玉聽到母親的喊叫，也跑過去問：「媽，真的是乾媽？」蹲下身子望著那人喊著：「乾媽，乾媽！」

白玉蘭突然醒來，瞪大眼睛望著小玉，眼淚泉水樣地滾到臉上，伸出乾枯的雙手，去摸小玉的臉頰，顫抖地喊：「孩子……」這一聲喊不要緊，可把小玉嚇死了。在火光的照射下，看到這個女人哪裏還是當年乾媽的樣子，簡直就跟有些電影中的魔鬼一模一樣。披著發黃的頭髮，兩隻燈籠樣的眼睛，四周發黑的眼眶，突起的顴骨，瘦得嘴唇都包不過來牙齒，長而乾枯的手指。小玉被這個怪樣子嚇得「哇」的一聲大叫。跑到一邊，躲在樹後，再也不敢伸頭。

那玉蘭還是伸出雙手呼喊：「孩子，別走啊，我好想你啊！」說著又昏過去。只有光妹緊緊把她抱在懷裏，心酸地喊：「玉蘭，我的好妹子，你怎麼變成這個樣子了啊？」

她們就這樣擁抱了一會，見地上紙錢已經燒完，火漸漸熄滅。光妹向站在一邊發呆的女兒說：「孩子，上前帶路，帶乾媽回家。」便抱起玉蘭。光妹感到抱在手上的像一小捆乾柴，輕飄飄的。

她們來到門口，見大花狗躺在門邊，門口還有一只女式小皮包，說明玉蘭來過林場沒見到人，才去給她母親上墳去的。

進了家門，光妹把玉蘭放到床上，叫小玉快去燒水。可小玉怎麼也不敢靠近玉蘭的身邊，只是躲在自己的房間裏不出門。光妹只好自己燒水煮飯。等做好飯菜到房間去叫玉蘭來吃的時候，見床邊皮包拉鏈被拉開，床頭有針頭和玻璃瓶，光妹想這大概是她給自己打了一針，人也變得清楚多了。玉蘭見光妹第一句話就問：「小玉呢？」

光妹不好說女兒怕見她，只是說：「小玉當民辦教師了，晚上吃喜酒喝了一點，睡下了。」

玉蘭說：「哦，多年沒見，她成大人了，剛才我嚇著她了？」

光妹笑笑：「不，她還是孩子，不懂事。你，怎麼啦，剛才是夠嚇人的。你怎麼變成這個樣子了？」

玉蘭眼淚下來了，說：「大姐啊，我真的活夠了，我不想活了，恨不得馬上去死啊。」

光妹說：「你到底是怎麼回事？這些年你日子是怎麼過的？村裏人七嘴八舌地議論你，你把我當姐，你就跟我講句實話吧。」

玉蘭等了一會，喝了一口水說：「要講離家也有十年了。那年離開家，離開你，大姐，我錯了，錯到海裏去了。我有罪，罪有應得。那年光虎在看守所同我見面，家裏房中壁上有兩個鐵盒子，每個盒子裏有兩萬塊錢，合計是四萬塊呀。」

光妹呆了：「是四萬？」

玉蘭哭著說：「大姐，你打我吧，你狠狠地打我耳光子吧。當初我沒跟你講真心話。光虎一再講，外面的飯不是我這種人能吃得了的，我不該不聽他的話呀。我該死啊。咳兒、咳兒……」咳彎了腰。

光妹拍拍她的身子，說：「這到底是怎麼回事，你慢慢講給我聽。」

玉蘭又喝了一口水，心裏平靜下來，說：「十年前的那天早上，我到看守所問馬有能，他說光虎已經在夜裏放走了，我一下子傻了。好在我有他住省城的地址，就去找他。可光虎要我回家，死也不見我。我想既然出了家門，身上還有這麼多錢，我幹嘛要回去，這麼大的城市，難道沒有我幹活的地方？開始，我想到張大嘴開飯館多掙錢，也就跟人合夥開飯館，後來開茶樓。呀，我一下子掙了好多錢呢。」

光妹說：「那不是好事嘛！」

玉蘭低下頭，長歎一口氣：「唉，壞就壞在有錢上，一個單身女人在外，你有了錢，那些男人像蒼蠅叮狗屎樣地叮著你，送禮品，請吃喝。有個中年男人開始講他做木材生意的，我也不懂，後來才曉得他是毒品販子。他待我好，他偷偷地給我吃了藥，我上了癮，從那以後我就不是我了。我壞了，我爛了……」

玉蘭說著說著又哭起來，撲在光妹身上說：「大姐呀，我不是人了，我是一棵路邊的小草，任人揉任人踩。過去在家，人家講我長得是塊玉，在外是被人在泥巴裏摳來摳去，變成了泥水人了呀。現在我的錢花光了，藥再也買不起了。大姐，我只有死路一條了呀。」說著泣不成聲。

光妹安慰她說：「好了，現在回家了，同你大姐在一起就什麼事也沒有了。時間不早了，去吃點東西吧。」

光妹正要起身去廚房，玉蘭拉住她說：「大姐，我必須在天亮以前死去。」

光妹呆望著她：「你瞎說什麼呀？」

玉蘭真誠地說：「是真的，大姐，我只想在臨死之前，做件事情。」

光妹回身問：「你要做什麼？」

玉蘭望著她：「大姐，我講出來你別打我呀？」

光妹說：「怎麼會呢？小妹，有話儘管說。」

玉蘭話沒說出口，眼淚又下來了：「我想小玉啊。」

光妹愣住了，望著她說：「這麼多年，你在外沒有生個一男半女的？」

玉蘭說：「大姐，光虎待我那麼好，我能做對不住他的事嗎？我這輩子只有這麼一滴骨血呀。兒女親，骨肉親，打斷骨頭連著筋。當年我離開家，就想同小玉割斷這份情，可是韭菜疙瘩，怎麼斷得了啊！這麼多年，我真的想死了，沒日沒夜地想，想得肝腸斷呢！多少回睡夢中想醒來，眼水打濕了枕頭啊！」

光妹聽到這些，心如刀割：「玉蘭，我的好妹子，怪大姐當初一時霸道了。那天是我一時的氣，你走以後，我後悔死了。我一直盼你回來，現在女兒大了，你也沒有個孩子，也應該讓她曉得你是她的母親。現在回來正好，我就叫她來。」

可玉蘭拉著她不放，說：「不，大姐，講這話是打我的臉呢。我講過的話，做過的事情，絕不會後悔的。」她說著開始喘氣了，說：「我只是要在斷氣的時候，能聽到她喊我一聲媽。」

光妹：「我曉得。」

玉蘭拉她：「不，你不明白我講的意思。大姐，你讓我把話講完。你就對小玉說，這個乾媽太可憐了，這輩子沒生過孩子，馬上就要斷氣，離開這個世界了，永遠的不在了。可她從沒有嚐過被人叫一聲『媽』心裏是什麼味道，你是她乾女兒，就喊她一聲『媽』吧，讓她死也閉眼睛了。」

光妹說：「別，你聽我講。」

玉蘭搶著說：「不，大姐，你什麼也別說，讓這個孩子永遠不知道這個媽，只是在口頭上喊一聲『媽』，而不把這個媽放到心裏去。不要讓她曉得這個罪孽的母親，給她心裏帶著黑點子，揹著黑鍋子。」話沒說完，又大聲咳嗽起來：「咳兒，咳兒……」

光妹拍著她的背，站起身來說：「別說了，我給你找個醫生看看。」

玉蘭說：「不，我不要看醫生，讓我在這裏靜靜地死去。求大姐偷偷的在山坡上給我埋了，這件事天知地知，外面沒有任何人曉得，這就是我的第二個要求。」說著又咳嗽起來，差一點一口氣沒有喘過來。

光妹怕出事，天亮下山講出去就不好聽了。她站起身來，聽到外面有什麼東西響了一下，以為是大花狗。她開了燈，推開小玉的房門，見小玉穿著衣服頭鑽在被窩裏，心想：「這孩子怎麼到現在還沒睡呢，一定是白玉蘭把她嚇成這個樣子。」總之，當時考慮不了那麼多，帶著手電筒開了門向山下跑去。

白玉蘭聽到外面關門聲，曉得光妹找醫生去了。「自己這樣的嘴臉怎麼能見醫生呢？明天傳出去人們又是怎樣的議論呀。」想來想去，她還是想到死，遲死不如早死。她坐起身來拉開自己的皮包，那裏有她早就準備好的死的藥物。伸手拿著包裹的瓶子，眼水嘩嘩地流下來，心裏又想到女兒小玉，不知不覺地喊著：「小玉，小玉，小玉啊……」

就在這時，房門「吱啦」一聲開了，掛著滿面淚水的小玉站在玉蘭的面前。玉蘭拿藥的手停下了，呆呆地望著小玉說：「小玉，小玉……」

只聽小玉雙手捂臉，哭著喊：「媽媽！」

玉蘭心裏一陣慌亂，慢慢平靜下來說：「孩子，你媽出去了，馬上就回來。」

小玉再也控制不住自己，一下子撲在玉蘭的身上，大聲哭喊：「媽媽，媽媽呀。」

白玉蘭全身顫抖起來：「孩子，你這是在喊我嗎？」

小玉跪在她的面前：「媽媽，我的親媽媽呀。」

玉蘭一身振奮，坐起身來，張開雙臂：「女兒，我的好女兒，你起來，到媽身邊來。」

小玉起身撲過去，撲在她懷裏：「媽媽，我的好媽媽呀。」

玉蘭緊緊擁抱著她，親吻著她的頭髮：「哦，這是真的嗎？」

小玉泣不成聲地一遍又一遍地呼喊：「媽媽，媽媽，剛才你們講的一切，我已經聽得清清楚楚。媽媽，你是我的親媽媽。」

玉蘭仰著頭，閉著眼：「天哪，老天有眼，終於讓我們母女相認了啊！」

小玉哭著說：「媽媽，你怎麼不早點回來，早點告訴女兒呢？那樣，女兒早日在媽媽身邊，日夜守護著媽媽，你就不會有今天的啊，媽媽！」

白玉蘭的心醉了，也碎了。她嚐到有生以來第一次女兒的呼喊，還聽到講到這麼關心體貼的話。她緊緊抱著女兒說：「女兒，我的好女兒，是媽媽錯了。如果當初女兒在身邊，什麼事也不會出的。」

她們就這樣哭了一陣又一陣，擁抱了一次又一次。白玉蘭突然想起，明明答應光妹不認這個女兒的，怎麼現在又認下了呢？光妹出去找醫生去了，她想在光妹回來之前結束自己的生命，便慢慢地推開小玉，抹了抹滿面的淚水。

小玉說：「媽媽，等你病好了，我們母女殺回城裏去。我早就不願在這個山溝裏待了，我要走出大山，是大雁要在藍天上才能展示她的本領。我跟媽媽走，媽媽，你那個茶樓在城裏什麼地方？」

白玉蘭沒用心聽她的話，重新拿起那個小瓶子：「女兒，媽媽要治病呢，該吃藥了，幫媽媽把藥瓶子打開。」

小玉一心想到如何進城，也沒看藥瓶裏裝的什麼藥就擰開了瓶蓋，倒了幾粒說：「媽媽，你還沒回答我的話呢。你的茶樓叫什麼名字？在什麼地方？」

白玉蘭眼睛望著女兒倒的藥說：「在省城最繁華的長江路上，名叫白玉蘭茶樓。不過已經不是我的了，轉讓給吳大鬍子了。」指著瓶子說：「媽病重呢，藥少了不管用的，來，倒我手上，全倒了。」

小玉心裏默默記著：「長江路，白玉蘭茶樓。什麼吳大鬍子，我們要從他的手中重新奪回來……媽，你需要吃這麼多嗎？」

白玉蘭說：「是的，我每次都吃這麼多。來，給我水。」

小玉遞給她一碗水，玉蘭將一大把藥放進嘴裏，喝了一口水，一仰脖子嚥了下去，笑笑說：「孩子，你沒事了，讓媽媽睡下吧。天，我好幸福啊，我好幸……福啊……」她慢慢地睡去了。

說來也怪，小玉今晚的精神不知怎麼，特別地好，一點瞌睡也沒有。她守在白玉蘭身邊，同她說著如何進城的事，說著說著，見母親一點回聲也沒有，呼吸也有些不對勁，便喊道：「媽媽，你吃了藥好點了嗎？」起身看她的臉色已經沒有了血色，大叫著：「媽，你怎麼啦？還要吃藥嗎？」當小玉重新拿起藥瓶看到瓶上的是安眠藥時，吃驚撲在玉蘭身上：「媽，你醒醒啊！媽，你不能死啊，你答應帶我去城裏的啊，媽媽！」

這聲音真把白玉蘭哭醒了，她迷迷糊糊地說：「女兒……城裏不是我們鄉下人待的地方啊！」

小玉哭叫：「不，我要為你報仇，我就是死也要去城裏。」

玉蘭氣息奄奄地，手從身邊滑下來，指著床邊的小皮包說：「女……女兒，你……你真的要去呢，包……包裏有個電話號碼，這個人能幫……幫助你。」話音剛落，嚥下了最後一口氣。小玉撲在媽媽身上哭得震天動地。

這天的深夜沒有月光，也沒有星星，山林外像漆黑的布蒙住了一切。

過去當小赤腳醫生的張學明，現在已是鄉下很有名的醫生了，還是在馬德山老房裏開私人診所。肖光妹連夜來到診所，不巧的是，張醫生出診去了。光妹在他家裏左等右盼，到天要亮的時候，才等到張醫生的歸來。這張醫生醫德本來就好，老書記家的事就更不敢怠慢，也沒顧上休息就跟光妹跑到龍頭山林場。經檢查白玉蘭已經去世了，張醫生查了玉蘭的身子，翻開她的眼皮、嘴巴後對光妹說：「她是吸毒者，又得了愛滋病。想必是夜裏吃了大量安眠藥自殺的。」光妹哇的哭出聲來，轉身到小玉房裏要叫醒小玉，小玉卻不在房裏，光妹以為她到學校上課去。

張醫生揹起藥箱要出門，光妹攔住他說：「張醫生，別急走，我有句話要跟你講。」

張醫生望著她說：「從我大舅爺那論，我該叫你嬸子，有事嗎？」

光妹說：「玉蘭呢，死得不光彩，死得很丟人，我後悔不該叫你來。可你曉得這件事了。她死前對我有個要求，她不想任何人曉得這件事，讓她像個氣泡樣的沒了。這事只有你曉得、我曉得，你……」

張醫生說：「大嬸，你放心，憑我大舅同邵書記的關係，我是不會跟任何人說的。」

光妹說：「好，有你這句話我放心了。」

張醫生揹著藥箱出門，到了門外又轉回身來說：「大嬸，我有個要求，不知道可不可以。」

光妹說：「什麼事你說吧。」

張醫生說：「我大舅家的房子太小了，我想租光虎家的樓房開診所。」

光妹一聽，頭都蒙了，點點頭說：「下次再講吧。」

張醫生走了幾步又回頭：「放心，大嬸，我不會講今天的事的。放心，那房子我是給租金的。」

光妹一拍桌子：「我曉得！」

張醫生嚇得拔腿就跑。光妹心想：「現在的人啊。」

光妹在林場偷偷給白玉蘭換了一套新衣服，自己釘了四塊板的棺材，半夜裏在玉蘭母親的墳邊挖了一個坑，埋了下去。上面沒有墳包子，放了草皮子，不注意的人怎麼也看不見。光妹忙得精疲力竭，沒有任何人知道這件事。猛然想起女兒小玉：「怎麼沒見人影子？」她去了學校沒人，又跑到縣城一中問李常有的兒子，李書青說：「她已經帶著初中幾個女孩子，到省城打工去了。」

肖光妹想到：「是不是白玉蘭告訴了小玉的身世？」想到這些，身子打了一個冷顫，預感到一場災難將要降到自己的頭上。

第十五章　一九九九年（己卯）

一

俗話說：「近朱者赤，近墨者黑。」跟好的學好，跟了叫花子就要學討。

邵光龍之所以上了這個科學研究所的培訓班，當了一名新產品的推銷員，那還不是已經支付了這裏的款項。「吃了人家的口短，拿了人家的手短。」端上了人家的碗，就要為別人做事。不過，經過培訓也使他心服口服。一個新產品的問世，不可能一下子被人理解，加之現在外面騙子滿天飛，不得不講一點過頭話，言語裏摻一點水分，像電視、廣播、報紙上的廣告詞。這樣，心裏也就慢慢地被調整過來。過去看不慣的，現在正是他自己做的，比方說不得不把自己裝扮成一位科學工作者之類。

這是一個禮拜天的上午，這是省城一個自由市場，這是一個很熱鬧的場地，五花八門，敲鑼打鼓、吹拉彈唱什麼玩藝都有。這不，左邊電線杆下拉著一根鐵絲，上面掛了幾套五顏六色的服裝，有位二十來歲的黃髮女子大聲吆喝著：「看一看，瞧一瞧，男女時裝，現代情調。牛仔服男人穿了增添陽剛之氣，呢子裙姑娘穿了分外妖嬈，還有兒童的棉仔褲吸水又防尿啊。嗨，看一看，瞧一瞧，揮淚破產大甩賣，賣完就要跳樓自殺……」還有右邊就是長頭髮、花白鬍子的老人，身穿八卦衣，手拿算命旗，揹著佛教小包裹，邊走邊喊道：「算命，算命啊，預測前程，預知凶吉，選擇佳偶，尋找幸福，算命算命啊……」也有的是用一張大白紙，寫上大紅血字，說明家中天災人禍，紙邊放隻破碗，碗裏有些毛票和鉛角，露著瘦小的胳膊腿，上面擦點紅藥水，坐在那裏露出一臉的苦相，吸引南來北往心慈的人群。也有一些男男女女，打打鬧鬧，講著粗話，在人群中躥來躥去。

就在這樣一個鬧市區，只見他，我們的主人，穿著一件黃呢子大衣，梳著大背頭，戴著金絲邊眼鏡，手裏拿著一桿不鏽鋼的教棒，身邊擺著一張條桌，潔白的臺布上放著高高的玻璃養魚缸子，缸子上搭著一塊紅綢布。只見他用嘶啞的聲音吆喝著：「女士們，先生們，朋友們，大家好！你出席過國家的重大宴會嗎？你住過五星級賓館、就餐過國際飯店嗎？你嚐過天上飛的、地上追的、水裏游的、岸上爬的嗎？那位要問了：『你說這些是什麼意思？』嗨，大家聽好了，看好了，我來給大家慢慢地解釋。天上飛的、地上追的，那叫山珍。具體地說，大雁、天鵝、鷺鷥、猴腦、熊掌……那位要問了：『這些山珍都是國家一級保護動物，有錢也不能吃呀。』好了，山珍吃不了，你想吃海味嗎？那我就來介紹，水裏游的、岸上爬的，不是魚和蝦，而是螃蟹加王八。那位又問了：『你講那麼多我聽不懂。』好了，那我今天只介紹一種，具體地說是螃蟹。螃蟹營養豐富，鮮美可口，是國家招待外賓不可缺少的一道菜，只有高級幹部和富豪們經常享用。市場上那麼貴，工薪階層偶爾打個牙祭，下崗工人就有些望洋興歎了。」他提高嗓門大聲喊道：「來吧，大家聽好了，看好了，只要按照我說的方法做，不論是下崗工人，還是無業遊民，包你心想事成。快來看吧，機會時時有，常在身邊走，你問：『何時抓到手？』哈哈，現在怕你不停留。」

市面上走路的、上街買菜的、進城趕集的、走親訪友的，三三兩兩，不知不覺地圍了上來。

他揮動著手中的教桿，像老師在給學生上課，又像政治家在向市民演講樣地說：「走過、路過，千萬別錯過。這龍眼識珠，鳳眼識寶，孫猴子能認得金鑲玉，只有老牛的眼睛認得稻草。特大喜訊啊，中央電視臺年初報告的特大喜訊，中國科學院生物研究所螃蟹養殖，高科技攻關小組的最新研究成果，蟹籽卵化，科學繁殖，人人飼養，現在拍賣，歡迎選購。那位要問：『這是怎麼回事？』來吧，大開眼界吧。」

他話音一落，像魔術師樣地突然掀起那塊紅綢布，桌上一個大型玻璃魚缸，清澈的水裏有幾塊青石塊，石塊邊有雅黃色的被稱為蟹籽。大塊結成珠的小疙瘩中爬出五六隻指甲大小的蟹子，爬上爬下。他用教桿指著魚缸裏的疙瘩說：「大家看好了，這石塊邊上雅黃色的小疙瘩是什麼？那位說了：『我不曉得，這是什麼呀？』好，我要告訴你們，這就是科研成果，這就是螃蟹籽。魚缸裏的小螃蟹，就是從小蟹籽裏像小雞出蛋殼樣地爬出來的。那位又問了：『這是蟹籽嗎？我看怎麼就跟鯉魚籽差不多。』對了，說得不錯，它跟魚籽是差不多大。來，會看的看門道，不會看的看熱鬧，買瓜看皮，買針要看針鼻子。大家看，這裏有放大鏡，你們自己看，魚籽是水青色的，螃蟹籽是雅黃色的。那位又問了：『這玩意兒怎麼賣法？回去又怎麼養法？』來，聽好了，看好了，不講不知道，一講嚇一跳。從我這裏買回螃蟹籽，只花五毛錢一個。那位又問了：『這麼油菜籽大的東西，還五毛啊？那你魚缸裏幾大塊要賣萬把萬呢！』哈哈，讓你講對了，這叫賤賣沒好貨，好貨不賤賣，等推廣開了，五塊錢一個都搶手。不信嗎？不信我給你算算賬。你把螃蟹籽買回去，放在清水裏半個月以後，每個螃蟹籽裏就爬出一隻小螃蟹來；每天再撒上我這裏科學配方的飼料，四個月以後，每隻就能長到二兩重，五隻一斤。我來問你，現在市場上螃蟹多少錢一斤？那位說了：『吃米的哪知麥價？』好，不曉得，我就把老底子交給你，八十八塊呀。那位又問了：『是真的嗎？』是真講不假，是假講不真，前面左拐就是菜市場，不信的就去問一問。怎麼樣？不怕發大財，不怕暴發戶。那位又問了：『賣花的讚花香，賣藥的講藥靈，你是江湖騙子，滿口胡編吧？』對，問得在理，現在騙子滿街走，就在你身邊遊。一陣風颳倒一個廣告牌，砸了五個人，其中四個是騙子。各位千萬別上當。但是，是真講不假，是假講不真，事實面前不差半毫分。那位又問了：『請問你是什麼人？是幹什麼的？』你們不知道吧？那位說了：『你又不是歌星、影星，你頭上沒刻字，誰認得你呢？』對，在當今，一個整天躲在屋裏研究的科學家，誰能認識？對，是真是假，嘴上講不清，我這裏有小本本。」

他從內衣荷包裏拿出幾個紅本子遞給大家看，又說：「來，看一看，瞧一瞧，有效證件。上面白紙寫黑字，清清楚楚，還有照片卡過鋼戳子，大家看好了，本人姓賈，大名賈達空，國際螃蟹協會亞洲分會副主席，國家生物研究所研究員，國家螃蟹高科技攻關小組副組長。賈達空，二十一項國家專利，一十二項世界研究成果，在世界刊物上發表一百八十篇論文，出過二十八本書，怎麼樣？是真講不假，是假講不真。那位又問了：『你講這麼多都是虛的，我們相信實的，看不見遠的，想看近的。』那麼好，我還不跟你扯遠的，也不講近的，我們就來個現的，怎麼樣？當場兌現。」

人群開始湧動。

只見他站到高處，伸手向左前方一指道：「大家看好了，眼跟我手指的方向，這叫：『買業不明可問中人，娶妻不明可問媒人。』西街橋頭，小巷進去向左拐，再向右進去第二個巷子伸進去再拐，那第六家，家裏前後有院子，這房主人叫王先貴，外號叫王大膽。那位要問了：『他又怎麼樣？』我向你們透一點風，他是我們所長的表舅的外侄孫子，就沾了這麼一點親，三個月前，他專程去了北京，人情賬放給他五萬隻。剛才我從他那兒來。那位要問：『如今怎麼樣了呢？』怎麼樣？他拿出八份合同書。那位又問：『這合同書裏又有什麼名堂？』來，大家站好了，聽清了，不講不知道，一講你嚇一跳。他與本市八家大飯店簽了合同，再有個把月，每天向每家飯店供應二十斤螃蟹。來，大家扳開手指頭，打開心裏的小算盤珠子撥一撥，閉眼算一算，每斤市價八十八塊，他批發價六十塊，每家二十斤，二六一千二百塊，八家，每天可就是九千六百塊，將近一萬塊呀。那麼每天將近一萬塊，十天下來是多少？一個月下來呢？一年下來又是多少呢？天啊，什麼叫發大財，這就叫發大財。什麼叫一本萬利，這就叫一本萬利。萬元戶不算富，十萬元剛起步，百萬富是小戶，億萬富翁成大戶。不管是白貓、黑貓，抓著老鼠就是好貓。當農民，你要面朝黃土背朝天，汗珠子摔八瓣；你打工，上不顧老，下不顧小，一年累到頭，只能糊個嘴上油；是幹部，人家送點禮品，說不定哪天會犯事；你經商要左右逢源，上下打點，稍有不慎說不定今天開張明天關門。幹這玩意兒怎麼樣？頭不頂日，肩不磨皮，腿不跑路，腳不沾泥，它不腐不爛、不髒不臭，只要把蟹籽買回去，在院子裏砌個水池子。那位說了：『我沒大本錢，住在樓上沒大場子。』好，有癢怕你不抓，有辦法怕你不想。兩百隻螃蟹只要一口大缸，缸裏放點石頭子，裝上半缸水，兩天撒一次料。那位要問：『飼料怎麼配？成本貴不貴？』」說著又從包裏拿出幾本書來，說：「看，這裏有書，書是我寫的，鉛字印的，出版社出的，前年是全國十大暢銷書之首，你一看就清清楚楚。我所說的就是書中的鉛字蹦出來的。好資料免費送給你。每天只花塊把錢，這缸就是聚寶盆，缸就是搖錢樹，這元寶、金條就自然從缸裏冒出來。來吧，不怕發大財，不怕錢咬手，還站著幹什麼，快下手吧。吃不窮，穿不窮，算計不好一世窮。機會時時有，看你出手不出手。見過不如做過，做過不能錯過。」

圍觀的人群開始騷動，被他的這番話說動了心，有的要試試，有的在觀望。

他抓住觀眾的心理，口若懸河，滔滔不絕地說：「螃蟹可以火燒著吃，水煮著吃，香油炸著吃，醬油、米、醋、辣椒、生薑末子蘸著吃。摘下蟹黃打蟹糊，吃一口可是什麼山珍海味不想沾了。螃蟹含有蛋白質、脂肪、碳水化合物、鈣、磷、鐵、礦維生素，它滋陰補腎，益氣健脾，補肝潤肺。經科學研究它能殺死多種癌細胞。你們不知道吧？實打實地說吧，街面上住著，家門前塘知深淺——上班的拿幾個死水錢，做生意、開工廠的現在衙門是：『門難進，臉難看，要掙大錢事難辦。』還要買房子、看病，孩子要上學。吃螃蟹雖不是癩蛤蟆想吃天鵝肉，也只能逢時過節打個牙祭，更不能想到從中掙大錢。好了，現在行了。求老張、求老李，不如花錢求自己。自己動手，豐衣足食。回去想什麼時候吃就什麼時候吃，想怎麼吃就怎麼吃，想吃多少是多少，想發什麼財就發什麼財，想發多少是多少。來吧，花點小本錢吧，幾十塊錢不是錢，不是一九六〇年。捨不得銀彈子打不到金鳳凰，捨不得俏媳婦，抓不住老和尚。快來吧，機不可失，時不再來，錯過這個村，就沒那個店了。本產品上過電視、上過報，可好多人還是不知道。人家不知道，你們早知道，那是發財的機會到。來吧，要買早知道，不買後悔藥。」

這時只見一位穿西裝的中年男子從人群中擠過來，他出手大方，一買就要一萬隻。這位「買達空」忙攔住那人道：「哎喲，這位大哥，一看就知道是見過世面的人。不過，一口吃不成胖子，一萬隻要砌水池子的，怎麼，你家有大院子？男子漢有氣派，發了財別忘了做好事。」

這叫「人無頭不走，鳥無頭不飛，萬事開頭難」。在這個節骨眼上，有人出大手，觀望的人等不及了，紛紛開始掏票子。有的上街買衣服的，改變了主意；有的到菜市場買菜的，現在不買了；有的買家用電器，現在等著發大財了。就這樣沒到一二個鐘頭，十幾萬隻螃蟹籽被搶購一空。

幾個月以後，準確的說是年底前的又一個禮拜天，又是一個城市的鬧市區，還是我們的主人翁，擺上了小地攤。今天不是賣螃蟹，又是做什麼名堂呢？

只見他穿著一件白大褂，地攤後一大串錦旗，旗子上寫有「妙手回春」、「藥到病除」、「華佗再世」等字樣。他每說一句，都要「嗨」的一聲拍一下自己的胸脯：「嗨，女士們，先生們，嗨，看好了，聽清了。那位要問：『你這傢伙是幹什麼的？』嗨，我不是街頭藝人，也不是江湖郎中，我是有名有姓，有單位，有位址。嗨，那位要問了：『你姓甚名誰？在什麼單位？』

嗨，你站好了，聽清了，別讓我說出來把你嚇倒。嗨，我本姓蔣，蔣介石的蔣，名叫布清，布匹的布，清水的清，就叫蔣布清，身懷絕技，祖傳祕方，中國醫學研究所研究員，直屬國家衛生部。」說著又拿出一個小本子，向圍觀的人說：「嗨，這是工作證。大家要問了：『這麼大人物，怎麼到我們這麼個小地方？』嗨，利用節假日，傳醫治病，服務上門，打個棚子，擺個攤子。用江湖話講：『在家靠父母，出門靠朋友。』用我的話說：『有病來治，無病捧個場子。』嗨，女士們，先生們，有公的去辦公，有事的做事，無公無事的就看看我的小技。嗨，大家看好了，聽好了，會看的看門道，不會看的看熱鬧。嗨，周邊的各位，哪位身上或者親戚朋友的，有個腰痛、腿痛，頭痛、腦痛，手痛、腳痛，胸痛、背痛，牙痛、喉痛，肚子痛、屁股痛，筋骨痛、關節痛，嗨，只要站到我的面前，我略使推拿小技，吃上一個療程的藥，那可是藥到病除，妙手回春。那位要問了：『你是神仙下凡，還是菩薩顯靈？這樣吹牛皮也不上稅。』嗨，是真講不假，是假講不真，事實面前，真假分明。」

他說著，又從包裏拿出幾本書來捧在手上：「大家看這兒有書，是我親自寫的，名家題的詞，衛生部鑑定、出版社出的，白紙留黑字，一清二楚。嗨，認字的就看書，不認字看我嘴，我嘴上蹦出的都是書上鉛字兒。看好了，聽清了，祖傳祕方，氣功療法，中西醫結合，療效顯著，專治怪症、絕症，先天性遺傳症，後天性癡呆症，風寒病——關節疼痛、四肢麻木，高血壓後遺症——半身不遂、全身癱瘓。吃我兩三劑藥，不見效砸我的招牌，送我進大牢。那位要問了：『你人沒人相，貌沒貌相。』講起來棉花是土裏長的，花生是樹上摘的。嗨，山不在高，有仙則靈；水不在深，有龍則名。凡人不可貌相，海水不可斗量。」又從包裹翻出一本大冊子說：「嗨，大家看，不看不知道，一看嚇一跳。那位問了：『這又是什麼書？』看清了，聽明了，這不是書，這是花名冊，它來自五湖四海，世界各地，凡是我治好的就在這大冊子上簽個名字，留下地址，跟蹤服務。看好了，這厚厚的花名冊我有十八本，那可是幾千幾萬啊。今天只帶一本給大家翻翻看。嗨，看清了，聽明了，這裏有英文的、法文的、葡萄牙文的、日本文的，大眼眨小眼了吧。嗨，如果你們不信外地的，更不信外國的，嗨，那我就進一個本市的，講一個你們看得見、摸得著的怎麼樣？」

圍觀的人開始議論點頭。

他指著後面掛的一面錦旗說：「嗨，聽好了，看清了，就講這個人吧。剛剛他從這裏走過去的，這面錦旗就是他送來的，要問：『他是幹什麼的？』嗨，不說不知道，一說嚇一跳，可是響噹噹的幹部，政府機關副廳級，喝墨水的斯文人。那位要問了：『他得了什麼病？』這俗話說得好：『沒什麼別沒錢，有什麼別有病。』他可沒病。他那七十多歲的老母親臥床八年，他是個大孝子，他在外奔跑了八個春秋，上了二十四家大醫院，請了四十八個專家醫生，吃了九十六種中西藥，花了一十二萬四千六百塊。結果怎麼樣？還是躺在床上搖頭頭動，搖腳腳動。吃飯要人餵，大小便要人拉。上個月遇到了我。又怎麼樣呢？嗨，只花了兩百塊錢，煎了四劑藥。結果呢？一劑藥下肚她能起床走路，二劑藥能上街散步，三劑藥能燒鍋煮飯，四劑藥吃了一半就全好好的一個人了。嗨，這叫什麼，這叫：『兵來將擋，水來土掩。』人間有八百九十九種病症，世上就有九百九十九種方子。斧打鑽子，鑽子鑽木——一級壓一級。草怕嚴霜，霜怕日——一物降一物。什麼病就有什麼藥物來治，什麼鎖就得有什麼鑰匙來開。嗨，那位要問了：『這旗子上怎麼沒注明副廳級，還沒名沒姓？家住哪條街哪一幢樓，門牌號碼呢？』嗨，是真講不假，是假講不真，這位副廳級在宴請我的酒席上再三拜託，千萬千萬，務必務必，這件事只能意會，不可言傳，要把他送進保密機關，隱姓埋名。那位要問了：『這為什麼？』嗨，響鼓不在重敲，好話不在多說。剛才我說了，他為老母親治病，跑遍全國知名大醫院，名醫都請到，名藥都吃到，可絲毫沒動病的一根汗毛；只是遇到了我，用了一個方子，沒用吹灰之力就除了病根。大家說，那些國家級的名醫還值不值錢？他們在國外響噹噹的牌子還要不要？這國家的大醫院還開不開？嗨，大醫院要門面，專家要名聲，當官的顧大局、識大體。大家講，這面錦旗能不能留名？嗨，不過我可不管那麼多，給你們透點風、漏點底，他家住在市政府大院後排三十來幢三樓東側一百八十平方的大房子裏，他妻子在衛生局，家有兩個孩子，一男一女，大的上高中，小的上初中。不過嘛，那天在飯店裏請我吃酒，身邊還帶著一個女人，那是既年輕又漂亮。哈哈，好了好了，再講就露餡了，大家自己去走訪吧。」

圍觀的人群議論紛紛，交頭接耳，準備掏錢。

他放開大嗓門：「嗨，翰林院的文章，武庫房的刀槍，光祿寺的茶湯，太醫房的藥方。草棵裏隱著靈芝草，泥土裏陷著紫金盆。千載難逢的好機會呀，快來買吧，快治病吧！有病早治，無病早防。吃了這種藥，有病的藥到病除，無病的強身健體，永葆青春。機不可失，時不再來，過了這個村就沒那個店了。」

他走向人群，見一位中年婦女正在猶豫不定，便對她說：「喲，這位大嫂準備買了，你家哪個不舒服？怎麼，是你老娘。好，上為下一片真情，下為上敬獻孝意。你老娘要是病重，我願上門服務，保證質量，實行三包，代辦托運，包你滿意，經久耐用，下次再來……嗨，哈哈，前天為廣告公司經理的媽媽治病，串到那上面去了。別見怪！」與這位中年婦女拿藥找錢：「好，你拿四劑，你是第一個買，每劑優惠十塊錢，四四一百六，找你四十塊。」

眾人一擁而上，紛紛買藥。

就在這些人爭著購藥時，一輛賓士牌小汽車停在對面的街頭上，車窗玻璃搖下來，一位戴著黑鏡的中年男子伸出頭來向他招手微笑，他看到了。這人像自己單位的董事長，只見他向坐在前面的小姐耳語了幾句，那小姐向他走來，撥開人群，向他耳語道：「董事長說了，再過幾天就是千禧之年，他約你千禧之年的晚上，在國際大酒店紐約店設宴款待你。」他聽後點點頭，向那小汽車的董事長招招手。

「是啊，我早就想見見這位神祕的人物了，有很多不解的問題要在那裏得到解決。為什麼打一槍換一個地方？為什麼給我這麼高的頭銜；這些產品到底是什麼研製出來的？螃蟹又是怎麼孵化出來的？好讓自己清楚明白。」這些意見過去也說過，可是怎麼也提不通。按過去的合同，做推銷員只管推銷產品的義務，沒有瞭解產品原因的必要。這是過去簽訂的合同，白紙留了黑字，他也就沒好多說。這次有機會一定要到研究所裏看一看藥物研製的過程，也讓自己長長見識，從而更多的瞭解知識。他現在是上山容易下山難，進門容易出門難，上與王公同坐，下與乞丐同眠。好了，現在離千禧之年還有幾天，他期待著……

二

這是千禧之年的前一個晚上，準確地說是一九九九年十二月三十日的前夜。

某省城國際大酒店坐落在最繁華的長江路上。這是一幢雅黃色二十八層的高樓，它猶如伸向天空中的巨臂，樓前托著一塊碩大的用霓虹燈組成的「國際大酒店」的中英文字樣。頂部四角是四隻聚光燈向夜空放射著藍幽幽的光芒，那意思是這裏的客是來自世界四面八方。

紐約廳設在國際大酒店的第二十層上。邵光龍應約於下午六點半準時來到大酒店門口，門邊的四名保安給他開了門，女服務員把他引進電梯口，到了二十層，又是一位美麗的小姐把他引進紐約廳。

這是一個大包廂加套房的餐廳，金碧輝煌，燈光燦爛，牆上掛著幾幅西方人體油畫，外廳四周是沙發、茶几。一塊疤早已等候在那裏，女服務員給光龍端茶拿煙。這時三三兩兩來了幾位客人，一塊疤向光龍介紹說哪位哪位是什麼專家教授。光龍站起身很有禮貌地同他們一一握手微笑，可是啞巴吃糖團——心裏有數。想到自己也被稱為什麼研究員的，看看這些人長得粗手大腳，看樣子同自己差不了多少，都是江湖上大哥、二哥、麻子哥吧。這些人在一起打牌，寒暄著，一個個消閒自在，無所事事。只有光龍心裏有些著急，想道：「這位神祕的董事長怎麼還不來呢？」

光龍本來想見到董事長，要問問他：「這高科研產品的市場營銷，怎麼老是隔山打炮，沒個準的。只叫我說廟，不叫我看神，我只是吃飯不知米的來歷，再不能見到圓腦瓜子就說和尚了。我要明白產品的來龍去脈，不然開年我就不幹了。可這些話最好是單獨講。今天來了這麼多不三不四的人，他們都不要明白，我一個人要明白怎麼辦呢？唉，只是已經拿了他十萬塊錢，拿人家的手短啊。這一年多同家裏音信不通，家裏也不知道怎麼樣了？」

光龍正埋頭想著這些，門突然開了，他以為董事長來了，立即站起來。可進來的不是董事長，而是一幫子年輕漂亮又穿得花裏胡哨的女子，像一大群鴨子樣嘰哩哇啦地向屋裏撲來，又分別撲到每個客人身邊，拉手的拉手，擁抱的擁抱，滿嘴的甜言蜜語。光龍站在那還沒回過神來，只見一個二十歲左右的女孩撲在他的懷裏，這孩子長得十分甜美，很像自己的女兒小玉，心裏一下子很想念自己的女兒。光龍推開她，轉身坐在沙發上。那女孩也坐在他身邊，雙手抱著他的胳膊。他只好問女孩的年紀和家裏住址等一些問題。

大約過了一小會，門又開了，一塊疤站到門邊，一位身材高大的男子出現在門口。這位男子同開始在大洞裏見到的差不多，還是一套白色的西裝，外面披著黑皮大衣，戴著一副墨光眼鏡，還是習慣的拍了拍手。在場的人都站起身來，齊聲喊道：「董事長好！」董事長拍手大笑：「哈哈哈，好，好，新年快樂啊，大家新年快樂！」接著同每個人握手。

邵光龍心裏一驚，怎麼回事？這聲音怎麼這麼耳熟。再看董事長走路、握手的動作，天哪，這不就是光虎嘛。穿開襠褲在一起長大的，這還能看走眼嗎？當董事長來到光龍的身邊，伸手同他握手時，光龍並沒有握手，而是伸手很不客氣地摘下他的眼鏡，一下子真相大白，站在自己面前的確實就是肖光虎。光龍還是驚訝地叫了一聲：「你，光虎！」

光虎也不忌諱大哥的沒禮貌的舉動，還是笑嘻嘻地拍拍手說：「好，大哥好！哈哈！」

光龍看他那個酸不拉嘰的樣子，一股火氣湧上心頭。心想：「這一年多了，我向一塊疤多次打聽光虎的下落，可你跟我賣關子、躲貓（捉迷藏），你把我這個大哥當什麼人了？」真想開口罵他幾句，可考慮到身邊有這麼多的男女客人，在人家心目中是尊敬的董事長，不好抹他的臉，就忍著不吭聲，強打開笑臉，擠出一點笑容來。

那一塊疤向外面招招手，三四個服務員開始上菜、拿酒。光龍跟著他們進了裏間的大圓桌邊，光虎首先坐上沿，拉著光龍坐在他的身邊，其他人依次坐下來。光龍總是低著頭，一聲不吭，好像吃了一隻死蒼蠅一樣不對味。

開席前，光虎又拍拍手，一塊疤從外間拎出一個大皮包，拉開拉鎖，從包裏拿出一紮一紮嶄新的百元大票，每紮一萬塊，扔給每人一紮。

光虎說：「千年之喜，人生難得啊！這是壓歲錢，小意思。」

那些人滿面堆笑，齊身喊：「謝謝董事長！」每位身邊的女孩子抱著主人狂吻著。

光龍心想：「你光虎把我們當小孩子玩啊！」接到手上像一個冰塊。見別人欣喜若狂的收在身上，也就不好丟下了。

酒席開始，光虎站起來，端著滿滿一杯酒說：「各位專家、各位老師，為祝賀今年我們獲得的大豐收，來，乾一杯！」

眾人紛紛舉杯，一乾而盡。光龍沒有舉杯，也沒站起來，而是低著頭不吭聲，給他配備的那位女子用胳膊捅他的身子，他抬頭望望大家，見每雙眼睛都望著自己，也就端起酒杯，一飲而盡。大家嘻嘻哈哈，與每個女子打情罵俏的逗樂，吃菜喝酒，玩得十分開心。

不知不覺中，菜已上了好幾道。光龍不知道桌上擺的是什麼些菜，儘管服務員在每次上菜的時候都報出一個漂亮的菜名，他一點也記不得。反正都是些花花綠綠、活靈活現的。他也不顧別人在酒席上講了些什麼話，喝了第一杯，就開始一杯一杯地喝酒，因為他肚子裏有很多很多的話要說，可怎麼也開不了口，他想藉酒勁來說，藉酒蓋臉來說，把心裏的話全說出來，把這一年多來的苦悶、不解全部竹筒倒豆子一股腦地倒出來。

光虎緊坐在他身邊，以為大哥平時日子苦，今天上場就表現出饞相，便低聲說：「大哥，別急，菜多得是，慢喝。今天保你吃個夠，喝個醉。」又舉杯向大家：「來，為我們明年更上一層樓乾杯！」

這時大家一哄而起，紛紛說：「董事長，明年我們要大幹一場啊。」「要幹我們這個頭銜小了一點，給個副部長、市長當當。」「是呢，我靠，不能青一色的專家教授，現在當官嫣的太吃香了，我們就專撿吃香的做。」

大家談笑風生，有人就講起他們在買賣中的故事了。有的說他賣螃蟹籽：「有個老闆也是豬頭三，要把我那一塊幾萬隻一把包銷。」有的說：「有的人得了癌症吃了藥，轉眼就好了，非要請我到家裏作客，差點露了餡。」

光龍聽著聽著，有些不對味，感到自己的酒也喝得差不多了，菜也吃飽了，便站起來說：「光虎，今天，我有幾句話要問問清楚，你要給我認真的回答。」

光虎：「好，大哥，你坐下說。」

光龍說：「我坐不住啊，我站著講。我問你，你們那個研究所到底是怎麼回事？你是怎麼混到董事長這個位子的？」

光虎笑笑，不緊不慢地說：「回答這個問題很簡單，錢唄。當今社會，只要有錢，什麼樣的事情做不出來？什麼大的官銜不能戴到頭上來？」

光龍呆望著他：「那你們研究的產品是真是假？」

光虎說：「你問的產品是真是假，大哥怎麼會問出這個問題呢？啊？哈哈。」

「哈哈哈哈！」在場的人全都笑了，笑得前仰後合，笑得眼水都流了出來。有的說：「我說這位兄弟是老大哥了，怎麼還沒成熟？哈哈。」又一位同他年歲差不多的說：「老兄弟呀，打鑼、買糖，是各幹一項，我們只管推銷。」轉臉向大家：「是吧？」眾人齊答：「對了，兵不厭詐嘛。」有人說：「講千道萬，把別人口袋裏的錢掏到自己的口袋裏就是本事。哈哈。」「賣什麼唱什麼，裝什麼就要像什麼」……

光龍呆了，他望著大家一個個的醜態百出，一個個地懷裏抱著女人，那個親暱的樣子，他看看自己，懵了。看來每個人心裏都是一塊明鏡，只有自己一直蒙在鼓裏。光虎同這幫子人在共同欺騙他一個人。又想到光虎曾被公安局抓過，在外一直做著騙人的買賣。「他是想著點子把我牽進去，怪不得一直不跟我見面，第一天露臉就是用那樣的方法，一步一步地把我套進去的。」他呆了，傻了，他一氣之下指著他們罵道：「你們這些一個個的成個什麼樣子，簡直是魔鬼。」

有人站起來：「我說這位，大家都是出來混的，不能這樣吧？」有的說：「是啊，你不是魔鬼，講得好聽！你幹得比我們都好，拿的錢比我們都多。」「是呢，講得好聽，心裏比誰都黑。」

光龍大聲地說：「那是你們騙了我呀。」說著趴在桌上痛哭起來。

光虎站起身來，向各位兄弟道：「對不起，各位，我給你們介紹，這位是我的大哥，親大哥呢。」

有人說：「是不是你常講的光龍？」

一塊疤插嘴說：「是啊，就是他。」

眾人全站起來：「失敬，失敬！」

光虎向大家招招手說：「我同大哥有事，這可是我們家的一點私事，必須私下處理。各位請便，小姐的錢、開房的錢已付了，各位盡情享用吧，可別把身子累壞了。」

大家嘻嘻哈哈帶著他們身邊的女人離開了酒席，剩下的只有他們兄弟和一塊疤了。

光虎望著醉態的光龍，扶著他說：「大哥，你沒事吧？」

光龍慢慢抬起頭，推開他的手，抹抹淚水說：「我是傻子，呆子，我能有什麼事！」

光虎說：「大哥，你靜下心，聽我說。」

光龍回頭望著他，大聲地罵道：「你說，你狗嘴裏還有什麼了話說。我走，讓我走。」說著站起來。

光虎拉住他，說：「大哥，你就聽我講一句嘛。」

光龍跌坐在桌邊，低下了頭。一塊疤起身給光龍泡了一杯茶。

光虎一手拉著光龍的手，一手按在光龍的肩頭，說：「大哥，自從我八〇年走出臥龍山，到今天已經快二十年了吧。大哥啊，你知道我這近二十年是怎麼闖過來的嗎？唉，人在江湖，身不由己，那可是遇到龍門要跳，遇到狗洞也得鑽啊。大哥，你受了我的一次欺騙，就氣成這個樣子，你曉得我是怎麼深一腳、淺一腳過來的嗎？」這句話講得十分誠懇、十分沉痛，也說得光龍抬頭望著他。光虎端起桌上茶杯遞給他，光龍接過喝了一口，這表示願意傾聽光虎的敘說。

光虎說：「記得八〇年，我得了彭亞東寄給嫂子的兩千塊錢，同一塊疤、一枝花三個人闖廣州，不差桃園三結義呀。先是給老闆們打工，一邊幹活一邊摸索，做什麼生意好。我們先是看準的是電子錶、打火機，靠這些小東西起家。我們多辛苦，風裏來、雨裏去，到了八八年，我們手頭上有二十幾萬了。我回去蓋樓房，還給玉蘭存了一筆款。大哥，你曉得那次我是怎麼被抓的嗎？推銷一批彩色電視機質量有問題，人家追查說我們騙了別人。這些我們認了賬，捏著鼻子吃苦菜，賣了我們的家業還了款，手頭上剩的就不多了。我們又開始走上打工的路，因為沒多少文化，幹的粗苦活，掙不了多少錢，再講我也吃不下這個苦。在生意中我們結識了一個開礦山的朋友，他介紹我們幾個上山來當工頭。我們來了，哪知道又被騙了。這次受騙就太慘了。這是個銅礦，無證開採，我們被大圍牆關在裏面像坐牢。有大黃狗，有人拿棒子、手槍，那個山洞裏死了多少農民兄弟，誰曉得啊？當時我們想，這輩子完了，永遠不得出頭了，要死在這條山溝裏了。最後還是我們的一枝花站了出來。」

這時的一塊疤已淚流滿面：「虎哥，別說了。」

光虎拍拍一塊疤的肩：「兄弟，我要說給大哥聽，這是什麼世道，我們農民進城有多少血淚啊！我要控訴，這個世道多麼的黑暗。」轉身向光龍：「大哥，是一枝花用自己的身子撂倒了黑心老闆，我們才拿起棍棒，操起了刀槍，放了血，殺了人，奪下這座礦山。可惜我們那麼漂亮的一枝花啊，多少年想徹底翻身過上好日子，再養個孩子，可是……」他再也講不下去了。

一塊疤早已趴在桌上泣不成聲。

光龍好像心裏受了震動，抬頭望著他們。

光虎抹著淚繼續說：「那天，我宣佈礦山散夥，要回家的農民兄弟給足路費。可是有那麼十幾個人就是不願走，推薦我領頭，重起爐灶，幹一番大事業。開始我也不願意，可反覆一想，狗急了要跳牆，苦急了才造反。這叫做『人家不仁，我就不義；你挖我的心肝，我挖你的五腑』。人生一世，大夢一場。害我們農民兄弟的，都是城裏大廠裏大小老闆，好，老子就專門想辦法坑害你們城裏人。」他停頓了一會，一塊疤遞給他一杯茶，他喝了一口又說：「我們商量了，開礦掙不了大錢，我們找門路把機械賣了，本來只有六七十萬，通過走門路，給國家大企業當官的送禮，結果賣了四百萬。好了，我們又有錢了，幹什麼呢？我們研究分析城裏人的心理，這些人大事做不來，小事不願做，還一心想發財，還要發大財，那個螃蟹籽就是這麼想出來的。現在改革開放，迷信的東西難以糊弄大多數人，他們信科學，我們就對症下藥，玩起高科技，那個藥丸子就是這麼造出來的。哈哈哈！」

光龍聽他說了這麼多，多少有點同情，但大都是憎恨，說：「所以，你就昧著良心做事？」

光虎搖搖頭，顯得無奈的樣子說：「大哥呀，當今社會，良心都讓狗吃掉了。在外闖蕩，是人吃人死，人踩人高。你不吃他，他就吃你；你不踩他，他就把腳踩到你頭上，讓你眨白眼啊。苦鹹酸辣，你要掙錢就得嘗，就得嚥。人不學壞，連麻雀拉屎都往你頭上落，不鏽鋼占上了這個社會都會嗞嗞的鏽啊。」

光龍也搖搖頭說：「我看你，總有一天良心發現的時候。」

光虎說：「對，大哥，我心是存了這個底。當年文化大革命，我放火燒掉了關帝廟，那時我不懂事，現在是壓在心頭的一塊石頭。我想明年就洗手不幹了，回去重修關帝廟，這就是我多年的心願，也算是良心發現吧。」

光虎把要談的話談完，光龍該問的也問了，二人沉默了一會。光龍想到光虎講這麼多，相信是真話。想到自己進城有這樣的經歷，也是屁股抵了牆，牆開裂，沒有任何退路的時候，才打電話找光虎的。沒想到離開了狼窩跳進了虎坑裏，怨誰呢？只有怨自己。這下好了，渾身沾滿狗屎臭，跳到長江也洗不清了。他氣得沒辦法，見酒桌上還有酒瓶、酒杯，還有很多酒，抓起酒瓶，自酌自飲，一杯一杯地往肚子裏倒，他只想把自己醉死算了。

光虎抓住酒瓶子，攔住光龍的手說：「大哥……」

光龍真的醉了，斜眼望著光虎說：「你剛才講了那麼多，那是你同別人結了怨仇，我們兄弟沒有仇恨吧，你現在講講為什麼要騙我呢？」

光虎推開酒瓶和酒杯說：「大哥，實話跟你講吧，開始他們告訴我，你來了，我是多麼高興啊。我老爸去世，是你一手操辦，還辦得那麼好，我真是感激你呀。我是多麼想把你拉來和我一起做啊。可我想，你是一直躲在臥龍山的山溝溝裏，不曉得外面的世界是什麼回事，我要是開始講了這些話，露了真相，你是不會上我這條賊船的。我只好裝扮成那個樣子同你見面，怕你聽出我的聲音，我講話用的是變聲器。這就是一年多來，我一直躲著你的原因。」

光龍低著頭說：「也怪我，怪我當初急著要那筆錢。」

光虎說：「大哥，其實十年前，我的樓房落成吃喜酒那天，聽村裏人談了那麼多的苦，我是有心為村裏人做點好事的。可是在那個節骨眼上被公安局抓了。我的臉面在村裏丟下了，掉在地上狗都不吃。我就是有心支援他們，他們認為我的錢髒而不領這個情的。大哥，你就不為錢推銷產品，我也想利用你的名義為村裏捐助學校的。」

光龍聽他講到產品，又抬頭說：「好了，過去誰也不怨誰了。這一年多來我犯的罪，也得讓我曉得犯的是什麼罪吧。我推銷的那些產品是怎麼回事？那藥？螃蟹籽？」

光虎望著他搖搖頭說：「大哥，這些就別問了，反正是騙人的把戲。」

光龍瞪大眼睛：「不，我要問清楚，有一天我被審問了，我怎麼講得清呢。」

光虎又笑笑說：「先講藥吧，反正吃不死人的。」

光龍說：「到底有多少效果，是用什麼原料？」

光虎緊接著說：「哎呀，不就是止痛片嘛，還有各種顏色染成的發酵的麵包。大哥，你想想，現在人生病，有個頭痛腦熱的，大醫院住不起，就想找點特效藥，吃了就見效。其實，世上哪有特效藥啊。可電視、報刊、廣告上講的全是特效藥，比仙丹還要靈呢。他們糊弄了多少人啊。」

光龍臉色更難看了，說：「那這個螃蟹籽又是怎麼回事？是什麼原料做成的？」

光虎笑笑看著桌子上的菜說：「這種原料，今天餐桌上就有。」說著指指一個碟子裏的魚籽說：「就是這傢伙。」

光龍驚訝地：「魚籽？」

光虎說：「對，是燒熟了的鯉魚籽，上面打上光油，亮晶晶的像菜籽一樣。大哥，你別氣，聽我把話說完。你想想，現在人都希望天上掉下餡餅，看人家發財就得紅眼病。也許他想到你賣的可能是假的，他也會假事要當真事做，怕失掉一次發財的機會。加上大哥你聰明，心有靈犀一點通，什麼事一學就會，以你三寸不爛之舌，能把死的講成活的，能把牛尾巴栽到馬屁股上，能把稻草講成金條來。」

光龍聽他這麼一說，越想越氣，再也控制不住伸手操起桌上的碟子向光虎頭上砸去。一直站在他身邊的一塊疤手疾眼快，一手擋住了。

光虎站起身來，轉臉對一塊疤說：「這是我們的家事，你別管。」

一塊疤只好站到一邊去了。

光虎嘻笑著又拍拍手說：「大哥，你已經做了那麼多的醜事、惡事，已經騙了那麼多的人，別多想了，明年繼續同我合作吧。你騙一個是騙，騙一萬個也是騙，染缸裏已經抽不出白布來了，你就是不想幹也不成的，甩不掉手上濕麵粉，喜鵲的翅膀拴在鱉腿上，跑不了我也飛不了你。其實，我們沒有違反做商人的規矩，你該想得開，賣得三分假，賣不得一分真。賣者願賣，買者願買，周瑜打黃蓋，願打願挨，這就是買賣。買賣不懂行，瞎子碰南牆，這一切講白了就是一個字，假。奸商奸商，無奸不商。『人人為我，我為人人』的時代過去了，是『人人騙我，我騙人人』的時代到來了。大哥啊，想升官靠後臺，想發財就靠胡來，這是我多年來得出的經驗。」

光龍聽到這裏，再也不想聽他講話了，重新操起一個碟子用力向他頭上砸過去。光虎還是微笑著站在那裏一動不動，頭一點也不偏，可光龍還是沒砸著他，碟子從光虎耳邊擦過去。光龍實在氣不過，伸手要把桌子掀翻，可這桌子是連著下面柱子的，怎麼也翻不動。他只得用手掃去桌上所有酒菜，碟子碗杯嘩啦啦掉了一地。光龍站直了身子，頭有些發昏，踉踉蹌蹌地走了幾步，他摸到荷包裏還有什麼東西，這才想起是開席時發的一紮票子，他把錢一下子砸到光虎身上，說：「羊子上山，鴨子下水，我們怎麼會走一條路呢？」轉身出了門。

一塊疤過來對光虎說：「這樣出去會出事的。」光虎說：「你想辦法讓他到白玉蘭茶樓裏休息。」

一塊疤點頭說：「我知道！」就跑出去了。

這個餐廳裏只有光虎一個人了，那幾個女孩子像鴨子一樣地撲過去。他大手一揮，一拍桌子：「都給我滾出去！」那些丫頭們都走了。他拿出手機，撥通一個電話號碼：「孩子，有個人要來了，我什麼人都能騙，可不能騙我的侄女兒呀。他現在在長江路上。不用接了，我已安排他到你那裏去。他也是個大富豪啊，你要好好地服務喲，我的孩子，一切費用由我付給。聽話！」

他打完電話，關上了手機，仰頭望著天花板，突然大笑：「哈哈哈哈……」他笑著笑著，慢慢地把眼淚笑了出來，變成了傷心的哭腔，大聲呼喊：「大哥啊——」

三

這天晚上，邵光龍窩了一肚子悶氣，從國際大酒店裏出來。本來一塊疤給他開了四星級賓館，可他出門推開了給他服務的人，沿著街邊漫無目的歪歪倒倒地走著。

現在街上華燈初上，滿街是一片花花綠綠的世界。他不曉得這是什麼地方，自己該做什麼？不知自己要到哪裏去。他只想到這裏不是他待的地方，他要離開光虎這幫子人，決心從此不再和他們見面。他又想到，離開他們就得尋找屬於自己的地方，找自己的地方就得離開這個城市，回到自己的老家臥龍山。

他想好了，回家，講回就回，現在就回。他好像突然想起光妹，想起兒子和女兒。這一年多來，一心一意想掙錢，結果給錢害了自己。「這害人之心不可有，防人之心不可無啊。我怎麼這麼糊裏糊塗的信了他呢。唉，人啊，想幹成一件好事的道路總是彎彎曲曲的，可做起壞事的道路怎麼就這麼順順溜溜呢。我現在可是泥水裏洗不清的大白菜了，渾身有口講不出，遍體有話講不清，我是葷油蒙了心，想錢想黃了臉。掙了錢，滿臉塗上了黑泥，永遠抹不掉了。壞了一著棋，一輩子滿盤都是輸啊。既有今日，悔不當初。「天哪，當初我怎麼就這麼信他的鬼話，叫我不跟家裏聯繫，就真的沒寫過一封信，也沒打過一個電話。我怎麼就這麼講信譽！好人好過了分，成了爛好人了。人好被人欺，馬好被人騎。講來快兩年了，不曉得家中可發生了什麼事？山上的樹長得怎麼樣？是否有人偷竊？學校的房子蓋起來沒有？孩子們是不是到新學校裏讀書去了？」他越想越後悔，越想越窩囊。天哪，我怎麼會落到這種地步啊？當初見光虎，我就想到可能會陷進泥裏去，沒想到怎麼陷得這麼深呢？回去怎麼向光妹、女兒交代？怎麼向臥龍山人交代？在外推銷了那麼多的東西，害苦了那麼多人，要是出了人命案子怎麼辦？別人找上來又怎麼辦？想想多麼可怕！過去一直把名譽看得比自己生命都重要，怎麼會在外年把時間就變成這個樣子？走，是非之地，快走。」他向火車站走去。

他走著走著，有多少計程車從他身邊減慢了速度鳴喇叭，有的問他可上車。他說不要，他要走到車站去。這些計程車都是騙子，說不定把我拉到什麼地方去？或者在城裏大街小巷的轉圈子，我再也不能上他的當了。

他走了好一會，走得氣喘吁吁，有些精疲力盡，不行了，斷定自己走不到火車站。他看到後面有輛黃色計程車，司機年紀不小，看樣子不是個壞人，就向他招手，上了他的車。車子轉了一個圈，停下來。他以為到了火車站。「怎麼，這麼一節就到了？」伸頭對窗外一望不對勁，還是在大街上。問司機怎麼回事？司機一個勁發動著車子，怎麼也發動不起來。司機說：「對不起，老闆，我車子壞了，不收你錢，你轉車吧。」他十分生氣丟下一張十塊錢下了車，生氣地把車門用力一推，今天怎麼這麼倒楣？

他一望這裏，還是長江路，眼前霓虹燈十分耀眼，像閃電，閃得他眼睛都睜不開。「這是什麼鬼地方？這麼亮麗。」他仰頭把眼睛瞇成一條縫，看見幾個熟悉的字「白玉蘭茶樓」。他呆了：「怎麼，白玉蘭，光虎的老婆？她離家出走這麼多年，一直沒有音信，原來找到光虎開了這麼大的茶樓了。對，一定是她，我去問問她去。」

他來到門口，兩塊玻璃門自動地開了，四位小姐站在兩邊，低頭齊聲喊：「歡迎光臨！」聽這麼一叫，他抬頭一望嚇了一大跳，這些女孩子清一色的十八九歲，上身穿的衣服胸口露了一大節，白嘩嘩的像白蠟燈，他忙退了出去。這是怎麼回事？這些同剛才在國際大酒店吃飯，光虎給每個人發的小姐不是一個模樣嗎？這哪是茶樓，明明是盤絲洞，裏面都是九美十仙三十六個白骨精、七十二個女妖。他想這些是非之地，不能進去。不能離開了虎坑又進了狼窩。可他轉過來一想，白玉蘭長得美，可她一巴掌響到底。光虎那麼多年不在家，她是端端正正、清清白白。再講，她走了這麼多年，不曉得到什麼地方，也許這次能見到她，知道她的下落。請先生不如碰先生，碰到眼前失去了不是可惜嗎？不進去怎麼能打聽到她呢？對，這裏就是土匪窩我也要闖一闖。

他打起精神，進去了，兩邊的小姐向他點頭微笑，齊聲喊：「歡迎光臨！」

他走向吧檯，那小姐站起來問：「請問老闆，要什麼服務嗎？」

他低著頭，也不看人說：「我找白玉蘭。」

吧檯小姐說：「行，老闆先到包廂裏等。」

站在他身邊的一位小姐把他引進到一個包廂裏。

他進了包廂，沒看到有什麼特別的地方，一排組合式沙發，沙發前是一長條玻璃桌子，一個大螢幕的彩色電視機。他聽人講茶樓都是賣淫的地方，是敞開的妓院，看來這些都是假的。這時，一位小姐端來茶壺和兩隻玻璃杯，還有茶盤子，有瓜子、花生米、開心果什麼的。他也沒多看，端起茶杯喝起來。因為他晚上喝了那麼多酒，現在正發燒呢。

送茶的小姐出去了，等了一會，可沙發邊上開了門。他呆了：「這不是一面牆嗎？怎麼有一個門呢？騙子，又是騙子。」他警惕地望著門邊，見小姐臉上抹著粉，穿著長條子棉毛巾樣的衣服，腳上穿著拖鞋。她進來點頭對他微笑：「你好。」

他很不自然地答：「你好。」

她毫不客氣地抓了一把瓜子嗑起來。一粒瓜子放嘴裏，「嘣」的一響，把瓜子殼用舌頭一頂，吐在地上，又很靈巧地把另一顆瓜子往空中一扔，用嘴接住，又「嘣」的一響。

他看呆了，她對他嫣然一笑，往他大腿上一坐。他嚇了一跳，呼啦站起身來，酒醒了一半，忙搖手說：「姑娘別，別，我找白玉蘭。」

那小姐笑笑：「玉蘭正在班上，別喝她的二鍋水，還是我來吧。」

他躲到門口，再退就要出門的架勢：「別，姑娘，我女兒跟你這麼大呢。」

那小姐又笑了說：「喲，這位大哥還不好意思呢。」

他忙笑：「不，我是你大叔，不，還是大伯呢。」

那小姐說：「到這裏來的都是大哥。大哥，你還沒進入狀態呢。我先給你唱支歌吧。」

他鬆了口氣說：「好，唱歌，我最愛聽歌了。」便膽怯地坐在沙發上。

那小姐調著電視機，彩色大螢幕上「三點式」的泳裝，像蛇蟲樣地扭了出來，喇叭裏放出了刺耳的音樂。只見她對著話筒「喂」了一聲，這一聲像放的炸彈，又把他從沙發上炸了起來。他張開一隻手，另一手指對著掌心大叫一聲：「停！」

小姐轉身望著他：「怎麼，我還沒唱呢？」

他哀求著說：「姑娘，你嚷了一聲，就把我耳底子炸掉了，再唱起來，那還不把我心臟唱蹦出來。我還是求你做點好事歇著吧。」

那小姐只好放下話筒，望著他說：「好，那我們做點什麼呢？」

他望望他說：「那我們說說話好不好？」

那小姐又要往他腿上坐，他身子一移，小姐一屁股坐在沙發上，又開始嗑瓜子，眼睛老是望著他笑。

他問她說：「孩子，你多大？」

她笑笑：「你懂不懂規矩呀，幹我們這行是不問年齡的。」

他忙答：「哦，對不起，我不曉得你們這一行是什麼行。」

她說：「你不懂來這裏幹什麼？」

他說：「我是找白玉蘭，門頭上的廣告牌上是她的名，我跟她是一個村的，我是她的大哥。」

那小姐聽他這麼一說：「哦，那我知道你是誰，我更應該為你服務了。」說著拉著他一隻手往門裏去。他伸頭一望，門裏面放著一張小床，原來那小姐穿的是睡衣，裏面沒有任何衣服，只見她把腰間的帶子一拉，睡衣自動脫下來，一個赤裸裸的白玉般的身子站在他的面前。

他嚇得大叫：「哦，天哪！」說著拔腿就往外跳。

那小姐也不穿衣服，開門伸頭大叫一聲：「老闆，抓住他。」

沒等他跑出門口，只見一位大鬍子大漢擋在門口，皮笑肉不笑的：「怎麼？吃白飯？」

他忙搖手說：「不，我沒碰他。」

那大鬍子笑著說：「人家小姐都露餡（脫了衣服）何不尿（幹）她？是你冤大頭。」

他只好低頭說：「好，我該死，我造孽，我把錢，我把錢不行嗎？」他一摸上衣口袋，壞了，晚上光虎在酒席上給的一萬塊錢都扔回去給他了，這下完了。

那大鬍子說：「你沒糧也敢進這裏吃白食？給我打！」

幾個人一擁而上，把他按倒在地，拳打腳踢。他大聲呼喊：「救命啊！」

這時只聽樓上貴賓房裏有女子的聲音：「是誰呀？」

那大鬍子說：「老闆，有人拖糧（嫖沒給錢）。」

那女子聲音：「瞎了你的狗眼了，這是我的客人，給我好好款待。」

那大鬍子抓抓頭說：「是，老闆。我說呢，兜裏沒一個銅板敢闖進來，原來是有來頭的，快去款待。」

他聽出這聲音十分的耳熟，想到一定是白玉蘭。就大聲對樓上罵起來：「白玉蘭，你的聲音我聽得出來，快出來，你這什麼茶樓，掛羊頭賣狗肉，騙子。」

他迷迷糊糊地又被請進了包廂。他心想見到白玉蘭，大罵她一頓，怕有人見面講情罵不出口，就大聲喊：「給我拿酒來，拿好酒來！」

他是想藉酒蓋個臉好罵白玉蘭。他剛坐下，進來兩位小姐，一人手上端著一個盤子。一個盤子上是一隻杯子和一瓶白酒，另一個盤子上是涼菜，有白乾、花生米、鹽鴨爪子等，都是下酒菜。他二話沒說，叫小姐開了酒瓶子，倒了一大杯白酒，端起來咕嘟咕嘟地倒進肚裏，他要用酒沖刷肚子裏的惡氣。兩小姐看看他笑了笑，退了出去，關上門。他伸手抓了幾顆開心果，嘴嚼著，眼睛盯著沙發邊上的旁門，他想到白玉蘭可能要從這道門裏走出來。他見面第一句要罵她，要大聲地罵，不顧一切地罵，罵得她狗血噴頭，還要幫她回憶過去家裏是一巴掌拍著響到底的人，怎麼變成這個樣子，是光虎教的？這個白玉蘭茶樓也一定是光虎資助的。他現在想起來了，晚上每個人發的那些小姐，可能都是白玉蘭茶樓裏的小姐。

「剛才送酒的那一位，不就是在國際大酒店裏坐在我身邊的那一位嗎？是的，沒錯。嗨，什麼白玉蘭茶樓，掛羊頭賣狗肉。現在啊，開妓院既成事實又不公開，嘴上喊叫掃除了，其實紅火得很。既是婊子又要樹牌坊。唉，這小小的茶樓啊，紅燈酒綠，它把社會風氣攪亂了，把輩分顛倒了，把家庭生活破壞了，把人心搞黑了，把倫理道德敗壞了。天啊，連那麼純潔的玉蘭也變了。白布掉在染缸裏，變黑了，一床被子不蓋兩樣人了。近朱者赤，近墨者黑。我跟光虎這麼一年多，不也變成這個樣子了嗎？」想到這些，他對玉蘭又產生了同情。「對，這裏是省城，不是我們鄉下人待的地方，我要拉玉蘭回去，回到臥龍山，離開這個火坑。一定要拉她回去。」

他想到這裏，只聽裏面的門吱啦一聲開了，一個女子的身影走進來。他低著頭，不敢看那女子的臉，見她全身是紅色的連衣裙，亭亭玉立地站在他面前。他看出這個身條子就是白玉蘭，個子這麼高，只是比過去瘦了一點。對，是她，他倒了一杯酒，又咕嘟咕嘟喝下去，他抓了一把花生米，手有些顫抖，還是開口喊道：「玉蘭。」

那女的沒吭聲。

他又喊道：「你是玉蘭嗎？」

只見那女子頭低下來，身子在抖動，「嗚嗚」的哭聲。

他抬起頭，見她滿頭的披髮遮在臉上，說：「玉蘭，不怪你，只怪光虎，他害了你，也害了我。走，我們回去。」

那女孩哭著喊：「爸爸……」

他聽見呆了一會：「什麼？你喊我什麼？爸爸？不，我不是老爺，老爺子死了，我是你大哥。」那女子又喊：「爸，爸！」他嚇了一跳，這聲音不是玉蘭，聽起來這麼熟悉。他手在發抖，大膽地撥開她臉上的頭髮，啊，一個熟得不能再熟的面孔展現在面前：「怎麼，小玉？女兒？」

那女孩低頭沒出聲，好像很害羞的樣子。他怎麼也不相信，瞪大眼睛看，可看到了一個重影，好像兩個女人，一個是玉蘭，一個是小玉，兩個長得差不了多少。怎麼回事？他閉上眼，搖搖頭，重新睜開眼。「是小玉，真的是女兒呀。」便大叫道：「女兒，真的是你嗎？」

那女孩好像受了委屈，撲在他的懷裏，哽咽著：「爸，是我呀，爸呀，我真的想你呢，你真的就來了，我好高興啊。」

他重新推開她，雙手捏在她的肩頭，深情地問：「孩子，你怎麼會到這種地方來？」

她說：「是……是我媽媽指我來的。」

他怎麼也不相信：「怎麼可能？你媽媽怎麼會捨得叫你上城裏打工？她疼還疼不夠呢。是你自己偷跑出來的吧？」

她搖搖頭又點點頭，沒回答。

他認真上下打量著女兒。看，怎麼變了？頭髮染黃了，像一團黃牛屎，蓬蓬在頭上像從來沒梳過一樣。兩塊紅紅的臉蛋子，兩隻烏黑的眼圈，像農村裏戲班子上臺化的妝一樣，遠遠看上去還像個人，可眼前看了十分可怕，像個魔鬼。他心裏一陣刀割地難受，真的要發瘋了，說：「小玉，女兒，你怎麼會這樣呢？走，跟我回去，快！」說著站起來拉著她就往外跑。

她用力往回退著：「不，爸爸，我不能回去！」

他大聲狂叫：「不，我死也要帶你回去，走，現在就走！」

她用力掙脫他的手，說：「爸爸，你聽我說。」

他說：「什麼也別說，快走啊！」

她突然跳起來大叫：「別胡鬧了，我是這裏的老闆。」

他呆望她半天沒回過神來：「怎麼你是老闆？」

她點點頭又低下頭。他瞪她：「怎麼可能，你憑什麼當老闆？」

她又抬起頭說：「爸爸，實話對你說了吧。這茶樓是白玉蘭開的，我是她的女兒，自然也是我的了。」

他瞪大眼睛問：「怎麼，你把乾媽當成親媽？」

她答：「本來就親媽嘛。」

他大為驚詫，雙手捏著她的肩頭，含著淚水說：「孩子，我的好女兒，你可不能走你爸的老路啊，為了掙錢，什麼事都可以做呢。在家裏，你媽看出玉蘭沒孩子，念她可憐，叫你喊她乾媽。今天為了錢，乾媽就變成了媽，明天連我這個父親都不認了。」

她也伸出雙手握著他的雙臂，眼裏閃著淚花說：「爸爸，你錯了，這麼多年你都蒙在鼓裏過日子。我告訴你，我確實不是你的女兒。」

他呆望著她：「什麼？你胡說什麼？」

她認真地說：「爸，這是真的。母親也不是我的母親，我的父親現在還沒有找到。我的親生母親是白玉蘭，這個茶樓就是她開的。茶樓把她給害死了，我要替她報仇，重新撐起這個茶樓。現在我是這裏的主人，我能回去嗎？爸，你別發呆，我說的這些話是千真萬確的，我沒騙你。要說騙了你的人，是你十分愛的光妹。」

他聽到這些，身子一軟，倒在沙發上。

小玉坐在他的身邊：「爸，你別這樣，聽我慢慢說嘛！」於是，小玉把白玉蘭怎麼回家，臨死之前跟她說的那些話從頭至尾說了一遍。

他聽得迷迷糊糊，他怎麼也不相信這些話是真的。可女兒說得點點滴滴，有根有據，他不知如何是好，便問道：「女兒啊，你說你不是我的女兒，你媽是白玉蘭，那你父親是光虎嗎？」

小玉連連搖頭：「不，也不是他。玉蘭媽媽在去世前給了我一個電話號碼，我不知道是誰，進城先到茶樓打了這個電話，沒想到第二天光虎叔就來到我身邊。我喊他『爸爸』，他說他不是，他沒有生育能力。那我就不知道爸爸是誰了。我的身世只有媽媽和玉蘭媽媽心裏明白。現在，只有問媽媽了。」

他眼一亮：「那你快跟我回去，我們同你媽當面鑼、對面鼓問個清楚明白。」站起來要拉她。

她躲閃著：「不，爸，我不跟你回去，你自己回去問媽吧。」

他拉住她：「那你也要跟我回去，我不准你在這個骯髒的地方。」

她說：「不，這是我的工作啊。」

他把她往外拖：「天，我怎麼能讓你在這裏工作呢？回去！」

她往裏拉：「我不能跟你回去。」

二人拉了幾個回合。他拉滑了手，再次跌倒在地，昏了過去。她一下子撲過去：「爸爸，爸爸，你沒事吧？」

他在昏迷中喊：「女兒，你要跟我回去。」

她抱著他：「爸爸，你醒醒啊，爸爸。你聽我說，你別想不開，到這裏來的，不一定都是壞人。爸，你聽我說，你不能戴著有色眼鏡看待這些女孩子啊。就說你開始進來，第一個從這個門進來的女孩子，她姓李，叫文娟。她的父親當年考上大學，家裏窮，還欠了一屁股債，是她母親從家裏拿錢讓他上的大學。改革開放了，她父母結婚生下了她，父親當了老闆，給了她母女二十萬，把她們扔了。她母親一分錢沒有要，帶著她回到鄉下過日子。現在她媽媽得了癌症，活不了多長時間了。她頂起這個家，她有志氣，不向那個忘恩負義的父親要一分錢，她自己掙錢為母親治病。怎麼樣？這是個好女孩呢。還有一位，就是給你拿酒的那一位，她是大學生，男朋友大學畢業開公司，說要掙好多好多錢，她回去把親戚朋友的錢拿來入股，可那男朋友把錢捲走了，一個錢沒有丟給她。她要拚命掙錢還債啊！爸爸，這白玉蘭茶樓是我母親開的，她收留了多少有苦難的姑娘，可惜她自己沒把握好，失敗了。我呢，要繼承母親的遺願，把這個牌子重新樹起來。

爸爸，相信我吧。爸爸，聽說你有錢了，有很多的錢。有了錢到這裏來消費是對的，救救這些孩子吧。你給了她們錢，救了她們，她們應該給你回報的。」

他迷迷糊糊的大約酒多了，再加上激動，剛才小玉講了那麼多，他一點也沒聽得進去，只是一個勁地喊：「女兒，我的女兒！」

她笑笑說：「到我這裏來，沒長輩、晚輩之分，都是平等的，你是大哥、顧客。大哥。」

他喊：「女兒，我的女兒。」

她喊：「大哥，我的大哥，一切不能怪我，也不怪你，只怪我的母親、你的肖光妹，是她欺騙了你。現在的社會就這麼回事，欺騙你的人也許就是對你最好的人，騙你沒商量。」

她講得清清楚楚，可他聽得迷迷糊糊。他不知道這個社會怎麼瘋了，人與人之間又是怎麼一回事，自己的好女兒突然變成人家的了，連自己最尊重的、最親的老婆也在欺騙自己。他倒在沙發上，歪著眼看著酒瓶子，嘴裏抖動著：「我要喝酒，要喝酒。」

女兒給他倒了一杯酒：「喝吧，一醉解千愁呢。」

他伸手端著一口喝下去，嘴裏喊：「女兒，我的女兒。」

女兒笑笑坐到他身邊：「你是我的顧客，進了茶樓，我就要給你服務，我們沒有任何血緣關係，就是做了什麼，也不是亂倫。」

這些話他好像聽到了，雖然人已經醉成一灘泥，但心裏很明白，雙手緊緊抓著褲腰帶，大聲的叫著：「女兒，我的女兒！」

他醉了，真的太醉了，醉眼朦朧，舌頭咿哩哇啦的。他又哭了，哭聲嘟嘟噥噥。他又笑了，笑得嘻嘻哈哈。他又像昏死過去，大概醉意的瞌睡蟲子爬上了他的眼，上眼皮自然粘住了他的下眼皮，四腳又是八叉躺下，只是兩隻手緊緊抓住褲腰帶不鬆手。

女兒望著他，好像轉眼之間變得這般的蒼老，花白的頭髮，滿面的皺紋，眼水、鼻涕。父親是這般的可憐，她放棄了纏他的念頭，把他搬到裏屋的床上，讓他安安靜靜地休息吧。

這時，小玉的手機響了。她看清是一個熟悉的號碼，這是經常給她錢花又經常指揮她的號碼。她拿起電話：「喂，他已經在這裏了，他酒喝得太多了。怎麼？他對你很重要嗎……我知道了，我一定留住他。」她關了手機，她本來要放過這個純潔的父親，是這個電話起了作用，她知道完成這項任務能得到一大筆錢，她向這個父親撲去。

他緊緊抓住褲腰帶，迷昏中喊叫：「女兒，好女兒……」

她扳開他的手真才實學地說：「爸，不，你不是我爸，的確是我的客戶，我收了別人的錢財，就得為客人服務……」

他不知睡了多長時間，醒來發現自己光著身子睡在包廂的床上，下身一片潮濕，一股刺鼻的腥味。他呆了，突然跳起來大叫：「啊，天啊，造孽啊。」他胡亂穿好衣衫，跑出門外，發瘋樣地狂叫：「女兒，亂倫啊，天打雷劈啊！」

「啪——嘩——」這時天空真的出現一陣陣巨響。他雙手伸向天空，仰頭大叫：「哈哈，蒼天開眼了，打閃了，打雷了，閃電啊，燒了我吧！雷公啊，劈了我吧！把我燒成灰吧，劈成八大塊吧！」

可這不是雷電，是一顆顆騰起的焰花在空中炸開，頓時天空一片璀璨絢麗。接著大街小巷鞭炮齊鳴，人們在歡呼，在跳躍，那是人們在迎接千禧之年的到來。

他跑在大街上狂叫：「怎麼？不是打雷嗎？下雪嗎？這是雪花吧？怎麼連雷電和雪花都是騙子呀，雷電變成了霞光，雪花變成了紙屑。誰能告訴我，這是白天還是黑夜啊？啊，這麼多人在跳著，是他們瘋了嗎？是這個世界瘋了吧？在這個五花八門的世界裏，哪個神仙能分出老瓜、嫩葫蘆？哈哈，什麼是紅眉毛、藍眼睛？什麼是臭豆腐、香滷乾？什麼是高的、矮的？什麼是胖的、瘦的？什麼是晴天、雨天？什麼是太陽、月亮？什麼是乾的、濕的？什麼是白的、黑的？什麼是美的、醜的？什麼是善的、惡的？什麼是好的、孬的？什麼是真的、假的？哈哈，全他媽的半斤八兩，桌子、凳子一樣高呀！……」

他呼喊著，腳下被什麼東西絆了一下，跌到了，又昏了過去。

滿街歡呼的人群，沒有誰會去理會他。不知過了多少時間，他就要在這個雪地裏凍死的。

不，他不會死，只見一個年輕美麗的女孩向他走來……

第十六章 二〇〇〇年（庚辰）

一

邵光龍回家了。

他不知自己是怎麼回來的。他只曉得在大街上奔跑，跌倒了再也沒有爬起來，可在睡夢中醒來已在回家的客車上，到縣城汽車站摸到荷包裏有一紮票子。他一個勁地責怪自己，是錢迷了心竅，酒是惹禍的根苗，色是剮人的鋼刀。他酒醒了，感到胸口像燒著的一團火，把心都燒開了裂。嗓子發乾，頭打碎一樣地痛，手有些發僵，半個身子針刺樣地疼。

轉車回到黑山鄉，他下了車，有幾個人跟他打招呼，他感到這幾個都很陌生。他眼望著鄉中學後面的小山包子，這個山對他來說再親切不過了，他一年多沒看到它了。他看到了山想起了山上有座人民英雄紀念碑，那是他母親的老家，他已經好多年沒見母親的墳墓了，於是他爬上了山。

現在人富了，沒有人再砍草燒鍋了，山上長滿了柴草，也找不到上山的路。他找了好一會，才望到草叢中那座碑。跑過去一看，真的不成樣子了。碑的四周長了一人多高的雜樹，碑上的文字都上了青苔，難看得清了。他想到現在已經沒有人來掃墓了，碑邊上的磚塊也破得不成樣子。唉，時代變了，人們的心思只想著去抓錢，抓錢抓瘋了，誰還記得當年打日本鬼子的英雄？時代變了，人心變了，過好日子把上一代人忘掉了。想到這些，他一陣心酸，跪在那裏，伸手拔著碑前的雜草，茅草把手指、虎口劃破了都不知道。

他眼裏流著淚，手上流著血，喊著：「母親，你是位偉大的母親。當年彭家昌是地頭蛇，而你是一條強龍壓住了他，統住了他炸了小日本的碉堡。可現在人過上了好日子就把你給忘了。」他一邊哭著一邊拔草，拔到邊上有一個小墳墓，墓前有塊小碑，上面刻著「唐金武之墓」。他想起來了，這個唐金武就是當年知青幹事唐大包。他當年講過話，是母親把他引上革命道路，他不能忘記母親的恩德。他說他死了以後要埋在母親的邊上，守著母親。光龍想到這些，心裏一陣感動。「母親還是幸福的，下一代人忘記了她，而上輩人沒有忘記她的恩德。有唐大包這樣的人守著母親，母親應該是幸福的。」

光龍進了村頭已是中飯以後了。村裏人大冬天沒什麼事做，都在村裏山牆頭曬太陽、聊天。講張家山前，李家山後。人們突然看到老書記回來了，紛紛站起身來，向老書記微笑，跟他打招呼、問好。只是老書記沒有停步，還是低頭往前走，對人們的熱情呼喊也不買賬，也不望人家一眼，大不了哼上一兩聲。等他走過後，村裏人開始議論了，都說老書記變了，變得目中無人，不像過去。不講散支煙吧，起碼也得停下腳步，同他們拉拉手，問候一聲。快兩年沒見面了，總得問問別人：「日子過得怎麼？今年的收成好不好？」現在像變了一個人樣的，只聽他哼了一小聲，像豬哼的聲音一樣。不過村裏人很理解，這個世道變了，這個世界都在變，村裏人出門的人回來都有變化，只不過變化或大或小罷了。有錢人了，財大氣粗。今天的老書記怎麼能跟村裏的窮人比呢？那是一個在天堂，一個在地下嘛。

邵光龍那氣勢洶洶的架勢，沒有人敢攔住他，只有村書記李常有，聽講老書記回來了，忙從辦公室裏跑出來，在村口攔住了他，請他到村委會裏坐一會，他有重要事情向老書記彙報。老書記也沒推辭，大步向村委會邁去。村裏人見了，又有話了，說：「這就對了，富人自然同富人交往，只有他們在一起談得來，有共同語言。」

邵光龍進了村部，李常有給他泡了茶端過來。他沒有接茶，而是站在會議室中間，對上方的那面牆上看著，那裏有滿牆的光榮牌子。哦，這一年多有進步啊，什麼林業先進村、生態農業村、環境模範村、農業先進村、植樹造林先進單位等等，足有二十多塊，比他離開村子時多多了。

他看著笑笑說：「好啊，李書記，你工作進步不小啊，比前幾年又多了不少光榮牌啊。」

李常有也笑了：「老書記，這一切全歸功於您呀。你是我們臥龍山的一塊金字招牌。臥龍山林業大發展，高山打鼓——名聲在外，這樣就一白遮百醜。每年評比，什麼樣的帽子都飛過來了。為了感謝您給村裏做的突出貢獻，我們也為你報了很多材料。這一年多你不在家，我們為您做的事向您彙報彙報。」

李常有說著從村裏檔案櫃裏拎出一個小皮箱子，說：「你的證書，我全給你保存著呢。今天您回來了，我把它交給您。」

李常有打開箱子，裏面滿滿一箱子紅丹丹的小本子、硬殼子證書。他一件件拿出來給光龍看，一邊解釋說：「這是林業標兵，這是環保模範，還有先進工作者、先進黨務工作者。」又從箱子下面拿出一個紅本子，上面燙著金字，說：「這是林業高級工程師的證書。您不知道，老書記，為了這個證書我們費了多少功夫啊。林業高級工程師，就是大學正教授的級別呢。」

邵光龍拿著證書，看著上面卡著鋼印的照片問：「你講，是怎麼弄到手的？」

李常有打起精神，說：「哎喲，老書記，我可費盡了腦子呢。上級領導來檢查說：『要管理好、規範好這麼一大片森林，沒有林業高級工程師可不行啊。這裏沒有，我們調幾個來。』我怕來了工程師，生活安排不過來，就說：『我們的老書記就是林業高級工程師。』這樣，我們就想辦法辦一個。哪曉得還不容易呢。首先要求你有大學本科的文憑，我花了一千多辦了一個文憑。還要英語考試，我就叫一個中學英語老師代你考了。不貴，三百來塊錢。考完了還要正式報刊上發表的論文，我又叫人代寫論文，報刊交版面費。好在這年月只要捨得花錢，沒有辦不成的事，最後才得了這個林業高級工程師的本子。這可是真的呢。」

可光龍把證書往地上一扔說：「不，是假的。」

李常有忙撿起來，擦擦上面的灰塵說：「老書記，這可是冤枉我了，幾個評委我還請過客呢。」

光龍說：「這個小本子是真的，可前面的證明材料是假的，用假的換回來真的，那這個真的也就是假的了。」

李常有不解地望著他說：「老書記，我看那些國家幹部事業單位，好多都是這麼評上的。評上了工資就上來了，正教授四五千塊錢一個月呢。」

的。」

邵光龍望望他說：「謝謝你的一片苦心。其實，真要為我弄到這樣一個假小本子很簡單

李常有望著他：「那我請教，還有什麼更簡單的方法？」

邵光龍高聲說：「你只要花一次性的錢，就可以一步登天嘛。直接到市場上買一個高級工程師的小本子不就行了嗎。」

這一句話把李常有說呆了。「是啊，老書記又不靠這個掙工資，可以直接買個假的。」便佩服地說：「哎呀，老書記還是老書記，你資歷就比我高，道行比我深，不一樣就是不一樣，我怎麼這麼傻呢？」

李常有很不好意思地收起了證書，說：「老書記，那我彙報一下工作吧。」

邵光龍問：「還有什麼事？」

李常有說：「你捐助的小學已開學一年多了，還沒有揭牌呢。」

光龍說：「那為什麼？」

李常有說：「等你回來呀，這個學校是你拿錢蓋的，縣教委批准，學校以你名字命名，現在不叫臥龍山小學，叫『光龍小學』。」

光龍說：「我捐的，這也是假的。」

李常有說：「老書記，這話你別講，這要是假的，那這個世界上一件真事都沒有了。上面有批文，學校刻了戳子，小學大門樓子上雕了金字呢。只是這個牌子至今還沒揭開。」

光龍望他的樣子，也就不想為難他了，他想這件事情一時也無法講得清楚，就問：「好，我不難為你，你要我幹什麼？」

李常有說：「你要是沒意見，明天我們舉行揭牌儀式，我請高鄉長和教育幹事來出席，你揭牌，也講講讓孩子們好好學習的話。」

邵光龍沒多話：「好，那就這麼定了，我先回去了。」說完向門外走去。

李常有陪他出門，說：「那好，我通知李校長準備準備，明天上午我去請您。那您回去啊？光妹嫂子要早曉得您回來，不曉得要迎到十里外呢。回去，同嫂子親熱去吧。」

光龍沒再理他走了。

邵光龍首先去了家，見門口是一把大鐵鎖，都鏽糊住了。門口長起了青草，房頂中間有塊凹下去，大約一兩年沒人住過了。隔壁是光虎的樓房，已經蓋好十多年了，在山村裏還是那麼耀眼，門前掛著牌子「學明診所」。張學明是馬德山大姐的兒子，這他記得，聽到門樓裏面院子有人講話，大約是看病的人。他不打聽是怎麼一回事，也沒問張學明，直接爬上了龍頭山，去了林場。

林場當然還是過去的老樣子，門掩著。外面沒見人。他推門進去，屋裏打掃得很乾淨，桌凳擺得也整齊。他沒喊光妹在哪裏，而是坐在桌邊，眼睛盯著門外。

好一會，他看到她從山坡上走來，身上揹著一大捆枯樹枝子，低著頭一步一步向林場走來。他一看吃了一驚。「是光妹？我的老婆，她瘦多了。過去的大塊頭，沒得吃的年月，她自己講喝涼水都長膘，那是又白又胖。現在日子好過了，卻又黑又瘦。瘦成這個樣子，只剩下空殼子了。頭髮白了大半，滿臉蜘蛛網樣的皺紋，怎麼這麼老了？簡直像一棵枯死的樹了。天啊，就這麼一年多的時間，怎麼一下子老成這樣了？俗話講：『牛老一冬，樹老一春，人老一年。』門口堆的柴火都是她一根根揹回來的。人家都燒液化氣了，我們還在燒柴火。」只見她堆好了柴，解開腰裏的圍裙，撲打著身上的樹葉和灰塵。她朝門裏望了一眼，外面的陽光很刺眼，她一眼沒望清楚家裏桌邊坐著的人，只感覺到門是開的，她想家裏一定來人了。什麼人呢？她怎麼也沒想到是自己日夜思念的丈夫。

當她若無其事地走到門口，一個熟悉得不能再熟悉的身影出現在她眼前，她站在門口呆了。「這是他嗎？怎麼變得這般的蒼老，頭髮白了一半，鬍子長得這麼長。」她心裏一酸，像當年小姑娘一樣撲過去。撲在他的懷裏：「大哥，你可回來了。」

可他像個木頭人一樣沒有任何反應。她很奇怪，問：「大哥，你怎麼啦，大哥！」

他好像睡熟了一樣，在她的搖晃下才突然醒來。他一把抱住她，說：「小妹，是你嗎？」

她哭了：「大哥，你連我也不認得了？」

他說：「你怎麼一下子變老多了，我走才幾天啊？」

她說：「走才幾天嗎？我感到已經有十年二十年了，大哥！」

她變得像撒嬌的孩子，拍打著他的胸口，哭著喊：「這一年多你怎麼不打個電話，一個音信也沒有。你走了，女兒走了，丟下我這個孤單單的老婆子，我有多愁啊。愁得我的頭髮能不白嗎？我是日夜不安啊！大哥，我的大哥啊。你總算回來了。」

他們就這麼緊緊地擁抱著，好像怕誰跑走了一樣。

不知過了多長時間。她說：「大哥，我多麼想永遠抱著你呀。」

他突然推開她的身子，望著她的臉說：「小妹，我回來要問你話。」

她說：「你有什麼話，儘管問吧！」

他說：「小妹，你一定要給我講真話，你要是不講真話，我真的沒法活了。」

她一臉的困惑，抹著淚望著他說：「大哥，我難道還有話瞞著你嗎？」

他一臉的怒氣：「你何止瞞我，你……你還騙了我呀！」

她忽地站起身來說：「大哥，這話從哪講起啊？我就是針鼻大的事也不會瞞著你呀。」

他招招手說：「好，你坐下，我問你，小玉是怎麼回事？」

她愣了一下，以為他追查小玉到什麼地方去了，一時不知從何說起。

他突然一拍桌子，大聲地說：「快說呀！」

她嚇了一跳，眼淚又下來了，說：「前年她沒考上高中，李書記好心好意給她跑了個民辦教師，可她……她怎麼就突然離家走了，我到鄉裏打聽，聽幾個同學講她到外打工去了，至今沒有一點消息。大哥，我沒有管教好女兒，是我的罪過。」

他含著淚，搖搖頭：「不，你別打岔，不是問你這些，我是問你，小玉是不是我們的女兒？」

這句話像晴天一聲霹靂在她頭頂上炸開，她呆了。一貫聰明的她突然想起什麼，問：「這麼講你是見到小玉了？是小玉告訴你什麼了嗎？」

他點點頭，又低下頭。

她說：「那你怎麼不把她帶回家？女孩子在外，現在外面又這麼亂……」

他抬頭厲聲地：「別說那麼多，我只問你，小玉是不是我的女兒。」

她傻了，臉色蒼白，像是做錯了事情的孩子，慢慢地低下了頭說：「小玉她……確實不是我的女兒。」

他站起來：「這是真的嗎？」她頭低得更低了，點了點頭。

他暴跳如雷地：「你……你還講針鼻大的事呢，這可是天大的事啊。」

她無言以對：「我……我……」

他再也控制不住自己，伸手揪住她的頭髮，「啪」地狠狠抽了她一耳光子，全身顫抖地說：「你……你怎麼能騙我呢？」

她仰著臉沒有說話，閉著雙眼，淚水從眼眶裏流了出來：「大哥，沒想到為了這個孩子，這輩子討了你一次打。」

他發瘋樣地在屋裏來回走動，說：「我打你，我……我恨不得殺了你呢。」左右看不到刀子，見門邊有根長長的扁擔，便操起扁擔舉在手上。

她突然大叫道：「大哥呀，小玉不是我的女兒，可是她……她是你的女兒呀。」

他呆了：「是我的女兒？」

她說：「一點不錯。」

他說：「親生的？」

她滿面淚水地說：「她……她千真萬確是你的一根血脈呀。」

他想了一會又問：「難道我同白玉蘭……我怎麼不曉得？」

她慢慢地跪在他的面前說：「大哥，你還記得嗎？當年我就是因為喝了一點酒，迷迷糊糊地犯下了罪惡。大哥啊，我也是用這種辦法對待你，讓你同玉蘭……」

他手中扁擔落地，身子一軟倒在地上。

她哭叫著：「大哥，我不能生育了，我是太想你有一個屬於你的血脈呀。大哥啊，如果這個你認為我有罪的話，你就打死我吧。你把我往死裏打吧……」她用跪著的雙腿移到他面前，雙手抱著他的雙腿，使勁地搖晃著他。

他仰望蒼天，突然他推開她，衝出門外，在森林裏沒命地奔跑，向大山嘶啞地呼喊：「天啊，誰在造孽，大山啊，誰能告訴我呀……」

「大哥……大哥呀……」光妹追著他，跌倒了又爬起來。

森林裏兩個瘋老人在瘋狂地奔跑，像大雁在飛翔，像野獸在狂歡……

第二天一大早，李常有安排了學校相關事項，來到臥龍山林場請老書記。他到了門口，看到門關著，裏面有光妹的哭聲。李常有一驚。「怎麼啦？老夫老妻昨晚打架了？一年多沒見面，按講應該親熱得不得了，怎麼會吵嘴呢？他們年輕時都沒紅過臉。」他又一想：「有錢人的日子就這麼回事。就講光虎吧，表面上夫妻恩愛，可房子蓋了壓倒村裏一切人，沒見他們夫妻有什麼好日子過。這男人有錢就變壞，女人一壞就有錢。李書記這麼一年多，匯款幾十萬，說不定在外還包個二奶呢。光妹當然受不了。就我這個小蘿蔔頭子，有時也想換個口味呢。」想想心裏好笑。他聽到裏面有說話聲，怕聽到他們講話聲，有意站得很遠大聲喊：「老書記，老書記。」

林場的門開了，老書記站在門口，李常有有些不相信，老書記一晚上變得蒼老多了，眼眶子發黑。只聽他大聲叫著：「我造孽了，天啊！」他們見李常有在門口，二人慢慢靜下心來。光妹轉身抹著淚到裏屋去了。

李常有走到老書記身邊說：「老書記，請你呢。」

光龍在穿衣服，看樣子是剛剛起床的，問：「請我？請我喝酒嗎？」

李常有說：「你忘了，老書記，學校今天上午揭牌，高鄉長和教辦主任都來了。」

邵光龍想起來了，抬腿就走：「哦，那就快走吧。」

光妹從裏屋換好衣服追出門外，呼喊著：「你還沒吃早飯呢。」

光龍回過頭來答：「吃過了，吃了一肚子氣，不餓。」便大步走下山去。

光妹站在門口，身子一軟倒在地上。

學校教學樓是兩層的樓房，四個教室，其中樓下一間隔著校長和教師的辦公室，一個大院子裏有籃球場，四周是圍牆，一個人門樓子，門頭上有「光龍小學」的字樣，不過現在還看不清，上面被一塊紅布條子遮蓋著，兩邊掛著紅繩子，到時一拉繩子，那紅布就會掉下來。大門外站著兩排學生，他們穿著校服，紮著紅領巾，女孩子頭上紮著花朵，男孩子早上大都洗了臉，臉上紅光光的。會場是在院裏的籃球場上。高鄉長和鄉教辦的主任已經在場內主席臺上坐著，學生們是在迎接今天的主客，那就是這所學校的捐資人。

沒過一小會，李書記同邵光龍肩並肩的向校門口走來。李校長早已站在學生隊伍中迎接了。黃毛丫向學生一揮手，學生們揮舞手中的鮮花，高聲喊著：「歡迎歡迎，熱烈歡迎！」邵光龍滿臉堆笑著走進校園，抬頭看了看這所學校。他好像作夢一樣，說：「這麼好的學校，什麼時候蓋的，蓋得這麼漂亮，怎麼不告訴我一聲？」

李常有忙在他身邊低聲說：「這學校是你捐資蓋的。」

邵光龍好像想起來了，說：「哦，我揭牌的就是這所學校。好，開始吧，牌子在哪？」說著就往主席臺上就坐。高彩雲副鄉長和教辦主任都站起來同他握手，他卻沒有任何的笑意，坐在主席臺上，歡迎的學生已在籃球場上站了五六排。

揭牌儀式由李常有書記主持。他說：「光龍小學揭牌儀式開始，全體起立，升國旗唱國歌。」

臺上臺下全部站立起來，球場一頭的旗杆上國旗升起來，答錄機裏放著國歌，同學們放開嗓子唱國歌，他們唱得很嘹亮，震得山響。

接著，少先隊員給臺上每位領導繫上紅領巾。然後，李春林校長講話。他首先歡迎領導光臨，感謝老書記的資助。這樣，再有一位少先隊員代表全校學生向邵光龍敬獻了一束鮮花。

李校長接著講話。他開始回顧這個學校的歷史，從原來關帝廟裏的一個班，發展到現在三個班，由原來的一名教師發展到現在的三名教師。又講到新學校的翻蓋，感謝老書記為臥龍山子孫萬代做了件大好事。最後講到學生要好好學習，感謝恩人，報效國家。李校長講得很全面，他是一口氣把稿子從頭唸到尾的。

主持人李常有說：「下面請學校資助人、老書記講話。」在邵光龍未講話之前，他首先介紹說：「我們光龍學校的資助人是村裏老書記邵光龍，他德高望重，是全縣林業先進工作者、林業高級工程師……」

沒等他講完，邵光龍站起來，清了一下嗓子，重重地咳嗽了一聲，狠狠地吐了一口痰，走到話筒前說：「老李，家門口的塘誰還不認得誰呢，你介紹個什麼，讓我講了。」

李常有自找臺階下說：「好，下面以熱烈掌聲請邵書記講話。」自己帶頭鼓了掌，下面學生跟著全部鼓掌，掌聲震得院子像下雨樣的，好長時間沒歇住。

邵光龍站在臺上向同學們揮揮手，像將軍在檢閱著他的部隊。

李常有在他耳邊說：「老書記，對學生就別客氣，坐下講。」

光龍第一句話是：「好，我坐下來說。」說著便坐了下來，提高嗓門大聲說：「同學們，剛才李校長講話，講了那麼長，講的話有些是對的，比方講學生要好好學習，長大才能報效國家，這話是對的。可有些話呢，就有些水分，比方說我捐資了學校，這話不全面。學校由原來的臥龍山小學改成了光龍小學。開始我聽了不順耳，後來我想過來了，就用這個名子吧。但有一點需要向同學們講清楚，這個光龍不是我，真的不是我。那位同學問了：『不是你是誰？』今天，我首先要回答你們這個問題。這個光龍是肖光龍，他只有三歲，為了我而死的，他死得好慘啊。那位同學又問了：『他是怎麼死的？怎麼為你而死的？』是真講不假，是假講不真，你們回去問問你們的爺爺奶奶，他們都非常清楚，就在村頭的大槐樹前。所以，我是假的，大家千萬不要把我當好人。這個世界上，好人不長壽，我還想活幾年，可我也不是惡人。那位同學要問了：『那你是什麼人？』嗨，這話不告訴你，我心裏有一本賬，好起來是菩薩，惡起來要殺人。為什麼？就是這一年多在外大開了眼界，花花世界花花人，花花人有花花腸子、花花心。好心的少，黑心的多；真的少，假的多。那位同學又問了：『真的在什麼地方？假的在哪裏？』真的呢，在外吃喝拉撒睡，這都是真的。假的呢，聽了醫生嚇死你，信了菩薩餓死你，左手不相信右手。就我而言，我叫邵光龍，除了姓，名字都是別人的，假的……」

坐在光龍身邊的李常有對話筒說：「老書記謙虛呢。」又低聲對他說：「講點鼓勵學生好好讀書的話吧。」

邵光龍愣了一下，對話筒繼續說：「剛才李書記叫我講一點鼓勵同學們的話。鼓勵你們幹什麼？是講真話還是講假話？講真話吧，同學們，別上學了，闖世界去吧。外面的世界多精彩呀，所有外面的人都在抓錢，抓錢抓得牛樣的叫呢。只有有錢人，身子才亮閃閃，嘴上油光光。別看那些錢，是塊硬殼子，紙片子，上面印得花花綠綠，它是千人傳，萬人捏啊。上面的髒物能毒死人，可它又是那麼的香，全世上的人眼望著它，手裏花著它，心裏想著它，身子掙著它，坐在錢眼裏摸著錢邊。燈盞無油漸漸昏沉，手中無錢寸步難行。酒是英雄，錢是膽啊。鳥為食亡，人為錢死，瞎子見錢眼睛都睜開了。有錢啊，叫天天能應，叫地地有靈。有錢能使鬼推磨，添兩個錢就能爬一爬。爬什麼？爬女人，八十歲的富翁能爬十八歲的黃花閨女，哈哈哈！」

主席臺上的人一個個臉色蒼白，大都焦急地站了起來。李常有站起來要奪過話筒。

邵光龍把話筒死死抓在手上，衝李常有說：「幹什麼？你還要我講鼓勵孩子們讀書嗎？我不能害他們，騙他們。」轉身站在那裏對孩子們高聲說：「孩子們，這書就不要再讀了，讀書有什麼用呢，因為這書上寫的都是假的，假的。比方講，書上寫三加五等於八吧？其實錯了，錯到海裏去了，只要你出去掙錢就曉得了，三加五等於多少？哈哈，你照等於多少就等於多少。同學們，回去吧，學校散夥吧，老師的話不能聽，是假話。父母的話也不能聽，說不定你不是他們親生的。走向社會吧，掙錢去吧，社會是個大染缸，想把你染成白的就是白的，想把你染成藍的就是藍的，想把你染成黑的就染成黑的。就我來講吧，假的，人家稱我老書記，假的，我是混進共產黨裏的，我是土匪的兒子，我的身上淌著土匪的血液……」

這時臺下有些低年級學生要笑出聲來。

臺上副鄉長高彩雲拍了桌子。李常有要去奪話筒。光龍離開主席臺，抓著話筒，像革命戰爭年代革命者演講樣，揮舞著手臂，連蹦帶跳地：「同學們，假的，一切都是假的，這個世界都是假的。七八十歲老人一頭烏髮，假的；富人名牌衣服，假的；窮人窮得要飯，假的；有人牽著兒子，假的……」光龍在臺下學生中間，學生們開始亂了。

李春林校長衝下臺去，從光龍手中奪過話筒，轉身向主席臺上邊走邊說：「同學們，安靜！」

同學們聽到校長的話語，會場上一下子安靜下來。

李校長把手中話筒遞給李常有，拉著光龍走向一邊。

李常有站起來大聲說：「同學們，老書記身體不好，他在發燒，講了一些胡話。現在請高鄉長指示，大家歡迎。」

同學們掌聲雷動。

高彩雲從紅色小皮包裏拿出幾張紙，那是講話的稿子。

邵光龍投過去奇怪的眼光，見她正要唸稿子，突然回頭問：「高鄉長，什麼高鄉長？」

李常有說：「老書記，鄉政府的高彩雲高鄉長，你不認識的？」

高鄉長唸道：「同學們……」

邵光龍突然推開李校長，大步向主席臺走去叫道：「高鄉長？假的，你是什麼鄉長？你不是同石頭是親家嗎？你女兒給石頭的兒子石蛋做媳婦，你女兒是村裏婦女主任高翠英。」

這下高鄉長臉一下子紅了。教辦主任站起來說：「你胡講什麼呀？高鄉長孩子大學畢業在省城工作。」

李常有一下子急了，撲過去拉住光龍：「老書記，錯了，錯了！」

邵光龍說：「沒錯，同學們，高鄉長是假的，冒牌貨，是鄉政府燒大鍋的，哈哈！假的，假的！」

小學生大都不懂事，只感到這些很好笑，就齊聲跟著喊起來：「假的，假的！假的，假的！」還有節奏的拍著手。

高彩雲收起稿子起身，黑著臉對李常有說：「開什麼玩笑？張主任，我們走！」同鄉教辦主任離開了主席臺。

這時，一輛警車嗚啦嗚啦地進了村頭，喇叭聲傳到了學校。

邵光龍聽到了這個聲音，不顧一切地衝出校門向村頭跑去。同學們見主席臺上的領導都跑走了，本來二〇〇〇年元旦放假三天，今天是臨時通知來的，也不上課，就跟著老書記像賣狗樣的到村頭看熱鬧去了。

警車停在村頭，車頭上的紅綠燈還一閃一閃地發射著刺眼的光芒。坐在前面副駕駛的公安人員先下了車，村裏上了年紀的人都認識他。他是馬德山的兒子馬有能，現在又提升為縣公安局副局長了。車子後面下來兩個公安，衝到肖光虎的樓房。接著走下一位四十多歲的婦女，城裏人，臉上掛著氣，下車就眼睛到處睃著，像做賊一樣。馬副局長多遠看到邵光龍，上前同他握手說：「大叔啊，我們來抓光虎的。你說這個光虎，真是害死人，在外又賣假藥，出了人命，把這位大嫂的母親害死了。」

那婦女眼盯了邵光龍一會，突然大叫著：「就是他，快抓住他！」那婦女沒命地衝上前去，抓住了邵光龍大叫著：「你這個老東西，我一眼就看出你跑江湖賣假藥的胎子，總算被我抓著了。」

馬副局長同幾個公安人員都驚呆了，說：「這怎麼回事？」

那婦女抓著光龍大哭著：「我可找到你了。那天在街頭，你講那藥怎麼怎麼的靈，說得花生像樹上摘的。我買了五盒，回去俺娘一吃就沒起床，我娘死得苦啊！你這個沒良心的騙子。」

邵光龍低著頭，任憑她揪打。

馬副局長看了一會，說：「我說大嫂，你可認錯人了吧？」

那婦女說：「不錯，燒出灰來我都認得，就是他。」

馬副局長認真嚴肅地說：「你可不能冤枉一個好人啊。他可是我們村裏的老書記，是全縣林業戰線上的標兵，你看。」說著用手指著臥龍山向那婦女說：「這臥龍山十里長沖就是他承包的。」

邵光龍立即說：「不，是我賣的假藥。大嫂，我記得當時你是買了五盒，對吧？」

李常有插話說：「大嫂呀，他是我們村老書記，昨晚發燒講胡話呢。剛才我們開會他罵我們高鄉長是燒大鍋的，我是現任村書記，我證明。」

那婦女被他們一說，呆了，認真反覆地看著光龍，半天沒說話。

李常有接著說：「他叫光龍，你講的那個人確實是騙子，十來年沒回家了，那人叫光虎，同他是堂兄弟。堂兄嘛，當然長得有點像了，對不對？」

邵光龍接著說：「不，什麼堂兄弟，八代不連宗的事情，賣假藥的是我，我賣了假藥，得了錢，拿這個錢捐了一個學校，你看到了嗎？這個小學叫光龍小學，光龍是我的名字。」

李常有笑了，說：「賣假藥捐學校？大嫂，就憑他講這話，你相信嗎？」

那婦女放鬆了手，還望著光龍說：「看樣子像有點精神失常。」

李常有連連點頭說：「對了，他是瘋子。」

光龍十分焦急地說：「剛才是假的，半天雲裏掛口袋——裝瘋（風）。大嫂啊，他們都是騙子，我害了你母親，我有罪，罪該萬死！」見那婦女不理他，又轉向馬有能說：「馬局長，快抓我吧。」懇求地伸出雙手，要他戴手銬。

這時那兩名公安人員從光虎的樓房裏走出來，跟著出來的，有穿著白大褂的張學民，一邊撒煙一邊說：「大表哥，進屋坐吧。我租了這個騙子的房子開了個小診所，你放心，他一回來我就打電話舉報。」那婦女又把眼睛盯著張學民欲要開口，張學民主動說：「這位大嫂，別是認為我是賣假藥的吧？」

那婦女呆了一會，連連搖頭：「不，經這麼一講，真的對不起，我真是認錯人了。」

馬副局長認真地說：「不，大嫂，我們不冤枉一個好人，也絕不放過一個壞人，只要你認準了，千真萬確是他，就是天王老子我們也要帶走。」

那婦女對光龍說：「這位大叔，真的對不起了。」說著上了車。

邵光龍慌忙地大叫起來：「是我呀，大嫂，快拿手銬銬上我呀。我有罪，罪該萬死啊！」說著也爬上車。

馬副局長上前勸解說：「大叔，我們是執行公務，你別摻攪了，下車！」

光龍大叫著：「我不下車。你是什麼公安局長，怎麼好壞不分，瞎了你的狗眼！」

馬副局長這下也火了，大聲叫道：「給我拉下去！」

兩名公安把邵光龍連拉帶抱地拉下車。光龍看到張學民穿的白大褂，想起了什麼，突然衝過去脫下張學民的褂子邊穿邊喊：「大嫂，當天我是穿著白大褂子的，我現在穿給你看。」

誰想車子「呼」的一聲開走了。邵光龍在後拚命追喊，一下子跌倒在地。他抬頭望著警車遠去：「天啊，這年月，好碗容易打碎，好花容易凍死，好人不長壽，惡漢活千年。天下事誰能講得清呢？」

邵光龍瘋了，真的瘋了。他一連兩天不吃不喝還精神飽滿，逢人就問：「你曉得這個世界什麼是真的、什麼是假的嗎？什麼是胖的、什麼是瘦的嗎？什麼是好的、什麼是壞的嗎？什麼是晴天、什麼是雨天？……」

當然村裏沒有誰能回答他問的問題。他就罵人說：「你們都是吃乾飯的，我問你們這麼個問題都不曉得。天啊，你曉得嗎？」他就去問蒼天，問大山。

特別是在晚上，他在村子上下十里長沖亂喊亂叫，見誰家亮著燈，他就大罵：「還亮燈幹什麼？在家偷女人吧？注意了，看好了，別把女兒拉進被窩裏去，那是亂倫，天理不容啊！」

他人瘦了一大圈，肖光妹見了十分心痛，請張學民醫生打針吃藥毫無效果。張醫生說：「是否把他最心上的人接來，也許能鎮得住他的病。」光妹只好打電話叫兒子邵小陽從上海趕回來。

這天上午，小陽回來了。邵光龍在林場正欲出門見到小陽，眼睛一亮，二人愣在門口。好半天沒有話。

小陽放下包大聲叫道：「爸爸！」

這一叫不要緊，父親身子一軟倒在地上。小陽上前扶起他問：「爸爸，你怎麼啦？」

父親說：「兒子，我好餓呀！」

光妹聽了眼淚就下來了。兩大兩夜沒吃沒喝，見到兒子就知道餓了。便立即煮了一鍋飯，燒了幾個菜，有他喜愛吃的豆腐燒肉、雞蛋炒韭菜，還燒了一碗排骨。菜還沒燒齊，光龍就一個勁地催促：「我餓死了，怎麼菜還沒有好！」等菜上桌子，他便大口大口狼吞虎嚥地吃起來。小陽同母親坐在桌子兩邊看著他吃，母子倆大顆大顆地落眼淚。等吃好了筷子一推，倒到床上就呼呼大睡，他太累了。

安排好了父親，小陽問母親，父親怎麼變成這個樣子。母親說：「兩年前到小叔光雄那裏借錢，後又見到石頭老隊長的兒子石蛋，據他講可能同你另一個叔子光虎聯繫上了，還同你小妹見了面。有些事只能等小玉回來才能搞清楚。」

當天夜裏，馬德山從縣城打來電話說，聽他兒子講光龍病了，他已經和縣精神病院聯繫好了，等著把他送去。光妹說已經好了，可小陽說，這種病犯起來很傷害身體。母子商量，決定還是送縣精神病院。

光龍睡了一天一夜，第二天一早，他起了床洗了一把臉，精神狀態很好，同正常人一樣。兒子便問道：「爸，我送你去縣醫院吧。」父親也沒有推辭，說：「上醫院？好啊，兒子，你叫我幹什麼我就去做什麼，我聽你的，快走吧。」

村裏叫了一輛計程車，村裏知道的人都來送行，好多年紀大的人都在背後抹眼淚。縣精神病院就在城東頭。他們的車子剛到，就見馬德山已經站在門口。幾年沒見，馬德山也已經老了，滿頭白髮，但精神還是那麼好，腰還是直挺挺的。他帶著水果、日用品，還有一些補品，一大堆。

光龍從車上下來，馬德山迎上前去，緊緊握著他的手，含著淚花說：「老弟啊，你怎麼蹚了邪了呢？」

可光龍好像頭腦十分清醒的樣子，說：「老馬，你是向我討債的吧？」沒等馬德山開口，又說：「真的對不起，見到你我抬不起頭來，欠你二十多萬塊貸款，讓你受累了。」說著很有禮貌地鞠了一躬。

馬德山忙說：「老弟啊，你忘了？你那款子去年不是已經還清了嗎？」

光龍呆了：「是真的嗎？是我還的嗎？」

馬德山說：」你是從深圳郵局匯過來的，二十八萬，連利息都還清了，還剩幾千塊錢呢。」

光龍瞥了他一眼：「老馬，別安慰我了。放心，人不死，債不爛，遲早會還的。我有青山在，不怕沒柴燒，別打我馬虎眼。」

馬德山說：「老弟，你真的病了，連還了貸款都不知道，你真的病了。」

光龍生氣的樣子：「老馬也是騙子，別人騙了我，你也騙我，當面講假話。」

馬德山呆了，滿面淚水流了下來。

小陽要去辦理手續，馬德山拉住他：「手續我已辦好，錢也交了，讓他進去吧。」

邵光龍一個人往裏面走，見一個中年男子帶著少女，便問：「怎麼？這是你女兒？」

那少女父親說：「是的，我可憐的女兒，在外打了幾年工就精神失常了。」

光龍大叫著：「罪過，是你的罪過，是你睡了她吧？」

那少女父親呆望著他。

小陽忙上前說：「對不起，我爸是病人。」

那少女見光龍大叫著：「哇噻，老闆，拿錢來，我陪你！」

光龍笑了：「哎喲，女兒。」二人手拉手進去。

醫生、護士追了上去。

馬德山、邵小陽同那少女的父親站在大門口，望了很久很久沒有離去……

二

這是千禧之年的最後一天，邵小陽特地從單位提前請假回家過元旦。在這個千載難逢的日子裏，他要同父母一起跨入新世紀。

首先小陽要同母親一起把父親接回來。父親自年初住院到現在已近一年了。他們斷斷續續來看過幾次，見父親在醫院裏日子過得很快樂，生活也能自理，早就想接他回家療養，可醫院醫生說回來一定要看好，防止他受刺激再犯病，從健康的角度考慮，沒有勉強接他。這次接回去過一次千載難逢的陽曆年後，剛好也是他六十大壽的日子，如果身體不佳，再送到醫院裏來。

這天上午，邵小陽租了一輛桑塔納計程車，同母親一道來到縣精神病醫院。母子倆站在大鐵門外，看到邵光龍正在醫院大院裏散步。

小陽喊了一聲：「爸爸。」

父親站住了，回頭左右張望。

小陽又喊道：「爸爸，我在這裏。」

父親見到小陽，三步兩步跑過來，拉著兒子的手笑著說：「兒啊，我的兒。」

父親臉色黝黑，很瘦，頭髮像雞窩樣地還沾了幾點黃土草葉子，鬍子不長，亂七八糟地遮住了嘴，凍紅的鼻子尖垂著一滴清鼻涕，要掉還沒掉的樣子，有時掉下來還連著絲。鼻子兩旁有兩行淚痕，可見他曾哭過多少次。邵小陽看到他這個樣子，心頭一酸，撲過去緊緊抱著他，而他卻還是有說有笑。站在一邊的光妹眼裏閃著淚花，轉身去了院長辦公室。

這位院長姓劉，是個五十多歲的女人。聽說是縣裏領導人的老婆，才有能力把精神病院開得這麼大。劉院長見到肖光妹，很客氣地說：「你來看望丈夫吧！」

光妹說：「劉院長，我兒子想接他爸回去過陽曆年。」

劉院長說：「可以。老邵真是個好人，住院年把時間，為我們醫院做了不少好事呢。自己平時給我們打掃院子，照顧其他病號，還因為公安部門關係，給我們拉了不少贊助款，我真的要感謝他呀！」

光妹說：「他這個人就是這樣，閒不住。」

劉院長說：「回去以後，要注意，只要不受大的刺激，應該沒什麼問題。」

光妹說：「他每次犯病，只要見到兒子就什麼事也沒有了。」

劉院長：「那你就讓兒子多陪著他，你還有個女兒，對吧？」

光妹說：「是的，在外打工，他們在外見過面。」

劉院長說：「哦，根據我們觀察，他的病可能由你女兒引起的。所以，今後儘量避開她，見了面也不能讓他受刺激。」

光妹說：「我曉得了。女兒在外打工一直沒消息，可能不回來了。」

劉院長說：「那好，有什麼情況及時聯繫，以後我們免費給他治療。」說著給光妹辦了出院手續，減免了很多費用。一家三口回去了。

邵光龍回到臥龍山村，確實恢復了常態，同村裏人見面打招呼，握手，問長問短，十分親熱。走過了村子，見到龍頭山像見了久別的親人，邁開大步向山上跑去。急得兒子跟著追趕，可怎麼也趕不上。光龍跑到了林場也不回家看看，一直往臥龍山上跑，一口氣跑到龍頭山頂。回首望著兩邊的樹林，好像多少年沒見過一樣，高興得手舞足蹈。望著才爬上山來的兒子說：「小陽，看，這山林多漂亮啊。現在同我小時候看到的山林差不了多少了。」兒子跟著他說：「是啊，爸爸，你為臥龍山子孫萬代造了福呢。」

父子二人有說有笑向山頂走去。來到山頂看到了龍角石，想到裏面是龍王洞，這是他多麼熟悉的山洞啊。在洞裏害過彭家昌，救過楊順生，這些事情好像發生在昨天，時間過得真快啊！

邵光龍同小陽走近龍角石，見龍王洞裏好像飄著一股青煙。小陽說：「爸爸，洞裏有人燒火。」

光龍十分好奇，看到洞門口的草叢不見了，是一片平坦的地面，中間還用石條子鋪了一條小路，洞門內外地上到處是炮竹紙屑。怎麼回事？難道是彭家昌顯靈了嗎？光龍來到洞口，見裏面有燈光，石壁下有幾級臺階，臺階上擺著兩支高高的蠟燭臺子，點著兩支蠟燭，火光亮得耀眼。林場的大花狗躺在門口，見他父子抬頭叫了兩聲，之後就躺在那裏搖尾巴，沒有起來迎接他倆。是啊，這狗也有十多年了，老了，老得眼皮搭著，眼睛無光了，老得都懶得起身了。

他們進到洞裏，見有位老人跪在牆壁邊燒著香火。這是誰？他在幹什麼？他倆走上前，小陽向父親眨眨眼，父親這才看清跪著的不是別人，是村裏的石頭老人。這位過去多年的生產隊長啊，牛老一冬，人老一年，年把沒見，也老得不成樣子了。稀少的頭髮掛在兩邊全白了，頭頂上光蕩蕩的，不用剃頭的和尚樣。疏疏的老鼠嘴下幾根白鬍鬚，人瘦得像一把柴火。老人聽到有人來的腳步聲，艱難地站起身，走路腿難抬得起來，腳蹭著地皮嚓嚓地響，說：「阿彌陀佛，來燒香的吧？」走向一邊的桌子，在桌上的小鐘上敲了一下，「噹」的一聲響。

石頭並未見來的人跪下磕頭，就抬頭瞇著小眼，一看是他倆，便開笑臉說：「哦，老書記，是你啊。」

小陽十分客氣地上前打招呼：「石老伯伯好！」

石頭老人說：「好，小陽啊，長得好體面呢。好！老書記，來，燒炷香吧，你哪要住什麼醫院呢，燒炷香，什麼病都沒有了。」

光龍說：「就對這石壁子燒香也靈啊？」

石頭老人笑笑，走到石壁邊門洞裏，掀開布簾子，石壁的石縫裏鑲嵌著紅臉長髯的關公菩薩。菩薩座前的長盤裏擺放著人們敬獻的供品，有餅乾、瓜果、水果糖。

光龍心裏十分清楚，這尊關公菩薩，是自己當年從賴人姑那裏，他親手搬來放在山洞的石縫裏的。光龍說：「你怎麼曉得這裏有關公菩薩？」

石頭笑笑說：「阿彌陀佛，緣分啊！這叫老來得福呢。幾個月前的一天下晚，有位法號叫什麼仁德的大和尚從山下經過，是他的佛眼，看到龍頭山頂上有一道佛光，那和尚就爬上山頂。正好我在山上護林，就陪他一道來到山洞裏。七找八找的就找到了這尊關公菩薩。」

光龍笑笑說：「你可認得，這尊關公菩薩就是當年村頭關帝廟的菩薩。」

石頭緊接著說：「是呢，是呢。當年被彭家昌請到山上來了。這關公躲過了多少劫難啊。那老和尚說，臥龍山是塊寶地，關公菩薩佛法無邊呢。他說他回去化緣，要在這裏蓋一座關帝大廟呢。」

光龍一驚，想到過去光虎許過願，就問道：「這和尚你認得嗎？」

石頭老人搖搖頭說：「這叫有緣千里來相會嘛。不過我看他很面熟，個子和臉型像光虎，真的，非常的像呢，有緣啊！」

光龍這下心裏明白了。光虎，真的是他，當年造的孽，今天真的放下屠刀，立地成佛了。什麼仁德和尚，什麼一道佛光，也是騙人的把戲嘛。過去當婊子，現在立牌坊呢。

只聽石頭老人說：「開始我不想來，可又一想，去年老伴死了，小兒子成家把我房子占去，我一無所有了，我不能老來沒有接濟，要找個活路呢。好了，哈哈。」石頭老人講到這裏，顯得像個頑皮的小孩子一樣，手舞足蹈地說：「老書記呀，我跟你四十多年，吃大食堂，跟你掌飯勺，後來當生產隊長，上石山，下水溝，那心裏想什麼？共產主義呀。結果呢，爬不完的溝，過不完的坎，日裏忙，夜裏忙，雙手空空見閻王。現在好了，看，耗子有洞，麻雀有窩了，不愁吃，不愁穿，小日子過得比蜜甜呢。」

邵光龍問他：「你怎麼有了這麼好的日子呢？」

老人笑著說：「蒼天有眼，餓不死瞎家雀子呀。這裏的老菩薩一顯靈，話不長腳傳千里，自然有人上供了，有送米的，拎香油的。樹大招風，等關帝廟修好了，我不當住持，也是廟裏的元老呀，哈哈。那老和尚要給我辦皈依證，好了，我皈依了。阿彌陀佛，佛法一念，一生平安；佛光一照，萬事如意。好了，我是少年要飯，中年開荒，老來當和尚。好啊，共產主義了呀，吃喝不要錢了。」

光龍聽他講了這麼多，想到光虎真了不起，幾句話就有人死心塌地跟了他。

石頭老人望望一聲不吭的光龍，說：「回頭想想，這麼多年跟你投奔共產主義，結果我得到了什麼？一身臭狗屎，人見人罵喲。家裏窮得叮噹響。入了佛門，一步登天，哈哈！等到天亮正好睡，人到老來才得福，這叫『活到老，學到老，臨死還有三件沒學到』。我真後悔死了，當初幹嘛跟了你，怎麼不去當和尚，只要頭上燒個戒疤，那可就是四處雲遊，逢寺掛褡，給你一座廟，你就是仙神爺呢。」

光龍望著他笑笑說：「當和尚？當和尚哪來你子孫滿堂啊！」

石頭老人說：「老書記，你又落後了。有佛心頭坐，酒肉穿腸過，和尚也能娶老婆生兒子的嘛。哈哈哈！」

石頭一句話，說得光龍深深歎了一口氣，站在他身邊的小陽扶著父親。小陽看到石頭老人滔滔不絕地講得唾沫滿天飛，好多都是不切實際的話，就插了一句說：「石老伯，你想錯了，寺廟是改革開放後才興起的。」

老人聽了這話，有點不合他的腔調，不高興地瞇著小眼望著小陽說：「小陽子，我不管你羊啊狗的，學問海洋深呢，可你不能笑話我呀。你問你爸，我石頭也是見過大風大浪的人呢。當年吃大食堂，嗨，村裏百十號人，嘴巴就在我一勺子上。老書記，你講對不對？」

光龍望著他，笑笑點點頭。

老人越說越來勁，大聲道：「肖老爺，是村裏最老的書記，見到我還得點頭哈腰的，有天想讓我加一勺子，我一勺子下去……」

光龍打斷他的話：「別，人都死了，不說了。你呢，也老了，看你瘦的。」

老人聽岔了，說：「吃素，當和尚嘛，當然吃素囉，不過我也吃葷。」

光龍大聲地：「我講你身子瘦！」

老人這下聽明白了，說：「我瘦？老書記又講外行話了，有錢難買老來瘦呢。我瘦，身子骨硬朗。再加上這塊寶地，這山洞石壁上飛龍走鳳，龍鳳呈祥，這是金鑾殿呢，我是皇帝過的日子呢。」

光龍想到石頭老人一生好面子，直到今天，別人見面不喊他一聲老隊長，他都不高興呢。也就不跟他再講下去。轉過身，順著石洞的石壁子看了看。看到石壁上黑裏透紅的鐘乳石，石縫中眨起白點子，在蠟燭光的照耀下，一道一道白閃閃的反光。這個洞裏他來過多少次，可從來沒注意，也沒看出什麼名堂，聽石頭老人講飛龍走鳳，仔細一望，啊，石壁上真的能看出一條飛龍呢，有龍頭、龍眼、龍鬚、龍爪、龍尾，活靈活現，上面一塊塊白雲，好像龍在空中飛騰，在白雲中穿梭。

石頭老人對光龍說：「你不曉得，裏面還有新菩薩呢。你看看。」石頭把光龍和小陽帶到裏面，石壁上有一塊方形石洞，洞裏面鑲嵌著一尊半個人身的石像。

小陽看了一眼就叫道：「哇，這不是我老爺嗎？」

石頭一樂，說：「吆，小陽眼尖呢，一眼就看出來了。對，是老爺子。裏面還有一尊呢？」說著領他倆進了裏面。見石壁上掛著一塊「有求必應」字樣的紅布簾子，簾子下面有一尊比關帝菩薩小得多的雕像。這座雕像濃眉大眼，絡腮鬍子，坐在那裏十分的威武。

小陽看了連連搖頭。

光龍上前仔細辨認著，關帝老爺？不對，是雷公菩薩？也不像。便問道：「這是什麼菩薩啊？」

石頭抹著下巴上的幾根鬍鬚，笑笑道：「認不出了？你老書記見過的呀。」

光龍連連搖頭：「我哪見過這種菩薩，好像什麼人樣的。」

石頭老人哈哈一笑：「對了，是人，是彭家昌呢。」

光龍怎麼也不相信這是真的，驚訝地說：「什麼？你們怎麼能把彭家昌當菩薩來供呢？真是胡來，一點不嚴肅。」

石頭老人又笑了：「菩薩，菩薩是什麼？是救苦救難的。彭家昌是土匪，可當年打日本鬼子，他救過全村人的性命，他也是臥龍山人心目中的菩薩。」

光龍說：「那也夠不上給他塑像啊？」

石頭老人沒有回答他的問題，而是慢慢走向這尊雕像前，伸手從雕像頭部的後面抽出一件東西擔在手上說：「要說這尊雕像，還得從這件東西講起。」

光龍同小陽同時看到手上的東西，齊聲說：「龍頭玉佩？」

小陽上前伸手奪過龍頭玉佩說：「龍頭玉佩怎麼放在這裏呢？這是人家送給我的。」

光龍同石頭都很詫異，把驚奇的目光投在小陽身上。

石頭說：「怎麼會送給你的呢？」

小陽望望他倆說：「是真的。前年春上，香港有個叫彭亞東的來臥龍山，在林場我見到他，他拿出這塊龍頭玉佩送給我，我沒收。原來他送到龍王洞裏來了。」

光龍驚呆地望著小陽，想問他與彭亞東見面的情況，可是有石頭老人在場，有些話不好出口，就沒出聲。

石頭老人從小陽手中奪過玉佩，重新放在雕像後面說：「孩子，人家怎麼會送給你這麼貴重的寶貝，你記錯了吧？」

小陽爭辯著說：「怎麼會錯呢？我……」

光龍拉了拉他的衣角，小陽也就沒再出聲。

石頭老人把他們父子重新帶到外面的石桌邊，各自坐在石凳上。石桌上有橘子、蘋果、花生、荔枝。石頭老人拿出茶碗，小陽拎起茶壺，給每隻碗裏倒滿了茶水。石頭這才繼續講龍頭玉佩的故事。他說：「幾個月前，我打掃這個山洞，準備在這裏住宿。從關帝菩薩邊上發現了這塊玉佩，我一看，喜得不得了，這不是當年彭家昌為獎賞多殺日本鬼子的英雄好漢的獎品嗎？我喜歡死了，拿回家給孫子玩，可孩子馬上頭痛，晚上發燒，請醫生看了查不出結果，這塊玉佩又轉到二扁頭兒子的手裏，那孩子也頭痛。我一想，乖，不得了，這玉佩不是人能玩的東西，後來又把它供在關帝菩薩上了。」石頭說著端碗喝了一口水，又招呼他們父子說：「喝，這水可是神水呀！」

光龍笑了：「怎麼水又成了神水呢？」

石頭說：「我睡在洞裏的當天晚上，聽到洞裏面老是滴答滴答地響，我就起身往裏一看，是洞裏滴水，滴到洞下一個水池裏，水好清好清呢。我正愁著沒水燒鍋煮飯呢。第二天燒了一壺，哇，好好喝喲。」

光龍、小陽都喝了一口，也不覺得有什麼特別。光龍說：「怎麼我沒喝出什麼味來。」

石頭說：「那你外行了，講你不信，村裏王瓜蛋家媳婦，結婚五年都不生，從這裏帶了一碗水回去，哈，上個月就懷孕了呢。」說著又指著石壁上掛的寫有「有求必應」字樣的紅布簾子說：「這塊紅布就是他夫妻掛的。」

光龍同小陽都聽呆掉了。望著石頭老人三個指頭夾著幾顆花生米放在嘴裏嚼著，腮幫子一鼓一鼓地，嚼了好半天，喝了一口水，咕嘟一聲嚥了下去。

老人說：「我板牙沒了，花生米是嚼不碎的，可只要喝一口水，屁都不放一個。哈哈，你們喝，喝呀！」

小陽再次端茶碗喝了一口，感到真的有一股清香。

石頭望望他們父子又笑了，說：「來，我還講這塊龍頭玉佩。前些天呢，彭家昌雕像做好安放在山洞裏，村裏六十歲以上的老人都爬上我住的這個洞裏來，燒香，磕頭。以後呢，我們喝茶，吃瓜子，談起了我們這代人。唉，老天沒長眼，我們這代人沒托生個好年月，四十年代跑反，躲日本鬼子，六十年代吃大食堂，算撿了一條命，到文化大革命呢，家裏揭不開鍋，又到『學大寨』，累斷了脊樑骨啊。唉，現在日子好了，可我們都老囉，老得吃不動了。」光龍聽到這些，深有感覺地歎了一口氣：「唉，我們這代人啊……」

石頭繼續說:「我們講著講著，話從話邊來，就又扯到菩薩身上去了。現在菩薩有那麼多，觀音菩薩、地藏菩薩、文殊菩薩、關公菩薩、羅漢菩薩，可這些菩薩哪個見過？在我們老百姓眼裏呀，誰能把我們從危難中救出來，誰就是我們心中的活菩薩。從大的方面講呢，毛大爺（毛澤東）是菩薩，鄧老爺（鄧小平）是菩薩。在臥龍山老百姓心目中，肖貴根老爺是活菩薩，吃大食堂那會，他把我們從死亡的路上拉回來。彭家昌呢，也是活菩薩，為什麼？那可是從日本鬼子槍口下把我們奪回來了，我們才活到今天呀。所以，我們就請人雕了這兩座雕像。」

小陽很感興趣地問：「石老爺，那你講我爸爸怎麼樣？講實話。」

石頭望望光龍一眼，說：「光龍呀，暫時還講不好呢。蓋棺才定，入土方知了。」

光龍連連搖頭：「麻雀怎同大雁飛，我不能比呀。」

老人站起身給他倆茶杯裏續水說：「俗話說：『鳥飛過，落羽毛；人走過，留腳印。』人啊，就那麼賤骨頭，平常過日子看不出好壞來，只有在生死關頭被人救下來，這事就得在心裏打個結，埋地三尺也忘不了呢。」

邵小陽對他講的這麼多話很不理解，問：「臥龍山人都這麼信彭家昌，可我在縣歷史資料中怎麼查不出他來呢？他真的那麼威風嗎？」

石頭笑笑說：「那當年彭家昌可威風呢！站如松，坐如鐘，走如風，腰裏別兩把盒子炮，上打鬼子，下打漢奸。」指著洞外又說：「我還記得，當年在洞前的小廣場上，有南拳，有北腳，三路刀，六趟槍，十二套拳腳，有單人配對子舞刀弄槍，有射箭百步穿楊，雙刀破盾牌，在空中閃來閃去，刀扎不入，水潑不進。」

邵光龍也被他帶入回憶之中，說：「是啊，聽講每天頭頂星星出門，太陽起山歸來，打一槍換個地方，攪得日本鬼子日夜不安。」

石頭老人接話說：「小日本狗娘養的要抓他，四面張網，十面埋伏，六路八方下夾子，結果呢，也沒動到他一根汗毛，自己碉堡卻被炸了。哈哈哈！」

小陽說：「我在縣誌上查過，這明明是我奶奶邵菊花帶游擊隊炸的嘛！」

一句話說得光龍同石頭老人無話可說了。

不知不覺到下晚了，一抹紅彤彤的晚霞照射在龍王洞前，給洞裏鑲著燦爛的金邊。

石頭老人轉過話題說：「老書記啊，人家都講你病了，可在我龍王洞裏喝了這碗山泉水，怎麼樣？你不是什麼事都沒有了嗎。」

光龍站起身來，他有一肚子話想對小陽說，這裏又不是說話的好地方，便對石頭老人說：「老隊長啊，那我就同小陽在這裏住一晚上怎麼樣？」

石頭老人十分高興，說：「好啊，你們就睡在我那張床上，不乾淨可沒有蝨子。夜裏呢，燒一炷香，吃點長壽果，喝口山泉水，我保你明天換個人呢。好，那我回去給光妹帶個信。記住，夜裏燒一炷香。」說著就走出洞口，向山下走去。

父子二人留在龍王洞。小陽見茶壺裏水已喝完，便在洞口爐裏燒水，光龍上前幫忙劈柴。他問小陽：「孩子，你講前年見過彭亞東？」

小陽說：「是啊，就在林場。」

父親說：「那你們談了些什麼呢？」

小陽沉默了一會，說：「爸，媽媽把你們過去的恩恩怨怨都說了。媽媽叫我認下他這個父親，目的是希望他在臥龍山投資。」

父親說：「哦，你認下了嗎？」

小陽抬頭望著父親，深情地說：「爸，在我心中只有你是我的父親。」

父親沉默了半天沒說話。

晚上，父親拉著小陽靜靜地坐在關公菩薩前，小陽見蠟燭臺上的蠟燭就要沒了，便換了一根蠟燭重新點燃。父親燒了一柱香，插在關公菩薩下的香臺上。小陽是不信佛的，看到父親磕頭是那樣虔誠，也就跟著磕了頭。父親又轉到裏面肖老爺和彭家昌的雕像前燒香、磕頭。小陽站在一邊，怎麼也不願向這座雕像磕頭。可父親跪在那裏，雙手舉著香對兒子說：「小陽，這裏沒有外人，你也來磕個頭吧。」

兒子不著聲，向老爺的雕像磕了頭。

父親又說：「還有一尊呢？」

兒子說：「爸，我剛才給關公菩薩和老爺都磕了，這個雕像就免了吧。」

父親說：「不，父親請你磕，你一定要磕。」

兒子說：「那為什麼？」

父親說：「你先磕了頭，我才能告訴你。」

小陽從來都十分聽父親的話，儘管他覺得這是錯誤的，也只好跟父親一樣，認真地的磕了頭。

父子倆燒了香，磕了頭，靜靜地坐在彭家昌的雕像前，也就是自己睡覺的床頭上。父親深深地歎了一口氣說：「唉，過去的事白如雪，凍得死人；現在的事呢，黑如漆，看得見而摸不著。事情過去了才曉得事前的錯，老來才曉得少年非啊。」

兒子呆呆地望著他，不知講的什麼意思。

父親轉過身子對他說：「小陽，剛才我為什麼非要你向這座雕像磕頭，爸並沒有把他看成是菩薩，求他保佑，而是這座雕像不但是彭亞東的爸爸，也是你爸的父親啊。」

小陽聽了嚇了一跳，跳起身說：「爸，你胡說什麼呀？」

父親按住他的肩頭說：「爸爸今天比任何時候都清醒呢。所以，你呢，不論從哪個方面講，這座雕像都是你的爺爺。」

小陽詫異地望著父親，父親也面對著他說：「唉，說來話長啊！那要從六十年前說起……」

山洞裏很靜很靜，只聽到洞的深處滴答滴答的滴水聲。燭臺上蠟燭已經矮下去一大節，蠟油慢慢積成沉重的大滴，像人的眼淚慢慢流下來，在燭臺上積成油汪汪的一大灘。

小陽聽了父親從頭至尾的敘說，心潮怎麼也平靜不下來。他想：「原來我上輩的人生是這般的複雜啊！簡直是一部大書，一臺大戲呀。」他也就無話可說，跟著父親重新跪在這座雕像前。

父親又說：「兒啊，許個願吧？」

兒子想了想，雙手合十，虔誠地說：「老一輩人太苦了，我真想辭去上海的工作，回到家鄉，把臥龍山建設成為全國一流的新農村。」

兒子的這番話，真正講到父親的心坎裏去了。他是多麼想兒子能接好自己的班啊。於是，他激動地把兒子摟在懷裏，說：「兒啊，你在出世兩個多月時，生了一場大病，有位王老先生說，你今後是國家棟樑人才啊，看來這話不假呢。」

兒子像個小孩子一樣，靠在父親的懷裏，雙手緊緊擁著他。

又過了好一會，光龍看著躺在懷裏的兒子，撫摸著他的身軀，想到五十年前，也就是在這張不太大的床上，睡著彭家昌和楊荷花，是楊荷花把自己放了回去，以後自己報案彭家昌才死的，這是自己的罪過。當年楊順生也是睡在這張床上，是自己冒著多大的風險救了他，算是自己積了德吧。今天，楊順生的兒子同自己睡在這張床上，日子過得真快呀。面對著燭光，抬頭就看到石壁上嵌著的幾尊雕像，一邊是關公菩薩，一邊是老爺和彭家昌。光龍不知是哪根神經起了作用，突然推開懷裏的小陽，說：「孩子，快醒醒！」

小陽快睡著了，被他推醒，問：「爸，你這又怎麼啦？」

父親指著石壁上的雕像說：「孩子，看到這幾尊雕像，我突然明白了一個道理。」

小陽說：「什麼道理？」

父親認真地說：「當年你爺爺住進龍王洞，佛教上有那麼多的菩薩，為何單單把關公菩薩供在山上呢？」

小陽問：「為什麼？」

父親說:「因為關公菩薩忠誠、守信、誠實,是真就是真,是假就是假。孩子,有人講我瘋,其實我沒有瘋。只不過我怎麼也不明白,這個世界上,什麼是真的?什麼是假的?什麼是善的?什麼是惡的?什麼是好的?什麼是壞的……」

小陽又一下子撲到他懷裏,心裏一陣酸楚:「爸爸……」

三

就在邵光龍出院的當天下午,他的女兒邵小玉回來了。

邵小玉回來不是看父母的,也不是為了過千禧之年、跨入二十一世紀的。對於一年前同父親在白玉蘭茶樓裏見的事,也早已不知放到哪個耳朵後面去了。她回來是跟李常有的兒子李書青約會的。

自從李書青七九年父親花錢給他買了縣一中的高中後,二○○○年七月高考,他只達上大專分數線。他不想走,好像頭腦突然醒悟過來,在父親面前表態說,他有決心再補習一年,不敢講考個名牌大學,一般大學是沒問題的。這樣又上了補習班。可李常有夫婦作夢沒想到的是,他們那醒悟的兒子同邵小玉書信來往從來沒有斷過。

邵小玉是中飯後出現在村頭的。她沒有回村裏的家,也沒去林場的家,而是直接往村前山邊的飯店走去。村裏人齊刷刷地向她投去奇怪的目光。只見她頭髮黃鼠狼尾巴樣的在腦後紮了一個髻,金光閃閃的簪子插在髻上,不知是姑娘還是嫂子的打扮;端正的臉現在有點發胖,臉蛋擦得像粉團；兩耳墜掛著兩個紅辣椒，陽光下閃閃發亮；兩隻眼特別的媚，嘴上抹著口紅，像吃了死人肉，手指蓋上擦得紅不棱登的；一身牛仔裝，肥大的屁股繃得像蓮花瓣，胸口兩個奶子像正在奶孩子樣地鼓得多高；肩上揹著一只紅色皮挎包，包帶子拉得很長，拖到肥屁股上，每走一步包就打一下屁股。她的這個樣子，在臥龍山村人的眼裏，簡直就是《聊齋》電影裏的女鬼。她來到飯店門口，便一手撐在門榜上，斜著身子，上身外衣鬆垮著，腳上火箭樣的紅色尖皮鞋，一隻腳尖釘在地上，大眼睛忽閃忽閃地看著飯店裏的人，活像時裝模特拍藝術照擺出的姿勢。

李常有同張臘香同時看到了她，可一眼沒認出來，心想：「這黃毛丫頭幹什麼的？是來吃飯的還是找人的？」便上前問道：「小姑娘，你有什麼事嗎？」

她也裝著不認識他們的樣子，隨口問：「請問李書青在這裏嗎？」

這麼熟悉的聲音一亮出來，李常有便認出來了，詫異地說：「哎喲，這不是小玉嗎。」張臘香好像同時認了出來說：「這丫頭，長得那麼體體面面的，怎麼打扮成這個鬼樣子。」李常有笑笑說：「現在的丫頭，都趕時髦呢。」說著便側過身子，那意思是請她進屋來。

小玉也對他笑笑說：「還是李叔懂得什麼是酷呢。」

張臘香搶先一步，用那肥胖的身子擋在門口說：「小玉啊，你找書青吧，他在學校還沒回來呢。」見小玉要答話，就搶著又說：「姑娘，你還是回家看看吧，這兩年你家出的事情不少呢。」

小玉一臉的驚異：「我家能出什麼事？」

張臘香說：「我講不是，你不曉得吧，你爸病了，聽講在外蹚了邪。你哥也回來了，這次全家大團圓了。」

小玉聽到這些，好像沒聽到一樣，伸了個懶腰說：「好的，歇歇（謝謝）啦，那我先回去了。阿姨，書青到家說一聲，就說我已經回來了。」說著轉身出了門。

張臘香站在門口望著她的背影，想到這丫頭離家兩年多了，變化也太大了。本來聽丈夫的話，想給兒子當媳婦，可自從她走後，村裏人嘴都講爛了，有的講這姑娘在外開茶樓，當婊子，有的講她給人家當小老婆。張臘香聽了還有些不相信，今天一看，媽呀，這不但是個婊子，還是個妖怪呢。一看都要嘔心，要吐。就有意無意地「呸」的一聲，吐了一口唾沫。

這聲音被走沒多遠的小玉聽到了，慢慢回過頭來，有意無意地齜牙笑了。笑著笑著突然瞪大眼，把兩個手指伸進嘴裏一吹，「嗚——」的一聲尖叫，像救火車的警報器。這叫聲把張臘香嚇了一跳。

李常有本來進裏屋了，聽到這個怪叫聲，不知出了什麼事，伸頭對外張望著。這一望可了不得，把他望傻掉了。飯店後牆頭上站著一個人，正是在房裏讀書的兒子李書青。只見兒子在牆頭上打了一個響指，大叫道：「小玉，我在這兒呢！」

張臘香看到兒子的身影，順手從門邊拿了根扁擔追出門去，大聲喊道：「兒子，快回來，那是狐狸精啊。」

小玉眼快腿快，手一指後山說：「快撤，上龍頭山！」兩個年輕人飛一樣的向龍頭山跑去。

張臘香人矮腿短加上長得胖，哪裏追得上？李常有跟在後面，眼睜睜地看他們倆在樹林裏七鑽八鑽就不見了，怎麼找也找不到鬼影子。

原來李書青同邵小玉通的最後一封信是在一個多月前。小玉在信上說，她掙了二十萬，問他願不願意跟她到城裏來發展。書青看了信，手都發抖了。他不相信這是真的，可白紙黑字寫得真真切切，他相信小玉不會跟他講假話。可這錢哪來的呢？信上沒講，他也不好追問。聽人家講現在的社會，一夜發財和一夜破產的人多得很，是不是小玉買彩票中了大獎呢？也是有可能的。他又想到真要是有了二十萬，那這個書也就沒大念頭。現在補習班，節假日都上課，晚上自習要到十點多，太苦了，還不知明年能不能考得上。再說現在讀大學也不包分配，就是找了一份工作，一個月也就拿那幾個死水錢，不如現在到二十萬上去發展。開公司，當老闆，說不定還能發大財。想到這些，他就給她回了信，約好元旦前回家見面，拿出二十萬來說服父母。今天，他沒想到小玉找上門來，父母連門都不讓進，這太過分了。只好衝開家庭的束縛，自拿主張了。

他們跑過一個山坡，鑽進山溝裏的一塊窪地。這裏有山泉、石塊和草地。小玉往草地上一躺，歎氣道：「唉，我的媽呀，想死我了。」

李書青也氣喘吁吁地坐在她身邊，深情地盯著她的笑臉。

她又坐起身來，雙手緊緊勾著他的脖子問：「書青，你可想我？」

他點點頭。

她問：「是真想假想？」

他答：「真想，想死了！」

她歪著頭說：「哪裏想？」

他指著胸口說：「這裏想。」

她一下子緊緊擁抱著他說：「我的媽呀，同我一樣的嘛——那你講話可算話呢？」

他答道：「算話，像龍頭山一樣，永不改變。」

她又問：「那你能避開父母跟我走？」

他認真地：「當然了，你到天邊我都願跟著你，只是手頭緊。」

她推開他，拍拍他的肩說：「有你這句話就夠了，錢我帶來了。」

他望著她的小背包，有些不相信地：「錢在哪？」

她把小皮包遞給他說：「打開看看。」

他接過包，拉開拉鏈看包裏說：「這些都是化妝品呢。」

她笑笑伸手從包底下拿出一個硬殼紅本子在他面前晃著：「打開看看。」

他接過看是一本中國銀行的存摺，打開一看呆了，數著存摺上的數：「個十百千萬，怎麼，真的二十萬，是你的？」

她笑著說：「你不看存摺是我的名。」

他望著她：「你哪來這麼多錢？」

她說：「這你別問，只要你講見了錢我們就結婚。」

他撲過去親吻著她說：「結，現在就結。」

她狂吻他說：「好，現在就結，我都準備好了。」說著又伸手從包裹拿出一個紅線絨的盒子遞給他說：「你再打開看看。」

他打開一看，是一枚金光閃閃的戒指，中間嵌著發光的藍寶石。他不解地問：「送我的？」

她噗嗤一聲笑了，說：「笨蛋，怎麼會送給你呢？」說著伸出右手在他面前，兩眼盯著他的臉。

他把盒子遞給她說：「叫我還給你嗎？」

她一腳踢他屁股，說：「給我戴上，呆子！」

他這才明白過來，左手托著她的右手，右手兩個指頭拿著戒指舉著說：「我該戴你哪個指頭上呢？」

她說：「書呆子，這個都不曉得？」

他搖頭說：「我不曉得。」

她大聲地說：「你是真不曉得還是有意裝糊塗？」

他想了想說：「我只在電視、電影裏看到結婚的場面，是新郎給新娘戴戒指，可我沒看清。」

她拎他的耳朵，把無名指伸出來努努嘴。他好像也想起來了，拿著她無名指輕輕把戒指套上去。

小玉握了一下拳頭，看看手上的戒指，眼眶子一下子紅了，再次撲過來緊緊抱著他說：「書青，你這麼一戴，我可就姓李了呢。」

他們仰躺在草地上，樹根旁邊的岩石縫裏湧出一道道晶瑩的泉水，似條條琴弦，彈撥著輕快的樂曲，在身邊奏響。一陣陣的山風吹拂在他們的臉上癢癢的，癢得怪舒服的。

他歪著頭說：「沒想到你真掙了這麼多錢，能告訴我你是怎麼掙了這麼多錢的嗎？」

她坐起身來說：「我現在是你的人了，實話跟你說了，你可要原諒我啊。」

他也起身，坐在她對面說：「說吧，我原諒你。」

她說：「我可把心肝掏給你了，你要不原諒我，那我就死定了。」

他笑了：「沒那麼嚴重吧。」

她低著頭說：「我……我可不是處女了。」

他低著頭沒吭聲。她又說：「記得三年前我想獻給你，你說沒成人，現在成人了，我又……你不後悔吧？」抬頭見他低著頭，大聲說：「我講話你可在聽？」

他抬頭說：「說吧，我在聽。」

她認真地說：「我這些錢是用青春換來的，但你放心，我只賣身，不賣心。」

他說：「女孩子在外打工，只有走這一條路嗎？」

她仰著頭，深深歎了口氣說：「唉，怎麼說呢？農村裏那麼多人出去打工，有男人，有女人，男人有資本，是什麼？苦力，流汗，還有流血。女人呢，那就不行了，沒有力，怕流汗。像我從小在家慣寶寶，手不提籃，肩不擔擔，外出進廠裏幹不了幾天就躺下爬不起來，怎麼辦呢？

做生意又沒本錢。唉，真難啊。」

他盯著她，同情地問：「是啊，那怎麼辦呢？」

她扭頭望他說：「天無絕人之路嘛。只要放開一想，我也有本錢呀，還都是純天然的本錢。」

他不解地問：「那是什麼本錢？」

她指著自己說：「看，臉蛋子、胸、屁股，只要肯放鬆自己一步，赤手空拳能打得天下無敵手。鈔票呢，像山上秋風颳的樹葉一樣，大片大片的朝你飛來。」見他低下了頭，便伸手搭著他的肩又說：「放心，我不會亂來的。我跟一位大款簽了合同，包一年，給他生個小寶貝就給我二十萬。」

他抬頭望著她說：「原來是這樣。」

她說：「我剛剛滿月呢。上封信給你是孩子已生下來了。拿錢就來找你，怎麼樣？能原諒我嗎？」

他吞吞吐吐地說：「我……我原諒你。」

她望著他：「是真的嗎？」

他點頭。

她又問：「發自內心的？」

他直起腰說：「發自內心的！」

她又撲向他：「天哪，我好感動，我真的沒看錯人呢！」

過了一會，他推開她說：「不過，我也有句話同你說，你也要原諒我。」

她大方地說：「你有什麼話，說吧。」

他低下頭說：「我……我……」

她急了，說：「哎呀，有話快講，有屁就放嘛。」

他說：「我……我也不是童男子了。」

她驚訝地：「怎麼？你也……」

他急著說：「不，你聽我說，我不是願意的。就在前幾天，我班的女同學……」

她大叫起來：「乖乖，你還是悶頭驢子，一邊同我寫信，一邊又……」

他也大叫著說：「你聽我把話講完。」

她忍著氣說：「好，你說，你快說。」

他還是慢慢地說：「她……她爸是房地產老闆，住著小別墅，有小汽車，她爸常年不歸家，她怕母親在家寂寞，就常帶我們去吃飯。前幾天，我去看她，可她不在家，她母親說馬上就回來，硬留我吃了飯，還喝了酒，就把我……」

她呆呆地望著他說：「你同女同學的媽……天哪，這老婊子是強姦你啊。」

他急得滿頭大汗說：「不，你放心，事後我不知道怎麼回事，我不是有心的。」

她又好氣又好笑，嚴肅的臉上突然哈哈大笑起來，笑得前仰後合。他呆在那，捏手捏腳地不知如何是好。

她笑過以後說：「好了，我不嫌你糠粗，你別嫌我米糙，我們就芝麻花、喇叭花，馬馬虎虎成一家。」

他擁抱她，說：「是呢，魚找魚，蝦找蝦，烏龜找王八。」

他們緊緊抱在一起，他們內心裏都在沉思：「是啊，現在世道變了，人世間有多少事是講不清的，只有憋在心中，讓它慢慢地冷，慢慢地消化吧。」

二人張開雙臂像山裏藤條樣地纏在一起。

本來他們準備就這麼走的。可小玉想到父親病了，哥哥回來，這是難得一家人團聚的機會。她就叫李書青先走一步，到縣城找個賓館住下來，自己回去同家裏人打聲招呼就走。這樣，她從小路上山，向林場走去。

小玉到林場門口時，太陽快要下山了。母親正在鍋前洗菜。她特地買了雞，秤了肉，準備晚上多燒幾個菜，一家人好好聚一聚。因為兒子把今天的日子看得很重，說不僅是過年，是過一個世紀。

光妹洗好菜準備燒鍋，感到背後像站了一個人，回頭一望，嚇了一跳，這是哪家的丫頭打扮得像魔鬼樣的。仔細一看，原來是自己的女兒。愣了一會，平靜下來，手在圍裙上擦了擦，顯得悲喜交加的樣子說：「你……你回來了？」

小玉也不喊一聲媽，很隨便答了一聲：「回來了。」便進裏屋左右張望，問道：「爸和哥呢？」

母親又愣住了，她一直擔心丈夫見了這個女兒會受到刺激。只有問清女兒原因，才能讓他們父女見面。而女兒進門就問她爸爸，便支支吾吾地半天不好回答，只好說：「同你哥看山去了，大概很晚才回來。」就從鍋前走出來，到中間屋裏，說：「小玉，我來問你……」

肖光妹話未出口，見門口站著一個人影，以為丈夫回來了，吃了一驚，抬頭一望是石頭老人。石頭老人滿面笑容，說：「大妹子，好消息呢。」

光妹問他：「什麼好消息？」

老人說：「老書記聽我的話，被我安排在龍王洞裏住一晚，那可是跟菩薩在一起，喝一碗山洞仙水，什麼病都沒了，你放心。」說著就出了門。

光妹追出來：「老伯，你不坐一會了？」

老人說：「不了，我該回去抱一晚孫子了。」又回頭：「大妹子，早聽我話，老書記就不要住什麼醫院了，花了許多錢，瞎掉了。」

光妹送走老人，心裏平靜下來。想到晚上飯菜不要燒了，正好利用這個時間好好同女兒談談。她便洗了手，解開腰裏圍裙，自己泡了一碗茶，給女兒拿了一隻茶杯子放在桌上。回過頭來看到女兒那樣子好像有些順眼，就叫女兒坐下來，自己坐在她對面，問道：「你爸病了，曉得吧？」

女兒倒了一杯水，說：「聽書青母親講的。」

母親心想，真的讓人看笑話了。又問她：「你爸在外，你跟他見過面？」

女兒說：「見過。」

母親說：「那是在什麼時候？」
女兒喝了一口說：「反正見了我，第二天他就回家了。」
母親想了一會又問：「那你們見面談了些什麼？」
女兒眨眨眼說：「談得多了，時間長也記不清了。」
母親又問：「你這些年在外做什麼？」
女兒想了想說：「做了農村女孩打工所做的一切。」
母親望著她：「那是什麼事？」
女兒歎了一口氣：「這些講多了你又不高興，具體說是開茶樓。」
母親說：「你們是在茶樓裏見的面？」
女兒說：「那還能在哪見面？」
母女倆正要談到焦點問題，只聽到門口有人說話，女兒聽出這聲音是誰，進門要幹什麼，便一轉身鑽進裏屋。母親背對著門口，沒有看見，看到女兒驚慌的樣子，起來轉過身一看，原來是李常有夫婦上門來了。
張臘香今天還打扮了一下，為了見光妹，黑不溜秋的鍋底臉搽了粉，好像狗屎上下了一層霜。
光妹笑著迎上前問：「李書記，你們是來看光龍的吧?他身子好多了。」
李常有說：「大嫂啊，我們不是看老書記的，看病人也不能下晚看啊。我是來看你女兒的。」
光妹想到三年前，李常有為女兒跑下了民辦教師的名額，那意思是想促成這門親事。如今女兒在外名聲不好，講個人家也就少費了心，這是個大好事情。可又想到山裏都是抬頭嫁兒，低頭娶媳婦。按常規應該請個媒人，怎麼親自上門呢。就坐下來，喝了一口茶問：「你們找她有什麼事？」

李常有哀求的樣子說：「大嫂，求你一件事。」

張臘香眼淚下來了，說：「求你了。」

光妹很詫異，好像他們不是上門求親的口氣，不知發生了什麼事。好在她頭腦彎子轉得快，就說：「有什麼事儘管講，回頭我教育她。」

李常有瞪了老婆一眼，張臘香用胳膊捅了丈夫，那意思：「還是你先講。」

光妹感到問題不小，就站起來拉他們坐下慢慢談。

李常有夫妻坐下了，光妹又要泡茶。被李常有按住了，說：「大嫂啊，我們都是本村裏，講起來我跟老書記在一起掌飯勺子，這麼多年，從來沒紅過臉。你們家待我們好，我們從內心裏感激不盡。」

光妹說：「別扯那麼遠，有話就照直講。」

李常有說：「好，照直講。我兒子同你女兒從小就好，我曉得，過去我是盼著這門親事呢。可你女兒幾年前出去了，我們高攀不上了。」

光妹要插嘴，他忙說：「你讓我把話講完。我兒子不容易啊，今年高考是大專分數線，他沒上。他向我們表了態，補習一年，決心考本科。我們又花了錢，讓他補習。聽老師講這學期成績大有長進，我們都高興死了。」

光妹感到這話有些不像話：「李書記，你講了半天，這與我女兒有什麼關係呢？」張臘香臉上的淚水把搽的粉化成了一條條溝，像臉上掛著麵條，兩個指頭擰著鼻涕往地上一甩說：「這都是你那寶貝女兒造的孽呢。」李常有用胳膊捅她。她脖子一梗說：「我就要這麼講，怎麼樣？她把我吃了？」又向光妹：「今天我兒子躲在房間裏看書，沒想到你家的鳳凰落到我那烏鴉的窩，像瘋子一樣，開口就喊我兒子，『書青，書青』喊得那麼親熱熱，肉貼貼。我講：『我兒子不在家，你走吧。』你女兒這個花腳蚊子，咬住我兒子不撒嘴，兩個手指頭往嘴裏一塞，一個口哨子打出來，像吊死鬼樣的叫。我兒子聽到了，魂就不沾身了，翻牆頭同你女兒鑽進山溝裏。我們追了一身汗沒見到鬼影子。養兒曉得小命，你女兒那水汪汪的眼，還不是狐狸精轉世，我兒子白面書生能不鬼迷心竅？求你了，姑奶奶，你女兒是五月鮮的桃子早熟，我兒子是六月頭的杏子，剛掛果呀。求你了，教你的女兒放了我可憐的兒子吧。」說著哭出聲來。

光妹聽到這裏，這才明白怎麼回事，待了半天沒講話。

李常有眼眶子也紅了，說：「剛才有人跟我講，說我兒子揹著你女兒的包，走了，進城去了，沒見到你女兒。我想你女兒可能還沒走。我那倒楣蛋的兒子，複習才一學期，上不著天，下不著地，吊在空中打秋千啊。求你大嫂，叫你女兒放了我兒子吧。不瞞大嫂，我也算船到碼頭、車進站了，鎮上黃組委上午找我談話，我就要從村幹部的位子上下來了。村裏人聽說了，牆倒大家推，落井下石呢。人民來信雪片樣的飛上去，上面要來人審計村裏的賬，我的飯店門面房子不曉得能不能保得住。我也老了，不頂用了，一張蜘蛛網掛臉上，老菜幫樣黃葉子了。唯一的指望就是兒子了。」說著也哭出聲來。

光妹望著這對老夫妻，心裏很不是滋味。俗話說：「山上只有藤纏樹，世上哪有樹纏藤。」千年的規矩都是，一家養女百家求，可今天反過來了，女人主動找人家男人而男人不要，在農村是被人打臉的事情。也就低頭沒吭聲。又想到女兒現在在屋裏，他們講的話女兒應該能聽到。過了一小會，便說：「好了，我曉得了，回頭見到女兒儘量講就是。」

張臘香說：「大嫂，我講這麼多，你可不能當耳邊風吹了呢。你真要給我們一個答覆啊。」

光妹心裏有些煩了，還是忍住氣，說：「放心，我會講的。俗話講：『女人不由娘。』加上世道變了，看來這丫頭野了，我一句、兩句扳不過來。」

張臘香口氣硬了，說：「不可能吧，在我們臥龍山上下十里村，你是一摸不擋手的，何況小玉是你的女兒呢。」

光妹話也帶刺了，說：「我女兒怎麼樣？我總不能拿刀子殺了她吧？」

張臘香一跳三尺高：「看來你是不存心講了？那我告訴你，羊永遠不會跟豺狼做親戚，老鼠不會和貓打親家，你死了那份心吧。」

李常有上前拉住老婆說：「不是講好，你不發火的嘛？」

張臘香帶哭腔喊道：「我是不發火，可你聽她講的話，狐狸越老騷味越大。老娘小命不要了，不怕她大凍天把我推到水裏去！」推開丈夫，拍桌子大喊大叫道：「你不是能嘛，你不是狠嘛，三九天能把人往大河裏推，今天怎麼連個丫頭片子都管不住，成了沒人要的貨呢？你活在世上有什麼勁，河裏沒有頂棚，井沒打蓋子，村前的老槐樹上難道掛不住繩子？你家刀子也沒上鏽，黃泉路上沒斷人，就是撒泡尿也能把自己淹死啊。你還有什麼活頭？」儘管李常有緊緊抱著她往外拉，張臘香還是一個勁地跳。

光妹像個傻子樣地站在那一動沒動。額頭上青筋蹦蹦地直跳，兩腮爆起了肉棱，牙齒咬得咯咯響，五臟六腑都要炸了。

張臘香終於被丈夫拉出門，她還回頭對門裏罵道：「婊子養的，看莊稼人家的好，看女兒自己的好，黃鼠狼總誇自己女兒香，刺蝟看自己女兒光。你那個丫頭，打扮得像個吊死鬼，在外打工，掛羊頭賣狗肉，當婊子；如今是六月天的火爐——沒人要的爛貨了，你還裝著不曉得，狗皮膏藥樣貼到我兒子身上。」

李常有拉她出門說：「放心，她的女兒，她會管教的。」

張臘香說：「屁。她的女兒，黃毛雞下的蛋，白毛雞孵著，出雞的你曉得是黃毛雞的兒子，還是白毛雞的女兒？現在的事誰能講得清。」

張臘香慢慢遠去的辱罵聲，光妹心裏驚慌失措。「怎麼？難道村裏人早就曉得我造的孽？曉得小玉不是我親生的？」她身子一下子從頭涼到腳。要想人不知，除非己莫為啊。養人家的孩子、種人家的地，臨了只是歎口氣呀。她慢慢坐在桌邊的椅子上，手按著要炸的頭，胳膊肘撐在桌面上。想到人啊，想到張臘香，又想到李常有。前兩年，為小玉跑上跑下的跑到民辦教師的名額，這兩年為光龍跑了那麼多的頭銜，還在山坡上樹了一塊碑，還不是想攀上這門親嘛。如今來了個一百八十度大轉彎，這一切怪誰呢？千不怪萬不怪，只怪女兒不像個正經女人，只怪丈夫得了病啊。唉，這輩子還沒有受過人家這麼指鼻子罵不吭聲的，都是為了這個女兒。這女兒到底怎麼樣了呢？

光妹聽到鍋前有響聲，抬頭見小玉手上端著一個茶杯子，喝了一口，仰頭嘩啦嘩啦地漱著口，又把水吐到門口，大叫著：「真是一對土包子，死腦筋！」

這時的小玉頭髮打開披到肩頭，像田間成熟的玉米鬚子，紅得發紫，黃得發亮。

「天啊，這同白玉蘭臨死前又有什麼兩樣？」光妹心裏再次打了個冷顫，強壓住自己的火頭問：「這麼講，你真的纏著他們的兒子了？」

小玉也坐到桌邊，喝了一口水，把碗重重放到桌上，無所謂的樣子答：「怎麼啦，就憑他這兩年三天兩頭的給我寫信，就憑他大學都考不上，跟了我還屈了不成？」

母親望著她：「這麼講，你們好了幾年了？」

女兒抬起右手，看著無名指上的金戒指，好像上面沾了一點灰，拿出小紙片子在上面擦擦，抬頭望了母親一眼，那意思是告訴母親：「我們已經訂婚了。」可母親不理解她這個意思，一點反應沒有，眼盯著女兒還等著回話呢。

只聽女兒說：「經過多年考驗，他對我是真心的。就是他以後反悔了，這段日子也是美好的。人生有段美好的日子就夠了。」

母親心裏像打碎的怪味瓶子，說：「你們這些年輕人，哪曉得天高地厚，你們自己做主，拿什麼養活自己？」

她說：「這你就沒有我眼光遠了，不瞞你講，我已經有二十萬了。」

母親驚呆了，「二十萬？不是講瘋話？」

女兒笑笑：「不瞞你說，我已經給人生了個孩子了，還是個小子呢。」

母親簡直不敢相信女兒的話：「怎麼？你已經結婚了？怎麼又同李家的小子……」

女兒說：「媽，這你又不懂了，我被別人包養的，有過協議，生個孩子就有二十萬的報酬，兩不吃虧。」

母親呆了：「是真的？」

女兒說：「我還能騙你嗎？才剛剛斷的奶呢。不信你看看。」說著就把外衣解開，裏面的衣服往上一捲，抓住一隻大奶子一擠，奶水濺到地上，像小孩子撒尿樣的。

母親看到這些，身子一歪跌坐在椅子上，頭一陣眩暈，哭著說：「女兒，這就是我的女兒？天啊！」

女兒上前安慰她：「媽，這都是過去的事了。自從破了身子，月經總是亂的，生孩子也吃了大虧。現在不想玩了，也不好玩了，就想嫁個人好好過日子。嫁給誰呢？外面是花花世界花花人，不放心啊！找李書青，土生土長，青梅竹馬，實在的。這下你就放心吧。」

母親趴在桌上，拍著桌子大哭大叫：「天啊，這是什麼世道啊？這個世道害了我的女兒呀！」

女兒說：「媽，你又錯了。不是男人害了我，是我們這些丫頭們害了他們呢。別看那些官做得有多大，在主席臺上人五人六的，可到了我們身邊像龜孫子一樣，想叫他怎麼著就怎麼著。就說我玩的那一位吧，電視裏經常見的，可是有頭有臉的大人物呢。可到了我面前，小綿羊樣在我手上，把個禿頭腦袋伸著給我，想怎麼摸就怎麼摸，像玩狗樣的。叫他從我胯子下鑽過去都行。哈哈。」

母親猛一拍桌子，大叫道：「別說了。」

女兒這才住了口，呆呆地望著母親。

母親說：「外面的事別說了，我們就講近的。你放了李家的小子吧。人家父母都那麼嫌棄你了，你還沾他有什麼勁？」

女兒說：「你怎麼又講到李書青頭上了？他書都不念了，是他自己決定的，他在給我的信中說，現在讀書不如打工，除非像我哥那樣的名牌大學。書青成績一般化，中下等，補一年，補十年也是一般化，考一個一般化的大學，照樣找不到事情做。現在大學生，伸手一把抓，到處都是。就我這個初中生，誰能有我做得好？」

母親含淚說：「女兒，算是媽求你了，可不能把爸媽揹在身上讓人家戳脊樑骨啊。」

女兒無所謂地說：「媽，想開些，別看我破了身子，可我有錢，人家還講什麼呢？現在是笑貧不笑娼。我曉得父母為我好，有臥龍山上的樹，我不富也是富。可是媽，我講你別生氣。臥龍山其實是個窮山溝，抬頭只見鍋蓋大的天，低頭只有巴掌大的地，出門是山，只要爬過這座山，那是山外有山，天外有天。別說臥龍山這麼幾棵樹，就是堆著金山、銀山，我也不稀罕。它不能保證我吃山珍海味，穿時髦衣服。我這身打扮，進了村人家會罵的，好像我身上有臭狗屎，身子一歪就讓開了。誰也不能保證我看到歌星、影星，不能保證我到舞廳、歌廳裏蹦迪、嚎歌，晚上更不能保證有身強力壯的男人摟著我睡覺。人生就這麼回事，我要找一個愛我的人做丈夫，另找一個我愛的人做情人，這樣人生才最完美。」

母親身子癱坐在椅子上，欲哭無淚：「唉，你……才二十歲，這個世道把這一代人搞完了啊？」

女兒說：「你整天在家圍著鍋臺轉，看不到外面的世界。世道變了，什麼都提前了——男人早洩，女人早產，學生早戀，瓜果早熟，紅牡丹無人理睬，狗尾巴花大搖大擺了。」

母親嚇壞了，她簡直不相信這話是從女兒嘴裏出來的。自己唸道：「這丫頭瘋了，簡直是瘋了，一朵鮮花在外叫人咬了蕊子，做出這樣的事不臉紅，講出這樣下流的話來。」

女兒接著說：「別看我年幼無知，對於人生呢，我是已悟出道理來了。俗話講：『逃不擇路，窮不擇妻，飽暖思淫樂。』人一富，就跟東西一樣，單是一件，用久了，總不免要生厭煩的，再好，也沒味道了。所以呢，多少富男人，先討一個規矩的老婆，給自己撐門面，不到年把兩年，就得偷個把女人。這女人呢，也是一樣，丈夫就是再體面、再有本事，一年到頭抱著一個一點味道也沒有……」

這下母親怒了，一股邪火躥遍五臟六腑，冒煙的七竅像七座磚窯的煙囪，直往外冒火苗，再也控制不住自己，狠狠一巴掌打過去，「啪」的一聲，打在女兒說話的嘴巴上，發狂樣地喊叫：「我……我怎麼養了你這麼個女兒呀，造孽啊！」她望著自己顫抖的手，見手掌心紅紅的，以為把女兒嘴巴打出了血，又呆望著女兒，嘴上並沒有血，原來是女兒嘴上的口紅抹得太重了。

這一巴掌打過來，女兒站在那一動沒有動，她想到過去同母親經常有些磕磕碰碰的，小時也打過巴掌，可從來沒有出手這麼重、這麼狠。女兒雙手捂著臉，閉著眼，淚水從指縫中流出來，哭著喊道：「好啊，你打我！過去打我，今天又打我，還出手這麼狠！」指著母親的臉大叫道：「你今天不把我打死，我也要把心裏的話全說出來。你知道我為什麼離家出走嗎？你知道我為什麼上茶樓當小姐嗎？」

母親站在她對面：「為什麼？」

女兒瘋狂地大叫：「這都是你，是你害了我才有今天。」

母親嘴唇抖了幾下，不知從何說起。

女兒繼續說：「你還記得嗎？三年前，也是在這個林場裏，就在裏面的床上，白玉蘭，那個吸毒的女人，死了。村裏人沒有人知道她死了，可我知道。你同白玉蘭在裏屋的那段對話，我就站在這間屋子裏聽得真真的。她可憐啊！回來就想女兒喊她一聲『媽』。那天，你下山去請張醫生，我……我滿足了她的要求，白玉蘭，是在她親生女兒喊她『媽媽』的聲中閉上眼的。」

母親呆了，跌坐在椅子上，滿面淚水。看到眼前這個女兒，像豆腐掉在灰窩裏——吹又吹不得，打又打不得，不知如何是好。

女兒哭了一會，心裏平靜了一些，抹著淚繼續說：「從那以後，我就想，女人啊，女人是什麼呢？我在書上見過，古代哪個皇帝不是三宮六院七十二妃子，哪個富翁不是三房四妾。現在呢？我是親眼看過，哪個當幹部的不抱個二奶、三奶的？哪個有錢人沒有幾個小情婦？這叫什麼？這叫天下的女人生來就是給天下的男人玩的，天下的男人生來就是玩女人的。無非呢，有人是明著玩，有人是暗著玩，有人玩得光彩，有人玩得不光彩罷了。」轉過臉，兩眼盯著母親說道：「就拿你來講吧，你不也是被那個下放知青、如今在香港的老闆玩出了哥哥又丟下你，你才嫁給了爸爸的嗎？爸爸老實又被你玩了。而生我的母親，白玉蘭呢，不也是被哪個混蛋小子玩出了我，丟給了你嘛。這叫什麼？老母雞上灶，小雞才亂跳呢！這叫『當大的不正，當小的不敬，上樑不正下樑歪』。」

母親趴在桌上，大哭著嚎叫著：「天啊！」

女兒站起身來，再次指著母親咬牙道：「你只會哭還會什麼呢？哦，對了，你還會罵出『我弄你媽』這樣的粗話來，還會什麼？還會大冬天把人推到冰河裏去。你還會什麼？會打我耳光子罵我不是東西，可我同人家生孩子有合同，光明正大，得了二十萬，可白玉蘭為你生孩子得了什麼？得了一巴掌，你好惡毒，你是世上最毒的女人！」

一直撲在桌上痛哭的母親，聽到女兒這麼罵著自己，心裏像吞食了鐵塊子，涼颼颼、沉甸甸地難受，眼裏像揉進了一把沙子，朦朧得直冒金花，心中積滿的苦水迸發出來，溢滿眼眶的淚水像大河決了口，從臉膛上直瀉而下，落在臉前，打濕了前襟。「唉，這下好了，鹽打哪裏鹹，醋打哪裏酸，人要臉，樹要皮，作夢沒想到自己在女兒的心目中是這麼一個人啊！自己一生要強，辦大事、小事考慮得十分周到，連丈夫都十分的佩服。如今呢，打了一輩子鷹，老來被女兒這隻小鷹啄瞎了眼。一輩子講人、勸人的人，被女兒劈頭蓋臉的罵得無法還嘴。」又想到：「年初丈夫罵我為什麼把女兒這個事瞞著他，這個一直稱為『大哥』的丈夫還出手打了我。這以後他瘋了。」還想到剛才出門張臘香的那頓罵：「我成了在家裏是惡毒的人，在外又是千人指、萬人罵的人了啊。天哪，我這輩子到底做錯了什麼呀？誰能告訴我呀！」想到這些，她慢慢抬起頭來，傻笑著：「哈哈哈！我惡毒！哈哈哈哈！我的女兒，哈哈哈！張臘香講得對，活著有什麼勁，河裏沒打蓋子，老槐樹上沒缺繩子……」

女兒看母親這個樣子，更加厭惡，站起身來拍桌子大叫：「告訴你，別跟我來這一套。你害了我都是小事，聽講父親瘋了，說不定是你逼瘋的。」

母親呆望著她：「你怎麼覺得是我逼瘋的？」

女兒說：「那還能推斷不出來？父親有錢了，在外也得有些享受，說不定也去玩個把女人。」

母親像木頭人樣地說：「你講你爸在外也玩女人？」

女兒說：「是啊，實話告訴你，就在去年的今天晚上，是爸爸來到我的白玉蘭茶樓，是我親自接待他的。本來嘛，是想放過他的，可光虎叔叔給我打了個電話，說我爸這輩子苦啊，年輕時老婆死了，後來又被那個自稱小妹的玩了，沒享過福，沒過過好日子。我想光虎叔講的是對的。」突然大叫著：「一個有錢人玩個把女人算什麼，就是玩了我也沒關係，我們沒有血緣的關係，不是亂倫。聽講爸爸回來就瘋了。」又一拍桌子指著母親：「不是你逼瘋的又是什麼？」

母親呆了半天，只覺頭腦一炸，突然地衝過去，雙手卡住女兒的脖子，發瘋樣地大叫：「女兒，小婊子，你罵我，你就是拿刀子殺了我也不要緊，你怎麼講你爸爸呢？他怎麼會嫖女人？我的大哥我還不瞭解？你就是殺了他也不會去嫖女人的。女兒，我不是你的媽，可他是你的親生父親啊！」

女兒被卡得眨白眼問：「怎麼？他是我親爸嗎？」

母親死死卡住她不放：「是啊，我是惡毒，我是有罪，是我安排白玉蘭同你爸……」

女兒「啊」的一聲慘叫昏了過去。母親看到女兒身子一軟躺倒在地，放手大叫：「女兒，小玉，是我卡死你了嗎？女兒，快醒醒啊！」撲在她身上大哭：「天啊……」

這天夜裏，肖光妹同女兒一場惡戰，可在龍王洞裏的一對父子，度過了從沒有過的甜蜜時光。他們父子背靠在床頭，談了很多很多。兒子談了大學的生活，談到在上海一家合資企業工作的情況。

父親問兒子：「談了女朋友沒有？」

兒子說：「已經談了，還是同屆同學呢。」

父親又問：「誰啊？」

兒子說：「你們見過面，就是那年一同考上大學的洪濤。」

父親想起來了，十分高興地說：「好啊，太好了，那姑娘是苦家底子的孩子，窮人的孩子好當家啊！我這輩子呢，大驚大險，大苦大難，大概攤到人份上的東西，我都攤到了，剩下的就躺在冰涼的土地下餵蛆了。」

兒子說：「爸，別這麼說，你們這輩人受了很多苦，你們的行動，是我們這輩人的楷模呢。」

父親歎了口氣：「唉，怎麼講呢？我像一頭牛，幼年還有點牛脾氣，中年是一心一意地拉犁耕地，可見到成熟的莊稼呢，老了，剝皮獻肉的時候了。」

兒子怕父親又扯到哪裏去，忙說：「爸爸，時間不早了，睡吧，明天是下一個世紀的第一天，我們早點起床看日出，看東方新世紀的第一縷朝霞。」

這樣他們睡下了。小陽睡下就睡熟了，等他醒來天已大亮，見父親已經不在床上。他喊了幾聲沒有人應，立即穿好衣服跑出洞外呼喊：「爸爸，爸爸！」

山谷裏在回音，只聽到龍頭山下有人回應：「小陽，我在這裏。」兒子飛一樣地跑過去，見父親看著樹，摸著樹幹，望著樹頂，像望著自己兒子一樣。見到小陽，爽朗地笑著：「哈哈，孩子。」

兒子說：「爸爸，你什麼時候起來的？」

父親說：「我已經從龍尾山到龍頭山看了一遍了，這下心裏踏實多了。」

父子倆走著談著，眼前是第一批栽的杉木，也是當年學大寨現場會砍伐的第一批樹林的地方，現在總算像個樣子了。又高又粗的杉樹，像一把把大傘，交叉錯落的樹枝，在微風裏「嘩嘩」作響。越走下山溝，樹木一行行，一排排，如雲似海。迎面撲來有幾棵軀幹粗大挺拔的寶塔樣的杉樹像飽經風霜的老人，屹立在山坡上。

父親拍了拍樹幹說：「二十年了，初步成材囉。」又對身邊的小陽說：「孩子，昨天石頭老人說，村裏還有三十多位老人困難。這幫子人從六〇年爬過來，經過了太多的苦難，該讓他們享享福了。人怕老來苦啊。我想早的這批可以間伐一批，救救眼前急，救救這幫子老人吧。」兒子說：「好，我們可以向縣林業部門打報告。」

父子二人又在山邊上轉著，看到龍頭山山頂上有塊石碑。這碑有一人多高，兩邊分別有兩棵翠柏，像是四名衛士護著這塊大碑。

父親走到碑前沒注意：「這是誰去世了？怎麼葬在這裏？」

兒子上前看，驚喜地叫起來：「爸爸，你來看。」

父親說：「是誰葬在這裏？」

兒子說：「爸，這是你的碑。」

父親一驚說：「胡說，我還沒死，怎麼有碑呢？」

兒子說：「是真的呢，爸，這是你的功德碑。」

父親轉過身來，走到碑前看了看，大理石做的淺灰的底子，灰紫色的花紋，兩邊是兩條飛龍的圖案，碑上有很多的文字，這明顯不是墓碑，真的是功德碑呢。父親倆站在碑前看著碑文。

最上方是「功德碑」三個染著紅色的大字。中間碑文是：

邵光龍，男，一九四○年十月生於臥龍山烈士家庭，一九五九年加入中國共產黨，曾任臥龍山大隊黨支部書記，後自修大學文化，高級工程師，林業模範標兵。他一九八○年春開始上臥龍山造林，二十年如一日，無私無畏，含辛茹苦，使十里長沖兩千五百畝荒山全部綠化。並捐資修建了臥龍山小學。功績卓著，特立此碑，以示後人。

臥龍山村人民群眾
二○○○年一月立

邵光龍看著這塊碑，好大的一塊碑，想到母親墳前的碑，那可是人民英雄紀念碑，那裏文字記載著母親殺了多少多少日本鬼子，不知那碑文中有多少水份。但他想到，沒有彭家昌炸的碉堡，她是不可能有那麼大功勞的，如今不知有多少人還記得她？而彭家昌死了這麼多年，村裏的老人總是忘不了，還給他雕了像，他的故事一代一代往下傳。現在光龍看著這塊碑上記載的事蹟，只有他自己曉得，這兩千五百畝荒山的綠化，有賴大姑的資助，有肖貴根老爺的血汗，有馬德山父子的貸款，還有肖光虎的支持，才有了學校。現在學校是他的名字，光虎還是通緝的逃犯。

他在碑前坐下問小陽：「孩子，這碑有什麼用呢？」

兒子說：「這是叫後人不能忘記你呀。」

父親歎了一口氣：「唉，忘得了忘不了，又有什麼用呢？國家多少領導人沒有碑，甚至連骨灰都灑掉了，可不該忘記的永遠忘不掉，該忘記的你蓋個紀念館也沒有用，人家望著生氣呢。兒啊，我死了呢，你就把我的骨灰放在一棵大樹下，還能做一點肥料呢，其他什麼都不要了。」

兒子點了點頭。

這時東方慢慢變成嫣紅色，山頂上好一片燃燒的火光，燦爛而壯觀。太陽就要從山頂上冒出來了。兒子驚喜道：「爸爸，看，山頂上的朝霞，新世紀第一縷朝霞呀。」

父親正欲轉身，突然聽到山下有人在呼喊：「爸爸，爸爸……」父親臉色突變：「這是誰的喊聲？」

小陽站起身向山下觀看，看到小玉和母親，他激動地把雙手攏成喇叭狀向山下喊道：「媽媽，小妹，我們在這裏。來吧，看朝霞，新世紀的朝霞，可好看了。」

山下又傳來小玉的呼喊：「爸，我的親爸爸呀！」

父親的臉色變成了紫豬肝，頭要發炸了。他雙手抓著頭皮，狂跳起來，大叫：「天啊，女兒，罪孽啊，女兒……」

小玉跑得飛快，已經爬上了山頂：「爸爸，親爸爸！」

父親沒有控制住自己，突然猛地一頭向眼前這塊又高又大的石碑撞去，頭被撞裂開了一個大口子，鮮血從頭頂上濺出來，像斷了龍頭的自來水噴得很高很高，噴灑在樹幹上、樹葉上，更是把功德碑染成了紅色。

小陽怎麼也沒想到父親有這樣的舉動，撲過去把他摟在懷裏，伸手按住他的手，大哭大叫：「爸爸，這是為什麼呀？」

小玉正好衝上來，一下子跌倒在父親面前，跪在地上哭叫著：「爸爸，爸爸呀，我的好爸爸，您是我唯一的親人了，怪我害了你呀！爸爸，多少個夜晚我在在夢中尋找我的親爸爸，爸爸，是我殺了您呀，我的親爸爸呀……」

小陽驚愕地望她說：「你，你怎麼會殺害爸爸呢？」

小玉鎮靜片刻，抹了抹臉上的淚水說：「人呢，這輩子有些實情不能說在嘴上，只能壓在心頭，讓它慢慢地熬吧。」說著慢慢站起身來，沉痛地又說：「唉，說不定把我身子熬焦了呀。」突然間像瘋子一般向山間跑去，瘋狂地嚎叫：「天啊……」

小陽驚呆地望著她……

肖光妹還沒來得及趕到光龍身邊，在一丈多遠的地方看到了這一切，狂叫一聲：「大哥……」就昏死過去。

鮮紅的太陽，好像是一跳便升上了東方的山頂，它像漂浮在山頂上的圓圓的大火球，顯得分外豔麗雄偉。

小陽抱著父親面對東方，哭著說：「爸爸，您看到了嗎？太陽出來了，這是二十一世紀的第一個太陽啊。爸爸，你看看吧！」

可是父親的眼沒有睜開，只是嘴唇動了一下，好像在說：「兒子，這個世紀是你們的……」嚥下了最後一口氣。

就在邵光龍去世的當天晚上，肖光妹也在村前的大槐樹上吊死了。

村裏人都在暗暗歎惜，光妹是烈女子，這對恩愛夫妻是天上難請，地上難找，秤子離不開砣子，丈夫離不開婆子。人們都在夢中見到他們倆手挽著手到陰間恩愛去了。

三天後，邵小陽、小玉將父母遺體在城裏火化，帶回的骨灰沒有進行任何的下葬儀式，由他們在夜裏偷偷地分別葬在松樹和杉樹根下，沒有墳墓，沒有墓碑，更沒有燒紙錢、紮靈屋。而臥龍山人民卻將他們永遠刻在心裏。

後記

這本書說的是一九四〇年至二〇〇〇年間六十年的故事。

中國古代有天干地支六十甲子之術：乃是以一個天干和一個地支相配合，排列起來，天干在上，地支在下，天干由甲起，依次是：甲乙丙丁戊己庚辛壬癸，地支由子起，依次是：子丑寅卯辰巳午未申酉戌亥。陽干配陽支，陰干配陰支，共有六十個組合，以六十花甲紀年，六十年循環一次，周而復始。

古話說：「三十年河東，三十年河西。」再三十年河內，三十年河東。六十年風水輪流轉，轉動的風水就構成了人是：勤儉生富貴，富貴生淫逸，淫逸生貧賤，貧賤生勤儉。再勤儉生富貴……循環往復。

作者在完成這部書稿後的二〇〇七年十一月九日，再次來到臥龍山，發現這裏現在的情況是：自安葬了邵光龍與肖光妹這對恩愛而受人尊敬的夫婦以後，邵小玉同李書青徹底離開了臥龍山，在省城買了房子安家落戶，成為真正的城裏人。

而北京名牌大學畢業的邵小陽，辭去了上海中外合資企業年薪十萬元的工作，回到了臥龍山落戶，成了新一代的農民。同來落戶的還有他的女朋友洪濤。

二〇〇一年，在年初的村民大會上，邵小陽被選為臥龍山村新世紀第一任村長。

二〇〇二年，仁德和尚（臥龍山人看出他是肖光虎）在龍頭山的龍王洞前蓋起了關帝大廟，其大雄寶殿比當年的關帝廟要大好幾倍。

二〇〇三年，肖光雄在女兒大學畢業工作後，同他老伴回臥龍山養老。

二〇〇七年，香港亞東集團在這裏投資建立原生態基地。

……

近幾年，臥龍山的關帝大廟裏，來了一幫自稱是少林寺的和尚，早晚在廟前舞刀弄棍。這裏有南拳，有北腳，三路刀，六趟槍，十二套拳腳。有單刀配對子，雙刀破盾牌，刀扎不入，水潑不進。他們是八大金剛、十三太保、三十六天罡、七十二地煞。

聽講縣城裏有個口碑不太好的分管人事的副書記和分管土地的副縣長家被小偷光顧了，家裏水洗樣的盡光。有個建了危房掙大錢的心黑房地產老總被人殺害了，盜竊了他家的全部資產。這個案子至今未破，也破不了。有人傳說是臥龍山關帝廟裏的和尚幹的，不知是真是假？

臥龍山村的人們彷彿又看到了龍頭山上出現了土匪……

釀小說02 PG0793

臥龍山下（下）

作　　者	劉　峻
責任編輯	林泰宏
圖文排版	郭雅雯、楊家齊
封面設計	王嵩賀
出版策劃	釀出版
製作發行	秀威資訊科技股份有限公司 114 台北市內湖區瑞光路76巷65號1樓 電話：+886-2-2796-3638　傳真：+886-2-2796-1377 服務信箱：service@showwe.com.tw http://www.showwe.com.tw
郵政劃撥	19563868　戶名：秀威資訊科技股份有限公司
展售門市	國家書店【松江門市】 104 台北市中山區松江路209號1樓 電話：+886-2-2518-0207　傳真：+886-2-2518-0778
網路訂購	秀威網路書店：http://www.bodbooks.com.tw 國家網路書店：http://www.govbooks.com.tw
法律顧問	毛國樑　律師
總 經 銷	聯合發行股份有限公司 231新北市新店區寶橋路235巷6弄6號4F 電話：+886-2-2917-8022　傳真：+886-2-2915-6275
出版日期	2012年12月　BOD一版
定　　價	380元

國家圖書館出版品預行編目

臥龍山下 / 劉峻著. -- 一版. -- 臺北市：釀出版, 2012.12
冊； 公分. --（釀小說；PG0792-PG0793）
BOD版
ISBN 978-986-5976-73-6（上冊：平裝）. --
ISBN 978-986-5976-74-3（下冊：平裝）

857.7 101018698

讀者回函卡

感謝您購買本書，為提升服務品質，請填妥以下資料，將讀者回函卡直接寄回或傳真本公司，收到您的寶貴意見後，我們會收藏記錄及檢討，謝謝！如您需要了解本公司最新出版書目、購書優惠或企劃活動，歡迎您上網查詢或下載相關資料：http:// www.showwe.com.tw

您購買的書名：______________________________

出生日期：________年________月________日

學歷：□高中（含）以下　□大專　□研究所（含）以上

職業：□製造業　□金融業　□資訊業　□軍警　□傳播業　□自由業

□服務業　□公務員　□教職　□學生　□家管　□其它____

購書地點：□網路書店　□實體書店　□書展　□郵購　□贈閱　□其他

您從何得知本書的消息？

□網路書店　□實體書店　□網路搜尋　□電子報　□書訊　□雜誌

□傳播媒體　□親友推薦　□網站推薦　□部落格　□其他________

您對本書的評價：（請填代號　1.非常滿意　2.滿意　3.尚可　4.再改進）

封面設計____　版面編排____　內容____　文／譯筆____　價格____

讀完書後您覺得：

□很有收穫　□有收穫　□收穫不多　□沒收穫

對我們的建議：______________________________

____

____

____

請貼
郵票

11466
台北市内湖區瑞光路 76 巷 65 號 1 樓
秀威資訊科技股份有限公司 收
BOD 數位出版事業部

（請沿線對折寄回，謝謝！）

姓　名：________________ 年齡：________ 性別：□女　□男

郵遞區號：□□□□□

地　址：________________________________

聯絡電話：(日) ________________ (夜) ________________

E-mail：________________________________